У СЕБИ ЗАТОЧЕНИ

У СЕБИ ЗАТОЧЕНИ

Марко Д. Марковић

Globland Books

У себи заточени је врло комплексна, аутентична и добро осмишљена епска сага о испреплетеним судбинама и удесима, о рату и миру, о љубави и патњи, о борби добра и зла, као и о свему ономе што људске животе чини препознатљивим и етички профилисаним. Конц’ипиран од петнаест нумерисаних и међусобно повезаних поглавља, која су и те како динамична и међусобно повезана тзв. филмском техником и драматургијом, овај роман недвосмислено указује да је пред нама зрео и оформљен писац који има и уме шта да каже и од кога се с правом убудуће могу очекивати овако синтетизована и снажна романескна остварења.

др Милутин Ђуричковић

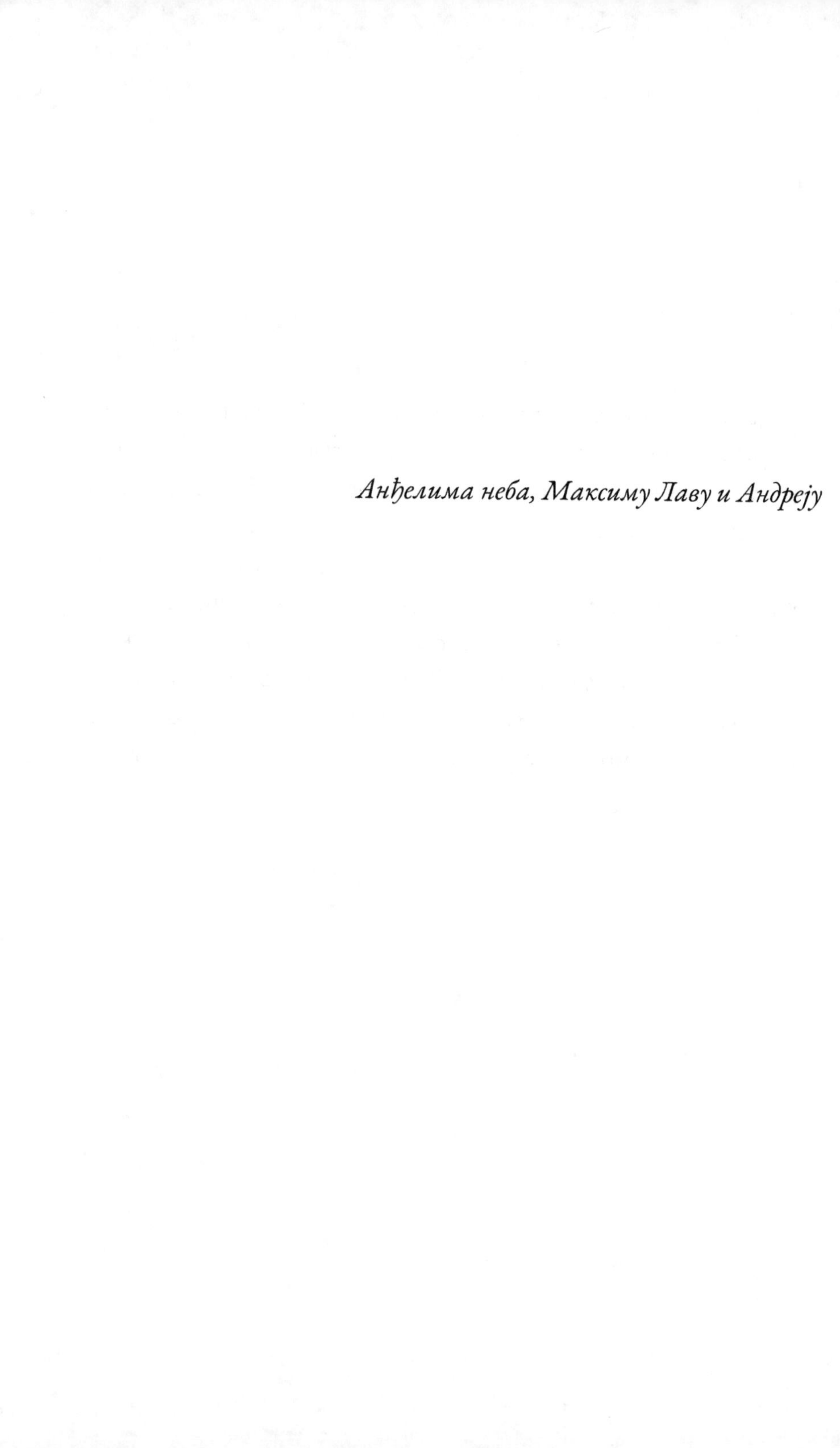

Анђелима неба, Максиму Лаву и Андреју

Уз понеки врло оштар и продоран писак, тек да би барем унеколико начео неподношљиво тешку и заморну тишину, хладним челом и тромо се гегајући по железним тракама, воз из Београда за Москву звекетом стаде пробијати потпуно мрку ноћ, ноћ у одсуству било каквих одраза сенки, немирну и без здравог сна што на људе искрзалих живаца успоставља нарочито рђав ефекат, јер такви ионако не спавају ваљано нити налазе одмора. Феодор Андрејевич Максимов, гардијски поручник у оставци, скиде чојани, модроплави шињел са снажних, широких рамена и немарно га одбаци од себе на један од три размештена кревета, одмах уз сам пролаз у ходник вагона. Са шињела, ударивши о гвоздени носач мадраца, звецнуше сјајне звездице са златним везом украшених еполета и тако га накратко вратише у још неистарану, чак врло свежу прошлост службовања.

Све три намештене постеље у купеу стајале су нетакнуте и то поручнику мало поправи расположење. Уопште, читава су спаваћа кола била готово празна, без лармања и живог разговора међу људима што му још више појача осећај умирења и задовољства, јер да беше другачије врло је вероватно да живци Феодора Андрејевича не би издржали, да би попустили, а онда би се сигурно и каква непријатност сама по себи удесила тако што би, на пример, опсовао неког од путника што ларма и не престаје, овај би на то одговорио каквом увредљивом речи и, ето, отвореног сукоба. На срећу по Максимова, беше тек свега четири-пет душа и то раштркано размештених дуж читавог вагона. У купеу беше сам и то га нарочито одобровољи. Усхтело му се да се осами, да можда и то по ко зна који пут покуша да реши своју животну загонетку претурајући по прошлим догађајима, да прекроји судбу, да је гледа са чуђењем и незадовољством услед губитка доброг друштвеног положаја (а на њега је много полагао), јер беше официр у оставци, да је гледа прекорно и са једнаким гађењем — читава му је та бурна прошлост каткад излазила пред очи потпуно мрска и крута.

Сагнувши се у коленима како би спустио потежак кофер, претходно из њега извукавши новине, не много изгужване, он тако као да учини мали наклон повољним околностима што не беше никога ко би му могао досађивати својом неповезаном причом и можда јадањем, јер опште је познато да се незнанцу може поверити баш све, и најлепше успомене и најодвратније гадости, без страха да ће то ико икада више помињати. У томе је преимућство тренутних познанстава, познанстава без терета и оне природне опрезности човека шта и у којим приликама може рећи, како од тога касније не би имао рђавих последица.

Удобно се сместивши крај прозора и подижући мадрац, одложи новине од наслаганих, бледожутих и на местима искрзаних листова испред себе, извади дуван из дубоког, не много раздераног џепа, те и њега, такође, одложи на сточић благим спуштањем руке у лакту. Наизглед, као, досетивши се чега од великог значаја, он поскочи, чак пљесну рукама испред себе и усхићено, приметно задовољан нечим, закључи да је добро, да је све добро, да су прилике у његовом животу чак ванредно добре. Издуженим и нездраво бледим прстима он стаде расејано пунити лулу тако да део дувана оста расут по до граница издржљивости неуредном, чак прљавом купеу. Његова тренутна одсутност учини да се он приносећи жар лули опече, мрштећи се и негодујући уз понеку псовку. Иако се пре само неколико трептаја чинило да је у врло добром душевном расположењу, да је чак и задовољан, лице му намах постаде тавно и врло забринуто. Покуша да разоноди мисли тако што се присети догађаја од тог јутра, иначе, по његовом убеђењу, догађаја без нарочите вредности и пажње.

Умивши се тако што је, као и обично, пљуснуо неколико пута хладном водом по лицу, хитро се избрија и напослетку стави тек мало солидне колоњске воде. Посматрајући са пажњом свој одраз лица у огледалу, намршти се незадовољан и пребацивши пешкир преко подлактице тако изађе пред Марију Васиљевић, двадесетпетогодишњу госпођицу изразито лепих црта. Са овом је Маријом имао чудно подешен однос, налик сложеном сатном механизму који ће стати ако и најмањи делић из њега откаже послушност. Тај је однос био „накићен" честим испадима обе стране, подриван гложењем и осећањима дужништва, увредљивости и тескобе. Мучиле су се две душе, довољно близу једна другој да обе осећају исто, да могу живети једна поред друге у великој и искреној пријатности у шта су обоје веровали, а опет довољно далеко да је њихова несродност пекла као јулска жега на песку и постајала све мање подношљива. Између њих стајали су ионако непомирљиви карактери мушкарца и жене, уз то са још једном особеношћу, а то је да њих двоје у последње време и није ништа друго држало једно близу другом до оне мрачне жеље да се онај други покори, да се има, да из себичних прохтева постане власништвом бића које га више није могло или није умело волети. Сви, наизглед јефтини разлози раздора љубавника испоставе на крају врло високу цену. Мимо је сумње да је љубавница поручника Максимова имала с њим некакав план какав се само може водити интуицијом жене, али у свој тој интуицији и предосећајима негде се забројала и сад је тај план „њен човек" ненадано подерао у комаде и засуо га пепелом при том се држећи врло строго и онако како то обично бива кад формалности постану налогодавци нечијег односа. Јетко јој је и то само у неколико ишкртарених реченица саопштио, уз одсуство било каквих емоција, да нас омча ако је не скинемо са врата напослетку и придави, да је ванредна дужност сваког моралног човека (а он је себе несумњиво држао за таквог), да о истини не таји, већ да о њој кад-тад проговори, да клечећи пред идолима сладострашћа тела човек губи разум најпре, а затим и душу, и још много тога сличног је придодао. Њу је можда највише и поразило управо то што је о души, о истинољубљу и моралу говорио неко ко ништа од свега тога нити је имао нити га је узимао за озбиљно кад би о томе и говорио. Ово лицемерје постаде јој до те мере гадно да није могла да се суздржи и да не покаже презрење и одвратност према упропаштеном човеку — ето, за шта је она сматрала Феодора Андрејевича. Наравно, није јој било тешко да закључи да он више не жели никакав однос са њом, јер рашта се и мучити кад је између њих давно већ све изговорено и показано, кад више није било никакве могућности да оно „наше" стане изнад себичног и подругљивог „моје".

Растанак доноси са собом горчину какву је тешко изразити речима и каква се среће само у сиљењу душа на заједнички живот, упркос свим приговорима унутрашњег човека. Међутим, њихов растанак не беше болан што је већ и само по себи разумљиво, јер факат је да патња не може постојати тамо где душа није искрено кренула другој души у сретање. Том приликом Марија је одлучно стајала испред човека који је изгледао као да се и поред свега што се дешавало чак и досађује и призвавши своју смиреност за помоћника и савезника изговорила је нешто што ће изнова стављати јемственик на свако поглавље будућег живота поручника Максимова:

— Зар се могло шта друго очекивати од човека рођеног само да би друге душе мучио?! И оставите ме лажног морала и суве принципијелности! Живи онако како би друге подучио, а не учи некога како би вредело живети, при том се још и не придржавајући властитих правила! — осорно и, за чуђење, званично одреза изневерена жена, повукавши се након тих речи у раскошно намештену собу.

„Рођен да би друге мучио?! Какве ли само бестидности!”, нервозно је претурао поручник Максимов по још увек непометеној прошлости, изнова пунећи лулу. Он одмахну руком као да се предаје том свом усуду и поново се намршти тако да му се прелепо лице набора и стаде мењати боју. Одсутно погледа кроз прозор укрстивши руке преко колена и грицкајући мало парче дувана, грешком остало у устима. Зурио је у празно, а тако му и у души беше.

„Да је само више обазривости у човека он би тада могао приметити да су сва расположења његова бића негде већ уклесана и појављују се пред њим опонашајући његово унутрашње стање”, помисли увлачећи густ дим дувана у плућа, а онда га као најгорег лупежа стаде изгонити. Имао је право. Оно што, и како видимо око себе, заправо смо ми сами.

Не може се у издајству, у отпадништву и презиру добрих намера тражити искричава светлост за намучену душу. Њој не треба со ако крвари, већ мелем. Ако се личност располути, ако се укаља преступима уз вољно одобравање и намигивање посустале савести, онда се у васкрсење унутрашњег човека не може поуздати без марљивог преумљења, са радошћу примљеног. Чак и онда када станемо чинити добро, не из личне користи већ ради искупљења и жртве, покренути човекољубљем и љубављу према свима, и тада ћемо бити поново испитивани, кушани како би се утврдили у својој намери и како би се искушењем стекло прочишћење које би засветлело безграничном светлошћу и племенило свет, људе и нељуде подједнако. И тек када са златне полуге вештим и пажљивим глачањем нестане и оно најмање зрно прљавштине, злато ће подједнако блистати са које год се стране у њега загледали. Тако је и са живом душом живога човека.

Поручник Максимов о овоме уопште није мислио. Стекавши углед и част, клањао се пред та два своја идола. У престоном граду имао је многа познанства, али ниједно искрено и утемељено на поверењу. Односи између њега и тих људи били су односи чисте рачунице, неприродни и беживотни. Свака од тих скучених душа, збијених у мали простор, душа са којима се сусретао, остављала је део своје прљавштине у Феодору Андрејевичу, јер тешко је са другима општити, а не заразити се њиховом болешћу од које болују. Капије његовог унутрашњег дворца биле су одвећ разваљене, те је и на то најсветије место могао закорачити сваки лупеж и тиском тешке чизме у њему оставити ожиљак још једног јада, могао га је походити било који нитков а да се он томе чак није ни противио. Духом је замирао, без жеље да васкрсне доброту и честитост у себи. Живео је врло порочним, животом пуним подвојености и искључивости, животом противречним. Једино што му беше од важности јесте то да се споља гизда, да се размеће лепотом лица и да поносито истиче еполете на широким, снажним раменима, тако у жена изазивајући осећај удивљености и жеље за поседовањем. Ниједна од тих жена није прижељкивала да он буде господар њеног срца, да га воли, већ да га има, да га поседује као какав сувенир или пехар. И имале су га многе. Углавном су то биле жене којима она искрена, чиста љубав ослоњена о небо, баш ништа није значила, јер им је похота тражила насладу и налазила је. О, какве ли продаје душе у бесцење!

Својим положајем поручник Максимов беше врло задовољан, не налазећи у њему ничега преступничког, исквареног нити рђавог. Сматрао је да не чини баш ништа друго што до сада већ многи други нису чинили и та га је помисао потпуно умиривала. Његово равнање беше по ономе шта и како други чине, а не по томе како би требало чинити и по којим мерилима живети. На свој положај у друштву много је полагао и старао се да га на сваки могућ начин искористи. Био је на местима где је све киптало од разузданости и порока, посећивао је готово све престоничке пирове где су и удешавана та његова познанства са утицајним људима и прелепим женама. Ти људи од положаја били су му потребни како би сва своја подузећа могао без потешкоћа обављати и са свима њима је имао тако подешен однос, да је обострано користољубље било једино што их је везивало и одржавало тај преко сваке мере срачунат и до последње паре избројан однос. Међутим, и поред свега тога са Феодором Андрејевичем се забележи један врло занимљив и по њега врло тежак случај. Ево укратко у чему се он и састојао.

Иако беше из редова нижих официра, за време свога службовања он ступи у врло близак однос са неким пуковником Николајевићем. Овом су пуковнику војнички дани готово сви били одбројани и он се реши на један врло значајан подухват. Мисао о угњетавању слободе у српском друштву пуковник је у својој острашћености довео готово до револуције. Уз то, он беше човек врло предузимљив, тако да читаву ту ствар одмах и јасно изложи људима од поверења, међу којима би и поручник Максимов. Пуковнику сви одаше почаст и ватрено стадоше одобравати његову, како им се тада чинило, племениту идеју — основати покрет „народне воље”, покрет врло близак људима који ће гласно изнети незадовољство својим положајем услед немогућности ношења крста обесправљености и све тежег сиромаштва у народу. Још у почетку идеја пуковника беше прихваћена са доста страсти и пламена, те у једном тренутку доби чак такве размере да је прерасла безмало у побуну.

Вест о војничкој непокорности и самовољи, како су надлежни касније окарактерисали читав овај случај, дође и до главног заповедника. На који начин и од кога је за све то главни заповедник дознао, лако је наслутити — из редова самих побуњеника. Издаја, па чак и благородних идеја, пријатеља и чега још све не, одувек је била блиска човековој природи лакомој на личну корист. Само због тек мало поправљања свог тренутног положаја човек је спреман готово свих и свега да се одрекне, да пљуне на оно у шта се још до јуче заклињао, да исмеје оно што је сматрао готово светињом.

Читава та ствар би изнета пред војни суд и тамо примљена врло озбиљно, готово као покушај државног удара. Ово противљење друштвеном уређењу доведе пуковника и остале официре побуњенике до такве беде да су изгледи са почетка суђења били такви да су сви они имали бирати између неодложног иступања из службе и заточеништва. Све се сврши ло на томе што су главу у којој се зачела идеја „народне воље” пензионисали, а поручника Максимова и још неколико официра посаветовали да вољно иступе из службе како не би допали још већих неприлика. Сви одреда, од капетана Мирковића до потпуковника Симоновића, тако и учинише.

Сасвим извесно, поручник Максимов је сада размишљао о својој голобрадој прошлости, о томе како је лакомислено изгубио част и службу и сва она задовољства због некада добро удешеног положаја а да жељени циљ, и то циљ који се родио у туђој глави, на крају није ни постигнут. Одмахнувши главом покуша да се тако ослободи мучног подсећања на то немило дешавање и случај због којег се нашао у веома рђавим приликама. Заиграо је животни рулет, а заправо се тај исти рулет добро поиграо са њим. На све оно на шта је наилазио претурајући по својој недавној прошлости — учешће у идеји „народне воље”, однос са Маријом Васиљевићем, гардијско службовање са доста муке и на све друго, гледао је са презиром и једнаким гађењем.

„Зар ми је требало да се упуштам у једно такво подузеће и да прихватим тако опасну идеју? И та Марија Васиљевић, бестрага с њом!”, помишљао је у себи и наједаред, нарочито због ове последње мисли, цинично се засмеја.

Још до прошле ноћи док је лежао у постељи ове жене, поручнику се чинило да и поред престанка службе и свих непријатности у вези са тим може имати сасвим пристојну будућност сачињену од оних ситних уобичајености. Мислио је да ће му поћи за руком да пониhaliшти читав тај пређашњи живот и да наместо њега изгради неки други, да ће време почети изнова да броји и томе слично. Али тај занос не потраја дуго. Његово се расположење намах промени, постаде тесно и ошинуто стварном представом о његовом јадном стању промашеног, бунтовног чиновника. Све је поново извео пред суд и испитивање и тако нађе да се више неће моћи разметати услед свог доброг друштвеног положаја јер га више није било. Такође, било му је јасно и то да више неће имати користи од својих познанстава после оног случаја „народне воље”. Такав је то свет — док год о Вама не говоре рђаво биће вам одан, а уколико неко изнесе у јавност чак и само једно слово којим ћете за нешто бити окривљени или осуђени, сви ће редом престати да опште са Вама. Тај свет лежи на лицемерју и на најужаснијим преступима и неморалу, на простој рачуници користољубља.

Уверен да ће чим сазна за тај његов случај око „народне воље” што је било неизбежно, читав тај полусвет лицемерних протува и грабљиваца подићи своју реч против њега, одбацити га међу крајње беднике, поручник Максимов схвати да међу свим тим варалицама које су се криле иза државног положаја више не може опстати и да је чак нужно да негде отпутује како га тај исти свет којем је некада припадао не би посрамио и јавно разапео. Одлуку је донео у врло незгодним околностима и у таквом стању да је било готово немогуће променити је. Тако он најпре и сврши са Маријом Васиљевић, иако она у читавом том његовом тешком положају не беше ни најмање крива. Прекинувши одвећ искрзану и начету нит између њих двоје, реши се да још истог тог јутра махне кроз прозор вагона свему ономе чему је доскора припадао.

Феодору Андрејевичу Максимову, некадашњем поручнику који је сада бежао од могуће посрамљености због удеса око „народне воље”, сада једино беше потребна тиха ноћ без друштва и без било каква премишљања о свим оним мучним догађајима, али то му никако није полазило за руком. Не само што су му пред очима васкрсавале све оне немиле представе у случају „народне воље”, а лик готово омражене жене претио сећањем на њу, сећањем које је некако требало прецртати, обрисати, већ се, напослетку, тек што је воз загазио по шинама руске железнице, у вратима купеа указа и лик човека са високо на чело натученом, типичном руском капом и тако га још више раздражи.

— Добру ноћ желим — одброја овај одсечно на руском, начинивши још и тих пар корака до поручника, а онда потпуно исправи руку пруживши је ка њему. — Иван Никитович Фомин, чиновник руског правосуђа, адвокат из Новосибирска, са службом у Петрограду.

Максимов се намршти и заборавивши на пристојност не устаде нити прихвати испружену му руку. Љутито севну очима и намисли да се оправда тако што ће му саопштити да се тобож' руским језиком не уме ваљано служити, али на крају му се, ипак, учини да је боље да једноставно оћути. Руски службеник, из неког разлога врло добро расположен, скрену поглед ка лежају на ком је стајао одбачен поручников мундир, и тако препозна српског официра.

— Ја Вам се у униформе нешто разумем. Видим, обрадовали сте ми се као хрчак затвореној врећи — лагано се смешећи дочека Фомин поручникову ћутњу, чистим српским нагласком.

Максимов сад већ није имао куд и до ужаса га је мучила чак и сама помисао да ће са тим човеком морати можда и читаву ноћ општити, иако мимо своје жеље.

— Поручник Максимов — представи му се равнодушно и незаинтересовано. — Видим, Ви са језицима дружбу чините — примети.

— Дозволите ми — стаде се весело мешкољити Фомин — ја за то имам врло једноставно објашњење.

— Сад кад сте већ узели моју пажњу, а Ви изволите па ми ту ствар и разјасните. Само без устезања, молићу. Шине и путовање су ме већ уморили. Стога, говорите већ.

— Опростите, биће да сам Вас узнемирио...

— Забога човече — одсече Максимов већ изгубивши стрпљење што се могло закључити и по томе што јако пљесну шакама о колена — говорите. Само говорите. Не рекох ли Вам већ да сте узели моју пажњу?

Поручнику се у једном тренутку оте помисао да може бити да је овај сусрет чак и нарочито удешен како би он прекратио ту своју свежу прошлост „народне воље" и неславно свршеног односа са Маријом Васиљевић. „Може бити", помисли он, „да и неће бити тако рђаво, чак и ако овај Фомин о свему томе да своје виђење, ако разговор уопште и крене у том правцу, ма свеједно, ђаво да га носи...”

— Молим, молим... — стаде се извињавати руски службеник, а онда направи повећу застанку. — Објашњење је, као што већ напоменух, веома просто — настави удобно се сместивши на један од три лежаја. — Отац ми је српске крви, негде од Крушедола, тако ми је барем писао. Немојте се чудити сада над чињеницом коју ћу Вам поверити: тога човека ја никада нисам упознао. Никада, иако ми је отац — заврши одмахнувши руком.

Поручника ово сазнање прилично умири, те тако и нестаде оних презривих погледа са његовог лица и врашке нестрпљивости.

— Напустио Вас је, јамачно?

— Јест. Напустио.

— Моје жаљење — обазриво дочека Максимов.

— Сажаљење није за човека. Та емоција ми је врло мрска. Уосталом, он је одавно само моја прошлост и никако није предмет мога интересовања.

Ово „предмет” он посебно нагласи.

— Не, не сажаљевам Вас ја, него... — поче се правдати поручник, али га Фомиин прекиде.

— И немате рашта.

— Но, може ли бити да сте оца тек тако сместили у прошлост?

— Тек тако?! — зачуди се Фомин. — Није то „тек тако”. И наравно да је могућно. Ако живог човека једино око врата носите — па указа на један од два сребрна медаљона који тек што су се назирали испод мирисне и опеглане кошуље широке крагне — ако у себи годинама држите онај мучан осећај да вас је изневерио, онда га неизоставно без жаљења и било каквог преиспитивања савести можете најурити у прошлост.

И ово „најурити” посебно нагласи. У тој речи као да се скупила сва она љутња сина коме је отац учинио неправду.

— Кажете, не вршите му посете?

— Било је много удешених случајева и могућности за то, али ја сам сваку успео да избегнем. То сматрам чак и својим моралним подвигом. Признајем и да у свему томе има мог пркоса. Инаџија сам и човек врло грубе душе. Ипак, сматрам оправданим свој избор да га на овакав начин читавог живота кажњавам.

— А по Србији да ли сте путовали? — упита поручник не би ли се разговор одметнуо у шта друго.

— О, још како путовао! — рече Фомин готово у заносу.

— Иван Никитович Фомин... Све ми то указује да сте Рус.

— Рус сам. Мајка ми је Рускиња, а и отац је само рођен у Србији, разумете?

— Разумем. Сада већ разумем боље.

— Вера Теодосијевна, једна од оних дивних душа и врло смелих Рускиња...

— Јасно ми је. Она Вам је мајка — прекиде га поручник.

— Мајка. И значајно више од тога — кратко потврди Фомин.

Максимову је ово кратко исповедање руског чиновника донело онај осећај сумњивог мира и притајеног задовољства, јер пред њега је као на тањиру била изнета судба једног човека, судба готово равна његовој. Он припали дуван, заборавивши да понуди и Фомина. Осети извесно олакшање од његовог причања, чак и одређену веселост, вешто је скривајући како га тиме не би увредио. Чудног је састава душа човекова. И тешке, неподношљиве су дубине у њој таме, претворности, нереда, себичности и сваког другог зла. Умирени тиме што и други подносе патње, што ни другима живот није савршена и мекана кроја нити им је вечито светао дан, већ је у њему више сенки и ноћи од раскошних, светлих зора, тражимо ли и можемо ли се тако наопаки надати свом личном спасењу? Видимо ли другог човека ако нам је крмељ одвећ притиснуо око?

Тешко је у потпуности објаснити, готово је и немогуће ако се пође са претпоставком да у сваком другом човеку можемо угледати свога брата, због чега се и дејством којих све мрачних унутрашњих сила притајено радујемо туђем удесу! Можда одговор и јесте у томе што је то туђи удес, а што је туђе то није наше! Себичност, друго је име гордости. Када би удесе других људи прихватали као своје, када би терет другог човека барем делом понели и сами, не бисмо ликовали због нечије несреће, не би нас умиривало сазнање да има и тежих крстова од оног који ми носимо. Лако човек одустаје од дела љубави, правдајући се свим и свачим. Неки мисле да би скренули памећу ако би им до срца долазила патња сваког човека те тако и самилосне људе сматрају у најмању руку чудацима, други живе у уверењу да увек постоји неко други ко ће чинити добро и да је број таквих људи довољан за срећу у човечанству и да, ако се то узме у обзир, није нужно да сваки члан заједнице узме удела у добротољубљу. Оправдања и изговори блиски су малим карактерима. Истина је да човечанство може опстати и на пет хлебова и ведру воде, али без љубави никако!

Удеси људи су различити. Ипак, удес је удес. Сваки од њих је тежак, несагорив, смутљив и рушилачки, али и изграђујући и то баш на пепелу тих истих рушевина. Страдање човека није зубобоља нити прострелна рана већ вечита унутрашња мука ношена на нејаким плећима душе, као опомена или као кушање нашег трпљења, речју, страдање је вођица по којој клизи читав наш живот.

— А Ви, поручниче, где сте изволели путовати? — љубопитно прекиде Фомин краћу тишину.

— Редкино — кратко одговори овај.

— Редкино, Конаковски рејон, Тверска област — изброја Фомин.

— У руску се администрацију мало разумем — признаде поручник.

— Редкино... Хм... Далеко је од престоничког лармања, али не и од порока.

— Порок свуда можете наћи. Али, порок не налази свакога — оштроумно примети Максимов.

Утом, Фомин извуче мању боцу из унутрашњег џепа скупоценог сакоа врло модерна кроја, добро потегну из ње мрштећи се и пружи је поручнику.

— Вотка?

— Вотка, но шта? — уз лагани осмејак потврди Иван Никитович.

— Оправдаћу се жучаном болешћу.

— Како год изволите. Не мари — помирљиво прихвати Фомин одмеривши још једном поручника испод ока.

Између ова два човека могао се извести и начинити врло добар однос, и то као да обојица својом проницљивошћу осетише. Можда управо због тога Фомин и стаде љубопитно вршити претрес досадашњег поручниковог живота, распитујући се посебно за последње у њему чинове, с времена на време потежући из боце. Светлуцајући очима, најзад, весело закључи да је добро поступио и у случају Марије Васиљевић, а и у случају „народне воље”, држећи се тако као да је правобранилац оптуженог на неком значајном претресу.

— У случају жене са којом сте живели нема се шта много говорити, над чињеницама не вршимо претрес — баш тај израз употреби Фомин и одмахну руком. — Ту заједничког живота више није могло бити и то су Вам чињенице.

Идеју „народне воље” Фомин отворено стаде оправдавати и хвалити поручниково учешће у једној таквој крупној ствари, истичући у свему томе своје пуно уважавање и дивљење, закључивши да таквих идеја, сигурно, и то са већим обимом, има и широм Русије.

— И у Русији? — у одушевљењу повика Максимов.

— И у Русији! Зар мислите да је иједно друштво, па и руско, у потпуности уређено по принципима човечности, поштовања и достојанства? Таквог друштва нема, нити ће га икада бити.

— Имате право — кратко прихвати поручник.

— Оног тренутка када је човек ућуткао тај унутрашњи глас у општењу са другима — продужи Фомин — укинуо је и сваку могућност да једни са другима можемо живети у потпуном миру, задовољно и чак у љубави. Тада су и настали сви ти људски закони, грађанско право, претреси и различити процеси. Све је то од човека и ако се рачуна на то да је људска памет врло сумњива, онда свакако да и све оно што је од ње настало можемо довести под сумњу, јер ништа што је од човека није потпуно, није заокружено, и ако се у појединим случајевима и деси да тежи савршенству, оно то никада неће бити. Једино савршеност рађа савршеност, а човек је од тога далеко. Занемаривши унутрашњи глас, своју савест, дакле, исти тај човек заобишао је и оно божанско у себи и све оно што се тиче душе прогласио је ни за шта. Ето како је и дошло до раздора међу људима. Улога нас, правничких чиновника, тек је тада добила на значају. Човек је могао бити задовољан својим положајем у друштву, али не и самим друштвом. Том друштву требало је судити, припремати одбране за злочине који су сами по себи ужасни, али и такве су одбране заузећем умешних правничких чиновника свршаване, уверавам Вас. Чак и најокрутнији злочин у неким случајевима може бити поравнат само ако се искористи несавршеност закона и све његове недоречености. Исто тако, и најочигледнију истину суд може прогласити за најогавнију лаж и тако не узети у обзир правду невиних већ их отерати на робију! Тамновали су људи годинама ни за шта, и то какви људи, молићу лепо! Све морални дивови, а лежали по мемљивим собама и тамо, у прогонству, изгубили здравље! Ето у чему Вам је људска правда! Ње нема! Имао сам случај где су на крају осудили голобрадог човека, осудили младост, а ни за шта. Пет година тамновања, стављен јемственик па крај! Упропашћен један живот, али ко још мари за то. Ништа нисам могао изнети у његову одбрану, јер је тужилац био толико уверљив, па још и нервозно крупним корацима гази по дрвеном поду суднице и све у глас виче: „Све су Вам то, господо, чисти факти!" До врага са таквим фактима, мислим се ја, али не могу ту ништа учинити иако знам да је младић невин. Немаш га како оправдати, а он није кривац! Да, и невиност некада треба доказати! У супротном, робија! Читав апсурд, али апсурд прихваћен.

— Ви као да и нисте баш нарочито срећни у своме послу? — проницљиво примети поручник Максимов.

— Решавати судбе људи користећи се законима — настави овај не дајући посебан значај поручниковом запажању — прописима које, ако сте само вешти, можете окренути у било коју страну, без уношења у саму суштину проблема тих парничких невољника, без саосећања са њима, дакле, мучна је работа. У заступању једних, у њиховој одбрани или у оптуживању других који су нехатом или с предумишљајем носиоци каквог преступа, човек не може наћи лепоту. Све је то само ужасно мучење душе — закључи, невесело.

— С обзиром на таква убеђења, Ви бисте пре могли бити какав врстан романсијер — шаљиво примети Максимов.

— То никако. Романсијери су они чиста срца! Романсијер излаже идеју и никад је не напушта, веран јој је до краја! Ја сам Вам превише срачунат човек за тако нешто. У романима ћете неизоставно наћи лепоту, а ја баш и не полажем много на њу. И упозорићу Вас на врло незгодну црту у свом карактеру — ја Вам се увек, када је то могућно, водим користољубљем. Занос о правичности давно сам напустио, прегазио сам га, а да у томе нисам нашао баш никакве непријатности и ја га се, ето, сада само понекад сетим кроз оваква причања. Тумач закона, а користољубив, изврсне ли комедије! Ха, шта кажете? Изразито фарисејство.

Иван Никитович никада није озбиљно промишљао о неправди коју посведневно људи различитих положаја наносе једни другима, о том њиховом међусобном односу осионих, бахатих и понижених са једне стране, и оних увређене части и обесправљених, са друге. Посматрајући душевно стање поручника и не налазећи по изразу његова лица никакво занимање за судбе несрећних и невољних, њему постаде јасно да су њих двојица из истог камена исклесани. Овим је био нарочито задовољан, јер увек је лакше човеку да прихвати свој пад ако са њим пада и још неко, и многи други. Откопча два горња дугмета са сакоа, желећи да себи тако начини већу удобност, и још једном добро повуче из већ преполовљене боце.

Феодор Андрејевич га гледаше са изразом очигледног задовољства и одобравања. Његов животни коловоз углавном су му пресецали управо овакви или слични људи, са њима се радо и здруживао, а то су они, можда и најлицемернији представници рода људског, можда и највећа људска отпадија, најогавнији користољубиви грабеж, који иако врло добро познаје човекову несрећу и о њој јавно говори са тобожњим саучешћем, ипак не саосећа са невољницима, већ се њиховим удесима на крају и богато заслади. Расположење му се промени, постаде врло весело, и он би готов да Фомину призна како у потпуности разуме његов положај и тај идеал ове, не још увек толико старе, али свакако промућурне главе.

Тај идеал састојао се укратко у следећем. Од велике је важности, можда чак и најзначајније за човека, да кормило свог живота окрене тако да ни у ком случају брод не може остати насукан о гребен и ма какви ветрови дували треба га, дакле, извести на пучину, а та пучина и није ништа друго до властита срећа и задовољство, непокорна, грабежна и немилостива, далека од сваке могуће жртве за другог човека и за читаво човечанство. Моралност и честитост испуњена је само преко ољуспане форме, потврђена једино преко слова на папиру, продатим у бесцење, јер истинске жеље за честитошћу нема те тако и свако доброчинство изостаје. Најкраће, језик од меда изливен, а руке у рамена увучене, неспособне да пружају.

Поручник је познавао положај овакве касте људи, јер је тој истој касти и сам припадао. Углавном, све се сводило на то да су се својом красноречивошћу залагали за некакво јединство (изложено једино речима!) и опште буђење народа из душевне летаргије. Гласно су проповедали да без постојања народне елите (у њу су неизоставно и себе сврставали) не може бити напретка, јер та је елита способна да доноси и узвикује заповести људске и да тако на узди задржи нагнути стуб преступа људских како он не би свом тежином пао на њих и тако их смрвио. Заправо, једина је истина у томе да су они из истог тог друштва испијали најслађи нектар из чаша различитих привилегија, угодности и незаслужених похвала, а да су на ту људску, човечанску глад за уређењем здравих односа међу њеним члановима, гледали са подмуклим презиром. Свој су углед држали за свето, пажљиво га умотавши у свилу, а срце им је било подједнако далеко од сваког невољника, ма чим се он мучио и од чега год да је страдао. Срце пусто, изнурено и празно. Оскрнављени храм душе. А они сами себи срамота и лажа.

Премишљајући како да на поручника Максимова остави што снажнији утисак даљим причањем које је имало уследити, Фомин лагано стаде скидати покров са једног ванредно дрског и безбожног случаја у коме је и сам узео учешћа и тако посрамио своју главу.

— Беше то још док сам са службом био у Новосибирску — лагано отпоче, ритмично прелазећи кажипрстом преко луле. — Страшна је зима оковала Новосибирск те године, такав се случај забележи вероватно само једном за читав век. Познато је да је руска зима одважна, али те године... Чак је и нас Новосибирце изненадила својом дрскошћу. По таквом мразу, негде још јутром, чини ми се тек што се беше разданило иако је сат већ избио десет пута, мени на врата стаде лупати Сергеј Акакијевич Мавров, човек фабрикант, у свом послу врло успешан. Таква и таква ствар, још са врата ми стаде излагати разлог свога доласка, не скидајући подебео, вунени капут са леђа. Беше ми одмах јасно да је негде журио и да му је та ствар била врло крупна и за њега врло значајна. Читав је случај био у следећем. Намислио је да гради још једну фабрику ушанки, да, свакако ушанки, тако је баш рекао — стаде се помало премишљати Фомин. — Тај његов наум свакако беше врло добар и у сваком случају изузетан и домишљат. Ушанки је у Новосибирску те године баш мањкало, рафови празни, а продавци само слежу раменима и све вичу: лакше Вам је, господо, наћи процветалих кринова у Новосибирску него ушанки. Што да се народ мрзне, помислих ја, а сад ево још и предузимљива човека, ту не може бити ничега рђавог... Само, никако ми није долазило на памет у чему сам томе човеку ја требао. Али, у његовом даљем причању добро сам разумео све.

Ма колико беше предузимљив и практичан човек, овај се Сергеј Акакијевич Мавров никако није могао нагодити са Наталијом Николајевном, власницом огромног имања на којем је она живела као самохрана мајка са троје ситне деце. Мавров је предлагао једну цену, али не довољно пристојну и прихватљиву како би ова могла пристати. Имајући на уму више факата, најпре да се ради о породичном имању за које је везују јаке емоције и многе успомене, да је понуђена цена ниска, затим, да би у случају продаје имања она морала у врло кратком року себи и деци наћи нови дом, она више пута одби Маврова, одлучно, али и љубазно тако да се овај није имао рашта срдити. Мавров је наумио да баш на овом имању сагради ту фабрику ушанки, јер му се то чинило као најбољи од свих могућих избора будући да је имање далеко од града, да је пространо и равно, да у окружењу нема баш никога и томе слично. Једном је, враћајући се у град са и том приликом несвршеном нагодбом, грозничаво се једећи на Наталију Николајевну и њен тврд карактер, донео врло нечовечну одлуку и над њом, напослетку, чак стао и ликовати. Читава се та одлука састојала у томе да нађе врашки лукавог и утицајног човека, доброг познаваоца закона и могућности његове злоупотребе баш у оним тачкама где је остао недоречен и да уз његову помоћ некако дође у посед тог имања. Добро се распитавши код људи у Новосибирску о мени, он стаде пред моја врата са јасним циљем — доћи у посед тог имања на било који начин, користећи се свим расположивим средствима, не улазећи у њихову оправданост нити у честитост једног таквог подузећа.

Узех тај предмет без било каква двоумљења и исте га вечери стадох разматрати. Тако ја одмах и нађох да се може решити у корист Маврова, истина тек уз доста лукавства. На ту несрећну жену и на њен положај уколико остане без имања нисам ни помишљао, а и што бих, она је за мене само једна парнична страна, и то супротна, јер против ње се ишло, она је за мене само Наталија Николајевна и даље од тога не, никако! Право не познаје емоцију, неретко ни правду. Напослетку, имање мојим заузећем дође у руке Маврова и то за многоструко мање рубљица од оне цене коју је он тој жени предлагао. Најпре се добро распитавши код одређених службеника дођох до сазнања да се имање уопште и није водило на име Наталије Николајевне већ на име некаквог Фјодора Сергејевича Кутузова, човека који се упокојио још пре четврт века. Од њега је отац ове Наталије Николајевне и купио имање, али о томе они не сачинише никакав писани траг. У то се уверих у суду — тамо ми и рекоше да није архивиран баш ниједан купопродајни уговор на име Фјодора Сергејевича Кутузова. То већ беше добра прилика да се доведе под сумњу законитост поседовања имања од стране Наталије Николајевне и да се покрене судски процес са разним вештачењима и томе слично, што би, истина уз доста потешкоћа, могло довести до тога да јој имање буде одузето као незаконитом власнику. Све се то већ могло уредити, не питајте ме како, али уверавам Вас да се могло. Бављење земаљским правом врашка је ствар, рекох Вам то већ. Даље, у многим сам судовима годинама стекао многе привилегије и уважавање, чак и познавао најутицајније судије, и тамо Вам дознах да се око имања споре та Наталија Николајевна, њена сестра и још неки ближи чланови велике породице. Суд је жени до окончања оставинске расправе доделио имање на коришћење, човечно узевши у обзир њен положај самохране мајке, њено изражено сиромаштво и све тако редом. Око овог се предмета нико озбиљно није хтео заузети, имајући на уму напред речено, поготово ово последње. Суду је све то било само још један врло мрзак оставински процес чије се извршење стално одлагало, Наталија Николајевна се није имала противити тренутном стању јер је њиме била задовољна због наведене чињенице да је она корисник имања што јој је свакако и одговарало, међутим, у читавој се оставинској расправи појави неки даљи рођак који стаде потраживати своја права, а тврдио је да их и те како има. И управо тог даљег рођака ја и искористих па уз онај факат да се имање води на име Фјодора Сергејевича Кутузова и уз још неколико врло значајних пикантности учиних шта је било неопходно да се то имање нађе на лицитацији. Наталији Николајевној би наложено, судски, разуме се, да се са имања одсели у врло кратком року. На лицитацију се јави једино Сергеј Акакијевич Мавров те он и ступи у његово поседство за знатно мање новаца од стварне вредности имања. Самим тим, исплативши ми за моје услуге, весео у души због свршене ствари он ме још и богато награди избројавши педесет хиљада рубаља, накнадно. Тако се и растадосмо, па свако својим путем — ти ћеш ми Маврову, рекох му ја, надесно, а ја ћу у леву страну па хајд', свак за својом срећом. О Наталији се Николајевној и њеној даљој судби нисам распитивао, а и што бих? Страшна та зима беше у Новосибирску, поручниче! Страшна! — мирно закључи Фомин, иако је његовим нечовечним поступком несрећна жена можда негде и прозебла баш те страшне зиме, до последњег даха грлећи своју децу.

— Мој наклон на таквој умешности — такође равнодушно стаде одобравати Максимов, пажљиво га саслушавши.

— Молим, молим — званично и хладно прихвати Иван Никитович Фомин примичући боцу устима и као да је у читавом том случају учествовао неко други а не он, из џепа извади нешто налик омањем планеру, трже хитро из сакоа оловку и на папиру записа своју адресу и телефон у Петрограду.

— Улица *Невский проспект*, број седамдесет три, на неколико минута лаганог хода од железничке станице, па извол’те... Ако Вам шта устреба или ако једноставно будете хтели да ме видите, можда и дружбу да начинимо... — погледа поручника испод ока, смешећи се и пружајући му цедуљу.

— Ако се само од себе удеси, мада, враг би га знао... — прихвати Максимов.

— А ако се само од себе не удеси а то га онда Ви удесите — развуче Фомин уста у широк осмех.

— Видећемо већ. Него, ја бих да одремам до Москве. Све до сада пратио сам Вас са особитом пажњом, али ево ме умор савладава.

— Ако изволите ја ћу и светиљку у купеу угасити.

— Свакако је угасите. Лакше је без ње.

— Молим, молим. Па, онда, лаку ноћ, поручниче.

Иван Никитович Фомин се придиже, угаси светиљку, и запаливши дуван већ се нађе иза врата купеа. Хитро уђе у ходник спаваћих кола, претресајући га не би ли кога нашао да прекрати време до Москве, јер му се, то беше очигледно, никако није спавало.

II

Ноћ боје презреле вишње стаде пуцати, не тако журно, обазриво склањајући своје прсте са прелепих, витких бреза запрашених снегом. Не беше се још сасвим разданило и зора као да је са неком намером одоцњавала, дремљива, лењо се пренемагајући у намештеној постељи ноћи. Из даљине су мамила вештачка светла престоничког града, раскошна и чистог одблеска. Воз се имао наћи на једној од московских железничких станица кроз четврт сата, можда нешто више, по мишљењу и процени Ивана Никитовича Фомина. Тек мало отворивши прозор, запахну га чист, свеж и изразито хладан ваздух. Он се од тога сав стресе, усна му задрхта, и не премишљајући се много удаљи се према вратима која су даље водила у ходник. Седе на своју постељу, негужвану, јер он те ноћи није могао ока склопити. Извади чешаљ из своје акт-торбе (у њој је чак и за такве појединости увек било места) и зачешља подужу, плаву косу у једну страну и то по свему судећи насумично. Јасно се могло видети да то ради из некаквог чудноватог ритуала или навике пак, али свакако не из жеље за спољашњим украшавањем којем не беше претерано склон. Одмах затим закопча чисту, белу кошуљу до самог грла, чак и оно последње сребрно дугме, извуче из капута лептир машну и њом се свечано закити. Погледа на омањи ручни сат и би задовољан — недостајало је четврт сата до петога часа.

„За четврт часа воз ће стићи до станице *Смоленская*”, помисли и реши се да пробуди Феодора Андрејевича Максимова. Овај је, уморан, спавао тврдим сном.

— Поручниче! Поручниче, ево стигосмо — најпре га тихо стаде дозивати у будност, али пошто то не донесе очекивана резултата, он га добро продрма на шта овај већ хитро искочи из кревета.

— Шта ће бити да је сад?! — зачуђен и збуњен, мрзовољно поче негодовати Феодор Андрејевич мамурним речима.

— Не брините, рат није. А ни претпостављени Вас не позива на одговорност. Није ништа од тога — уз осмех, шаљиво прихвати Фомин. — Москва! Москва, поручниче! Престони град.

— Зар већ?

— А како то питате, већ?

— Тако, лепо. Тек што сам стигао очи мало да одморим, не и да одспавам ваљано.

— Добра четири сата сте одспавали. Чак сте и читаву шуму посекли. Разумем, биће да су проблеми са дисајним путевима.

— Опростите, то је од умора.

— Не мари. Ја ионако нисам нашао сна. Иначе, на несаницу сам се и свикао већ. Петроградске беле ноћи, разумете већ.

— Свакако. Свакако — сањиво потврди Феодор Андрејевич.

— Него, изволите спремити Ваше ствари. Стижемо на станицу *Смоленская* за који минут. Ја ћу до ходника, дуван да запалим. Задовољићу се једним овај пут, надам се.

— Ако, ако. Хајте Ви само.

Феодор Андрејевич погледа за Фомином и одмах затим стаде управљати мадраце од лежаја на ком је одмарао. Протегну се неколико пута, забацујући руке иза леђа, па хитро покупи лулу, новине и шибице са стола, размештајући све то што у џеп, што у кофер. Рукама мало попегла од сна погужвану кошуљу, претходно је ставивши у панталоне и чврсто је притежући тањим каишем од црне, лакиране коже. Прође прстима кроз кудраву, од спавања умршену косу, а онда чврсто притисну очне дупље не би ли се тако још боље расанио. Напослетку огрну и мундир и стави кофер преко обамрлих, укрућених ногу. Тако и дочека Ивана Никитовича. Овај је свршио са својим, ипак не једним дуваном, и сад се готово у веселом узбуђењу стао распитивати код поручника да ли се овај потпуно расанио, да ли се осећа добро, треба ли му шта и томе слично, на шта је Феодор Андрејевич само потврдно климао главом.

Смоленская, као и обично, без изненађења, беше добро осветљена. Локомотива утихну и из неких се већ кола, једни поспани и уморни, други пак врло весела и живахна хода, стадоше разлегати по долазном перону. Феђа закопча сву дугмад на мундиру, натуче официрску капу на чело и чврсто стегнувши кофер у снажној руци, указа очима Ивану Никитовичу да он први пође из спаваћих кола ка перону.

Две прилике корачале су уједначеним и крупним ходом, ћутке један поред другога. Изашавши са станице *Смоленская* поручник хукну међу прсте не би ли их тако угрејао. Руска је зима одвећ добро загризла па беше врло хладно, чак и у Москви. Мимогред њих двојице пролазили су ужурбани престонички грађани безизражајног лица, поспани и суморна, неодређена погледа. Сви они нашли су се ту сваки својим послом и без било какве заинтересованости да било с ким и о било чему опште, мрзовољни и готово љутити што су још јутром имали нешто неодложно да обаве па су се тако сањиви сударали са другима на очишћеним московским улицама. За разлику од ових, у сусрет су им прилазиле и сенке мршавих, промрзлих људи невесела лица и молећивих погледа. Неки су чак и руку према њима испружали. Људи милостиње. Људи скореле судбе. Људи скрајнутих звезда.

Поуздано се могло тврдити да све то беху људи уличнога живота, убоги просјаци, махом сви преко леђа претурили више од пола века. Некада, и то се могло рећи готово са уверењем, радни људи у најбољој снази, а сада потпуно упропашћени. Једни поднапити, други зрикава погледа из потавнелих очију. Неки, опет, толико тужна израза лица као да нигде пред собом светла не виде. Међу свим тим људима било је толико ванредно тешких усуда да само ако би се над њима надвирио, оплакујући њихов удес, човек мекане душе допао би таквог стања потпуне жалости да би читаво ведро суза могао накупити. Управо таква беше и судба чистача железничке станице *Смоленская*, човека снажних руку, а болећива срца. По његовој раскошној физиономији рекло би се да он меље живот, да га чврсто гази чизмом, а оно посве другачије — главу погнуо толико да је смежураним челом готово дотицао тротоар. Ето колико су га тешке мисли и крајња осетљивост узели под своје. Широка, снажна леђа и мало издигнута рамена, уопште, човек врло чврсте грађе, а душа мекша од перја. Просто свила и памук. И таквих има. И такви се случајеви могу забележити међу људима. Никакво чудо, јер једино се међу светом може на све наићи, на све оно докле год досеже људска помисао, па чак и више од тога. Посебности је много, чак крајњих изузетака. Човек је то. И нема му потпуног двојника. Два пута се један не рађа. Један, јединствен.

Феодор Андрејевич Максимов презриво погледа на несрећног чистача упосленог код руске железнице, указавши и Ивану Никитовичу на њега и не скривајући одвратност због задаха који је долазио са замашћеног, подужег капута од овчије коже којим је овај човек био добро заштићен од мразног јутра. Навикнутом на спољашњу префињеност, до гађења му беше мучно присуство станичног чистача.

„Зар ћу овакве морати да трпим довека? До ђавола, па свуда их је! Требало би им опорезивати ваздух јер га прљају удишући га и избацујући из својих кужних уста, стварајући тако осећај непријатности другима", помисли поручник и намршти се.

Фомин, као да наслути ово унутрашње негодовање Феодора Андрејевича, те кроз смех примети:

— Таквих ћете се у Русији већ нагледати. Неће човек ни близу воде, па то ти је. Имајте за то разумевања, руска је зима изразито хладна — у шали рече и изазва у поручнику неочекивано врло добро расположење.

— Нека их ђаво носи! — помирљиво прихвати овај.

— Ни он их неће. И њему тај задах смета — још веселијег гласа дочека Фомин.

Феодор Андрејевич нађе да је ова досетка нарочито добро изведена па се грохотом засмеја.

— Хоћете рећи да је у неким случајевима и ђаволу мучно да се петља са људима?

— О, а како другачије? Неће ти тај никакву непријатност да истрпи, иако му је свака људска душица слатка.

— Јест' тако.

— Него, поручниче — претурајући по џеповима најbadаред стави на лице израз озбиљна човека, могло се са сигурношћу казати да је хтео да разговор окрене у другу страну или да га пак оконча — задовољство ми је због овог удешеног сусрета. Ах, да! Видите шта расејаност начини од човека... Цедуљицу са адресом и телефоном већ сам Вам дао — па присетивши се тога извади руку из дубоког џепа и испружи је ка Феодору Андрејевичу како би се с њим руковао. — Учинићете ми посету? — упита, мотрећи на њега испод ока и тумачећи израз његова лица, не испуштајући му руку из стиска своје.

— Врло извесно. Али немојте то држати за потпуно готову и решену ствар, као нешто неизоставно. Свашта се може испречити чак и онда кад се решимо на нешто, а све што је обавезујуће гуши човека и његову слободу. Обавезност мало трпим. Никако готово. Ја ћу се свакако потрудити, у то немојте имати сумње. Имам жељу да се наш сусрет удеси поново, а то је и најважније. Али, кажем, ако се удеси...

— Онда, ако се удеси — помирљиво се сложи Иван и отпусти му руку.

— А Ви, нећете у Петроград?

— Мислите, Санкт Петербург?

— Свеједно, ето, у Санкт Петербург?

— Неодложности у Москви, знате како то већ иде...

— Ја то само онако, због могућности даљег заједничког путовања — учини се и самом Феодору Андрејевичу да је можда био превише директан па се стаде правдати. — О, немојте ни помислити да хоћу да улазим у Ваше личне ствари! Не, то никако. Уосталом, то је у супротности са мојим принципима.

— Дружбе ће, у то сам уверен, бити још. Али, другом приликом. Другом приликом, поручниче. Него, хоћу Вам за крај још нешто рећи.

— За крај обично остављамо оно најважније — уз осмех примети Феодор Андрејевич.

— Може бити да је тако.

— А то значајно што ми хоћете рећи је...? — заинтересовано упита поручник.

— Не мора да значи да је крупно и значајно, али заиста може бити од важности за Вас. Кажете, у Редкино путујете?

— Јест', у Редкино.

— Настасја Семјоновна! Пазите, и добро упамтите ово име! Предлажем Вам да избегавате да општите са њом уколико Вам се за то укаже прилика. Оправдајте се било чим и са њом не општите.

— Ретка жена? — лукаво се смешећи упита поручник. — Признаћу Вам, мало ме збуњује такво упозорење на обазривост, иако држим да то чините из великодушности и добре намере.

— Свакако, из добре намере — замишљено потврди Фомин.

— А и Ви сте добро гађали, Настја је ретка жена. Можда и изузетна.

— Зар се од таквих треба чувати?

— Ето, ја Вам све казах унапред. Како ћете даље поступати с том околношћу, Ваша је ствар.

— Захваљујем се на добродушности.

— Молим, молим. Ствар је деликатна, нимало обична. Та вам је жена нарочит и врло опасан карактер, но, рекох већ... Ваша ствар.

— А може бити да сте је Ви г. Фомин таквом начинили, да је само Ви таквом видите?! Хоћу рећи, можда сте из неких Ваших особених разлога суд о њој искривили? Ни у чије личне ствари не улазим, само, чини ми се да сте помало узбуђени када говорите о тој жени, и зато мислим да може бити да у Вашем односу има чега посебног и изузетног. Можда Вас је та жена некада увредила или шта год друго, хоћу рећи, може бити да сте од ње шта истрпели, и сада због тога своје мишљење о њој казујете другима с наглашеним упозоравањем на непријатности које би од ње могле уследити, а заправо, врло је могуће да нико од тих других и не би био предмет њеног интересовања нити би икада с њом и општио.

— Ви јој онда хајте у сусрет! Ето, нека буде да је све ствар моје уобразиље, па, хајте само! — одреза Фомин наглашеним тоном, изгубивши стрпљење, вероватно због тога што је поручник добро гађао жицу.

— Не љутите се! Ја само износим своје претпоставке.

— Ви износите претпоставке, а ја Вам излажем искуство. А шта ту има већу тежину, сами судите! Ја Вас нећу разуверавати. Слободни сте у својим поступцима, па извол'те!

— Немам ја ту шта да изволим. У Редкино путујем отиснут чудноватим животним приликама у којим сам се задесио, и једним врло важним послом. Од једне жене безмало сам побегао и, молићу лепо, зар мислите да ћу безглаво искушавати невољу у првој на коју наиђем, па све и да то буде та Настасја Семјоновна? Варате се ако мислите да хоћу, г. Фомин!

— Не, ништа ја не мислим! То што говорите је већ доста мудро. Нема жене — нема невоље! — примети Иван Никитович уз циничан осмех, потпуно умирен оним што је чуо од поручника.

Поуздано се може казати да је Фомин са овом Настасјом Семјоновном већ имао изграђен и чудно намештен однос, да је у том односу било и доста непријатности и, врло вероватно, чак и рђавих успомена, јер да је другачије, зар би он уопште о њој и говорио са човеком кога први пут види, не скривајући своју озлојеђеност. Сасвим сигурно је и то да је између њих двоје још увек тињало нешто, некакав немушт говор, особена непријатност, шта год од тога. Поручнику није било тешко да разуме ово и можда је управо због тога и хтео Ивану Никитовичу да олакша тако што је са одлучношћу у гласу изнео своју тврдњу да се никако не може удесити да он са том женом има било какав однос — он са њом неће разменити чак ни један једини љубопитни поглед.

Некада човек гађа саговорника речима које би он волео да чује како би у њему изазвао осећај одобравања и веселости, како би га умирио. Тако би и овај пут. Фомин се одобровољи и поново се стаде благонаклоно опходити према Феодору Андрејевичу, не скривајући задовољство. Смешећи се, крајем танких усана припали дуван, љубазно понуди и поручника, али га овај учтиво одби.

„Само нека буде онако како је неко у својој глави одредио, онако како је намерио и како му одговара, и сваки ће човек у том случају бити миран, чиниће другима различита угађања и пријатности, али само да се најпре та његова жеља срца испуни, да се она сажваће и да се у њој ужива, а после је већ све лако и може се, па како год. Али, ако се нађе неко ко би стао наспрам те жеље, ако би је неким случајем оградио, ако не би било по вољи онога ко је храни у срцу, ето ти једа, отвореног негодовања и протеста, срџбе и непријатељства", помисли поручник трљајући промрзле руке, и нађе да је исправно поступио кад је Ивану Никитовичу јасно дао до знања да он са том женом нема шта тражити нити градити какав однос. Ипак, љубопитни црв у њему копкајући га није му давао мира и он поче нагађати у каквим су приликама њих двоје могли бити. Чак се стаде и подсмешљиво наслађивати гледајући у модро Фоминово лице док је у заносу, али и са подједнаком срџбом, говорио о тој жени. Испред себе имао је човека посрамљеног поноса и неухрањене сујете, коме је та жена, у то је био готово убеђен, учинила ужасан нитковлук, можда га издала у каквом пословном подухвату или, што је још горе, у љубави или страсти. Ово последње учини му се вероватнијим, али Бог би знао шта је заиста међу њима стајало. И шта је било некада, а шта је сада.

Можда би се поручник још дуго сладострасно бавио том мишљу, ликујући над туђим замршеним концем живота и удесом, а заборављајући на свој, да га не прекину Фоминов глас, мало промукао и стога, храпав. При том он подиже и руку, и пред њих стаде такси жуте, за Москву уобичајене боје.

— Поручниче, било ми је особито задовољство. Мој наклон и уважавање — па сагнувши мало главу указа му част. — Као што већ рекох, очекујем Вас на *Невском проспекту*.

— Уверавам Вас да ћу учинити све како би се наш сусрет поново удесио.

— Онда, у миру путујте! — весело дочека овај и окренувши се према возачу таксија, извади банкноту од сто рубаља и гурнувши му је у руке пријатељски се насмеја и заповеди му да одвезе младог господина на *Ленинградский вокзал*[1].

Поручник се овоме стаде противити, јер је навикао да искључиво и све плаћа сам, али возач таксија је већ ставио његов пртљаг у кола, тако да му не оста ништа друго него да се захвали Ивану Никитовичу на благонаклоности. Још једном чврсто му стеже шаку, а онда његова кудрава, црна глава нестаде иза врата московског таксија. Из њега махну Фомину, широко развлачећи усне у неприродан осмех. Кола кренуше по московским широким улицама и он се удобно заваљен на задњем седишту, стаде бавити неком споредном ствари, из чисте разоноде, тек да би прекројио време, јер није имао баш никаквог рачуна да склопи отежале и уморне очи — врло брзо ће се наћи на железничкој станици *Ленинградский вокзал*.

„Можда му о Настји није ни требало говорити! О какве ли само несмотрености!", помисли Иван Никитович Фомин гледајући за колима како ишчезавају пред њим, помало љутит на себе. „Но, шта се сад већ ту може?!", закључи и одмах затим стаде прикопчавати дугмад капута, одоздо на горе, понеко и прескочивши у благој расејаности. Беше изразито хладно и он, тргнувши се, журно загази по очишћеним, московским улицама.

Феодор Андрејевич Максимов ћутке је посматрао московски сјај кроз прозор „жуте тројке", не желећи да заподене разговор са возачем ни о чему. Чак је убрзо и сваку помисао заледио, није се бавио више ни оном споредном ствари, ни Маријом Васиљевић, ни Иваном Никитовичем и његовим, по свој прилици, врло замршеним односом са Настасјом Семјоновном. Једноставно, желео је само да се што пре нађе у Редкину и да тамо поради на тој својој ствари о којој никоме није хтео говорити.

____

1 Најстарији од укупно девет московских железничких терминала

III

Ленинградский вокзал остави на поручника изузетно пријатан утисак. Чак му ни мразно јутро није засметало да остане у великом одушевљењу. Напротив, стао је уживати у леденим обрисима што су прошарали светлеће рекламе код самог степеништа које води ка улазу у унутрашњост станице. Ситан, баршунасти снег тек мало је провејавао и тако доприносио томе да призор станице *Ленинградский вокзал* заиста буде величанствен и потпуно чаробан. Све је врцало и радосно поскакивало пред поручниковим очима у некаквој чудноватој игри јаког светла и различитих облика. Као и сваком другом човеку навикнутом на спољашњи сјај и лепоту, оком видљиву, Феодору Андрејевичу се учини да је напокон дошло време одмора и празника уморним чулима, притешњеним и згужваним за време дугог путовања од Београда.

Прелепа жута фасада станице *Ленинградский вокзал* са у њу тек мало усуте боје бакра и изражени у грациозности, витки, бели стубови беху добро осветљени, тако да се чак ни део њихове лепоте није могао сакрити. На централном делу правилног, четвороугаоног облика ове пажње вредне грађевине, израђене са нарочитим и истанчаним укусом и стилом, стајао је по један сат са све четири стране, упозоравајући придошлице да пожуре, или им пак само указујући да имају још довољно времена до поласка тамо где су наумили путовати руском железницом. У сваком случају, сваки од та четири међусобно усклађена сата свима је мерио животе, њихов ток и проток, и све их стављао у неку своју невидљиву бележницу. Неуморно окрећући казаљке, вештом и искусном посматрачу шаптали су на ухо о незаустивном протицању и пролазности његовог живота, али и о неумитном току свега, без заустављања, некуда. О трајању. Да, и о трајању. Понекад се стиче утисак да је човеку био потребан овај изум за мерење времена како би лакше разумео своје место у свеопштем протоку, у том једном блеску тренутка сањане вечности.

Прозори ове елегантне даме, укусно од земље издигнуте грађевине рукама вештих, окретних неимара, беху крајње једноставни и у тој једноставности изразито лепи. Беше их много, сви симетрично постављени у по два реда са сваке стране, једни са полукружним завршецима, а у другом реду без њих, и сасвим је сигурно да су пуштали довољно јутарње, децембарске светлости у унутрашњост станице. Фасада око њих, баш као и стубови, беле је боје. По свему судећи градитељима је било веома важно да истакну једноставност и склад прозора са витким стубовима, тако што ће фасада на овим деловима одударати чистом белином за разлику од оне жуте боје на остатку грађевине. Стакла прозора, издељена су кованим гвожђем на осам симетричних делова у горњем, и са по још два дела на сваком прозору у доњем реду где су се прозори завршавали полукругом, за разлику од горњег. И у једном и у другом реду стакла су свечано блистала од вештачке светлости која је долазила, како се то поручнику чинило, из самих стубова са ефектним завршецима. Та бела светла, ма где она била, толико су вешто била постављена да су непогрешиво и још више истицала лепоту стубова и прозора. Ово нарочито одушеви поручника и утоли му глад за спољашњим сјајем. Он задовољно гледаше у плодове људске гордости и сујете, али у исто време он оста и збуњен, јер не памти да је приликом његовог последњег доласка у Москву *Ленинградский вокзал* био тако раскошно одевен и огрнут тако богатим светлом. Из даљине примети и да недостају фењери који су, у то је био сигуран, некада били постављени на стубове, по три са обе стране улаза. Добро је знао да их је било шест, сви исти и ванредно лепи, само што један од њих, и тога се чак присети, није светлео оном пријатном, жутом светлошћу као остали приликом тог његовог претходног боравка у Москви. Такође, са обе стране степеништа које је водило ка улазу у станицу стајали су сада гроздови мало другачијих, али исто тако лепих фењера. Ни њих, и у то је био уверен, не беше онда.

Поручник се трже као из какве опсене и схвати да је *Ленинградский вокзал* умивен, да је добио нову, блиставу хаљину и сјај. Примети и то како су чак и жардињере испред станице пратиле боју фасаде и како су нарочитим редом постављене. Заустављена возила московског таксија, редом сви жуте боје, до савршенства су се уклапала у читав амбијент.

„Овде као да се о свему строго водило рачуна, као да се о свему са пажњом мислило, па чак и о најситнијим детаљима”, помисли Феђа. „Све је тако истанчана укуса, ванредно у својој лепоти.”

Око њега је, чак до највеће педантерије, све било чисто и уредно. Не беше отпадака расутих покрај жардињера нити је степениште било залеђено, па чак нимало прекривено снегом — и овде су постојали станични чистачи, само што су то сада били људи пристојно и добро одевени, изгледне спољашњости. Иза његових леђа у више светлуцавих трака журно су пролазили аутомобили остављајући за собом блештава, разнобојна светла у хладноћом, мирисима и звуковима већ претрпаном ваздуху. На њих није обраћао нарочиту пажњу, али га је узбуђивало њихово брујање по глатким, свеже асфалтираним коловозима. Све се дало у разузданост и журност, иако се јутро тек крајичком ока измамило. Људи су готово поскакивали вукући пртљаг за собом и само су неки од њих весело застајкивали и здравили се са познаницима које су, случајем, ту затекли. Град је увелико био будан, ако је уопште те ноћи и спавао. Судећи по живости без мамурлука на улицама, пре ће бити да је тек мало одремао.

Све докле је допирао поручников поглед било је веома пријатно и живих боја. Грађевине, добро осветљене и ванредно прецизно извучених контура као што се то може видети само на неким вешто начињеним макетама, одавале су утисак нарочите грациозности и достојанства, заслужних пажње и дивљења. Све је ово Феодору Андрејевичу поправило душевно расположење, потпуно га расанило и он постаде чак врло задовољан. Са заносом је гледао у град који га је поздрављао преливеним сјајем злата са начичканих кровова, искушавајући га да му се поклони. И клањао му се. Клањао се људској творевини, јер је давно заборавио на Творца. Клањао се лепоти спољашњег сјаја, јер је негде затурио љубав и изгубио лепоту унутрашњег човека. Затурио је љубав као да је она попут кутије шибица па се лако може и без последица преметати из једног џепа у други, па и ако се изгуби, Боже мој, као да је то шта нарочито?! Напослетку, клањао се свему томе што му беше непознато, а по његовом утиску и врло лепо, како би покопао, како би истргао из сећања, како би заборавио на све оно што му беше познато јер га је гушило и мучило. Изнад његове кудраве главе још увек искуством сиромашног, младог човека, бакарни је крст са неког од многобројних храмова љубио небо боје старог злата и преливене, пурпурне свиле. Али, он то никако није могао опазити, исувише чулан, од Духа отпао. Слично слично види, препознаје и познаје. Закон је то, и то не од човека — читаво правило.

Унутрашњост станице *Ленинградский вокзал* Феодор Андрејевич тек није могао препознати. Купивши у билетарници карту за Редкино, за први воз по редоследу вожње (полазио је за свега четврт часа), јер му се никако није чекало на онај удобнији и луксузнији, он спусти кофер на точкове и стаде га вући за собом упутивши се ка централном холу. Тамо га на једном од зидова дочека натпис: *Добро пожаловатъ в Москву*[1], постављен у два реда и у потпуној симетрији. Баш ништа га није подсећало на онај хол каквим га он памти, на онај хол који је служио само за чекање путника на поласке возова. Сада су ту са свих страна били излози најразличитијих садржаја. Насупрот зиду на ком је стајало оно *Добро пожаловатъ в Москву*, огроман полукружни светларник увлачио је кроз своје око велику количину светлости и разбацивао је у дубину хола. Испод њега, исцифран крупним бројкама, стајао је дигитални, модерни сат, а лево и десно од њега јасно истакнут редослед полазака возова. Све то скупа одавало је утисак да се идеја новог изгледа станице *Ленинградский вокзал* зачела у модерном, практичном типу руског човека, у типу какав Русима или готово беше непознат или је људи таквог типа међу њима било мало у прошлости.

Испод светларника постављено је украсно дрвеће готово идентичне висине у мермерним, овалним жардињерама. Такође, и овде се строго водило рачуна о симетрији, а и о томе да је свако дрво једно налик другоме. Нема опасности док човек своју мисао и потребу да је све идентично и исто, да је поравнато и без било каквих изузетака, преноси само на дрвеће и остало биље, али када поједини људи у својој гордости суманутих идеја стану равнати све људе по главама, уделивши пацке онима који се разликују по самој људској природи, онда је то ствар посве другачија и врло опасна, штетна. Ипак, и у таквим друштвеним односима се живело. А можда се тако живи и данас, можда се тако увек живело, можда је то само сада вешто прикривено. Јер, различитост као да је куга, а није. Напротив.

До другог нивоа хола водиле су покретне степенице, са сваке стране по једне. Ограда беше од каљеног стакла уметнутог међу прохромске, сјајне носаче. Ово је нарочито истицало модернистички приступ читавом уређењу ентеријера и свакако се допадало чулном Максимову. Уопште узев, све је немирно поигравало од сјаја коришћених материјала, од оне високо постављене, али и од бочне расвете, од гламурозности мермера и од раскошних, стаклених излога. Око модернисте у овоме ужива и налази засићење чула, журност се оправдава укусом кафе посебног, пријатног укуса, а расејаност сабирањем мисли у једно — како је све ово изузетно, префињено и чак од великог значаја.

Насупрот свему овоме и из свега изопштене, седеле су две скромне руске душе, по свему судећи старији брачни пар. Беше сасвим извесно да они знају праву цену лепоте, да знају да вреднују непролазно и чисто па ваљда стога и тихо негодују, обазирући се око себе на тековине цивилизације и на то како је чак и Рус постао жртва модернизма и сваке друге, у сјај завијене преваре. Разговарајући међу собом, више очима него речима, ове су две душе, а заправо једна нарочито уздигнута и изграђена од те две, одавале утисак потпуног мира и духовног склада, прожимања и међусобног поштовања. Средовечни мушкарац гладио је своју проседу браду и с времена на време извлачио крст испод кошуље и љубио га. Жена је погледима и мислима љубила и крст и њега, припијена уз његову душу, мирно га и ћутке посматрајући испод прелепих зелених очију у којима се могао видети читав Сибир, читава Русија, читава Васељена. У тим су очима гореле ватре велике преданости, безусловног предавања и чисте љубави. Кроз њих двоје божанствено је струјао исти Дух, Дух истине и лепоте, чедности и узвишености, тако да су, хтели то или не, самим тим били изопштени од остале светине, а опет, од свих примећени. Посматрајући их, светина је необавезно и збуњено одмахивала главом у знак великог чуђења, у забуни да се још негде може срести такав тип руског човека, сав од душе и унутрашњег ћутања. Скромне спољашњости, чак и врло неизгледне — мушкарац је преко леђа огрнуо тањи, излизани капут, а жена је носила врло једноставну и изгужвану, дотрајалу дугу хаљину са цветним дезеном, никако се нису могли допасти савременом Русу модернисти, а тек не Феодору Андрејевичу, човеку префињеног укуса за све што је спољашње, од тела и што телу служи, човеку који је сваку духовну нит, некада у себи дубоко уткану, прекинуо и одрекао је се.

У централном холу задесило се заиста доста различитог света. Једни су тумарали унаоколо и о нечему се код других распитивали, други су живо разговарали међу собом. Неки су, опет, уморни задремали, неки потпуно одсутно и празног погледа зурили испред себе. На самом крају једног од два постављена реда клупа за чекање седеле су две жене и разговарале о нечему врло поверљиво и тихо, обе весела лица и обе са изразито лепим, господственим шеширом на глави — несумњиво даме од стила. Тајни увек има и о њима се прича. Има и људи којима се оне могу поверити, поузданих пријатеља, и њима те саопштене скровитости нити су терет нити предмет исмевања и поруге њиховим повериоцима. Међу многима се чуо весели жагор и приповедање на свој начин (свако је био убеђен и да врло занимљиво приповеда) о једном „посебном случају” из блиске прошлости, где је заљубљени младић откупио сву пажњу девојке која му се за око заденула, начинио некакву ситну глупост на самом перону због чега је воз за Санкт Петербург каснио са поласком читав сат! Неки су у овоме видели обично лакрдијашење и младалачки безобразлук услед љубавног заноса, дакле, судили су, а други су, опет, хвалили младићев поступак баш због тога што је, кажу они, у њему похрањена љубав као чиста роса у цветној ливади. Једни суде мрзовољно спомињући читав случај, а други у свему томе налазе велику љубав и о томе врло весело и похвално говоре. Ето, такав је свет у конце замреженог човека. Једна ствар, један случај и факат, а на десетине различитих виђења тог једног и истог. Некада се чини као да је човеку једино битно да прича, да о нечему говори, па макар и судећи, тек да прича. Људи има свакаквих, а прича одасвуд и о свему и свачему, чак и врло ружних, до гађења прљавих и непристојних. Зачуђујуће је на какав се све свет и свуда може наићи.

Поручник погледа на свој скупоцени ручни сат, а онда и на станични и након што утврди да међу њима нема разлике, да су ударали у сагласју мерећи време, он закључи да има још увек довољно времена да попије кафу. Црни, мирисни напитак са кремастим преливом био је нарочито пријатна укуса и иако га је морао журно попити Максимов овим ипак би задовољан и орасположен. У дубокој позадини станичног кафеа, сасвим тихо и ненаметљиво, плесали су чаробни звуци вешто одабране класичне музике, али овоме поручник не даде баш никаквог значаја нити пажње, чак му ово мало и засмета. Подигавши руку затражи да плати свој рачун, а онда хитрим корацима журно се упути ка перонима.

Са укупно девет железничких терминала кретали су возови ка различитим крајевима Русије и неки од њих већ су били постављени на свој колосек. *Красная стрела* беше већ покренутог погона и овим ће се возом много душе превести Николајевском железницом до Санкт Петербурга. На другом терминалу стајао је воз модерног изгледа и снажног електропогона, изузетно комфоран и удобан, чак врло луксузан.

„Путовати оваквим возом сигурно је пријатно и велико задовољство”, помисли Максимов, али присетивши се да се он тог задовољства одрекао како би што пре стигао у Редкино (није му се чекало више од два сата како би се превезао оваквим луксузним возом), потражи помоћ од спроводнице како би био сигуран на ком је колосеку постављен воз за Санкт Петербург.

Спроводница, млада жена витке грађе и нарочите лепоте, црнка изразито зелених очију, по свему судећи не баш типична Рускиња, погледа из очигледно намештене, неприродне љубазности у поручникову карту, иако за тим није било баш никакве потребе, усиљено му се осмехну из учтиве пословности и упути га на терминал где већ стајаше *Красная стрела*. Захвали јој се и не пропусти прилику да је закити пажљиво бираним комплиментима, на шта ова не оста равнодушна, као што не би ни већина жена, уосталом, те рашири уста у потпуно другачији, природан и весео осмех и тако откри два реда прелепих, белих бисера. Врата на вагонима воза још не беху отворена, али нестрпљиви путници су већ одавно прешли ону жуту линију извучену на, од бетонских плоча израђеном, перону. Намена те жуте линије, по уверењу Феодора Андрејевича, била је да држи путнике подаље од воза док се на њему не отворе врата. Али, зар ће једна обична линија задржати човека у његовој намери, у његовом нервозном тумарању док чека? Пре ће бити да га у томе не може спречити баш ништа, ни домаћа пристојност нити углађеност каква доликује господи. Мада, међу свим тим нестрпљивим људима, господе готово да и није било.

Чудно је како и због чега су људи осмислили све те забране, упозорења и ограничења на тако непромишљен начин, као да им није било познато да човека чак ни закон нити било шта друго што је изнедрено из груди неког другог, умирућег човека као што је и он сам, не може спречити у ономе што науми. Неки пут се чак стиче и утисак да су управо те забране човека само још више утврдиле у његовој самовољи. Уопште, у чему је смисао да човека у било чему ограничава други човек измишљеним друштвеним правилима кад је сваки човек, редом и без изузетка, смртан, колебљив и склон томе да погреши? Па како онда, будући да је сваки човек такав, било ко може изнети нешто натчовечно чему би се други својом вољом покорили?! Овако, покоравање једног од стране другог човека само је још један од преступа, људска глупост и измишљотина, таштина и гордост.

Максимов се окрену око себе на перону и на неким лицима нађе сву ону одвратност, и то одвратност до гађења, а на другим, опет, израз господствености и достојанства. Ови други су му свакако били милији и на њих је гледао са одобравањем и пријатељски док је ове прве готово презирао сматрајући их готово ништавним. Неразумно је људе делити и сврставати у различите класе, од којих су неки привилеговани, разврставати их баш као што се возови разврставају, али код поручника је све то наилазио на одобравање. Онако како су међу собом сви ти људи били подељени тако су и путовали — скромно и једноставно обучен типичан руски, народни човек, гурао се са осталима како му други не би заузео место у возу лошије класе, а углађени модерниста гледао је на све то са презиром и гађењем, осуђивајући овакво, по његовом мишљењу, дивљаштво, и мирно прелиставајући московске новине, с времена на време значајно натурајући наочари дубље на нос и чекајући да крене *Сапсан* или *Невский експрес*, возови више класе. Има ли овде правде? И да ли је ово мера човека?

Напослетку, врата вагона се отворише и светина, коју више ништа није могло спречити у том општем нереду, стаде се кроз њих тискати уз понеки оштар поглед и повику. Поручник, изгубивши стрпљење, чак опсова неког старијег руског сељака којег је неки важан посао заподенуо у Москву, те га и околности настале око тога, најзад доведоше и на *Ленинградский вокзал*.

Гомила се тискала у себичној жељи да се уђе међу првима, и ако је могуће, узме што боље место, рецимо до прозора како би очи нашле смираја у запрашеној руској зими. Иза те гомиле викао је крупан човек у плавој униформи и са ушанком од зечијег крзна, такође плаве боје:

— Максим! Максим, быстро![2]

Овај највероватније беше отправник возова чија се сва пажња усмерила у једно — да све протекне у најбољем могућем реду око поласка *Сапсана* са другог колосека. Његов помоћник, младић изразито чврсте грађе, тај Максим, журно га је пратио и, колико се могло приметити, у потпуности му био одан. Најелном се догоди мала незгода, отправник се у журби саплете и колико је дуг разлеже по поплочаном перону. Пијани, и од тога нарочито весели, неки се путници овоме грохотом стадоше смејати, што доведе до тога да је отправник љутито викао, једећи се на њих као да су они кривци његовој несмотрености. Помоћник га убрзо придиже, овај стресе снег са униформе и кивно погледа на веселе, поднапите људе, запрети им прстом и на томе све остаде. Убрзо се све стиша и свако оде за својом намером.

Поручнику, напослетку, некако пође за руком да нађе место у једном од вагона и то баш одмах поред вагона кроз који је морао проћи и где се мало задржа, мрштећи се због ту затечене сцене. Неколико пијаних Руса и Енглеза, углавном младих људи, весело су размењивали вотку и пиво, а уз то и понеку непристојну реч, саблажњиво одмеравајући девојке које су такође биле омамљене пићем. Већина тих младих људи били су нихилисти, слободни да чине све што им се прохте, па и то да свој живот откотрљају у крајњу јаму, јер по њиховом убеђењу, ничији живот ионако баш ништа не вреди. Њихово схватање слободе беше потпуно ропство, али они то никако нису признавали. Беше их двадесетак, врло чудно одевених и сви редом су пушили, без изузетка. Прозори на вагону беху затворени тако да је од различитих цигарета, од пића и зноја тела, закужен ваздух излазио кроз врата од ходника. Млади револуционари, онако како су се већ сами међу собом називали, уживајући у свему томе, у потпуној разузданости и неповезаном лармању, сметали су својим дивљаштвом свакоме ко би само прошао тим вагоном. Где је ту слобода за те људе? И зар не кршимо слободу другога човека онда када чинимо оно што би му могло засметати? Зар је слобода у томе што једни трпе непристојност других, страхујући и подозревајући невољу? Али, ови млади људи једино су своје друштво признавали и слобода је за њих била искључиво оно за шта су је они држали, једина власт и закон била је та њихова изабрана скупина револуционара, а заправо ужагрених глава, којој нико није смео упутити чак ни реч протеста. Страхујући, жена у плавој униформи, са капом на глави и са знаком руске железнице испод рамена, жена задужена за ред у свим вагонима, поред овог вагона само прође као да се у њему баш ништа нарочито није дешавало. Кад јој се у пролазу поглед укрсти са поручниковим, она само немоћно слегну раменима и мудро расуди да овде нема шта тражити, јер ће само невољу наћи, па хитро продужи ка следећем вагону.

Читава „револуција” ових младих људи састојала се у томе што су намерно кршили она правила дата од човека, углавном правила о јавном реду и поштовању слободе свакога човека. Разумљиво и очекивано за младост, сви су ти људи били веома горди и незаинтересовани за све оне који нису део њихове дружине, уверени да они сами раде једну посве велику, значајну ствар, тако што су државу и свако уређење у њој прогласили ништавним, а сваки преступ готово одобравали. Тако је то у младости, без искуства, без опита животног — читава се младост у неких људи састоји једино у противљењу, било коме и било чему. Критиковати, судити и све сматрати ништавним — у томе нема баш никаква подвига, али бити предузимљив и имати идеју да би се општа ствар која се критикује поправила, за то већ треба јака воља, одлучност и искуство које младости недостаје. Неким богомољцима који су прошли кроз овај вагон револуционари су узвикивали погрдне речи и са цинизмом у гласу хистерично се и до лудости смејући, питали их треба ли се и њима клањати као и њиховом Богу? Ови су се на то само крстили и једва помичући усне тихо изговарали „Господи помилуј”[3], журно излазећи из вагона. Револуционари су се трудили где год би им се указала прилика да исмеју сваку побожност и оно мало од човека смишљених, здравих друштвених односа, узвикујући омамљени јаким пићем да су они сами себи закон и да им други закон не треба, нити Божји нити царев! Искривљених усана, што од пијанства што од нагомиланог беса и срџбе, псовали су и критиковали све и свакога и то са толиком јарошћу и страшћу да им је лице тавнело, до те мере, да је добијало готово боју чађи. Острашћено урлајући говорили су са жаром да је њихова вера — вера у ништавило и непостојање и да је једино таква вера исправна, да су све друге вере пуко сањарење и да су људи који се слепо држе њиховог учења само обични опсенари, лупежи и варалице, речју, врло обичан, прост и глуп народ.

Из читаве се те дружине издвајао црномањасти Рус, мало зрикава погледа и ужагрених очију, младић од можда тек навршених двадесетак година. Било је очигледно да је читаву ту дружину управо он држао на окупу и у истој идеји. Да, вођа има посвуда, па чак и у оваквим друштвима. Сви су га нарочито поштовали из неког разлога и сваки пут када би он имао шта рећи, након претходног заморног лармања, уследио би тајац. Тако би и у тренутку када се поручник Максимов, пролазећи кроз овај вагон, из знатижеље загледао у два Енглеза како добро потежући из боце хвале промене и слободу у руском друштву, истичући нихилизам као своје опредељење. Наједном, црномањасти Рус жмирну и пљесну рукама и на тај знак сви умукнуше.

— Ево човека! Браћо, кажем вам, ево човека — па поскочивши указа свима на поручника.

Овај ни сам не знајући зашто, застаде, поћута изненађен и подозревајући могућу неприлику хтеде се истог часа удаљити, али га у томе спречи већ пребачена рука црномањастог Руса преко његовог рамена.

— Браћо, кажем вам, баш овакав човек нам треба за нашу ствар! За наш покрет и револуцију — повика Рус одмеравајући поручников мундир и на њему сјајне еполете.

Сви су утихнули и збуњено гледали у свог вођу, чекајући шта им има следеће казати. Многи су очекивали да ће продужити у свом озбиљном тону, јер се овај младић дoпола обријане главе, можда чак и бивши робијаш, ретко кад шалио, али то ипак није уследило. На место, наизглед, врло озбиљних и јасно изречених поклича, стаде цинизам и отворено подсмевање.

— Браћо, ево нам овде униформисаног представника неке од многобројних светских власти, а ви добро знате да ми сваку власт нарочито поштујемо.

На ове речи већ наста општи смех.

— Него, шта вам се чини — па прешавши погледом преко свих склони руку са поручникова рамена и одступи од њега за корак или два — шта вам се чини како би било да овоме овде човеку скинемо његов мундир којим се окитио? А рашта се окитио? Можда сад још и очекује да му се ми поклонимо са уважавањем, њему и његовом мундиру, јер, ето, он је власт! Власт, замислите! Кхе-кхе-хе! Браћо! Шта ви кажете? Како се вама чини?

— Да се разапне — повика неко искезивши два реда крупних, проређених зуба.

— Да се разапне свакако, али хоћемо ли га разапети по протестантским или по вашим, православним обичајима? — подругљиво прихвати риђокоси и од вотке сав црвен у лицу, онижи Енглез.

— Да се разапне по сваком обичају, да свако буде испоштован и свачија вера — са нарочитим цинизмом у речи „вера” умеша се трећи.

— Онда, да се разапне — повика опет онај први као да је то већ решена ствар.

— Свакако, да се разапне — повика углас омамљена руља исмевајући поручника Максимова, државну и сваку другу власт преко мундира и, коначно, веру кроз богохулне досетке и цитате из *Јеванђеља* за које су очигледно негде чули, па су их у овом случају искористили на један врло ружан и подсмешљив начин. У врло живом и веселом расположењу, на слободу пуштених демонских страсти, ова је светина ликовала над човеком чија се сва кривица састојала у томе што се случајем задесио ту.

— А да му ми, ипак, најпре са леђа стргнемо мундир, да за њега бацимо коцку као онда римски војници за хаљину Христову па да га, баш као и они, разделимо међу собом — беше упоран вођа, црномањасти Рус дoпола обријане главе, намигујући очима осталим.

На овај знак, један Енглез из подивљале руље хитро искорачи ка поручнику и руком га шчепа за доњи део мундира, мрмљајући нешто неповезано. Феодор Андрејевич разумеде да је ђаво сажвакао сваку шалу, окретно трже мундир из руку пијаног младића, оштро га пресече љутитим погледом и брзим корацима напусти вагон. Иза њега остаде само ликовање, ларма и разузданост. Смех се након овог догађаја још дуго чуо из тог вагона, псовке и бесмислена наклапања и онај ужасан задах пијаних људи, упропашћених душа.

Приметивши слободно место већ у следећим колима поручник уђе без речи, одложи свој кофер и седе као да се баш ништа није догодило. У овом вагону општа слика беше потпуно другачија и чинило се као да се сви до ужаса досађују. Једино се девојчица од неких четири-пет година издвајала из читавог тог утиска који беше раван, отупело досадан и заморан, тако што је неуморно и весело вадила лутке из матрјошке[4] и опет их слагала једну у другу, а онда их све заједно поново враћала у матрјошку. Лице ове девојчице сијало је чистом детињом веселошћу, док је својим танким прстићима миловала трепавице дрвене лутке и каткад је, уз то нешто радосно говорећи, љубила у истакнута уста и румене образе. За то време њена је мајка, прилично бледа и мршава, млада жена са очима боје кестена, мирно седела и задовољним осмехом пратила игру вољеног бића.

У овом је вагону било хладно и до ужаса и гађења неуредно. Сва седишта су имала трагове од испроливаног чаја, вотке и чега све не. На прљавом и од растопљеног снега мокром поду лежали су горњи делови одеће неких немарних путника којима то очигледно није сметало нити су имали намеру да их подигну. Свуда начичкани кофери, без икаква реда набацани вунени капути и крзнене ушанке, само су још више стешњавали овај ионако већ пренатрпани простор. У самом крају, одмах до прозора, седела су два старија мушкарца, очигледно без намере да скину своје ушанке и шалове — толико је било хладно. Једино су њих двојица разговарали о нечему, без жара и готово незаинтересовано, одсутно. Сви остали ћутке су гледали испред себе и досађивали се. Угледавши поручника у мундиру један од оне двојице неочекивано се окрену према њему и стаде га разгледати.

— Студент за службу у Црноморској флоти? — добро га премеривши, упита напослетку.

— Студент — кратко одговори поручник не желећи да квари старцу утисак о добром погађању.

— Познао сам по мундиру, иако сам давно још служио у флоти.

— Разумем. Разумем — незаинтересовано дочека Феђа.

— Него, како се Вама чини, ваља ли у ове дане јести рибу? — сасвим изненадно старац окрену разговор у другу страну.

Поручник се овим накратко збуни, јер не само што му није било јасно због чега га то уопште пита, већ и шта значи то „у ове дане"?

„Зар постоје дани када није добро јести рибу?", помисли, и не нашавши ничег посебног нити од важности у овоме, насмеја се за себе.

— А како то мислите, „у ове дане"? — напослетку упита старца.

— Тако лепо. Каквог се типика Ви држите?

Тек ово потпуно збуни Максимова и он у једном тренутку чак помисли да старац само жели да се весело нашали са њим.

„О каквом типику старац говори?", зачуди се поручник премишљајући. „Типик... Типик... Шта беше типик?"

— Хоћу рећи, каквог се правила држите у посту пред Христово рођење? — олакша му овај као да му је чуо мисли.

— Аха, на то мислите. Ја Вам се, старче, строго држим свог типика.

— Како то свог? — у неверици дочека овај.

— Једноставно, свог.

— А шта је то Ваш типик? У чему се он састоји?

— Мој је типик да никаква наметнута правила немам, нити у вери, нити у било чему другом. А Христова рођења пак што се тиче, о томе Вам немам шта поуздано казати. Нити налазим у томе каква чуда.

— А безгрешно зачеће?

— Ви држите да се све збило баш онако како то стоји у књигама? Све и да јесте тако, молићу лепо, кажите ми у чему је Ваш и мој грех приликом нашег зачећа?

— Не улазите тако неопрезно у велике и страшне тајне, јер се од тога може скренути памећу. Ено Вам многих примера што су Бога на мегдан позвали па се после тога огрнули лудачким кошуљама.

— Тајне? — издужено и у неверици, подсмешљиво упита поручник.

— Тајне, разуме се — одсечно и кратко дочека старац.

— А у чему су Вам те тајне, молићу лепо?

— Ето Вам казах већ за једну, па тајанствено стварање света у шест дана...

— И Ви без сумње верујете у то? Држите да се све баш тако збило?

— Држим! А што не бих држао?

— А тај Ваш Бог, где је? Можете ли ми га прстом показати? Можете ли општити са њим као ево на пример сада са мном?

— Сви можемо — мирно потврди старац.

— Ево, ја не могу. Не могу, па ме убијте. Чак и немам жеље за тим.

— То је онда већ нешто друго! Ако немате жеље, то је друго. Друго...

— Како год било...

— Дмитриј, пусти човека нека верује у шта и ако му је воља. Слободни смо у томе сви. Него баш и да Вам кажем — укључи се онај други старац огрнут овчијим кожухом у разговор, па се окрену ка поручнику — ја сам Вам читав живот провео по болницама лечећи људе и тако сам нашао да су сви они, напослетку, умирали од различитих болести. Једни од јехтике, други од истрошених живаца, неки опет из малодушности. Да, да! Уверавам Вас да је било и таквих! Просто видиш — неће човек више да се бори за живот и само наједном издахне. Увене као биљка. Ја држим да има много тога и у нашој вољи. Ако са собом нисмо у савезу, са ким бисмо другим онда могли бити? Мене што се тиче, то Вам је далеко важније од тога да ли ћете јести само рибу, месо или и једно и друго. Треба човек најпре са собом да се измири. Ако себе једе због нечега, једино му та храна може штетити!

— Право кажете — сложи се Максимов.

— Видите — продужи овај готово свечаним тоном — мене за разлику од мог пријатеља више занимају односи између људи од односа појединца према вери, јер држим да је ово друго потпуно лична ствар и о томе се нема шта нарочито говорити.

— Како нема? — сад већ узбуђено дочека богомољац.

— Дмитриј, о томе смо већ говорили и то не једном.

— Нећу да спорим, добро, нека је и тако, али опет...

— По мом мишљењу — прекиде га други старац — нема ничега непристојнијег и, опростите ми на овој речи, глупљег од тога да један човек уверава или разуверава другог у било шта.

— Хоћеш да кажеш да су апостоли узалуд ширили веру?

— Друго је то. Ми нисмо апостоли. И о томе смо више пута говорили.

— Хм... Наметање своје воље другоме рђава је ствар — сложи се богомољац — али свакако се и слобода туђег мишљења треба поштовати, чак и онда када је мишљење другог човека у супротности са нашим и ту не би смело бити подсмешљивости и негирања било које стране. Ето, ја у томе видим и само поштовање нечије личности. Ако смо већ различити, онда и поштујмо разлике. Ако је некоме нешто свето, зашто то неки исмевају, зашто тиме вређају веру било ког човека?

— Око те ствари већ делимо мишљење — потврди човек у кожуху, а онда, окренувши се у другу страну погледа на поручника. — Него, младићу, како се Вама чине прилике у руском друштву?

— Оне и нису баш сјајне. Нимало срећне.

— Нису, нису. Никако нису — замишљено потврди овај.

— Свуда само наилазим на неуредност, ону животну, и што је за још веће чудо, сви су се чак на ту неуредност и свикли.

— На шта тачно мислите?

— Мислим на то у чему се руски човек вози! Кажите ми, зар ово не вређа људско достојанство?

— Хладно је и врло прљаво. Али за ове новце зар сте могли шта друго и очекивати?

— Барем мало пристојности — са гађењем узврати поручник.

— Ако сте то хтели, удобности у седиштима, а ногама довољно простора, Ви сте требали купити карту за *Невский экспрес* или пак за *Сапсан*. То Вам је сада право, ново и модерно чудо у руској железници. Тамо би уживали у свакој префињености, све је ванредно чисто, можете чак и врло добру и укусну храну поручити док слушате пријатну музику удобно заваљени у мекано седиште. Хоћу рећи — Ви сте могли изволети па за више рубљица путовати таквим возом и њим бисте се заподенули у Петроград за мање од четири часа. Ето, и такве су Вам погодности сада могуће. Али, за то треба избројати значајно више рубаља него када путујете оваквим возом.

— Није вам руски човек за то — укључи се неки простодушни Рус, човек по свему судећи у најбољој снази, плећат и широких рамена.

— Јест’, баш тако! — сложи се са овим неко. — Не може се руски човек на све то навикнути, на сав тај комфор и удобност. Знате, навике су вам као окови.

— А и што да се навикавам? — повика црномањасти који је до тада мирно седео погнуте главе, одмах до врата ка ходнику. — Читав се живот возим овако и, фали ли ми шта?

— Имаш право, баћушка! — сложи се онај плећати. — Ништа боље није ни онима што путују тим луксузним возовима. Што, да им ти возови неће однети и бригу?

— Тамо вам је, у тим модерним возовима, свако заузет својим подузећем, свако гледа своја посла и нико ни са ким нити да прозбори — опет ће црномањасти и то толико уверљиво као да се и сам возио у *Сапсану.*

— Тако је! — повика човек који је седео поред плећатог. — Тамо вам господа у црним фраковима врло озбиљно и темељно чита новине, иако се у њима нема шта прочитати. Жив човек седи поред њега, а ни реч да размене. Један све дубље натиче наочари ишчитавајући сваки досадни редак московских новина, а други, опет, нешто по свом, на овога и не рачуна баш као и да није ту. Обојица смртно ћуте. Ето, то вам је болест савременог човека и од ње најпре душа страда. У све то покушавају и нас Русе да увуку, отуђивањем једних од других. Ето, то је! — уверљиво закључи.

— Али, примећујете ли да ни ми овде, у овој класи — ово „класи” црномањасти посебно нагласи — не водимо увек жив разговор? Ето, до сада смо и ми сви одреда ћутали.

— Јест’, али ми ћутимо од муке, од беде и сиромаштва, од невоља некад не можемо ни реч из себе пустити — још једном одсечно отпоче онај поред плећатог. — Али, ми смо опет некако увек заједно, нисмо се отуђили једни од других, па чак ни онда када не водимо жив разговор међу собом. И да смо леђима једни другима окренути знали бисмо шта ко о коме мисли, код нас нема претворности! Нема! А они вам тамо ћуте, јер немају потребе да са другима опште, свако је окренут самом себи као да је човек сам себи довољан. У томе је разлика између њих и нас. Разумете?

— Разлика! Јест' разлика! — сложише се многи углас и ту прича стаде као да је овим стављен печат на читаву ствар.

Поручник Максимов је посматрао читаву ову светину са немалим гнушањем и би му чудно што су се одједном, као по договору, сви дали у разговор и протест због друштвених неприлика. Иако никога од њих он није познавао нити било шта знао о његовом животу, судио је свакоме од њих, ћутке, презриво их посматрајући како, по његовом убеђењу, много говоре о нечему што мало познају. Њихов јед он никако није могао разумети, а и како би кад је он доскоро уживао у свим погодностима и привилегијама повољног друштвеног положаја. Њихов избор и њихове ставове није могао поделити са њима нити их држати неко ко је сасвим супротних уверења, а поручникова беху потпуно супротна. То што је Максимов проводио живот у потпуно другачијим приликама од ових „обичних” руских душа, само по себи и није никакав преступ. Није кривица на човеку ако се роди као властелин, али ако у тим повољним животним приликама остане тврда срца, без милосрђа и поштовања свакога човека, то је већ преступ. Ако исти тај човек, човек над чијом су судбом сјајне звезде повољних за њега околности засветлеле, стане тај свој повољан положај утврђивати тако што ће другима кичму до земље савити, онда је то ствар сасвим другачија. То је већ ужасан злочин, неправда. Исто тако, ако се он стане надмено односити према усудима другачијим од његовог, ако неке људе сматра ништавним, ако исмева њихову простодушност, опет, ствар је врло рђава и за то се оправдање не може наћи. Душа Феодора Андрејевича управо је овоме била склона и што је за још веће чудо — он у свему томе није видео баш ништа рђаво, баш никаква преступа, и сматрао је да потпуно слободно свакога од тих људи може исмејати, остати равнодушан, сматрати га ништавним и дрско га увредити! Човек коме је свака влас на глави избројана (избројана је баш сваком човеку!) држи другога човека за ништавна — па куд већег безумља и гордости?!

„Ови су мрзовољни и увек нечим незадовољни. Свему траже ману, у свему налазе тмину. Тешка нарав", помисли поручник заједљиво се смешећи крајем усана.

Утом, исти онај старац у кожуху који је до тада збрајао сва негодовања простодушног, руског човека, стаде јасно износити ту „заједничку ствар" свих људи у вагону, свих изузев Максимова.

— А знате ли ви — рече обраћајући се свима, а гледајући у поручника — знате ли одакле све те друштвене разлике кроз историју човечанства?

„Још и тиме треба да се бавим!", негодујући помисли за себе Максимов.

— Те су вам разлике људски изум — сам стаде одговарати на своје питање онај у кожуху — а никако по природи удешен поредак. Погледајте само, и возови су подељени на класе и тачно се зна ко којом класом путује. Ретко се дешава да неко залута у туђу класу. Тачно је, господе у фраковима вам ено у *Невском експресу*, а ми се возимо лошијом класом, и? Има ли разлике? Фали ли нама шта, претиче ли њима ишта што је од животне важности? Зашто онда међу људима правити разлику!

— Право каже човек! Не фали нама ништа! — иступи плећати.

— Све је добро док је мир између оних тамо и нас овде — настави старац као да није ни чуо плећатог и језиком лагано стаде овлаживати суве усне како би лакше говорио. — Али, тај мир се често губи и то углавном што они тамо — реч „тамо" поново посебно нагласи — што они тамо често прекрше добре обичаје и добру меру пристојности па стану тлачити људе за класу испод њихове, ето, за такве они нас сматрају. Неки чак у томе налазе велико задовољство, уживајући. И одакле само дође мисао човеку да се људи међу собом могу разврставати као класје? Одакле?! — готово повика све више уверен у оно што говори. — Власт над другим човеком није природна, а опет ову појаву можемо свуда видети — закључи напослетку.

— То значи да су друштвени односи поремећени, неприродни? — заинтересовано упита неко, човек сасвим обично одевен и добронамерна погледа.

— Значи! — уверено потврди старац. — И не само то! Неки су постали толико осиони па друге муче и у томе не налазе баш ништа нечовечног, тако да се ти неприродни друштвени односи данас узимају за оправдану, уобичајену ствар.

— Они у томе не налазе ништа нечовечно, а ми човечно трпимо?! У чему је онда ту наш рачун? — мирно ће плећати.

— Ми немамо рачун него срце, срце готово да отрпи и тако Богу угоди — укључи се и богомољац после дуже ћутње.

— А том твом Богу је мило да ти трпиш, а онај да ти притеже омчу? — озбиљно ће црномањасти.

— Није то мој Бог већ Бог свих нас — мирно прихвати богомољац.

— Ја таквога Бога не признајем — успротиви се овај.

— Признавао га ти или не, и није од велике важности. Важно је само за тебе лично. Како год, Он је и твој Бог.

— Не признајем!

— А да вас двојица, барем кад сте међу људима, општите са њима а да Бога, ко год и какав год Он био, оставите да се занима својим послом? — умеша се плећати.

Богомољац га погледа збуњено и у чуду, но оћута.

— Једно је сигурно — опет узе реч старац у кожуху који је можда само у надахнућу и у ретким приликама волео много да говори — а то је да Бог, признавали га ми или не, није направио раздоре и поделе између људи.

— Није? — љубопитно га погледа онај човек обично одевен и добро̂ћудних очију, човек који или је мало знао па се о свему распитивао или је имао ону ретку врлину међу људима, врлину да радије слуша него да говори.

— Најпре су се људи међу собом сами поделили, а онда су делили и све оно што су сматрали тековином цивилизације. Једни су тако разграбили све оно до чега су могли доћи, мислећи да ће у гомилању богатства наћи срећу; други су чак и без и мало забуне просто отимали. Ето чему се све човек научио, а требало је само за једно да зна.

— Требало је да уме да прашта и свакога да воли. Ето, у томе је читава мудрост и на њој се темељи срећа човечанства, али је оно упорно одбацује — закључи богомољац.

— Тако је! — повикаше углас многи.

Поручник је до тада са презрењем гледао у све ове људе, али се неко време држао по страни, међутим на ове богомољчеве речи и гласан усклик осталих, црвен у лицу и као иглом убоден, он поскочи:

— Хоћете рећи да се у праштању и љубави садржи врховно добро човечанства? Мислите ли да ће вас љубав од свега заштитити?! Како само наивно расуђујете!

Девојчица која се до тада мирно играла са својом матрјошком, уплаши се од оваквог наступа Максимова, препаде је његов оштар поглед који је био сличан погледу на реп нагажене змије и она ручицама обгрливши мајчина колена тако од ње потражи заштиту.

— Ми држимо да је тако! — одлучно иступи богомољац. — А да ли нам је расуђивање наивно, о томе већ можемо говорити.

Боја поручникова лица стаде добијати на јачини од прекомерног узбуђења и неправедног, ничим изазваног једа, те на крају постаде јаркоцрвено.

— Само да знате — са наглашеним цинизмом у гласу дочека — врховно вам је добро само обична људска маштарија и ништа више од тога.

— Ако је Вама обична маштарија, а оно не значи да је и свакоме човеку — успротиви се старац у кожуху.

— Ви видим много полажете на идеале који само заглупљују човечанство!

— А што и да не полажемо? — оштроумно упита богомољац.

— Ништа нас не кошта да лепо говоримо о моралу, а да будемо онаквим каквим хоћемо! Још ће због тога и добро мислити о нама. Ја држим да је тако! — подсмешљиво примети Максимов.

— Ми таквим моралом живимо! — прекорно га погледа плећати.

— Како казујемо, тако и творимо! — потврди црномањасти.

— А како од тог морала живите? — са још већим цинизмом у гласу повика поручник и на те се речи готово сви парови очију у вагону збуњено згледаше.

— Честито и врло добро, кад нас већ о томе питате! — дочека богомољац.

— А хлеба?! — па окренувши се према мајци оне девојчице коју је она сад већ држала у крилу повика: — Имате ли довољно хлеба?

Узвикнувши ово он је стаде премеравати, и нашавши да је и она по његовом суду ништавна, стаде јој се у лице цинично смејати.

Несрећна жена, сва у ритама, можда и најсиромашнија међу свима, не издржа и заплака крупним сузама које јој стадоше умивати благо, добродушно лице. Приметивши ово девојчица баци своју матрјошку из руку и прекорним погледом пркосно погледа поручника. Читав протест овог необично милог бића скупио се у један узвишени циљ — стати мајци у заштиту!

Има људи што су самим рођењем са утиснутим печатом да ће за живота вршити велика дела доброте и љубави, људи готово предодређених да друге уче смирењу и да их без преузношења подижу, прекоревају и васпитавају, а таквих је на несрећу по човечанство мало. Има и људи који иако су тек неколико животних година накупили, деце, што својом кротошћу и незлобивошћу, још у тим годинама мудрошћу свише им дарованом, примером уче младиће и старце, здраве и оболеле, смирене и горделивце. Уче их ћутањем! Уче их прекорним погледима из добродушних, искрених жижака очију. Уче их милосрђем, љубављу, увек спремне да све и свакоме опросте, али и да примером позову на другачији начин живота, да позову на добро и све оно што је од добра. Свакога траже срцем. И траже срце код свакога и од свакога! Чисто, незлобиво и искрено.

Девојчица се окрену ка мајци и танким прстићима најпре јој стаде отирати сузе, а онда јој и косу рашчешља, склони јој плави увојак са чела не скидајући погледа са њеног напаћеног, увређеног лица. Нешто јој шапну на ухо, пољуби је у, од суза мокар, образ и то би довољно да се мајка опет прибере, да се умири и да не суди човеку који јој је нанео зло, већ да се убрзо и опет са својим милим анђелом радује. Ох, колико је само снаге и љубави у детињем срцу! Снаге која покорава и најмоћнија царства и љубави од анђела позајмљене, љубави пред којом клечи свако зло, мржња и неправичност.

— Како се само усуђујете! — повика богомољац на поручника и то би први пут да је он изгубио мирноћу и стрпљење. — Како сте само могли да својом безочношћу повредите једну мајку?! Мајку, разумете ли шта Вам говорим?! Мајку!

— Мајка, па? Шта с тим? — заједљиво дочека Максимов.

— О љубави се ту ради младићу! О љубави што се о небо ослања!

— Што, да и Ви можда не живите од те љубави? — са још већом иронијом га упита.

— Ма, шта ја ту са Вама уопште и говорим! Шта Ви о љубави можете знати кад сте могли тако рђаво поступити према овој жени?!

— Не знам и не желим да знам! — пркосно повика Максимов.

— Ваша воља. Како хоћете. Само, немојте друге људе око себе вређати и мучити.

Максимов се присети речи Марије Васиљевић у тренутку када су се једно од другог опраштали, речи када му је она јетко одрезала да је он рођен само због тога да би друге мучио. Ово присећање га још више раздражи.

— Мучити? — љутито повика.

— Јест’! Мучити! И доста је било! Доста је силе! Доста!

Поручник опет поскочи и у бесу, не владајући више собом, изненада се окрену према оном црномањастом и без икаква му се разлога унесе у лице и стаде га безразложно укоревати.

— Шта Ви ту, до ђавола тако зурите откако смо кренули из Москве? Вама канда је увек нешто нејасно! И сад се врпољите ту без престанка као потказани извршитељ каквог злочина. Или, као на делу ухваћен лупеж! Да, ето, баш као лупеж! Лупеж!

Овај се трже на оно „лупеж”, но смирено оћута. Још једном настаде непријатни застанак и на место вреве стаде слутећа тишина, и као што тежак задах смета плућима тако им она притешњаваше душе. Црномањасти стаде скидати са ревера нешто што је личило на окорели заостатак чорбе од парадајза, одсутно и не подижући очи. Беше јасно да се он уопште није узбуђивао око својих ревера, већ да је у уклањању нечистоће са њих тражио себи заштиту од поручникове бестидне насртљивости.

— А што оно Ви рекосте лупеж? — прекорно га упита старац у кожуху. — То сте чак више пута поновили! Младићу, не чини ли Вам се да сте одавно већ прешли сваку меру пристојности?

— До врага и Ви и ваша пристојност! — осорно узвикну Максимов, извади табакеру из џепа мундира и нервозним се корацима упути ка ходнику. До Редкина он је, увлачећи густе димове, сагоревао дуван за дуваном. Тек када се *Красная стрела* приближила станици у Редкину, намрштена лица уђе у купе, узе свој кофер, са једом и презиром још једном премери све (ови су у чуду ћутали и тек је понеко одмахнуо главом) и хитро крену ка вратима вагона.

Сива грађевина са у дну извученом црвеном линијом, станица у Редкину, својим је изгледом само још више појачала општи утисак Максимова, утисак пун презира, гађења и одвратности. На једном од прозора станице стајао је натпис *Пропаль человек*[5] и иако је добро знао значење ових речи у њиховој игри помисли да је и тај младић са слике испод које је великим, црним и крупним словима злослутно претио тај натпис, управо као и сви други људи које је сретао откако је кренуо из Београда — сви одреда пропали! Сви, изузев Ивана Никитовича Фомина, барем како је он судио. Међу свим људима једино је у њему видео човека, можда чак човека равног себи, готовог сабрата, а сви други чинили су му се подједнако мрски, мали и јадни, промашени усуди, слабићи и не више од тога. И док је тако на сваку главу изузев Фоминове стављао преки суд пун презира и потцењивања, вукући кофер по баршунастим снегом завејаном тротоару, испред њега стаде девојчица промрзлих прстију и бледа лица, стидљиво га погледавајући.

— Ако изволите, Ваше благородство, ја ћу Вам кофер однети куд год затражите. Ето, баш и да желите на сам крај Редкина, дајте за то неку рубљицу... Ако имате, ако можете...

Максимов, још увек пун једа и презира, опсова и грубо одби девојчицу.

„Бестидница!", помисли он у себи. „Како се само усуђује и како је није страх да од човека кога први пут среће тражи новац за своју услугу? Сигурно рачуна на то да ће се многи сажалити, и ако ни због чега другог, оно због тога испружити јој руку са новчаницом од педесет, сто, а можда и више рубаља. Каквог ли лукавства!"

— Леночка! Леночка, овамо! — викао је човек у плавој униформи руске железнице. — Може ли ико проћи кроз станицу мимогред тебе? Хајде, Леночка! Хајде, неваљалице! Оставио сам ти неколико чоколадних бомбона.

Преплашена девојчица спусти поглед и потрча ка железничару, човеку широких рамена који ју је врло вероватно само одмила назвао неваљалицом. Ледени, презриви и цинични осмех Максимова још више је застраши и она пожури да се што пре нађе код свога заштитника. У тој журби она се оклизну и паде, али услед јаког утиска и осећаја понижења и страха, она се брзо придигну и стресе снег са свог танког, кишног мантила и опет потрча.

Поручник је све ово посматрао мирно и са равним изразом лица. Тврдо срце, немилосрдност и равнодушност најпре убију све оно божанско у човеку. Где нема милости, сажаљења и саучешћа у нечијој муци, нема ни једре душе нити благослова. Но, мисли ли Максимов о томе? Сужава ли му се нутрина у тескоби због нечијег удеса или се, задовољна, у мраку самољубља гордо шири? Припали по ко зна који дуван по реду, нечим зачуђен одмахну главом, и пође.

---

1 Добро дошли у Москву

2 Максиме, брзо

3 Господе, помилуј

4 Дрвена играчка која се расклапа и састоји из неколико лутака различите величине

5 Нестао човек

IV

Уморним ногама и до крајности расплетених живаца, поручник Максимов је, са још увек присутним осећајем гађења и презира према свим оним несрећним судбама, тромо газио према улици *Новая жизнь*[1]. На овоме месту поменућемо да је он са неким особеним разлогом желео да узме собу у закуп баш у тој улици, и то у кући са бројем дванаест, али о томе ћемо већ на другом месту и у повољнијем тренутку. За сада, рећи ћемо само то да је разлог његовог доласка у Редкино, уопштено гледано, управо био тај — некако узети собу у закуп у улици *Новая жизнь*, ако се за то укаже прилика и околности буду повољне. Надао се да ће бити соба без заузећа, уопште, да се дају у закуп. Такође, намерио је да временом откупи читаву кућу и то на такав начин што ће проценити њену вредност, а онда и понудити неочекивано велику своту новца за њу. У најгрубљим цртама, ето у чему је био садржан читав план поручника Феодора Андрејевича. Углавном, ово му је била крајња намера, али будући врло колебљив, може бити да га ни ова мисао не буде држала уза се све до самога краја, до остварења самога циља, а циљ је свакако постојао и био је врло јасан. Разлози због којих би тај циљ требало постићи, такође су били јасни. Све је заправо Максимову било јасно, изузев њега самог, али то и не чуди. Опет ћемо и на овом месту напоменути битан факат — нити је унутрашњи рат у Максимову био започет, нити су још увек копља за њега била заоштрена. За сада, поручник беше младић на чијим је уснама и даље стајао траг слатког престоничког живота са многим почастима, наслађивао се као човек који је и даље поступао по некаквом чудном инстинкту и без здравог расуђивања, тако да му је и душевно расположење било врло колебљиво и, подједнако и по њега и по друге, опасно понекад.

Љуска тог „домаћег" Феодора Андрејевича држала се чврсто и њу разбити било је врло тешко. Опет, без тога му је другачији живот био немогућ, све и да га је зажелео. Из те љуштуре у којој је својом вољом и допуштањем остао заробљен (иако он то није тако доживљавао већ насупрот томе) није се могло изаћи без крварења душе и страдања зарад васкрсења читаве личности. Оно што човека притисне, што га веже за себе и обавије многоструким концима како се из те поробљености никада не би распетљао, све те страсти и навике порочног живота, на крају, уколико им се чврстом вољом не супротстави, човеку подрубе главу и оставе га да тако у мукама сконча свој пут. Пут прашине и блата, прљавштине и незнања, а требао је бити лет. И прелет ка вечном добру и смислу.

Пролазећи белим, снегом запрашеним тротоарима, негде у близини саме улице *Новая жизнь*, поручник опази испред себе *Нови завет*, у тврдом повезу, са златотиском и црним разделником. Чврсте корице пресвучене квалитетном, црном кожом (захваљујући њима књига је и поред снега остала у изузетно добром стању) и слова утиснута чистим руским краснописом, оставише на њега пријатан утисак. Спусти се у коленима и подиже књигу, стресе са ње још увек нешто мало неразвејаног снега, и због нарочите лепоте корица одложи је у кофер, на сам врх, без жеље да је отвори, а тек не да је прочита на месту где стајаше разделник или пак на неком другом. Набаци кофер на раме придржавајући га белом, промрзлом руком и расејано стаде пребирати по мамурним мислима. У њима ништа не могаше наћи, баш ништа достојно пажње и дивљења, те тмурног израза лица и одвећ уморан, покуца на врата куће са бројем дванаест, у улици *Новая жизнь*. Не стиже ни да поправи revere, кад испред њега изађе газдарица, жена широких кукова и расплетене, готово потпуно седе косе, незграпна хода и мршава, избраздана лица. По тој спољашњости судећи, ова жена већ беше у поодмаклим годинама. На себи је имала скромну, одавно већ истарану, подужу кућну хаљину са избледелим, цветним мотивом, и то већ беше довољно да се створи утисак да ова жена нимало није придавала значаја своме изгледу. Није се дуго гиздала пред огледалом као што то већина жена, готово по самој природи, чини, па и онда када изброје много године. Овоштало лице са, у њега борама утиснутом тежином живота и одсуство руменила, још више је појачавало општи утисак. Изгледала је као неко ко је незадовољан животом, мргодна, и у границама подношљивости непријатна. Из те опште, прилично невеселе и безбојне слике, једино су се издвајале крупне црне очи, тај жар живота, дубоке таман колико и планински извор, сетне и без икакве сумње — очи ужасне патње. Читава појава ове ни по чему необичне, једноставне жене била је уобичајена, већ више пута на многима виђена и самим тим за посматрача готово и досадна. Али те очи... Испис бола, патње и сигурно страдања. Оне су протествовале против тог општег утиска и очајнички указивале да се ради о једном врло тешком усуду на ког би требало усмерити сву пажњу посматрача. А усуди ко усуди — има их свакаквих. Има тако једноставних, ни по чему посебних и чак досадних судби да би такве људе, ако би се, на пример, само задесили на градском тргу где све ври од живота и неспутаности, могли понети на рукама где год зажелите, а да то они и не осете. Можда у свему томе има мало и личне неодговорности, јер такви људи прилике у свом животу не држе ни за шта и углавном се и не труде да их поправе, да покрену точак, да окрену ток. Живети у устајалој води без и саме жеље да је било шта ускомеша — сигурно, нити је занимљиво нити у томе има каква смисла и плода. Живот, ако само броји, нулу не рачуна ни у шта, а није ли та нула управо то пуко таворење?! Може се ићи у низу од ње, на једну или другу страну, по властитом избору, и бројати, али вечито стајати на нули, на непостојању, равно је залудности и смрти. Има толико бујних, динамичних и живахних усуда код неких, да такви просто ни у једном тренутку не мирују. Због чега је то тако, због чега је толико различитости међу људима — ко то може са поузданошћу казати?! Можда се одговор може наћи у самом стварању и саставу човека, непоновљивог виртуоза јединственог ткања.

Тешко је било којој појави, случају, а тек човеку дати јасно одређење; не може се о човеку говорити и певати, ако се изоставе чињенице битне за његово постојање, јер оне говоре о карактеру и личности. Не могу се људи ставити под један општи закон када је уопштеност, у случају човека, непожељна и неоправдана, будући да је сам човек непоновљив и јединствен. А ако је већ тако, треба допустити свакоме да живи по дубоко личним и јединственим, унутрашњим догмама, што никако не значи да догмате човечанства не треба поштовати! Напротив! Здраве унутрашње догме појединца садржане су у догми човечанства и међу њима нема сукобљавања, иако је различитости свуда и оне у свему постоје! Ово само потврђује раскош и лепоту Божјег стварања и чуда, тог Разума изнад разума.

Олга Димитријевна — тако беше име газдарице куће број дванаест у улици *Новая жизнь*, збуни се угледавши Максимова и стаде га посматрати и мерити са чуђењем. Разлог томе беше врло једноставан — овој су жени ретко чинили посете, а сада је испред себе имала човека непознатог лика, човека кога, у то је била уверена и са поузданошћу је могла јемчити, никада до тада није сретала. Конац њене збуњености пресече поручник и објасни јој да он тек што је допутовао и да је спреман да од ње одмах узме собу у закуп, уколико само за то има услова. Жена се на ове речи одобровољи и ону црвену боју збуњености с лица испра осећај скромне веселости и она га, помало неспретно, позва унутра.

У дому Олге Димитријевне све је било беспрекорно уредно, светло и чисто, намештено не баш са нарочитим укусом, али у сваком случају, врло пристојно. Мирисало је на нешто већ познато, можда на свеже јабуке, и то још више појача утисак пријатности и топлине. Са зидова су, по нарочитом распореду начичкане слике, углавном са мотивима руске природе, мамиле лепотом и грациозношћу, између осталог и због величанственог светла које је падало на њих. Ово подне у Редкину, зачудо, беше врло светло и сунчано.

Претерано наглашени декоратив, све то од златних машни драперија па до ћупова и вази најразличитијих облика и израде, искакали су пред вас, циљано, како би се остварио жељени ефекат. Газдарица сигурно није држала да се лепота (ако је лепоте уопште и било у свим тим углавном бескорисним детаљима богато намештене трпезарије за чијим су столом седели) по правилу открива помало стидљиво, постепено, а никако одједном и нападно. Лепота се не нуди, за лепотом се трага и што је дубље заметнута све је изражајнија, њен зов је умилнији, неодољив и привлачан. Снага и величина лепоте је у томе што ће сви они који је траже, одшкринувши њена врата опрезно и лагано, са пуним поштовањем, остати у веселом душевном расположењу на дуже време, гледајући како се, на пример, иза старе, дрвене комоде, негде у углу стављена, тек назире орхидеја у зачетку цвата. Лспота тражи време, не би ли је што боље упознали и што дуже је испијали, и свако време тражи лепоту како би се њоме оплеменило и прозрачило.

Поправљајући дугмад на немарно закопчаној, једноставној и одвећ добро истараној блузи, Олга Димитријевна се, приметивши умор и нестрпљивост на лицу непознатог госта, реши да нешто упита она њега прва. Сматрала је то чак и својом дужношћу, јер је ред да домаћин први заподене разговор о нечему како би се избегла непријатност у дужем ћутању. Уосталом, могућност да дајући собу у закуп дође до одређених прихода, одједном је у потпуности обузе, и не желећи да је пропусти, она обазриво помичући усне, тихо и као да се поверава, отпоче:

— Кажете, соба у закуп Вам је потребна, господине?

— Соба — мирно дочека Максимов. — Или читава кућа, ако је и Вама тако по вољи.

— Собу можете још данас добити. Више од тога не, барем за сада.

— Молим, молим... Разумем већ — сложи се гост. — Онда, будите љубазни па ми је покажите.

— Свакако. Него, почекајте мало... Ви сте, по свему судећи, житељ престонички? Долазите из Москве, зар не? Носите се са мером и укусом, униформа Вам је врло уредна и чиста, речју — беспрекорна! На тако Вам се шта овде не може наићи. Знате већ, варош је ово. И не замерите на мојој љубопитљивости.

— Немам Вам на чему замерити. Нисам Московљанин, а у Редкину сам боравио повремено, све док сам са оцем одржавао однос. Одавно већ не вршимо један другоме посете. Деликатности. Него, пустимо сад то...

— Како то мислите „не вршимо један другоме посете”? — живо се заинтересова газдарица.

— То сада, за ову прилику, и није од неке важности.

— Али, зар је могуће да син оцу не врши посете ако већ за то има услова? — наваљиваше Олга Димитријевна, изгубивши осећај за пристојност.

— Видите и сами да је могуће. И није то никакав појединачан случај, на многим местима можете наићи на такве околности.

— На многим? — зачуђено упита Олга.

— На многим, разуме се, само сте Ви до сада били поштеђени тог сазнања.

— Имате право. За мене је ово нешто потпуно ново и неочекивано — сложи се, не скривајући још већу збуњеност и неверицу.

— То што Ви до сада нисте чули за овакве случајеве не значи да се они и не дешавају! Једноставно, није долазило до Вас и то је све.

— Али, какви то могу бити разлози да Ви као син не посећујете оца? — упорна беше Олга, а онда, упита га нешто што себи никако није смела допустити. — Како је са тим могуће живети? Негодује ли Ваша савест?

— Но, шта с тим ако и негодује? А ја ћу Вам казати и да не негодује! — јетко дочека Максимов и унервози се. — Потражих собу, а нађох иследника! Молим Вас, пређимо на саму ствар.

— Опростите ми на мојој радозналости. Ја... Ето, тако... Само питам... Интересујем се за свачији усуд. Али, ово је само Ваша ствар и ја разумем Ваше негодовање — наизглед попушташе жена, али већ у следећем тренутку, гоњена знатижељом или чиме ли већ другим, тражила је испод ока било какву најаву поручниковог бољег расположења, и учинивши јој се да ју је и ухватила у једном трену на његовом лицу, привуче га сасвим к себи и готово нечујно, са забринутим изразом лица, упита:

— Удес, дакле? Породични лом, враг га однео — већ и сама расуди. — Ах, толико је несрећних околности данас у породицама! Темељ се друштву измакао — уздахну, забринута.

Максимов, иако још увек љутит, нађе да је ипак боље да овога пута удовољи тој новој љубопитљивости, не би ли га након тога разрешила уза већ осетне непријатности и срџбе.

— Ето, рецимо да је породични удес — кратко потврди.

— Ви ћете ми га поверити, зар не? — упита Олга и очи јој се загрејаше од те могућности.

— Зашто мислите да ћу то учинити?! Ви сте, видим, уверени у то да ћу Вам ја открити све оно што Вас из неког разлога занима.

— Учинићете то, ако ни због чега другог, оно због тога што ме не познајете и самим тим не можете имати никакве штете од исповести.

— Ис-по-ве-сти?! — у чуду повика Максимов.

— Добро, назовите то како хоћете. Али, у сваком случају, уверена сам да сте у овоме сагласни са мном — људима који нам укажу поштовање, а ја Вас већ поштујем, можемо без последица поверити баш све. Знате већ и сами — човек некако од тога добије олакшање.

Феодор Андрејевич сад већ поцрвене од једа, али се уздржа да не иступи осорно и дрско.

— Госпођо Олга, сад је већ заиста превише! Ништа Вам ја нећу и немам шта поверавати. Замолићу Вас још једном, будите љубазни и покажите ми собу.

— Ах, да. Соба — као да је већ и заборавила због чега је Максимов ту, Олга Димитријевна се трже и повуче столицу уназад. — Хајдемо. Изволите онда — показа му руком на масивно, дрвено степениште.

Соба коју је Олга Димитријевна однедавно дала и у огласе *Редкинческие газети*, како би је што пре неко узео у закуп, била је потпуно одвојена од осталих просторија и налазила се на другом спрату времешне, али ипак добро очуване куће. Разлога због чега је Олга намислила да је стави под закуп могло се наћи на десетине, али овде ћемо напоменути само она два најважнија. Најпре, од тих десет хиљада рубаља колико је наумила да тражи (мимо сваке је сумње да би собу дала и за хиљаду рубаља мање), уз остала примања, истина скромна, могла је пристојно живети. А друго, још и важније од овог првог, тиче се газдаричиног душевног стања. Она је пре непуних шест месеци остала у животу без живота — остала је без сина јединца. Тешка болест и ту се, барем како је то она сама говорила, ништа није могло учинити. Несрећна жена данима је ридала и проклињала свој усуд, безутешно вапијући ка Господу да и њу посети, да и њеном животу сачини крај. Преко ноћи је оседела и толико смршала да су јој тело готово само кости носиле. У мучном душевном стању збијене самоће, поражена још и очајем и сломљена ужасним болом, напослетку се реши да да̂ собу у закуп не би ли тако у разговору са неким утишала тешке мисли страдалне мајке. Размишљала је чак и да прода читаву кућу, јер ју је свака ствар у њој враћала у загрљај сину, у онај загрљај који вечито узмиче... У тешкој опсени, уморна и без сна, пружала је руке к њему и молила... Звала га... Узалуд све беше, јер јој ту руку није имао ко прихватити.

Сваки губитак велика је лична драма и трагедија. А прихватање тог губитка, ствар је снаге и воље у човеку за коју до тада није ни знао. Временом се и навикла на ћутњу и оштрицу бола која ју је изнова пробадала и призивала из тек мало начетог сна. Навикла се на самоћу. У самоћи људи као да и немају више од ове две могућности: или ће скончати у лудилу и положити копље пред живот, или ће пронићи у саму његову тајну. Околности у којима се нашла Олга Димитријевна, притискале су је упорно уз ову прву могућност. Може бити да је она управо због тога у овој изненадној посети и видела свој лични спас. Чак је постала и врло говорљива, што за њу иначе није био случај. Сигурно је да је она у Феодору Андрејевичу гледала и свог сина, те се стога и трудила да одагна од себе било какво поређење њих двојице јер би је то сломило. И успела је у томе. Узлазивши уз степениште она је Максимову у само неколико пробраних речи поверила своју личну драму, своју најцрњу ноћ и најдубљу рану, али приметивши на његовом лицу ужасну хладноћу и равнодушност, незаинтересованост за читав тај случај, оста у чуду и зађута. Она тада у њему није могла познати гордог човека тврда срца, човека без саосећања и разумевања туђег удеса.

Разумети нечију патњу, брисати зној муке са туђег лица обележеног ожиљцима, то не може свако, већ само онај ко у својој искрености искорачује срцем и ватрено. Олги Димитријевној већ беше јасно да млади господин у шињелу, тај младић изузетне и ретко пријатне спољашњости, али и без зрна те исте пријатности у нутрини, баш ни са чим неће ублажити ту њену тугу удесом ужаснуте мајке, чија је судба равна најтежој клетви. Несрећна жена тачно је могла да осети то што се преко очију Феодора Андрејевича испреплетала копрена, тако да он никако и није могао видети нечије распеће, све и да је то желео. У држању човека, у сјају или мутљагу ока, по помицању усана, у ћутљивости или по пажљиво избираним речима, у немарном одмахивању руком или живом интересовању за ваш случај — јасно можете видети шта од тог човека можете очекивати и већ наслутити природу односа са њим, ако икада и буде удешен. Човек или осети човека или пред собом угледа нечовека! Трећег нема! Срце је и мера и мерило. Најфинији инструмент, тачности најпрецизнијег сата. У њему је све. Велике љубави и ништа мања проклетства, радости, али и проклињања. Живот и смрт.

Полет, али и пропадање. Управо је тим инструментом Олга Димитријевна тачно измерила душу поручника Максимова и одмерила како ће због тих десет хиљада рубаља под кров куће, али и свог бића, примити врло ћудљивог, младог подстанара. Феодору Андрејевичу као да се некуда журило (мимо сумње, делом и због умора), па је и читаву ту омалену собу премерио у неколико корака и ништа више значајних погледа, задовољно подижући обрве у знак одобравања.

Неразмештен кревет са изразито масивним наслонима, украј широког прозора повећа шкриња, сто издуженог врата са још увек непаљеном свећом и старим бакарним самоваром на њему, врло вероватно постављеним ту искључиво ради естетике — све је то одавало врло пријатан утисак уредности, лепоте и склада. Поручник овим беше задовољан, скиде шињел са, од прекомерне топлоте помало мокрих рамена, и одложи га на кревет. Иследнички се још једном загледа у бледо лице Олге Димитријевне. Не нашавши у њеном погледу баш ништа више од натмурености и бескрајне муке, напослетку јој приђе и испружи руку.

— Собу ћу узети у закуп. Постарајте се за чисту постељину, молићу лепо. Уморан сам и желим сна.

— Одмах ћу ја — кратко и подељених осећања рече газдарица и већ крену.

Са једне стране, беше задовољна што ће од те собе коначно имати некакве користи, а са друге, у души јој беше врло мучно јер је слутила да у овоме човеку не може наћи пријатеља, самим тим ни реч, разумевање нити утеху, а све јој то беше потребно. Затвори врата за собом и тихо, готово не помичући усне, стаде проклињати своју судбу, јер надања да ће јој живот у друштву бити подношљивији више не беше — она изгубише ноге и ударивши о под, нестадоше као мехурови од сапунице. Уморној жени беше тешко да сиђе низ то дугачко степениште (бол у коленима упорно јој је досађивао) и све чешће застајкујући, помисли како ће јој бити готово неподношљиво ако због ћудљивости и могуће ситничавости подстанара буде морала по неколико пута пролазити истим тим степеништем да би у Феђи изазвала осећај задовољства, како би та сума од десет хиљада рубаља месечно била под јемствеником.

Пролазећи ка салону, из кухиње је запахну мирис витког, разнобојног цвећа, постављеног на широком, од ораховине сачињеном столу, и она се тиме мало одобровољи. Напослетку, чак се и ужурба, подозревајући да млади човек и нема баш много стрпљења. Имала је право. За то време, док је Олга Димитријевна из ормана бирала најлепшу постељину за свог подстанара, он је већ неколико пута нервозним корацима премеравао собу, ширећи руке у знак чуђења и неверице да још увек чека. Затегнутост у лицу откривала је немир и врло рђаво душевно расположење поручника. И таман кад се реши да и сам изађе из собе и крене низ степениште, Олга Димитријевна се појави на вратима и већ се стаде извињавати, правдајући се старачком спорошћу.

— Опростите, али жени у годинама није могуће брже...

— Разумем... Разумем, да... Разумем... — понављаше Максимов као да је једино за ту реч знао, и то понављаше тако да је одавао утисак тупе незаинтересованости и тек зачете расејаности. О нечему је новом стао премишљати, извесно.

— Ја Вам даље нећу сметати нити Вас било чиме узнемиравати. Када будете изволели, а Ви сиђите у трпезарију да ручамо, и то је у оних десет хиљада рубаља, разуме се само по себи.

— Да... — мрзовољно процеди, и кад се Олга Димитријевна већ хваташе за браву од собних врата, повика за њом:

— Причекајте! Ево пет хиљада! Преостали део новца још сутра ћу Вам исплатити.

— Немојте журити, млади господине. Када се потпуно снађете у Редкину, а оно тад и дајте тих десет хиљада рубљица у целости. Не мучите себе и не брините. Са мном се барем човек лако о свему може договорити, јер ја ситничавост не држим ни за шта.

— Но, како изволите... У сваком случају на новац нећете чекати, у томе сам врло тачан и уредан.

— Ви сте сигурно помислили да сам хтела да Вас подсетим на обавезу плаћања тиме што сам рекла да је у тих десет хиљада и ручак?! Да не буде кривог уверења, дужна сам Вам и ово објашњење — ручак ћу свакако за обоје спремати и то није ствар новца, већ опште пристојности.

— А шта мислите да прекинемо непријатност, јер зар је уопште од толике важности шта сам заправо ја помислио? — дочека поручник.

— Забога, младићу, какву непријатност проналазите у свему овоме? Једноставно је — ја сам Вас само позвала да...

— Да ручамо заједно? — прекиде је Максимов, изазивајући у њој осећај тескобе, јер лице му беше грубо и безосећајно. — Размислићу још и о тој могућности. Немојте се увредити ако Вас и одбијем. Ништа не узимајте лично, замолићу Вас.

— Свакако, свакако... Разумем већ... — збуњено прихвати Олга Димитријевна. — Онда, нећу Вам више досађивати. Одморите. Тако... Ето, одморите... — тим речима заврши газдарица и ишчиле из собе баш као и плавичасти дим од свеће коју Феђа управо беше упалио, иако за то није било баш никакве потребе.

Иза ње оста само тешки задах ужасне судбе, њено проклетство и мучење одвећ раслабљене жене. И таман када се понадала да ће барем крајеве њеног крста на ком бејаше распет њен живот, прихватити неко кога и не познаваше, а сада већ њен подстанар, угледа пред собом затегнуто, немилостиво лице човека којем људи обично дају ово одређење: несрећа, потамнела звезда, неосетљивост за туђи удес, за туђу муку. Кап у бескрају јесте ништавна, али управо та кап, то једно зрно од животних прилика у појединачним случајевима људских судби, напослетку, одреди правац и читавом будућем животу. Ти појединачни случајеви дају израз ткању нечијег живота, одређују га, и по њима се распознаје човек, по имену и презимену. Али, у свеопштем прелету звезда, зар то нешто је? Једино у властитом космосу рађање и смрт човека јесте нешто зачуђујуће, страшно и тајно, али у вековима извезеном поретку под звездама — зар остаје игде уписана и сама чињеница да је тај човек уопште и живео уколико и сам, својим од труда знојавим челом није дотакао то исто небо? Небо просветљења, истине и смисла. Уколико није оплеменио себе и оне око себе? Једно је човек и лични удес, а сасвим друго је звездано небо, бескрај над главама и читаво човечанство. И управо из овог разлога, наизглед мале и готово безначајне ствари у животу свакога од нас, за наш лични одраз у свету велике су, а за тај исти свет обична неприметна прашина. По њој се гази без свести да је она уопште и ту, да постоји и да је стварна. Чудни закони! И нимало чуднији човек, праслика узвишеног, мистичног и необјашњивог.

Поручник Максимов хукну, истегну прсте обе руке, тако што их је ставио у положај два укрштена чешља, примаче се прозору, уморно и расејано погледа низ улицу, а онда не нашавши ничег занимљивог, спусти дебеле засторе како светлост, иако скромна, никако не би продирала у собу са сада већ размештеним креветом. Помисли како је за њега већ отпочео један нови живот, како је онај стари већ чврсто свезан конопом, а онда и спаљен, и како више тај стари живот и није његов, јер га и нема.

Тиме задовољан, окретно се свуче и леже у кревет. Када би знао да ниједна прошлост не може у потпуности остати забрављена и да се на њена врата олако може ући и то са различитих страна, да је много кључева којима се она могу отворити, уосталом, чак и да их и нема врата се увек могу и развалити, сигурно би, тиме притешњен, поскочио из тог тек начетог сна и преко мере узнемирен стао би тумарати по мраку собе тражећи било шта чиме би се та врата додатно могла осигурати, запечатити. Прошлост испоставља рачун, готово увек. Али, Максимов је спавао чврстим сном уморна човека.

------

1 Нови живот

V

Мртвило окованог замандаљеног сна поручника Максимова прекиде упорна, врло замарајућа звоњава, а онда и ударање нечије руке о улазна врата, мимо сваког ритма и такта, напослетку и дозивање Олге Димитријевне нечијим танким, пискавим, али и зачуђујуће продорним гласом. Поручник се намршти и нешто гневно и са доста страсти опсова, отпљуну у страну и мрзовољно се придиже из топле, мекане постеље, а онда, огрнувши само шињел преко рамена, љутито стрча низ степениште и погледом премери сваки кутак тражећи Олгу Димитријевну. Али ње не беше. Онај пискави глас са друге стране још више га је раздраживао, јер је овде, на доњем нивоу куће већ правио приличну буку и бивао све упорнији, позивајући газдарицу у све краћим размацима, једнолично и умарајуће. Максимов је погледавао свуда око себе тражећи кључ улазних врата, мрштио се и негодовао, тумарао ужурбано и сметено. И таман кад је поверовао да је, врло могуће, Олга Димитријевна однела кључ са собом, расејана, опази га на месту где га једино није тражио јер, ту га никако и није очекивао — у самим вратима. Чудно је, али и ово је готово правило — може човек преврнути читав свет на поставу, завирити му у сваки џеп тражећи смисла, тражећи свој живот и свој пут, и на крају га угледати тамо где му је готово било немогуће чак и да поверује да ће га пронаћи! Некад се од мноштва и силине утисака, од множине тог истог живота, упорно испред себе гура брдо које напослетку заклони сасвим обичне ствари и оно што се само по себи подразумева, оно једноставно и природно. Животна варка. Или игра.

— Каква лакомисленост и неодговорност! Оставити непознатог човека у кући, отићи без речи. Хм, шта се себи све допушта. Каква расејаност, ето, то је! — процеди поручник грчећи мишиће лица и, ни сам не знајући због чега, стаде поправљати и прстима зачешљавати косу у страну. Напослетку, откључа и отвори врата.

Испред себе угледа мршаву, промрзлу прилику гологлаве девојчице којој је дуга, невешто укроћена коса повезивањем у плетеницу досезала подно струка, толико танког да га је било могуће дечјом пертлом обавити и на крају још и привезати. Препозна у њој девојчицу са станице и пред очима му освану свежа, још незамућена слика тога јутра — пристигав у Редкино, ова му је девојчица понудила да му понесе кофере, стидљиво за то тражећи неку рубљу, ако се има, ако се може. Присети се и тога како ју је презриво одбио и како је у детињим очима због тога заблистала суза, и како ју је страх узнемирио. Угледавши човека који јој је онога јутра намучио невину душу, бледило њеног лица постаде још израженије, она сва уздрхта и ћутке спусти поглед. Поручник се овај пут сажали, јарост због неочекиване звоњаве му већ беше умирена, и само што је кренуо руком да јој додирне од ужаса и мраза пребледело лице, она истом одступи мало у страну, не подижући погледа. Невино срце још ужурбаније стаде ударати у мршаве груди и чинило се као да ће их пробити, као да ће из њих изаћи.

— Хоћеш ли чаја? — упита је, немарно огрнут мундиром.

Уместо одговора девојчица само заврте главом, затежући згрчене шаке низ тело.

— А чоколадне бомбоне, имам их тамо — па главом указа на своју у закуп тек узету собу. — Хоћеш да ти их донесем?

Девојчица на исти начин, пресликано, заврте главом, оћутавши и овај пут.

„Колико дивљине у детету, инаћења и пркоса", закључи Максимов, иако му беше јасно да је девојчица уплашена.

— Хајде унутра и причекај Олгу Димитријевну. Биће да ће се ускоро вратити.

— Нећу тамо! — одједном одлучно иступи девојчица прћастим носићем.

— А како ти је име?

— Леночка.

— Имаш лепо име, Леночка.

— Бакино је. У знамење га носим — отресито одговори девојчица, иако беше готово сигурно да не зна право значење изговорених речи, али од њих јој је долазио некакав нарочит понос и осећање.

— А где ти је бака? Зашто си сама?

— Сама, па сама. Ништа нарочито. Умрла је прошле зиме, у фебруару.

— Хм, тако дакле... А знају ли ти отац и мајка да се читав дан смрзаваш?

— Не знају. Ни ја за њих скоро да и не знам, бака ме је подигла — изговоривши ово девојчица бризну у плач, али се убрзо прибра и умири, обрисавши вреле сузе рукавом.

— Узмите ово, господине. То је за Олгу Димитријевну — после краће ћутње настави. — Поздравите је и кажите јој да је нисам могла чекати, доћи ћу јој чим се за то укаже прилика. А, сад морам ићи даље, извините ме, треба да разнесем новине у још четири улице — па изговоривши ово одлучно, придиже нејаким рукама повећи кофер (јамачно су у њему лежале новине) ког Максимов до тада ни не примећиваше.

Неприлике и патње начине могућност да човек рано одрасте, да испивши горчину живота још у детињству склони засторе са неких тајни и проникне у смисао постојања, вечности и идеала. Такви, готово по правилу, израстају у велике, одважне и честите људе. Ништа не обликује, ништа не искује тако морално узвишену личност као неправде, неприлике, прогоњења, мучења и патње.

Поручника ова изненадна отреситост и живост немало збуни и он не стиже чак ни да се отме том свежем, јаком утиску, а она је већ хитро газила ледом прикованом улицом, не освртући се за собом.

„Мали чудак", кратко закључи Максимов за себе и затвори врата.

У рукама је држао примерак *Самосвести* и са одвратношћу гледао у танак, жут папир врло лошег квалитета. И поред тог непријатног, изражено одбојног спољашњег доживљаја који су изазивале, новине су пружале и један сасвим другачији утисак — чак неколико сензација представљено је на насловној страни, са највише три-четири брижљиво одабране речи, ефектне у највећој могућој мери. У самом средишту насловне стране издвајао се један наслов већ самим тим што је једини био у црном, широком оквиру, штампан масним словима пуне боје, а све то како би читаоцу одмах украо сву пажњу. „*Ослобођење руске душе,* врло значајан и деликатан наслов", расуди Феодор Андрејевич и, удобно се завапивши у канабе, отвори новине. Пронашавши у њима то посебно назначено место, јамачно од стране самога уредника написаног текста, стаде читати. У најкраћим цртама, текст се састојао у следећем.

Руска се душа, по мишљењу самога аутора, затекла уклештена између народне вере (*тог опијума човечанства, назадног и по човеков умни развитак врло опасног изума* — тако је додато у појашњењу) и новог, модерног безличја које је зашло и заразило свакога Руса, редом, у одређеном смислу. *Прво наведено, народна вера, дакле, распаљује душу до те мере да се она, та јадна руска душица* (управо се тим речима аутор изразио) *у свом привиду, у потпуној уобразиљи, свакодневно успиње на небо, крилата и жива, и тако чак општи и са анђелима! Ето, докле се дошло! Замислите само какве опсене!* — тако пише у тексту аутора.

Колико ли само штете — наставља даље он — *колико ли само штете од тога трпе нерви ионако располућеног, подељеног руског човека? При том, та му вера дође потпуно неразјашњена, неутемељена и без јасног искуства, иако су Руси склони да о томе сведоче сасвим супротно, а истина је пак посве другачија. Али ко још за истину мари? Веруј и иди за слепцем — тако ти је! И да удес буде потпун — руски човек таквом вером дише, зором устаје и навече леже, и неће вам се, господо моја драга, браћо Руси, такве вере одрећи ни за шта, па ето чак ни да му понудите равно милион рубаља, све у крупним банкнотама! То су вам, рекао би у том случају руски човек, Јудини сребрњаци и као такви нам не требају. Издати своју веру никада нећемо итд, итд.*

Разумом сагледано, многе од вас читава та ствар, браћо, сигурно подсећа на дивљи примитивизам и на ватрену острашћеност вековном заблудом руске свести, а Рус, сложићете се, од фине је материје сачињен и иде далеко и у ширину и у дубину, те стога, зашто га вређати таквом народном вером? Зашто ако она није ништа друго до подривање здравог мишљења и расуђивања, спутавање, и у крајњем чак одсецање слободног деловања? Посрамљивање интелекта и недопуштење да се живи по другачијим принципима и уверењима. Да, браћо, по другачијим.

Овако, само скандал светског реда! Историјска подвала једном врло просветљеном народу, какав је наш руски. Везивање крила без којих, то нам здрава логика говори — руска душа не може истински замахнути и полетети.

Друго је — наставља аутор пресликаном оштрином — друго је по јачини и насилности спутавања добре, једре и здраве воље, равно овом првом. Подједнако гадна и већ омражена утопија, иако су се идеје модернистичког духа тек недавно појавиле у нашем народу. Руска душа не трпи ни оно прво нити ово друго, нити било какво сужавање, будући да је она у својој ширини изузетна и лепа као невеста, изворски чиста и потпуно слободна! Слободна, браћо! Слободна! Уме ли иједан други народ певати лепше о слободи од руског? О слободи личности, унутрашњој, пре свега. А ево шта хоће од нас овај данашњи модернизам, тај отров који је многим народима већ запео у грлу и једва чекају да га само до краја испију да се тако, грцајући, не муче више — такав отров и стега немилосрдних чељусти хоће само једно, а то је да нас слободне Русе обезглаве. Хоће да нас измешају са читавим светом у једној врло накарадној идеји наводног заједништва и братољубља како би привидно сви постали једно под том истом идејом. Намислили су да у миру сви истом интонацијом певамо под једном диригентском палицом и да се том истом диригенту са којим, узгред буди речено руски човек нема баш ничега заједничког, сви одреда поклонимо јер ће нас он, ето, спасти беде, немаштине и пропасти сваке врсте која нам прети само што, ето, ми смо некако слепи па ту пропаст не видимо. Ах, браћо моја, па ко би још од нас у ово поверовао? Каквог ли само покварењаштва, лукавости и подвале у овоме! Говорећи нам о једнакости, о равноправности међу људима и некаквој универзалној идеји коју би човечанство требало прихватити, они желе да нам наметну бездушност и безличност и да нас стрпају у колективни *притвор, и то везаних руку! Треба ли Русу ово? Са свих страна поклич̑и о слободи, као да се Рус није у слободи родио и као да у њој не умире. Миран. И слободан. Слободан, од свега и у свему, браћо! Поменути модернизам би да раздели као хируршким захватом, врло прецизно, али и болно, вештом руком јединствено руско тело, тврдећи при том како је оно заражено, а чиме, бог би га знао.*

Ето због чега нам је, браћо Руси, више него икада до сада потребна једна узвишена и здрава идеја колективног руског духа, без примитивизма у првом и без терора над слободом у другом случају, о чему сам напред говорио. Слобода руском човеку! Одрешимо чвор са свезане руске душе! Слобода руском народу интелектуалним превратом, не у крви и насиљу већ у јединству и новој вери! Новом снагом за добро свих нас! Вером у вредност и лепоту човека, враћањем му части тако што ће, најпре, слободно моћи да узвикне да хоће самостално да мисли, да живи и дела. Доста му је суфлера. Ко то још може човеку бити већи пријатељ од њега самог? И треба ли човеку шта више од себе самога?! И зато — анатема на досадашњу, примитивну народну веру. (Ово „анатема” аутор је употребио подсмешљиво, разуме се, како би створио нарочит ефекат.) Непопустљивост пред коњаницима савременог модернизма! До победе, браћо! До победе превратом у свакој руској души. Лав Фјодорович Ловски. Овим речима чланак је завршен.

Поручник Максимов поскочи, пљесну рукама и стаде журно тумарати прелазећи из гостинске собе у трпезарију и назад по ко зна који пут.

„Ево живог руског човека! Ево живе речи! Каква само одрешитост и храброст да се јавности представи један овакав чланак!”, помисли одобравајући задивљен садржином, по његовом властитом убеђењу, изузетног текста.

У тим тренуцима усхићења био је уверен да је тај Лав Фјодорович Ловски, иако о њему ништа није знао, изванредан, врло окретан и предузимљив човек, по убеђењу решени револуционар, баш као што то некада и он сам беше (ако се уопште може и рећи да мисао о револуцији икада и замире у таквим карактерима).

Феодор Андрејевич се још једном присети свог случаја који га је стајао службе, тог рачуна који му је случај испоставио, али се од мучног осећаја са лакоћом ослободи јер, његово је душевно расположење сад већ било добро загрејано чланком. И не само то — због овога је текста Максимов мислено већ ватрено стао уз Лава Фјодоровича и врло је могуће да би га још у овом тренутку подржао, не страхујући за могуће последице. Уосталом, ако неко може написати овакво нешто не страхујући за свој даљи положај, зар приличи њему да се повуче пред овом племенитом идејом и зар треба да се плаши само помисли да овакво нешто јавно подржи?! Максимова обузе некакво свечано и врло добро расположење, како већ обично и бива када се човек мислено реши на било шта, када је одлучан и када нема двојбе у њему. Заправо, он је био готов да Лаву Фјодоровичу укаже поштовање и да му понуди своје пријатељство, а можда чак и подршку, ако му буде потребна. Тачније, у њему се зачињала мисао о томе да би било добро чак и да оде до уредништва *Самосвести* и да се лично препоручи Ловском, главном уреднику.

Врло је вероватно да су ова два млада човека (и Ловски је имао тек двадесет четири године) једнаком мером мерила свет, да су се обојица добро носила са својим идејама и уверењима које су произилазиле из њиховог особењаштва и донекле чудаштва, у сваком случају — неке врсте посебности. Идеје преврата и опирања било ком поретку који је по њиховом мишљењу бесмислен и штетан, обојици су биле врло блиске и оне су се могле наћи у самој њиховој природи. Такве идеје срасле су им за душу као маховина за стари, дрвени кров. Може бити да их је управо та идеолошка сродност као магнетом повукла једног другом, али о томе ћемо већ ускоро, на своме месту.

Олга Димитријевна се ускоро појави на вратима и својим крупним телом готово их у потпуности закри. Лице јој потавнело а она одсутна и натеклих очију, по свој прилици од плача. Погледавши у Максимова, она се непотребно стаде правдати, набрајајући разлоге због којих је неизоставно морала отићи међу људе, међу читав тај за њу мрски свет. Најважнији разлог свога плача решила је да прећути као најнемирнију скровитост од које је страдала једино она. Тешко је скинути покров са душе и тако је обнажити пред другим. Поверити некоме свој усуд једнако је подвигу и, уопште узев, шта човек има од тога када сав тај жуч и јад остаје и даље у њему да га мучи, притиска и гони.

Ћутала је, а на очи јој навираше вреле сузе упорне, суморне и слутеће патње, сузе које испитују и утврђују карактер истовремено. Сузе од којих се она постиде и стаде их крити од поручникова погледа. Овај беше још увек чврсто приклештен у стези, под свежим утиском „ослобођења руске душе” тако да и не примети ту жалост и натмуреност, муком распете жене. У њему више не беше оне љутње због газдаричиног изненадног одсуства, нити трага од немирног душевног расположења. Деловао је прилично мирно, прибрано и задовољно, и чак зачуђујуће разговорљиво.

— Долазила је Леночка — отпоче први и неочекивано.

— *Самосвест?* — шкрта у речима дочека Олга Димитријевна.

— Ваш примерак — па испруживши руку у лакту, некако посебно и свечано јој пружи *Самосвест.* — Не замерите, мало сам прелистао.

— Не мари. Ја то ионако не читам, иако дајем годишње триста рубљица претплате.

— Зар толико? — неповерљиво махну главом поручник.

— Толико.

— Хм, чудно, мада није све у том недељнику за потцењивање. Хоћу рећи, није све лошег квалитета као тај ужасан, недопустиво мастан и жут папир. Има ту и један врло интересантан и, по мом личном суду, готово бриљантан чланак.

— У *Самосвести* бриљантан чланак?

— Уверавам Вас. А зашто ме то питате са толиким чуђењем?

— Ништа. Ја то онако. Али, да знате и ово — сви су вам тамо у тој *Самосвести* („како ли само смислише овакав назив за недељник", питала се у себи истовремено) врло чудно исковани, ако могу тако да се изразим. И све некакви несвршени студенти. Започети ствар па је не догурати до краја... Хм... И сви се редом правдају неким вишим циљем, идејом, ето, баш тако говоре. И сад те идеје, врло штетне и преко мере реформистичке, покушавају да наметну простодушном Русу. Скандал, речју.

— Зашто онда дајете тих триста рубаља претплате годишње?

— Навика. Ето, то Вам је. Навика везује јаче од двоструког конопа. А рећи ћу Вам још и ово: *Самосвест* је први штампао Евгеније Николајевич, сећам се да је први број наштампан на читавих двадесет табака и у врло приметном тиражу. Само, недељник је тада излазио под другим, доста прихватљивијим и мање каприциозним именом — *Руска реч*. Са Евгенијем Николајевичем још одавно имам поверљив, пријатељски однос потврђен обостраном оданошћу. Поштујем га због свега што је учинио за мене лично, али и за Редкино. Чак и када је напустио место главног уредника, ја сам и даље издвајала за годишњу претплату, иако сам мало читала. Ту су Вам сад већ други људи, млађи, са другачијим идејама и схватањима. Признајем им једино одважност што тако храбро пишу, не страхујући за своју будућност. Овде напомињем „за своју будућност” јер, да имају децу, реч би мерили по неколико пута. Другачије је кад је човек одговоран само за себе. Лакше је и може себи дозволити чак и понеку непромишљеност. Младић може упропастити своју будућност, али отац мора мислити о судби свог детета и он једноставно не сме упропастити своје дете, разумете шта хоћу да Вам кажем? Уважавам њихову снагу и храброст, али са њиховим идејама се не слажем. Да како могу, руског би човека окренули наглавачке. Као да пре њих није било никога и ничега. Сами мера свему. У младости пркосни и ватрени, али искуством зелени. Тако је природом удешено — закључи на крају.

Обоје поћуташе мало, а онда Олга Димитријевна сасвим неочекивано упита:

— Како Вам се чини Леночка?

Максимов се збуни овим питањем па дочека неповезано и нејасно:

— Леночка је добро дете. Чак врло добро. Понудила се кофере да ми носи, јесте, да, баш кофере... Тамо на железничкој станици.

— Мила девојчица. И тешка судба. Ово двоје често иде једно уз друго — замишљено и сетно примети Олга уз жалостан израз лица и некакав неодређен, овоштао осмех који као да је најпре са свих страна искрзан а онда, наново и насумично у брзини и без било каква поретка склопљен.

Човек без смеха или је богаташ мудрошћу и духом или је прегажен точковима живота, ужасним неприликама које зашиљеним канцама распарају душу тако да из ње занавек истекне сав нектар радости.

— Промрзла је, али није хтела унутра, чак се од тога и бранила — настави Максимов.

— То Вам је редак пример руског поноса. Не кажем да га у Руса нема, али код Леночке је он можда чак и претерано наглашен, потпун и неспутан, инанитет своје врсте.

— Карактер помало дивљ — хладнокрвно закључи Феодор Андрејевич.

— Но, шта с тим?

— Ништа. Са тим се баш ништа и не може учинити — дочека изазивачки.

— Леночку ћете већ боље упознати и самим тим променити мишљење о њој, у то сам готово уверена. Она је мој добротвор и душе песма. Видите једну ствар, можда Вам је ово и познато — док се човек вештином пентра уз планину без опасности и последица, док мирно и задовољно јаше у седлу светлог и пријатног живота, из сваког цепа може извадити читаву прегршт „пријатеља”. Међутим, чим из било какве неопрезности, личног преступа или једноставно из ненаклоности судбе исти тај човек изгуби корак, чим се оклизне на каквој литици и испадне из тог седла у ком је до само пре неки час лагодно и задовољно јахао, цепови остају празни, иако у нашем личном паду нису оштећени, нису подерани. Дакле, „пријатељи” су из тих цепова искочили, а ми искусили тежину властитог посрнућа! Кажите ми, има ли у томе човечности?! У цепу хаљине мог живота, после мог највећег пораза и губитка који никада нећу преболети — овде је једва заустављала сузе — остала је једино она — Леночка.

О каквом је губитку реч поручнику није хтела да говори. Усне су јој се сушиле и вилица подрхтавала при свакој изговореној речи.

— Једино ме Леночка није заборавила, младићу — настави Олга Димитријевна. — Једино она. Чини ми посете, разгаљује учмалост и очај колико може, а то Вам је, признаћете и сами, врло тежак и деликатан процес. Душевним лекарима сигурно је најтеже — ни сама не знајући због чега, овако закључи.

— Учмалост никако није добра — сложи се Максимов набирајући обрве увис.

— Тешка је и упорна, лако се падне у стање очаја, па сад и сами видите колики је Леночкин подвиг.

— Сад ми је већ мало јасније... — незаинтересовано прихвати поручник.

Увидевши ово, Олги Димитријевној више није било до разговора.

— Него, да ми ручамо — рече тихо. — Опростите још једном на мојој несмотрености, биће да сте већ добро огладнели, а ја се ето задржала, тамо...

— Немате се рашта извињавати.

— Тако?

— Тако.

Ручали су у тишини, свак дубивши своју мисао. Пред младићевим очима искрсаваше неке потпуно нове слике у односу на оне на које се готово био и навикао. Зачињале су се нове жеље и, сасвим извесно, нови живот, подстакнут идејом „ослобођења руске душе” на чије је свако слово гледао са одобравањем и ватрено. У Олги Димитријевној замирало је пак све и гушило се у старачкој неиздрживој патњи. Живела је као по морању, а не по жељи. Младост и старост. Рађање и смрт. Усхићеност новим животом и новом идејом, па макар она била и наопака, али је опет нова и другачија, покретачка у сваком случају, а насупрот томе потпуна равнодушност за збивања, обамрлост воље и тупост живаца. Два човека. Два пута. Два различита усуда и две борбе.

Отирући остатке супе са уста памучном марамицом, очи поручника Максимова се запалише још већим усхићењем. Он чак хтеде да поново поведе о нечему разговор са газдарицом, али нашавши одсутност на њеном лицу, одуста од те намере, поћута још мало из обазривости и учтивости, тек да не би одмах устао од стола, а онда се придиже и повуче столицу у страну, учини мали наклон Олги Димитријевној указавши јој захвалност на укусном ручку, а онда, крупним корацима закорачи ка степеништу, враћајући се пун утисака у своју собу.

VI

Разлога због чега је Феодор Андрејевич узео учешћа и значајног ангажовања већ у наредном издању *Самосвести* беше на претек, и ако бисмо их стали набрајати све одреда, могуће је да бисмо остали све до наредног јутра, јер беше их много. У овом случају и на овом месту, изоставићемо их како читаоцу не би узимали пажњу. Најважније од свега беше, а то је већ вредно прецизног записивања као што то бива у чиновничким извештајима о каквој крупној ствари, то што се приликом првог сусрета са уредником Лавом Фјодоровичем Ловским удесила једна врло зачуђујућа деликатност — готово судбинско назначење. О томе ћемо нешто касније, тамо где му је и место, а за сада ћемо само напоменути то да је ангажовање поручника Максимова у *Самосвести* изазвало велико поштовање и нескривено одобравање како уредника тако и свих његових сарадника. Ово се врло лако може објаснити фактом да је прогресивном покрету младих из Редкина и њиховим идејама распечаћеним у *Самосвести* недостајало утицајних, младих људи, а поручник Максимов је на све оставио управо такав утисак — одрешит, оштроуман и врло поверљив резонер и практичар. Он се од самог почетка врло озбиљно прихвати свог подузећа и стаде писати врло интригирајуће чланке који су изазвали очекивани ефекат у јавном мњењу и, чак, такви су чланци били врло добро прихваћени. Под чизмом овакве „свете ревности" остадоше сви други утисци и бављења нашега јунака, и једино што беше од важности и значаја за Максимова јесте писање за *Самосвест*. Чак је и онај најважнији разлог његова доласка у Редкино због овог „светог чина“ клецнуо у коленима и за неко време остао готово незапажен. Сматрамо да је због те чињенице можда сада најбољи час и место да тај разлог читаоцу и откријемо, јер њиме се Феодор Андрејевич задуго неће бавити. Заправо, замреће у њему све до наредног васкрснућа у некој новој позоришној тачки његова живота, а о томе ћемо, доследности вршећи службу, писати на своме месту.

Већ смо напоменули да је наш јунак узео собу у закуп баш у улици *Новая жизнь*, број дванаест, и то нисмо навели тек из пуког причања. У тој улици и на том броју, издавали су собу у закуп, и то беше срећна околност по поручника Максимова. Његов крајњи домет по том питању, његов крајњи циљ, дакле, беше тај да у повољном тренутку, ако је како могуће, откупи читаву кућу од власнице, Олге Димитријевне. Новчаних средстава за то је имао, али нису једино она била неопходна за овакво подузеће. И добро је док новац није мера животу већ је новац животом измерен. Да је другачије, охола нарав младог човека смекшала би понос удесом прегажене жене и на положени новац у крупним банкнотама она би неизоставно предала кључеве новом власнику. Овако, Феодор Андрејевич је имао јасну замисао, али за њено остварење није било довољно то што има новаца, већ је потребна и вољна сагласност и жеља власнице да кућу прода. Е сада, то што у животу наилазимо на различите парадоксе и деманте, јер је, напослетку, једино и управо због недостатка новаца Олга Димитријевна и била принуђена да кућу прода, ствар је самог живота и његовог чудног поигравања. До јуче смо веровали у једно, у племените жеље и поштена правила, а још данас све изгледа другачије, преко истих тих правила прећутно се гази, кажњено или без казне. Властито начело човек је принуђен да поништи, да га изда и прогласи мртвим и то због чега — из приземног разлога недостатка новца или чега већ сличног. У овоме и лежи читаво понижење достојанствености човека и, сасвим извесно, оваквим друштвеним аномалијама треба уручити смртовницу у руке.

Кућа у улици *Новая жизнь* некада је била дом Максимових. Некадашњег поручника ту је детињство затекло, узбуркало му крв и подигло очи у висине како би остао задивљен тихом, нечујном пловидбом горућих звезда. У души дечака из дана у дан израстали су сасвим нови доживљаји и искуства, преплитали се и освајали га у потпуности, и он је, задивљен животом свему тражио зачетак и траг. Сада, Феодор Андрејевич је сасвим равнодушно гледао на читаву ту своју прошлост, на кандило које је и даље стајало на истом месту, на тешке, дрвене засторе које је некада са муком отварао како би му поглед ишао у сретање тек заруделом сунцу. Све је наизглед исто, а уистину, ништа више исто није. Каква игра живота! Какав удес! Протраћени дани, ето то је. Укаљана душа која ништа више не може да прихвати од некадашње невиности и чистоте па се свему томе сада пакосно и злобно смеје. О, добро је знао Максимов да се за све те године заправо ништа и није променило осим њега самог. И то је једноставна једначина у којој нема непознатих. Ствар је проста. Три је једнако три. Ни мање, ни више. Тачно толико.

Детињство и од животне страсти румена младост иза себе остављају вечито у сећање утиснути параф, јемственик и трајне успомене којима се, ако то само зажелимо, можемо врло лако вратити, размичући свилене драперије прошлости. Сећања и успомене нису мастило живота, али јесу његово перо и да њих није све би пошло забораву, књига би остала празна — као да се живело и није, провалија, небиће, најпре сенка, а онда потпуни мрак, пустош и крај. Сакријте прошлост у подземље, из подземља ће изнићи. Повратак или барем повремено свраћање у прошлост, неизбежно је и готово извесно, питање је само тренутка, а утисци од нечега што је некада било увек су живи, јер својом јачином остају трајно, некада чак и наткривајући и сам живот и над њим бдијући. Оваквих утисака има у свачијем животу, неизоставно. Због ове необориве чињенице, иако је равнодушно гледао на кандило које је на источни зид поставио својим рукама Фећин отац, Андреј Сергејевич, нешто је у најскривенијем цепу душе поручника изнова преламало тек сраслу кост, изнова чупало на месту старог још неизрасли нокат, нешто је упорно горело у грудима и надимало их.

„Побећи? Опет? Куда и где овај пут? И зашто се онда догурало довде, зашто сам напустио престоницу? Зар је могућност поновног бега разумна? А и од кога бежим? Хм, нешто се чудно са мном дешава", закључи Фећа када је, на своје запрепашћење, у себи затекао себе.

Историја несреће породице Максимов углавном није нарочито широка, међутим, све су тачке, ове уистину, драме биле везане у један врло сложен чвор. Распетљати га, није било лако. Све је почело неверством супружника, у овом случају Андреја Сергејевича, путујућег руског трговца. Мољцем упропашћену тканину тешко је крпити, јер увек остаје сумња и бојазан да ће се управо на том истом месту изнова раздерати, а онда јој изнова пришивати закрпу, па још једну, и опет једну... — има ли ово било каква смисла? Једном када се отвори супружанска кутија и када из ње стану искакати различите тајне, скровитости и прећутани догађаји, читав тај садржај тешко да се може вратити унутра, кутија запечатити и уз поштанску марку далеко отпремити. Сва она, ради привида мира и среће, уздржања и неизговорене речи, ни са чим се више и ни са каквом вештином нису могла зауставити. Изгубљено поверење не значи смрт за онога ко га је бестидно умрљао, али за сам однос између двоје људи представља управо то — тренутну смрт или, што је још и горе, лагано, мучно умирање. Наравно, изузетака увек и у свему има, али они ни у чему нису бројни. Да је другачије, не би били изузеци.

Дознавши за неверство Андреја Сергејевича Максимова, пред Фећином је мајком стајало то читаво, одједном размршено клупко некада нерашчишћених рачуна о којима се све до тада тајило. Заједно даље, није се могло. Није се имало куда. У оваквим случајевима заједнички живот пре је смрт него живот и вечито осуђивање и мучење, понижавање и уништавање онога ко нам је ту, под руку, а заправо даље и од хоризонта.

Повређених осећања и са окрајком огорчености у устима, Феодор Андрејевич је отпутовао у Београд, свршио студије и напослетку и у службу ступио. Мајци је писао редовно и једно су другом вршили посете, истина не баш тако често. Углавном је то чинила она, Ирина Алексејевна Максимов, јер Фећа је упорно одбијао сваку могућност, па и саму помисао да се врати тамо где је иза његовог одласка остала једино патња, промашај и огорчење.

„Ко би се томе још вратио?”, помишљао је често у себи.

Од пређашњег живота није желео баш ништа, ниједну његову кап, јер свака му је била неподношљиво горка као жуч, тако да је сваки пут љутито одбијао мајку, а са њом и сваку њену, из осећања и немоћи женског срца, израслу жељу да јој се син врати, и да чак опрости оцу који вероватно сада лута друмовима широм Русије. Сломљену и изгубљеног живота, Ирину Николајевну Максимов убрзо је нашла смрт. На погребу, Андреја Сергејевича није било. То је могло значити само једно од овог двога: или су супружници за живота прекинули сваки могући контакт тако да Андреј Сергејевич Максимов није ни могао знати за њену смрт, или је руски путујући трговац допао таквог ћорсокака да на погреб једноставно није стигао. И један и други од два могућа разлога подједнако је жестио и изнова повређивао поручника Максимова, те се он од тога дана ватрено стаде занимати за оца. Разуме се, чинио је то из каприца, из љутине и озлојеђености. Распитујући се касније подробно о свему, временом нађе да је Андреј Сергејевич и кућу у улици *Новая жизнь* продао испод сваке цене, јер је у коцки допао великих дугова. Дознаде и то да је његов отац још увек путујући трговац и да можда тек једном годишње, у наступу чудноватих осећања и из неког необјашњивог инанитета, дође у Редкино. Обично се свака та његова посета свршавала на пресликан начин — он би обавезно бацио на излог једну од испијених флаша вотке, омамљен и посусталих живаца, а онда би на „место злочина” дошли надзорници задужени за тај кварт, њега би означили као изгредника, он би платио учињену штету власнику једне од оних малих радњи где испред можете пити до миле воље и на томе би све остало. Све до наредног доласка.

Мисао о посрнућу породице, смрт мајке и очева бестидност, његов суноврат и лична пропаст, онако како ју је примао по извештајима од варошана, све више је љутила Феодора Андрејевича. Може бити да је све то скупа пробудило у њему незадрживо опирање том ужасном свету, ни близу савршеном, препуном горчине и једа. Његов отворени протест и противљење свему, подсмешљивост према ономе што се везује за човека и све оно људско, то гордо држање како више нико и ништа, ниједна удешена прилика не би могла утицати на њега и на његове одлуке, све је то сазревало у њему до мере потпуног противљења човечанству и његовим „природним законима”.

„Јер, какви су то закони ако по правилу страдају недужни?! Не, ја се таквим законима нећу повиновати! По мери таквих закона мери се читав живот човека, а среће ниоткуда нема! Нема и нема!", мислио је у себи и кидао се од једа и горчине.

Његово незадовољство све више је израстало и он је временом чак и убедио себе да је управо он тај страдалник који је судбом означен да на својим нејаким леђима носи читав један промашени свет, и да је само питање тренутка када ће га у својој јарости збацити ту пред ноге и разбити о плочник! Лако је погодити — за тај свој лични удес оптужио је друге и тако је умирио своју савест. Али, претпоставити другоме кривицу због тог свог, властитог удеса, прилично је једино неодговорним карактерима.

Трагови искорачаних дана остају иза нас, али и живе у нама. Нема куда човек поћи, нема се где од себе самог сакрити. Управо је овај факат био најљући непријатељ Феодора Андрејевича и он га је натерао да напослетку јасно сагледа безизлазност и сву тежину свога положаја. Што се пак тиче односа према оцу, иако му је било познато да се Андреј Сергејевич отклизао у свет на погрешним животним ногама, ипак је присуство оца осећао више него икад, чинило му се. Више него икада вукао га је ка себи.

— Срешћемо се ми још, Андреју Сергејевичу! Срешћемо се и свести наш рачун. Имамо ми још шта један другоме казати. Одговорност! Одговорност од тебе тражим! И поравнање за све! — често је говорио као у бунилу, притешњен мржњом и гневом као чизмом. У одређеним тренуцима обузимала су га некаква чудновата осећања и он је био готов да опрости оцу, да се с њим и изљуби, иако га је толико увредио својим поступцима за које никако није могао наћи оправдања. Осећао је и неку врсту самилости и сажаљења над том унакаженом душом, над провалијом од некада узорна и честита оца.

Презир није добар, али и сажаљење је готово подједнако мрско јер, вређа нечију личност која се још некако има исправити, васкрснути неким чудом, али ни без једног ни без другог Феодор Андрејевич једноставно није могао — био је распет између ова два стања и душевно је пропадао. Презир и сажаљење према оцу подједнако су му мучили душу, иако је она у међувремену постала груба и опијена. У Фећиној унутрашњости стајао је талог неосетљивости према другоме човеку, талог осуде, гнева, непокорности и противљења сваке врсте. Из ког је разлога Феђа сада прижељкивао сусрет са оцем иако га управо због њега није остављао онај ужасан осећај увређености, можда ни њему самом није у потпуности било светло и јасно. Али, он је на тај сусрет био решен и сматрао је да би, ако се он само како буде дао удесити, учинио крупну ствар за обојицу. Ето, у томе је и лежала читава она крупна ствар његова доласка у Редкино, и последично, његов наум да откупи породичну кућу, изгубљену због очевих слабости, промашаја, дугова и очаја. Због чега се Феђа одлучио на један такав подухват, расветлићемо нешто касније. На овоме месту рећи ћемо само то да он никако није желео заједнички живот са старијим Максимовим. После свега, зар је и саму помисао на то било могућно одржавати? Нешто је друго покретало Феодора Андрејевича на такво подузеће и он је на читаву ту ствар гледао са потпуном озбиљношћу и може бити да би сва своја средства и остатке некадашњих веза у Редкину искористио у том погледу. Феђа је често мислено одустајао од свог наума, помишљајући на то као да залуд даје време на коцку, да ће га жар проћи, да у свему томе нема баш никаквог смисла итд, итд.

„Зар да једном тако ниском и приземном циљу подредим своју, можда чак и светлу будућност? И докле ћу се хранити отпацима пређашњег живота? Докле ћу се рвати са оцем? Докле? Па и нека је он промашио свој пут, шта је мени до тога. Опет...

да је он виновник само своје несреће то би му се још како и дало опростити, али овако... Свом усуду сам нека броји чворове и нека га размерава, али шта ћемо са осталим губицима? Кхм... Смрт мајке! И колико губитака још, све у низу један за другим! А познато је да се човек све теже усправља после многих штета, јер га свака окрњи, начне и ослаби. Крчаг када се разбије, ако се вештином некако и поново састави, зар ће на њему остати стари сјај? Хм... Догурао си до самога краја Андреју Сергејевичу! До самога краја! А и ја заједно са тобом, ако не ишчупам чак и сваку помисао на тебе, мог мучитеља.”

Овако размишљајући, Феђа је некада западао у стање потпуног очаја. Некада би га сурови бес немилосрдно изгонио из душевно подношљивог стања (тек уз напоре би до њега долазио) да је добијао нападе хистерије и безмало лудила. У свему овоме било је некаквог чудноватог поноса, увређене младости и у њој светлих циљева, каприца и проклињања, речју — било је ту свега и свачега и са тим је некако требало живети.

Сада, из ове тачке, стргнувши један део платна којим је била покривена историја Максимових, готово поуздано можемо слутити да се за многа места осенчена карактера младог поручника Феодора Андрејевича, кривац може тражити у породичним приликама нашега јунака, сложеним и врло тмурним. Своје незадовољство, огорченост и неприхватање друштвених правила јасно је пред другима излагао и то га је, напослетку, коштало и службе. И поред тога, на чланак о „ослобођењу руске душе” гледао је са потпуним одобравањем и без бојазни да историја може направити један круг и опет му се вратити. Једном је већ искусио да је слободно размишљање и изношење ставова и идеја, насупрот прихваћеним друштвеним нормама, најопасније подузеће којим се човек може занимати, али без обзира на све то ватра у њему горела је јаче него икада!

Има људи који читав свој живот подреде вишем циљу тражећи универзални образац за друштвено уређење како би свакоме било добро. Они чак и верују у тај свој изум, држе га за нешто велико и свето, а заправо све је то само бег из своје љуштуре, из свог јада. Из муке и из замке свог живота коју је требало некако расплести, одлучити је на простије чиниоце и њих решити, како год, али решити. И уместо да се човек занима собом, да у себи крчи пут ка властитом спокоју и срећи, уместо да тражи узроке свога пада и лоших околности у којима се затекао, он неразумно срља и упушта се у јалове теорије о вечитом задовољству и срећи свих и свакога! Колико је само апсурда у овоме! Апсурда, а можда и слабости да се сведе рачун са самим собом најпре. Јер, ако појединац који живи у било каквој заједници није срећан, а онда и други, и трећи, и четврти појединац, зар је какво чудо онда што је читава заједница унакажена и несрећна?! А здравље и препород, светао пут било ког друштва могу прокрчити једино и управо ти појединци, личности које ће најпре појединачно васкрснути у бољега човека, а онда и сви заједно!

Феодор Андрејевич као да више није имао снаге. Као да га је сенка властитог живота већ исувише тешко притиснула па је отворено протествовао и мењао боју свету којег не жели и којем не припада. Уверење да читаво човечанство лежи на трулим темељима и да сваким даном треба уложити протест једном таквом свету, довело га је готово до лудила. Такво уверење гонило га је да још силније виче са свих гора:

— Ако је свет издахнуо у глупим формама и потчињавању ниским, малим карактерима, ако се људско достојанство чува тек слабашним пламеном свеће некаквих закона и обавезно под присилом, под морањем, а не по савести, онда и нека је исти тај свет умро! Нека је! Али ја да умрем са њим, нећу! Не и не!

Протест је код Феодора Андрејевича из дана у дан све више израстао и губио сваку границу и могућност да се заустави. Ватра која букти у грудима не гаси се дувањем, налик оном у прсте, да би их човек угрејао! Готово да нема назад! И, ето, због чега ће Феодор Андрејевич, ускоро, и сам узети учешћа у *Самосвести*. Протест! Свему и свакоме и то једино због свог личног усуда и удеса! О, колико је само безумља у овоме! Но, пређимо сада на саму главну ствар.

Лав Фјодорович Ловски беше пропали студент права и четврти по реду син Фјодора Владимировича Ловског, човека без нарочите запажености у друштвеним круговима, човека обична, простодушна, мирна и тиха, у великој мери неразговорљива и болешљива. Фјодор Владимирович Ловски држао се у животу још само по морању, по некој и њему самом збуњујућој заповести, а нашто то, ни њему самом не беше сасвим јасно, јер ако му је већ исти тај живот поткрао здравље и уморио га, ако му је одавно дојадио и ослабио му тело, зашто га већ не пушта из својих оловних руку? Тај његов четврти по реду син, како је већ напред казано, седео је у уредништву *Самосвести* у својој канцеларији, дакле, на своме месту, затрпан папирима и ослоњен лактом леве руке о сто како би шаком придржавао слутњама или чим већ другим уморну главу. Нешто је прецртавао, нешто подцртавао, и, коначно, нешто је успевао и да запише. Узимајући у обзир принципе доброг држања и учтивости из високог друштва, поручник га не хтеде прекидати у том његовом подузећу пуном заноса. Врата од канцеларије беху широм отворена и Феодор Андрејевич стаде обазриво размеравати уредника. Могао му је скренути пажњу на себе поправљањем ревера, намештеним кашљем или чиме већ другим, само да је то хтео, али он то не учини. Над мастиљавим, широким и одвећ добро расклиманим столом који се тетурао на ногама при сваком покрету уредникове руке, саплетене мисли о нешто што му није давало да доврши по свему судећи некакву врло важну ствар, наднео се Лав Фјодорович Ловски, уздишући. Дисао је проређено. Лице му нездраве боје као да има жутицу, а он згрчена тела као да је копљем живота прободен. У одређеним тренуцима изгледао је ванредно миран и то беше прилично чудновато. Овакво тешко стање душевног напрезања, као да је обручем стегнуто, ко зна колико дуго је већ трајало, тако да је било само питање тренутка када ће Ловски устати од стола и са њега стргнути све папире на прљав, замашћен под, а онда их, можда, хистерично погазити крутим, тешким чизмама.

— Питање младих руских жена... Феминизам насупрот покорности. До врага, да ли је у феминизму потпуна самосталност и слобода руске жене или је то само још једна од илузија? — мрмљао је неповезано и личио на човека којем понестаје стваралачког заноса.

А онда, још једном уздахнувши, зажеле да од свега тога одмори главу, помишљајући да би било добро да му служавка Мавра сада донесе чаја. И таман што се придигао са намером да је позове, испред себе угледа чиновника који, судећи по спољашњости, не беше Рус. Ловски се изненађен збуни, јер не беше му пријатно од помисли да га неко ко зна колико дуго већ посматра, да му одмерава покрете руку, грчеве браде, вилице и образа, и да га можда уз све то и анализира.

„Шта ако сам овоме човеку изгледао као ванредни чудак? И до врага, ко је ово?", претурао је у себи, сумњичаво.

— Оправдајте већ чиме моју несмотреност — отпоче Феодор Андрејевич као да га је чуо. — Биће да Вас узнемиравам својим присуством.

— Ништа за то. Него, приђите. Приђите. Хајте, овамо!

Поручник направи пар корака и направи му мали наклон.

— Него, Ви ме сигурно посматрате већ дуго кроз отворена врата?

— Може бити и читава два-три минута. Не замерите. Пристојност и учтивост налажу да друге не прекидамо у њиховом подузећу. Још кад је у питању шта умно, а ја дајем гарант да је у овом случају управо тако, хоћу рећи...

— Пре ће бити деликатно и врло замарајуће — прекиде га домаћин и стаде га одмеравати задржавајући поглед на сјајним еполетама. — А Ви... рекло би се да нисте Рус?

— По чему тако судите? Зависи, како се узме — кратко среза поручник.

— Судим по спољашњости, за сада ми је једино тако и могућно. Нисте ни Немац, ево и мог гаранта, јер вам је руски говор готово изванредан, а Немци су Вам, знате, у говору мало тврди...

— Имате право. Нисам Немац. Отац ми је Рус. Иначе, за мој тачан руски изговор заслужна је моја прошлост, а онда и ретке посете Русији. Из Београда долазим. Тачније, пребегао сам отуда.

— Пре-бе-га-о? — зачуди се Ловски.

— Пребегао, разуме се. Чудновате прилике, повреда части и достојанства.

— Хм... — отегну овај и мало се замисливши продужи: — Чудне ћете прилике и овде затећи. Уверавам Вас. Интелектуална закржљалост, предрасуде и различита фантазирања, насиље над слободом мисли... Превише сложености у свему, чак и у ономе што је по самој природи једноставно. Уосталом, приметићете све то и сами.

— Слободу нисам нашао ни тамо одакле сам пребегао. И ако некоме ставе на терет то што отворено излаже своја убеђења, зар то није преступ и грех друштва? А? Како Ви мислите?

— Јесте ли уложили протест?

— Изложио сам га напослетку у неколико чланака.

— И? — у одушевљењу поскочи Ловски.

— Ништа. Чланке су убрзо забранили. Образложили су то на тај начин што је чланке написала вашка друштва коју рукама треба спљескати јер побуњује друге. То су Вам њихова објашњења.

— Чудновато — закључи Ловски након краће ћутње. — Овде се барем слобода говора не ставља под питање. Хоћу рећи, на то свако полаже право.

— Руско је друштво у том погледу напредовало — закључи Феодор Андрејевич.

— Можда само у том — сумњичаво примети Ловски. — Али, прилике су остале готово неизмењене. Колективна људска свест је на истом нивоу. Нема ту промене, уверавам Вас.

Лав Фјодорович Ловски и Феодор Андрејевич после овога заћуташе на неко време. Уредник беше млад човек од неких двадесет и пет, са широким и од мисли које су већ дошле до тачке зрења, набораним челом. Његовој оштроумности није могло промаћи то да је поручник пострадао тражећи идеал слободе и ватрено заступајући идеје које је већ могао и наслутити. А када је још и чуо да је Феодор Андрејевич писао чланке, он већ беше готов да му понуди место у *Самосвести*, уверен да би тако учинио исправну ствар, јер је испред себе имао човека који је несумњиво чврсте воље, од става и идеја, и оно што је најважније — човека довољно лудог да каже шта и како мисли! Ипак, напоредо са овим у Ловском је стајала и сумња, истина готово занемарљива, сва одрпана и у ритама, закржљала, и сва се та сумња састојала у овоме: може бити да је он у свом претераном заносу и у осетљивом душевном расположењу преценио природу и карактер свога госта и да, уопште узев, он и није кадар да узме на себе било какву крупну ствар у *Самосвести*. Међутим, на овој се сумњичавој мисли Ловски не задржа дуго, уверен у своју способност да готово непогрешиво и ваљано одмери човека и да му већ при првом сусрету са њим одреди тачну црту карактера.

Разумети и проценити човека није једино и искључиво ствар чистога резона иако, то се само по себи разуме, резон, оштроумност и проницљивост ту заузимају значајно место. Читава ствар прилично је шира, мимо било каквих оквира и ограничености, ствар потпуно неспутана и донекле чак тајанствена, можда чак и мистична — одјеци нутрине једног одмах налазе или никада не нађу уточишта у другоме човеку и ту не може бити говора о било каквој погрешној процени, човек или прихвати или одбије другога. Управо у овој чињеници лежао је кључ нераскидиве везе између ова два млада човека која је уследила одмах након њиховог првог сусрета. Лав Фјодорович Ловски имао је испред себе човека мрштава лица, натмурена и донекле измучена, али истовремено и замишљена и потпуно предана нечему крупном, ватрено и без страха. Дакле, овде није могло бити ни говора о интелектуалној запуштености и управо је то било на првом месту по важности када је Ловски бирао сараднике за *Самосвест*, а и у погледу личних пријатељстава. Феодору Андрејевичу, иако не беше говорљив, први пут после дуже времена засмета ћутња, он се у њој не снађе и чак му постаде непријатна, што му беше зачуђујуће. Ово за њега беше факат да му је живот удесио пријатно познанство са човеком са којим се могло ваљано општити, без замарања и чак са уживањем.

Феодор Андрејевич незаинтересовано прелете погледом преко канцеларије, у ширину не веће од неких десет лаката и нешто више у дужину, можда тек за три-четири лакта. Читав овај простор изгледао је јако скучено и у ком год његовом делу да би се човек задесио остајао би под утиском да се врло лако може ударити носом у зид, да се у свим правцима поглед сужава, а самим тим можда и свест. Готово са извесношћу се могло казати да је све ово на Ловског деловало веома мучно, напето и раздражујуће, кварећи му расположење. Међутим, ништа од свега тога нимало није сметало Ловском којем је сва пажња сада била на хрпи најразличитијих папира, свуда унаоколо разбацаних. Мемљиви дашчани под одавно већ није видео ни фирнајза нити каквог лака, а на местима су чак и чворови поиспадали из својих лежишта, остављајући за собом рупе. Ни ово никоме није сметало. Нико на то није обраћао ни најмању, а тек не неку нарочиту пажњу, иако се могло десити да, рецимо, ногар повучене столице заврши у некој од тих рупа и ето удеса. Ето скандала.

На прљавим, од дуванског дима пожутелим зидовима, ољуспаним на многим местима, а нарочито и понајвише ближе нискoj таваници, не беше ни једне једине слике како би се читав овај крајње невесео простор барем мало оживео и отворио. Уместо слика стајали су немарно начичкани папири најразличитије садржине, једноставно причвршћени за зид повећим ексерима. На естетику се мало полагало и то би сваки посматрач олако могао закључити.

Слобода је једина нужност; Велики човек — још већа идеја, мали човек — зрно пиринча; Реч реже и одјекује силно, да ли је чујеш? итд, итд. Све то беше само један део на зидове окачених порука, и на њих је, вероватно, требало обратити нарочиту пажњу. Две дрвене столице клецавих ногу, дупке папирима претрпан радни сто, омањи канабе у једном углу и наспрам њега, у другом углу, прашњава и од пуног дрвета израђена комода — то беше сав намештај. У овако скучен простор тешко да би се још шта могло ставити, а да се може без потешкоћа и даље пролазити, укратко, нигде се ни игла није дала заденути.

Ловски се придиже, замишљен, угаси жар дувана и из комоде извади већ отворену боцу вина и две чаше, по свему судећи, чисте. Расклони папире са стола и на њему направи места једноставним и насумичним преметањем, нали вино у чаше, једну пружи Максимову а другу подиже увис.

— Наздравимо сретним приликама! — у заносу повика Ловски.

Феђа и сам узе чашу и са нарочитом достојанственошћу развуче усне у ведар, радостан осмех, и са доста уважавања, чисто и гласно одсече:

— Нека је у Ваше здравље!

Лав Фјодоровин га погледа са одобравањем, али у исто време постаде му непријатно што му се гост обраћа са толиким уважавањем, и, што је још и важније, са одређене раздаљине, донекле дистанцирано, дакле, са оним „Ви”, како то, уосталом, обично и бива међу незнанцима или између два карактера од којих је један несумњиво вреднији и прилично је дивити му се и поштовати га. Благонаклоно се насмеши, отпи тек гутљај опорог, али уистину доброг црвеног вина, спусти кристалну чашу дугачка врата на сто и сасвим неочекивано пљесну рукама.

— Оставимо се предрасуда, драги мој. Ево ја сам већ готов пријатељем да Вас зовем. У оно „Ви” највише лажног поштовања може да стане, оног принудног, и још какве сулуде изопачености. Човек се по човеку равна, а ако је већ тако, зашто би се надвисивали? То одстојање у опхођењу смислили су различити формалисти који нису имали карактера да их други по природном закону поштују па су се задовољили лажним подилажењем других, који су, узгред буди речено, и сами ништавни кад се тим карактерима на такав начин приклањају. Оставимо се, оставимо се формалности, драги мој.

Присетивши се чистача на железничкој станици и свих оних протува на које је наилазио онога јутра када је допутовао, Феодор Андрејевич остаде још чвршћи у своме уверењу да те различитости, групације и класе људи, не да су само неизбежне већ су чак и потребне ради општег прогреса човечанства. Из тог разлога, налазио је потпуну оправданост у уверењима да би одређене људе међусобно требало држати на одређеном одстојању и да се просто мора повући граница између царског двора и сиротињских кућерака. Лав Фјодорович очито није тако мислио.

— Право говориш — изненадно повика Максимов. — Анатема на изумитеље класа, редова и сталежа — додаде подсмешљиво и неискрено.

— Анатема! — узвикну Ловски и на ово „анатема” обојица гласно и весело заграјаше.

— Делим оваква размишљања са Вама и, будите уверени у то, и сам их признајем — продужи поручник и даље неискрено.

— Опет Ви „Ви”? — засмеја се Ловски.

— Само једна ствар код Вас није добра, а то је недоследност — рече Феђа не обраћајући никакву пажњу на веселу опаску. У очима му чудноват, донекле изазивачки, а опет, пријатељски осмех.

— Како то, молићу лепо? Откуда Вама таква сазнања о мојој недоследности? — збуњено дочека домаћин.

— Откуда, кажете? Па једноставно је. Ватрено инсистирате на томе да не буде оног „Ви” у опхођењу, а сами кршите своју заповест.

— Зар је то могуће? — весело прихвати Ловски и истом обојица прснуше у смех.

— О остатке лошег учења и навика саплиће се тај нови човек који израста у нама — сад већ озбиљно примети. — Отуда и то моје „Ви”. Исправићемо, исправићемо ми то још сада!

— Разуме се да хоћемо, Лођа. Може ли тако — Лођа?

Лав Фјодорович Ловски поскочи у одушевљењу и уз значајан и пријатељски осмех церемонијално затражи од Максимова да и он устане, и тад га стаде ватрено љубити и грлити.

— Лођа! Лођа! И никако другачије, драги мој! — весело потврди и нали још једном чашу. Обојици.

Феодор Андрејевич покуша да се досети када је последњи пут био у овако добром расположењу, и нашавши да је то крајње заморно и неважно подузеће, одуста од њега. Ловском је, такође, лице буктало од одушевљења и из тог разлога добијало је некакав посебан израз. Наслађујући се овако добром приликом, достојанствено се држећи са пуно топлине и пријатних осећања, погледа на свога госта, пажљиво му стави руке на revere и прилично уверљивим гласом кратко одреза:

— Ево човека![1]

Феђа се збуни на тренутак, а онда помисли да је такву збуњеност најбоље прекинути подсмешљивошћу:

— Тако рече и Пилат показујући Христа окупљеним Јудејцима.

— Кхе-кхе-хе... Лукави враже. Видим, и у *Јеванђеља* се разумеш! Кхе-хе-хе!

— Ни са *Старим заветом* нисам у завади — весело прихвати Феодор, чему се обојица углас закикоташе као две младе жене када између себе говоре о својим удварачима.

— Него, слушај — отпоче Ловски наизглед озбиљно — ствари су најбоље онда када су једноставне. Много слова, много је и забуне. Тако је увек са онима који не знају шта хоће па својом говорљивошћу замарају и збуњују све око себе. „Да не буде тако међу вама”[2]. Кхе-хе-хе! Христа ми најслађег! — и код овога обојица опет праснуше у незасито кикотање.

Јасно је да су ова два млада човека истим кантаром мерила свет и да су, заражени подсмешљивошћу према *Јеванђељу*, у томе налазили повода чудноватом и лудом забављању. Обуздавши себе од даљег кикотања, Ловски коначно продужи у потпуно новом правцу:

— А ти, на нихилизам како гледаш? — упита поручника и истом га стаде премеравати испод ока, мотрећи на њега и на сваки његов покрет, као да је од тог одговора зависила читава будућност њихова односа.

— Никако — кратко прихвати Феодор.

— Никако? — зачуђено ће Ловски.

— Разуме се, никако. Ја нихилизмом живим.

Ловски још једном поскочи у одушевљењу и пљесну рукама.

— А еманципација жена?

— Нужна је и оправдана.

— Нужна, а и како другачије него нужна! Него, како не бисмо у многоговорљивости скренули са онога, са главнога, разуме се, имам ти понудити место у *Самосвести*. Хонорар је солидан. Готово и добар. А? Шта мислиш? Кажеш, писао си већ чланке тамо?

— Лођа, одакле долази твоја увереност у моје способности за тако нешто? И није ли она помало исхитрена?

— Пусти сад то. Ако и јесте исхитреност, моја је, и ја ћу евентуалну лошу процену платити штетом, мањим тиражом, дакле. А и шта ми је то? Тиражи се тек лако враћају, довољан је само неки нов скандал. Уосталом, ја стојим у своме уверењу да баш овакав човек треба *Самосвести*. Потребан си нам, Феђа. Уверићу те да су моје намере часне и благородне, а предосећај изузетан, инстинкт ми је непогрешив. Видиш, ја још у овом нашем првом сусрету дајем гаранције, и то на шта, молићу лепо — на твоје изванредне способности! Пази добро, ја гарантујем за ватреност твојих мисли уместо тебе самога! Ха! Шта кажеш на то? Зар се тако нешто још среће? Оваквом гаранцијом ти са сигурношћу одмах можеш закључити да ја нисам спекулант већ неко коме је битан крајњи циљ, а крајњи циљ ти је сигурно познат, а он се сав састоји у промени друштвених прилика у Руса, дакле! — у све већем усхићењу и врло доброг душевног расположења говорио је Ловски, гледајући час у свога госта, час неодређено и у заносу испред себе, онако како се то среће код умних, али и расејаних људи.

— Разумем. Јасно ми је све — и овај пут кратко дочека Феодор Андрејевич.

— А тамо, у Београду — Ловски још једном неочекивано направи заокрет у причању (увежбана вештина држања пажње слушаоца) — има ли тамо честитих људи, изванредних идеја и карактера?

— Има. Очекивано, има их. Али, изузетни карактери клече већ огуљених колена пред протувама кржљаве памети.

— Значи, тако? Рекло би се да је читаво човечанство обузела кужна зараза лошег вредновања.

— Са сигурношћу се тако нешто може закључити.

— А како ти на све то гледаш?

— Ја? — промрмља Феодор Андрејевич као да ово питање никако није очекивао. — Ја на све то гледам везаних очију.

— А како то, молићу лепо?

— Све ме то подсећа на мој случај... Зато и кажем везаних очију, јер подсећање на моју прошлост донекле ме узнемирава. Слободно изражавање убеђења коштало ме је службе, и што је још већи апсурд — слобода ме је умало коштала слободе.

— Та, говори! Говори, шта оклеваш. Говори све до детаља. Занимам се за случај.

Феодор Андрејевич нерадо стаде по ко зна који пут скидати покров са своје прошлости, од чега му у устима постаде суво и лепљиво. Тешко је о свом удесу и обезглављеним приликама говорити равнодушно, без нарочитих и врло мучних осећања. Тешко је сву своју прошлост стрпати у кутију и запечатити је са седам печата. Завршив' равним, уједначеним и тупим призвуком, он као да обамре, испражњен и пуст.

Ловски га је слушао са нарочитом пажњом и у себи помишљао да је овога човека, баш њега, некакав чудноват режисер одредио за једну од запажених улога у филму за који је и он сам дао на жртву све. Кост и душу.

— Веома запажена историја — кратко примети уредник *Самосвести*.

Неколико тренутака поћуташе. Свак у својој мисли, као у пећини. Помисао да ће ова тишина сада већ дуже потрајати, имала је своја упоришта. У збијеном ваздуху осећала се запара и непријатност услед претреса Феђине прошлости, али већ у наредном тренутку у ходнику се зачу ударање потпетица о дашчани под и звонки, врло тачан, одрешит глас поручнику непознате жене.

---

1 Пилатово извођење Христа пред Јевреје (Јн. 19,5)

2 Јеванђеље по Матеју, глава 20, стих 26.

VII

Млада и врло лепа жена, достојанствена корака, и, уопште, у свему достојанствена, стала је испред уредника *Самосвести* и већ испаљивала на њега своје плотуне:

— А Ви, Лаве Фјодоровичу, затворили се у свој уред као медвед у своју пећину и судећи по вашим поступцима немате намеру да излазите међу људе! — весело и изазивачки повика, па продужи: — Ја више нећу налазити за Вас оправдања. Знате, синоћ су Вас тамо очекивали. Читава дружина. И Хлебјатњиков, и онај рошави Андреј Симонович, и, замислите само, довукао се чак и Алексеј Владимирович Сидоров па реп подвио тик уз мене. Којешта! Бестидник! Али, и такви требају нашем покрету, зар не? Управитељ је железнице за читаву Тверску област, зар је мало почасти и могућег утицаја у томе? Титула је то, хеј! Он можда јесте глуп, али тиме боље за нас. Требало би га држати као куче о повоцу, нека не мисли много и само рубљице нека издваја, нека нам крчи пут нашег подузећа у *Самосвести* својим познанствима. Замислите само, надлактио се и навукао на себе некакав израз озбиљна човека, као и он промишља о нечему врло важном за идеју *Самосвести*, а овамо ми се пред свима улагује и отворено изражава задивљеност! Срамота! Човек ожењен. Како само може тако... јавно, пред свима. Али, манимо се Алексеја Владимировича, ђаво да га носи. Ја сам дошла једино због тога да Вам кажем да се Ваше одсуство синоћ осетило.

Били сте потребни тамо Лаве Фјодоровичу. Изговорила сам Вас обавезама око новог чланка. А шта сам друго могла смислити? Сви знају да ће у њему бити нешто ново, сензационално, и да ће распалити свест у варошана, а онда, ако нам срећа буде наклоњена, и у осталих Руса. Мислимо на узвишене ствари и достићи ћемо велике домете! Кхе-хе-хе! Ако нам је крајњи циљ паланка, пропали смо унапред. Кхе-хе-хе! Него, како напредујете са тим Вашим чланком? Само да знате, наше мало друштво синоћ је готово остало увређено Вашим све чешћим изостанцима. Знате, кад ударе на пастира овце се разбеже! А, шта кажете? Кхе-хе-хе! Ваљда власт још није ударила? Ваљда имамо још простора за утврђивање идеја! Кажите ми како ту ствари стоје, то нас све највише занима — резала је врло причљиво, не обраћајући баш никакву пажњу на Феодора Андрејевича. Он је седео на столици као да је вишеструком ужади везан, донекле збуњен и, са сигурношћу то можемо напоменути — потпуно очаран и побеђен лепотом и говорљивошћу, одлучним држањем ове изванредне и посебне, младе даме.

Баш све оно што је Феђа запазио код ње истог тренутка када је ушла у уред, а чега се касније сећао са посебном страшћу и одушевљењем, било је некако изузетно изражено и обојено, и већ на прву помисао о њој, он закључи да се ради о изузетној, предузимљивој и, можда, чак врло моћној жени која може у сваком тренутку искористити сву своју предност позиције жене и све способности како би свакога мушкарца, ако јој се само прохте, сатерала у ћошак. Први поручников утисак беше управо такав, јер већ је са врата пуцала из свих оружја док је Ловски оборене главе ћутао.

Фигура јој беше веома складна и мало издужена, лице танко, бело и прелепо, брижљиво извучених, али и оштрих црта што никако није умањивало лепоту, већ напротив — још више је истицало склад и пријатну спољашњост. Поглед одлучан, донекле чак и деспотски. Негована, дуга плава коса са по једном плетеницом уредно повезаном на оба краја тог несвакидашње лепог лишца, истањене обрве према мерилима и захтевима последње моде, и брада мало истурена напред, пуначке, здравоцрвене и једре усне и два омања удубљења на мршавим образима, видна чак и када се није смејала, потпуно бео и танак врат са једним белегом при самом дну, повећим младежом у облику расцветалог крина — све је то истицало готово савршену лепоту ове младе жене од које пријатни трнци пробадају кичму, дах се губи, али и разум.

— Како смо данас, Лаве Фјодоровичу? Како смо данас? Кхе-хе-хе! — настави дама истим тоном, весело и донекле изазивачки.

— Ах! Ево нам и ње — одједном се прену Ловски и придиже, још увек под јаким утиском. — Каква наклоност прилика! — повика он. — Част ми је и радост да Вас поново видим. Ово није ништа друго већ равно изненадна срећа. Ево нам изузетне жене, уосталом, и сами ћете се у будућности у то уверити — уверено рече домаћин окренут Максимову.

— Та маните се ласкања! Немојте као Алексеј Владимирович. Кхе-кхе-хе! А шта све ми је тај синоћ напричао. Читава историја. Ви, Лаве Фјодоровичу, уосталом и сами добро знате да ласкања код мене нису неопходна. Тачније, ја на њих гледам са презиром и гађењем.

— Пред лепотом жене и краљеви су падали на колена. Лепа жена чак и од краља начини највећег ласкавца — примети Ловски помало стидљиво. Видело се да нема баш много искуства са женама. — Ко још ћути — настави он — уколико испред себе има изванредну жену израженох особина, тако пријатне спољашњости и дивне учтивости, манира.

— Ђаволе! — прихвати дама и истом се обоје закикоташе.

— Знате ли Ви — продужи Ловски након што се обоје утишаше и овај се пут обраћајући Максимову (поново са оним „Ви", ваљда због присуства даме) — знате ли драги мој како је питање жена у Русији данас тако раширено, такорећи свуда је присутно тако да може бити да и она најпростодушнија Рускиња, без образовања и традиционално усмерена, већ говори о једнакости, о правима и потребама жена?! Знате ли то? Да ли Вам је познато? И рећи ћу Вам да је све то срећна и чак потпуно охрабрујућа околност, јер о томе раније готово да се и није говорило. Знате и сами да је људима, то слободно можемо рећи и у томе смо сигурно сви сложни, потребан некакав посебан покрет, некакво изузетно повезивање у заједничку целину па да тек онда искажу своје мишљење о одређеној ствари. Некакво изванредно друштво, рекао бих, ето, баш ћу га тако назвати. Чизме ја бришем о такве појединце! Пазите само овај факат — док нема покрета нема ни њих! Сакрили су се као мишеви у своје рупе, а кад одређени појединци јавно иступе и, такорећи, произведу покрет, они свим силама грабе напред, траже за себе чак висока места, хоће почасти да им други дају у читавој ствари, а до јуче их нигде није било! Какав нитковлук и лицемерје! Нос свој бришем ја о такве! И рећи ћу Вам још једну ствар — радије ћу стати уз изгредника, ако само у њему нађем трунку искрености па нека је он и на закривљеном путу, нека је преступник, пре ћу њему пружити руку него да раме ослоним на лицемернога! Погано је лицемерје! Гадно! Подлост, подлост, ето то је! Кукавичлук своје врсте — оштро је резао Ловски, а онда, указавши на даму, он настави мирнијим тоном: — А ево Вам и ње. Она вам је врсни познавалац женског питања. Она Вам је, такорећи, алфа и омега еманципације руске жене. Кхе-кхе- хе! Разумете?

Дами је ово последње нарочито пријало јер је побудило њено самољубље, али она се из неког разлога наједаред сневесели, што беше врло очигледно, и стаде се с напором, мучно нечега присећати.

— Пустите. Пустите сад то, Лаве Фјодоровичу. Моја ружна искуства... Мада, из њих су се зачеле многе идеје и темељила моја даља убеђења, погледи на читаву ствар по питању положаја жена. Али, знате и сами да ја о тим искуствима нерадо говорим. Кажем Вам, пустимо то сада.

— Несрећна историја — оте се Ловском, али већ од следећег оштрог погледа даме њему беше јасно да је прешао границу и истом заћута. Приметио је да је остала увређена због оног „несрећна историја” и у истом тренутку би готов да уложи извињење. Међутим, није га задуго држала та помисао, јер би му јасно да би се тим извињењем можда и спетљао и учинио још какву глупост. Мало поћута, а онда, са доста чистих осећања продужи: — Опростите. Опростите на мојој несмотрености. И само да знате, ја... Ја никако нисам желео... Хоћу рећи... ја нисам узео у обзир да би моје речи... можда...

— Немојте се излагати непријатности, јер за извињењем нема никакве потребе. Ми се барем добро познајемо. Да ли право говорим, Лаве Фјодоровичу? — упита дама са одлучним изразом лица, још увек не скидајући црвени капут.

— Имате право — кратко дочека Ловски.

— Видите, ја знам да Ви нисте имали лошу намеру у своме причању, а то што Вам се отело оно „несрећна историја” не може се свести под једнак рачун са брбљањем Алексеја Владимировича Сидорова синоћ, тамо код Хлебјатњикова. То је већ чиста дрскост. Он не само што је пред свима више пута поменуо ту моју „несрећну историју”, већ се лицемерно ставио у улогу мога заштитника који тобож разуме моју патњу и моју ранију увређеност од стране мушкараца? И рећи ћу Вам оно што и сами вероватно већ знате — то женско питање најпре и повезујем са својом „несрећном историјом", како сте се већ и сами изразили. Читава та ствар дубоко је утиснута у моју личност, а ја о себи ретко говорим и то Вам је познато. Али, још једном Вам кажем, немате се рашта правдати. Уверавам Вас да немате. Између мене и Вас барем је однос увек био уредан и тачан, стога, не кваримо ту добру позицију.

— Ипак, извесно је да сам прешао одређену линију пристојности, а то је већ противно убеђењима које делимо и Ви и ја — наставио је да се правда Ловски. — И то како сам је прешао! Ха, молићу лепо — употребио сам помињање „несрећне историје" у незгодном тренутку и пред човеком кога и не познајете — и тек што јој је Ловски главом указао на поручника, она га коначно и примети. Осмехну му се из оне подразумеване љубазности за овакве прилике, осмехну се намештеним и унапред наученим осмехом, осмехом врло незаинтересованим и расејаним, дакле, без срдачности и отворености. — Ако сам ту линију пристојности бесповратно прешао — сад је већ Лав Фјодорович почео претерано и непотребно да се правда, иако се све то могло назвати тек несрећним сплетом околности, брзоплетошћу и ничим више — ако сам отишао у својој несмотрености предалеко на тај начин што сам поменуо нешто о чему и Ви сами ћутите, ево, ја сам готов да, ако треба, и на колена паднем и молим за опроштај, јер сам Вас, у то сам сигуран, увредио.

— Сад још испадате и смешни. Кхе-кхе-хе! Он би и на колена да клекне. Не правдајте се више, испашће још каква комична позоришна тачка од свега овога. Кхе-кхе-хе!

Ово и самоме Ловском би изузетно весело, али већ у следећем тренутку он се стаде правдати сад већ нечим новим, овај пут са разлогом:

— Опростите и било чим већ оправдајте ову моју несмотреност... Ах, како ми само није долазила мисао да вам је, можда, и једном и другом, већ постало врло непријатно због... Због... Тја, опет сам се спетљао и ушепртљио... Дозволите ми, дозволите... Настја, ово вам је некадашњи поручник, службовао је у српској коњици, исправите ме ако грешим, чини ми се да сте ми то већ негде поменули — окрену се Ловски ка поручнику тражећи потврду за оно што је рекао. — Знате, Настасја Семјоновна, он Вам већ има извесних веза са мајчицом нам Русијом... Опет ја нашироко, ах... Ово Вам је Феодор Андрејевич — представи га коначно дами. — Господине Андрејевичу — окрену се још једном ка њему — имам посебну част да Вашој пажњи препоручим даму изузетног карактера, једноставно, даму у свему изванредну.

Након ових речи застаде, врло вероватно како би постигао још већи ефекат од онога „изванредну”.

— Дозволите ми, дозволите! — повика Ловски у усхићењу, иако га у намери да говори нико није прекидао. — Будите уверени да Вам је звезда данас нарочито наклоњена, хоћу рећи, хм, можда Вам се и само небо поклонило... Уосталом, и сами ћете се временом уверити, дознаћете у своје време... хоћу рећи... Настасја Семјоновна! — повика још једном, у озареном одушевљењу.

Феодор Андрејевич се мало трже у страну удивљен појавом ове изванредне жене, али на његову срећу, то ни Ловски ни она не приметише, заузети веселим расположењем и ватреним погледима оданог пријатељства.

„Настасја Семјоновна”, понављао је у себи њено име као дете прву напамет научену строфу из какве песме. Стајао је збуњен и изненађен док су му се у глави котрљале нејасне мисли у невероватном усхићењу.

„Зар је могуће да је то иста она Настасја Семјоновна о којој ми је Иван Никитович Фомин говорио оне ноћи док смо путовали упозоравајући ме да би од евентуалног познанства са њом имао немале штете, говорећи о свему томе у толиком заносу и ватрено, напослетку се и љутећи? Хм, чудно је све ово... Сигурно ту нешто има. Нерешени рачуни између њих. Уосталом, шта се то мене тиче! Али, зар је могуће да тек што сам коракнуо Редкином ја срећем управо њу! Њу! Чудновато! Шта? Зар се ја то ње већ плашим? Којешта! Глупости!”

— Та, пружите дами барем руку, ако је већ у њу нећете пољубити — прекиде га Ловски у размишљању веселом опаском.

— До врага, шта сте се ту спетљали и удрвенили као да имате привиђење, као да испред Вас не стоји жив човек — на ове се речи обоје чак весело насмејаше, док је Феодору Андрејевичу из часа у час постајало све непријатније.

— Ах, опростите... Опростите... Ето шта значи расејаност и замишљеност. Уосталом, има ту још и свежег умора, мноштво некаквих чудноватих утисака и... Опростите... — спетља се још једном Максимов.

Настасја га погледа изазивачки и поносно, кокетирајући са њим очима и тек мало, намерно истуривши груди напред. Феодор Андрејевич се од овога још више збуни и помирљиво поћута, без жеље да се овоме успротиви, а и зашто би! На ово се већ може ставити јемственик — дама га је у потпуности оставила без речи, очарала и привукла својим „канџама”. Битка је изгубљена, дакле, ако је уопште и било војевања и отпора.

„Рашта се опирати и збуњивати? Зар ће било шта стати између мушкарца и жене? Чији је карактер толико силан и ко то још има тако снажну вољу да се унапред одрекне нечега што га ватрено занима и осваја! Ко се још са лакоћом може одрећи жене која га привлачи као магнетом? Али, Иван Никитович! Због чега ме је онако одлучно упозоравао желећи да како год повећа раздаљину између мене и Настје, ако се сусрет са њом, сам по себи, већ некако удеси? Због чега је покушавао да помути у мојим мислима слику о њој када је још нисам ни познавао? До врага са тим чудаком! И шта се то са мном наједаред стало догађати? Зар је силина привлачности жене баш несавладива? И шта је мени до упозорења некаквог Ивана Никитовича, човека кога, готово сасвим извесно, никада више у животу нећу ни срести! И зар да сада, када ми се можда изненадна срећа осмехује, зар да сада, због његових дрских и климавих речи посустанем? Феодоре Андрејевичу, зар баш ништа није остало од твоје некадашње одважности?! Зар би се било ко поред добре прилике за срећу, и то за срећу без камате, зауставио због бунцања човека који се тек тако пред њим, а вероватно и пред ко зна ким све још, избрбљао? А што ли се избрбљао? Какав ли је његов рачун са овом женом? Али, она! Она! Како ме само гледа и мучи. Тим погледом као да изазива сваки мој осећај и читаву ми душу изводи пред светлост свеће коју је она лично упалила, и сада, када ми је тако оголила сваку мисао и осећање, наложивши као иследник да сва та осећања пред њу изађу, она држи лупу у руци и посматра шта се дешава са мном и зашто ми се душа трза у узбуђењу. Проклетство и сан! Ето шта све може једна жена. Везала ми је сваку мисао у чвор, а тек што сам је угледао. Са неким женама, ваљда, неизоставно и не може бити другачије, тако мора, то је читава теорија и читав заплет, али оставимо се сад заплета и теорија...", закључи напослетку Максимов. Оно „са неким женама неизоставно и не може другачије" у потпуности ће га извести пред вољу харизматичне жене и она ће, врло вероватно, учинити са њим већ како је наумила.

— Имајте ту слободу па ме зовите Настја — прекину га у замршеним мислима.

— Мислите да то већ може, тако...?

— А зашто Ви мислите да не може! Противно је Вашим уверењима? Противно Вашем искуству, шта већ од тог двога? — прекиде га и поносито погледа на Максимова којем већ не беше могућно да издржи задуго тај продоран поглед и изазивање. — Оставимо се формалности и лажне учтивости, јер све то држи људе на одстојању. Узгред, ја сам већ готова Феђом да Вас зовем, уколико само немате шта против — као из рукава, врло отресито истресе сваку реч и претпостави је Максимову.

— Ако Ви тако изволите, онда...

— Онда смо и то срећно удесили — још једном му Настја прекиде, ионако окрњену мисао, тако да и није било нарочите штете од тога што је учинила. — И што се, до врага, тако збуњујете? Ха! — изазва га сад већ отворено. — Вина, дајте вина Лаве Фјодоровичу. Изузетне прилике неизоставно траже наздрављања! — весело повика и окренувши леђа Ловском како би јој он придржао капут, ватрено погледа Феодора Андрејевича, смешећи се.

Феђу је нешто нарочито дражило у њеном погледу. Истовремено, тај га је поглед збуњивао, држао се стидно пред њим. У сваком случају, ефекат тог погледа беше следећи — треперио је пред њом као сенка и јасно осећао како му се дуж леђа успињу жмарци. У једном тренутку било му је несносно вруће, а већ у следећем готово да је дрхтао од хладноће. Речју, ова млада жена га је већ освојила.

Прихвативши Настјин, са доста укуса и пажње искројен капут, Лав Фјодорович направи неколико лаганих корака како би из комоде поново изнео вино. Напоменућемо овде, на овом месту, да то што је домаћин вратио вино у комоду одмах након што га је налио своме госту и у своју чашу, не значи да се у његовом карактеру могло наћи извесне шкртости. Напротив, Ловски је био необично великодушан, али и човек непоколебљивих манира. Да се неким случајем удесило наливање вином са човеком кога не познаје, још при првом сусрету, он би на то гледао са гађењем, налазећи у томе велики преступ и непристојност.

Док је домаћин сипао вино у чаше, Феђа је претурао по глави покушавајући да схвати шта се то заправо са њим дешава. Напослетку, коначно је признао себи — њега, некадашњег гиздавог поручника врло привлачне спољашњости о чије су се ревере отимале многе, покорила је једна жена, тачније, он се нашао под њеном влашћу.

„Ништа не може зауставити ватру срца када је човек решен у намери да се приближи некоме од чијег се само покрета руку губи разум и пада ничице. До ђавола, ко је и из ког разлога жени дао толику моћ!", успротиви се у тренутку, помишљајући на своју садашњу позицију. Није могао са потпуним уверењем да се досети да ли је оно „не може зауставити ватру срца" његова мисао или је то већ негде чуо. Уосталом, то сада и није било од толике важности, тачније, чак и није било ни од каквог значаја, јер већ у наредном тренутку Ловски ће са дамом започети врло озбиљан разговор, што Максимов прихвати као извесно олакшање. Од Настјине непосредности у опхођењу и њених погледа, њему се почело бркати у глави до те мере да му је све изгледало потпуно замршено и несхватљиво, готово фантастично. Све друго му је, све оно што није имало везе са њом, деловало врло досадно. Једино му се мисао о овој изузетној жени која је већ променила расположење у тренутку (одлика углавном немирних карактера), држала непоколебљиво и њу никако, па све и да је хтео, није могао протерати из смућене главе. Предосећао је по први пут дубину могућег замршеног односа између мушкарца и жене и сав тај дим пустоши који ће се, неизоставно, надвити изнад њихових недара уколико само дође до таквих околности.

„А можда је то само осећај тренутка? Можда ће се исти тај осећај само мало поиграти са њим као са обичним дераном, а онда га готово неопажено напустити? Можда у свему томе ускоро неће бити ничега вредног помињања, можда све ово, уопште узев, и није вредно нарочите пажње. Можда", закључи за себе.

Настја је за то време већ врло живо разговарала са Лавом Фјодоровичем. Наш је јунак ово прихватио са извесним олакшањем, јер је осећао велику нелагодност и при самој помисли да га она посматра у оваквом његовом расположењу, расположењу готово сужањском. Било му је јасно да она може, само ако то зажели, победнички развити заставу своје надмоћи над његовом душом која се лагано спуштала у нешто до тада непознато.

— А како стоји ствар са Вашим новим чланком? — упита гошћа Ловског. — Је л' истина да је изазвао нарочит ефекат овде, међу људима у Редкину?

— Будите у то сигурни — уверљиво дочека Лав Фјодорович. — Времена, само времена треба за читаву ствар, као што и човеку понекад треба промена ваздуха да би несметано дисао, разумете? Стрпите се.

— Ви сте, дакле, готово уверени да читава идеја у *Самосвести* неће неповратно пропасти?

— Свакако. Ја сам сасвим сигуран у то. Своје сумње у погледу наших идеја предајте на руке мог убеђења да ће се све свршити у најбољем реду и тако олакшајте себи. Овако се само беспотребно мучите. Него... времена... Треба времена, кажем Вам. Не можете васкрснути свест читавог народа само једним чланком. За тако нешто потребна је читава стратегија, погледи из различитих страна, равнодушност према свима онима који ће Вашу идеју и подвиг унапред исмејати и осудити на пропаст, а сами ништа по том питању никада нису учинили нити ће. Прихватили су онако како им је речено, а за остало се и не занимају. Не питају се да ли је исправно да буду сужњи закона и идеја који су ширили највећи бестидници. Не занимају се тиме и у томе је њихова највећа срећа. Ах, Настја, можда је и добро кад се човек мало пита, мање је муке — малодушно примети и поћута. А онда, као да из воде изрони поново, продужи:

— Не може се ток реке изменити без одређених напора. Исто Вам је и са убеђењима и предубеђењима човека. Тачније, то Вам је ако не петоструко, оно барем троструко теже. Ми смо семе расули посвуда. Од земље сад зависи како ће семе које смо посули прихватити. Знате, онај део у *Јеванђељу*... Како оно беше већ... Сејач реч сеје, тако нешто... Помиње се некакав камен, жбуње и плодна земља... Ха-ха-ха! Никако не могу да одолим а да не будем подсмешљив по питању тог *Јеванђеља*. Кхе-хе-хе! А знате ли чему се ја надам, Настасја Семјоновна? Знате ли? Има још плодне земље, извирује испод оног камена и котрља се низ жбуње, бежи од њега да не остане и сама јалова. Има још разумних људи који су решени да искораче, да преваре правила која су њих варала и обмањивала! Узмите мој гарант за ову тврдњу ако хоћете! Уверавам Вас — има још увек те плодне земље! Има!

— А имамо ли каквих сензација које би се могле употребити већ у наредном броју? — нестрпљиво и неочекивано упита Настја. — И сами знате да су за читаву нашу ствар неопходне интриге како би све добило повољан ток. Уосталом, то би олакшало наше подузеће јер би све оно за шта се ми овде залажемо дошло до већег броја људи! Интриге! Интриге, кажем Вам! И оно главно што Вам хоћу рећи — знате ли да осим оног глупака, Сидорова, немамо утицајних људи који би могли да учврсте нашу идеју у ширем кругу. Знате ли то? Управо због тога и сматрам да Алексеја Владимировича Сидорова треба чувати као највећи благослов! Верујте ми на реч!

— Оставите се сад Сидорова... Добро је што га имамо, да. Он је човек од положаја и угледа и како сте се и сами изразили — може помоћи да за нашу идеју многи Руси сазнају. Чињеница што се он слабо разуме у саму ту идеју и што се уопште у њу не меша, мање је битна и то је за нас чак и повољна околност, јер били бисмо у опасности да не направи какву глупост. И сами сте рекли да није нарочите памети. Али, памет се и положај данас не равнају. Што мања памет, положај је запаженији. А што се тиче сензација, тек то не треба да Вас узнемирава. Од свега осталог, чини ми се да човек најлакше и највише сензација прави.

— Утолико боље — закључи Настја сабрана у тај свој закључак и наредну мисао, па продужи: — Ствар стоји боље него икада. *Самосвест* лагано отвара ново поглавље у поимању руског човека, барем овде у Редкину, а за остало... већ ћемо се постарати. Дугачки су и укрштени путеви мајке нам Русије, али уз наклоност среће може бити да ћемо са *Самосвешћу* у скоријој будућности свим тим путевима неизоставно проћи. Лаве Фјодоровичу, ја бих рекла да управо Вама као да понестаје стрпљења. Сачекајте најпре да чујемо одјек наших протеста овде у Редкину, ако га буде било.

— Ако га буде било? Ви сте поново сумњичави.

Настја се одмаче мало у страну и одмахујући руком, и сама се сложи:

— Можда је читава моја природа управо таква, сумњичава, али оставимо сада то. То је сада најмање важно.

Све што је Настасја Семјоновна говорила, и поред оне мучне сумњичавости да читава ствар са *Самосвешћу* може бесповратно пропасти, говорила је са извесном лакоћом и као урођеном достојанственошћу. Феђа се, иако озарен оправданом претпоставком да и она пише за *Самосвест*, донекле и напињао и мучио слушајући их док говоре поверљиво једно другом. Не може се рећи да га је тај њихов разговор мало интересовао, јер такав би закључак оповргла најмање ова два факта: прво, његово расположење усхићености након прочитаног чланка о ослобођењу руске душе, и, друго, његово прихватање да и сам пише за *Самосвест*. Али, одакле је онда долазила та напета пажња у слушању и то мучење? И због чега се измешала са пријатним осећањима која су врила у њему и извиривала са сваке стране? Одговор на ово питање и самом се поручнику, напослетку, учини невероватно једноставним — најпре је идеју да пише за *Самосвест* прихватио у великом душевном узбуђењу, а одмах затим уследило је и оно друго, далеко важније од овога првога. Да, то је већ био потпуни и неочекивани душевни земљотрес — свака реч и поглед Настасје Семјоновне у њему су будили лавину различитих осећања. И све се то измешало за кратко време у души младога човека. Присуство изванредне жене у Феђином је срцу изазивало истовремено и доста забринутости и готово фантастичне усхићености. Било је ту подједнако тешке слутње колико и ватрених надања, збуњености колико и јасних мисли и жеља. И све се то одвијало и преплитало у једној унутрашњости, одвећ начетој, нажуљаној, у души која је осетила и издају и пораз па јy је донекле захватао црв очаја и сумњи. Овоме треба додати још и то да је душа Феодора Андрејевича била и горда, грехом умрљана, охола, али опет, иста је та душа још увек могла да се измири са свима и оно што је најбитније — да заволи! Речју, да је душу поручника Максимова било могућно ставити под какву лупу, јасно би се под њом могли видети дуси таме како играју држећи се под руку и кикотајући се због свог успеха и власти над њом, али и духа светлости, анђела Божјег који шапуће и усмерава: „Заволи и воли”.

Приметивши расејаност лутајућих мисли Максимова, а у исто време и из пристојности јер ни он ни Настја већ дуже време на њега нису обраћали готово никакву пажњу, Ловски га укључи у разговор:

— А знате ли, многопоштована Настја — отпоче ласкајући јој што је Максимова љутило (врло је могуће да је већ био готов да на сваког мушкарца гледа као на отвореног супарника) — знате ли Ви да ће Феодор Андрејевич данас узети значајно место у нашем часопису, часопису на ког сви ми полажемо велике наде, и то баш на оно место које сте Ви, уважена Настја, из само вама познатих разлога одбили, место до самог уредника?

— Коначно је и тако повољна околност могућна?! Па то је изванредно! — повика усхићено. — На страну моји разлози, или да будем још прецизнија — моји каприци због неприхватања тако важног места, али оно што је сада најбитније, на томе ће месту сада седети изузетан човек! Тако Вас је барем Лав Фјодорович представио, господине Максимов — рече и загледа се врло весело и у исто време озбиљно у поручника.

Овај је гледао замишљено у страну, а онда, као опозван из сна, трже се, погледа у Настју и кратко одговори:

— Радујем се због прилике и могућности да сарађујем са Вама — а онда, схвативши какву је неопрезност учинио својом искреношћу, ушепртљи се и угризе за усну.

„Радујем се... Радујем... Каква глупост! Каква непромишљеност и већ на самом почетку откривање својих осећања и то жени коју још и не познајем! Какве ли само несмотрености”, једио се у себи.

— Је л’? — упита Настја. — А зашто?

— Просто, тако... Уосталом, не мерите превише озбиљно сваку моју реч, ја сам још увек прилично уморан од дуга пута. Живци су ми мало посустали од расејаности па могу изговорити још понеку непромишљеност, али... Не мари, не мари. Разумећете већ. И ако будем направио још какав испад сличан овоме, замолићу Вас — будите слободни и на то ме отворено упозорите.

— Којешта! — повика Настасја Семјоновна и насмеја се. — Могу Вам рећи да сте ми врло занимљиви и да сте на мене оставили нарочит утисак, а какав тачно, то се Вас већ не тиче — рече још једном весело и изазивачки га погледа испод ока.

На ове речи поручник већ није имао шта одговорити. Није умео шта казати. Ова га је млада жена у потпуности освојила, то му већ и самом беше јасно, и ту се више нема шта учинити, нема се шта равнати нити брисати. А и зашто би? Нека срце само себи крчи пут, нека тражи склониште или уточиште, како већ само процени. Ако зажели да се некоме пода, ко га у томе још може спречити? Ко?

„Нека сам и постао сужањ, нека сам и запао под прсте и вољу жене! Ако! Не мари. Нека и пропаднем потпуно овај пут, ако треба само, ако је већ тако одређено. И шта ја то говорим? Зар ја уопште имам избора? Зар човек вољом може гасити ватру осећања? А и чија би воља била толико луда! Али, зашто ја од ове жене помало и зазирем. Опет, њена ме близина радује и чини ме срећним, иако се смућујем. Шта ли ово може бити? Ма шта год да је, ево ме, ево ме Настасја Семјоновна! Ево ме, па учините са мном шта Вам је воља и шта год да сте наумили”, изазивао ју је, у себи, разуме се.

Док је он тако премишљао, млада дама се већ љубазно поздрављала са Лавом Фјодоровичем, а онда, окренувши се ка њему као да мери његову збуњеност, и напослетку погледајући на обојицу, отресито и донекле заповеднички среза:

— Онда, сутра код Хлебјатњикова у осам. Немојте каснити! Биће вина и преферанса. Уосталом, имамо ли бољег избора? Дакле, у осам. Обојица.

VIII

Тешко је у потпуности испунити захтев књижевничке тачности и ширине па уверљиво описати како је на душевно расположење Феодора Андрејевича деловало познанство са Лавом Фјодоровичем, а посебно онај неочекиван и чудесан сусрет са Настасјом Семјоновном. Да, у том је сусрету било доста чудноватога, изазивачког и негде већ у некакву судбинску бележницу записаног. Дакле, неким прстом већ унапред испланираног, могло би се тако казати. Са изразитом поузданошћу на овом месту можемо потврдити и то да је наш јунак ватрено гледао на *Самосвест* и да је Ловскога држао за умна човека са којим се већ дало општити, и то чак врло пријатно и задовољно општити. Из њиховог познанства и тако удешеног односа, сасвим природно и очекивано, по мишљењу Максимова, изникнуће отворено пријатељство, у којем ће бити много чега заједничког — заједничког гледања на ствар протеста руског човека, заједничких идеја о покретању неке нове револуције и томе слично. Наш је јунак без сумње могао тврдити да ће идеји протеста остати веран, да ће јој ватрено служити и чак почети да подбуњује друге како би коначно устали против предрасуда, самовоље државних чиновника, против бездушности власти и поретка. Речју, готово против свега онога што је наметнула, по његовом личном убеђењу, наопако окренута цивилизација.

Крајњи домет свога ангажовања прилично је јасно одредио. Углавном, настојаће да друге мења, да шири идеје просветљења, у најкраћем — чиниће све како би друге окренуо на постову док ће за то време његова унутрашњост и лични рат са самим собом остати запечаћен, нетакнут, мутан и у оном стању ужасног мировања где човек душевно пропада. Што се тиче тих узвишених идеја и протеста младог поручника, тог његовог ангажовања у *Самосвести*, ту је читава ствар стајала прилично поуздано и просто. Све је готово унапред било познато, или се барем могло предвидети без потешкоћа, дакле, о томе се могло судити са извесном поузданошћу. Али оно, оно друго... Оно што је у души Феодора Андрејевича већ правило потпуну пометњу и помрачење у извесном смислу. Поуздано можемо казати да је то помрачење долазило од поручникове збуњености због, у његовом животу неочекиваног присуства, изванредне, фантастичне жене. Овоме треба додати и то да поменуто помрачење у његовој души није подразумевало ништа тешко и рушилачко, напротив. Читаво се помрачење састојало у до тада непознатом искуству, у нечему сасвим другачијем и новом, нечему што има моћ да пороби, јер он никада до сусрета са Настасјом Семјоновном није остао под тако јаким утиском од жене, која, нагласићемо то још једном, заиста беше изванредна, како се већ и сам Ловски изразио, иако је свима било познато да он готово равнодушно гледа на сваку жену. Максимову је одмах било јасно да се нашао под влашћу те посебне жене и то још од оног тренутка кад га је по први пут погледала, тамо, код Ловскога у уредништву. У том погледу не беше женске смерности и узмицања, извесног стида. Напротив! Гледала га је изазивачки, продорно и освајачки. Та ватра га је прождирала. Ватра њених очију у којима су подједнако киптали изазивање и бес, жеља за поседовањем нечије најважније мисли, оне са којом се леже и устаје, и чудновата потреба да јој се

„жртва” у потпуности покори. Сама помисао на њу, шибала га је као наквашени коноп преко душе, остављајући за собом свеже отоке и модрице. Осећај готовости да се једној таквој жени потпуно пода и то донекле сужањски, спремност да јој буде, само ако се њој тако прохте, доживотни слуга и чаробна кутија за испуњење свих њених жеља и жељица, освајао га је до те мере да се он томе чак није ни опирао. А и рашта би?! Ко може спречити и обуздати срце у највећем заносу и маштањима? И шта вреди беспомоћнима љутња на себе кад већ остану под нечим што превазилази њихове снаге и могућности, као миш под шерпом? Настасја Семјоновна на њега је оставила снажан, нарочит утисак и слободно можемо казати да је у интересовањима нашега јунака значајно предњачила испред свега другога. Сви они принципи и начела, наивна зарицања да се у његовом наручју никако не може наћи жена која би му покрала сваку, па чак и ону најмање битну мисао, изгубили су свој ослонац и више се нису могла држати; темељ је остао осакаћених ногу, пољуљао се и опасно заносио, али Максимов на то није обраћао никакву пажњу, и оно што је најбитније — на све то он је гледао са одобравањем, нестрпљиво ишчекујући следећи сусрет са Настјом, тамо, код Хлебјатњикова.

Све његове мисли наредног јутра, одмах након што је отворио очи (од силине утисака спавао је рђаво и мало), спојиле су се у једну, а та мисао састојала се у томе како ће поново осетити шуштање њене хаљине и остати заслепљен од искричења њених продорних очију.

„А некадашња зарицања у погледу жена?”, оте му се нехотимице. „Убеђења да у подавању жени има немало штете, у подавању и прихватању љубавног заноса и допуштењу да ти тај занос буде водич? Зар тако нешто није равно слепилу? До ђавола! До ђавола и са властитим начелима! Ваљда се и она некада неизоставно морају прекршити. Ваљда човек може каткад допустити себи да коракне испред њих и да се не осврће? Бестрага са наученим формама по којима ваља живети! Бестрага! Ко хоће нека им остане веран до краја, ја нећу! Нећу, јер би то пре била смрт него живот. А ако већ живим, нека живим достојно вреле крви у жилама и по властитим, душевним захтевима! По жељи срца! Да, тако је! По жељи срца! Па нека и искрвари, нека и остане згужвано као папир! Боље је и то него живети по туђем трагу и запису, дакле, живети туђе, тачније, преживљавати", љутито закључи у себи и испостави себи самога себе као највећег опонента.

Овим је посведочио да је свака самоувереност несмотрена глупост и да се само будале заклињу. Јер, ето, она је сада стајала пред њим и већ му је у његовој опсени прстима додиривала лице од чега му жмарци стадоше поиграти око пршљенова. Трже се и стаде противити том чудесном осећају. Када човек устаје на себе (мишљу, не револвером) тада наилази на читаву патњу човечанства и најдаред је стане разумевати. Тада он подноси крст усијаног жезла на грудима ћутке, јер зна да истим тим путем пролазе многи, и зар да се једино он осрамоти кукавичлуком и роптањем?

„Ако само затреба, због ње ћу и пострадати! Ако се само њој прохте, ледену ћу руку у жар ставити, измислити нове законе и поретке по којима ће јој срце служити!", уверено закључи за себе. „Само да се време покрене, али њему као да се баш сада никако не жури и док сат не избије седам пута дочекавши ме уредно одевеног и намирисаног, спремног да јој кренем у сретање тамо код тог Хлебјатњикова, колико ли ће само муке притиснути моју узнемирену душу?! Ах, изгледа да је тачно да се у љубави и због ње најслађе пева и умире."

Направи неколико опрезних и готово нечујних корака до прозора (у соби испод његове тврдим сном спавала је Олга

Димитријевна), размаче завесу с једног краја, тек толико да несметано може гледати низ улицу, и замишљен ту постаја готово четврт сата. У даљини се зачу дубока звоњава са торња цркве, а одмах затим и лавеж паса. Врпца са врече облака се развеза и ситне пахуље просуте из ње стадоше се расејано вртложити и љубити при паду влажне улице, искоса, јер, никако се нису могле ослободити од досађивања ветра који је долазио са северне стране и све више појачавао. Преко снегом отежалих и уморних грана, тих савијених белих руку, назирало се тек мало љубичасте светлости и то само на западу, на најудаљенијем делу неба, ако претпоставимо да се оно некако да ухватити и мерити. Оштар јутарњи мраз ледио је капи воде које су се смело откидале са надстрешница, а онда у истом тренутку, и поред те смелости, остајале заробљене у дугачким, зашиљеним леденицама.

„Дан ће, без сумње, бити врло хладан и тмуран", помисли Максимов, ни сам не разумевајући због чега му то сада дође на памет кад већ није било ни од какве важности. Понекад је добро, и чак спасоносно, бавити се мислима без икаквог значаја, јер њима се најлакше може разбистрити помућена памет, а онда, тако освежен, човек се може са новим снагама ухватити за гушу са самом крупном ствари. Можда је управо то и био разлог што се Максимов нарочито обрадовао једној тако неважној ствари и чак је врло озбиљно прихватио, нагонећи себе силом да се њоме позабави, јер Настасју Семјоновну никако није могао из главе протерати, поништити мисао на њу барем накратко. Већ у следећем тренутку кристална чаша испаде из руку Олге Димитријевне (недовољно крви у рукама и њен успорени ток) тако да се уз овај случај Максимов чврсто приби као уз нешто спасоносно и одмах крену степеништем на спрат испод, остављајући за собом врата отвореним, из опште расејаности, разуме се. Још једна безначајност постаде важна, она постаде поводом непланиране посете газдарици и разговора којим се већ некако стаде развејавати оно мутно клупко једнаких мисли — у свакој беше Настасја Семјоновна.

Феђа и Олга Димитријевна дуго су разговарали о свему и свачему, углавном о безначајним стварима, али оно што у том тренутку њему би најважније — управо такви разговори освежавају памет и опуштају преко мере запете живце. Газдарица му се чак и обрадова, и сама постајући говорљива. Сели су за сто и у пријатном расположењу доручковали. Поручник је одлагао сваки наредни залогај, шарајући расејано виљушком кроз ваздух и тако правећи у њему некакве чудне облике, а онда, након што би се читав садржај са виљушке нашао у његовим устима, стао би добовати виљушком у тањир, без нарочите ритмике и такта. Напослетку би врло задовољан — велика је казаљка на сату за то време окренула два пуна круга. Напослетку, он се учтиво наклони Олги Димитријевној и повуче столицу уназад како би се удаљио од стола и поново затворио у своју у закуп узету собу, собу у којој му је готово све одреда било познато и у коју је било утиснуто читаво његово дечачко маштарање. Али, он о тој прошлости сад већ никако није мислио. Доћи ће већ тренутак када ће се поново ватрено занимати историјом Максимових, чак и пре него што је могао и замислити, и што је још важније — коначно ће се расплести, а онда и занавек запечатити један однос. О томе ћемо, као што смо већ казали, говорити на своме месту.

До шест часова навече на кантар је премерио читаву вечност, а када је повећи зидни сат са клатном указао на то да је коначно шест часова и четврт, стао се брижљиво избријавати како непажњом не би донео било какву штету свом лепом лицу што би у најмању руку била велика незгода, и ко зна какав би већ могућ ефекат на Настју оставило бријачем унакажено лице. Наравно, он се трудио на све могуће начине да приликом посете Хлебјатњикову на њу остави изванредан, нарочит утисак. Управо због ове чињенице он је навукао на себе врло отмено одело које му је готово савршено пристајало и које је облачио само у посебним приликама. Одело је искројено и сашивено зналачком, мајсторском руком и то никако није могло промаћи ниједном оку, па чак ни ономе које се у уметност таквога заната нимало не разуме. Време је, барем како се то Максимову чинило, ишло натрашке — седам часова никако да избије па се он чак стаде занимати и детаљима на том цењеном и врло лепом оделу не би ли у томе нашао било какву разоноду и не би ли му пажња остала на било чему, само да се минути нижу, да иду, да се врте и одлазе. Тако најпре затури у десни џеп сат чији је један део сребрног ланца елегантно вирио и тек мало прелазио преко панталона, што је значајно доприносило читавом спољашњем утиску који је био чак врло добар, нарочито након што је и на сакоу заметнуо један детаљ — беспрекорно испеглану и вешто пресавијену марамицу која је, такође, тек мало вирила из џепа. Кад је у даљини звоно ударило равним тоном тачно седам пута, он се трже из заморне тупости и обамрлости, натуче цилиндар на главу и изашавши у двориште лаганим и лењим корацима крену ка *Љермонтовој* улици (тачну адресу Хлебјатњикова сазнао је од Лава Фјодоровича). На капији, услед замишљености и у фантазији живо представљених слика поновног сусрета са Настјом, раменом умало не закачи Леночку која је журила Олги Димитријевној, држећи у рукама некакав омањи свежањ, немарно увезан конопом какав се једино још у пошти може срести. Не промаче му ни овај пут да на Леночкином лицу не примети исти онај дивљи понос који се ничим није могао укротити. Из унутрашњег џепа шињела извади тврде карамеле (увек их је носио са собом) и пружи јој.

— Нећу! — осорно и врло одлучно дочека девојчица и ватрено севнувши плавим окицама мирно прође мимогред њега.

„Чудновато. Сасвим чудновато”, помисли Максимов за себе.

У Леночкиној главици све је изгледало детиње једноставно и просто — поглед поручника Феодора Андрејевича добро је упамтила када је овај пристигао у Редкино и оно његово надмено држање када је понудила да му за само неколико рубљица понесе кофер. Презриво ју је одбио и од тог тренутка у души девојчице се пробудио онај царски, руски понос, укорењен још од самога рођења.

Док је журно корачао влажним улицама пресецајући их насумично и љутећи се сваки пут када би се оклизнуо на неком од оних места где је снег због људског немара остао нерашчишћен, ледећи се при тлу, све је пред њим изгледало потпуно замршено и мутно. Жуте фасаде у редове збијених, начичканих кућа, ужасан и тежак задах од дима лошег угља који је фрктећи излазио из димњака тих истих кућа, прљави и махом већ затворени дућани из којих је једва допирала чкиљава светлост, натмуреност лица пролазника којих и не беше много и који као да су се мимо своје воље затекли на улици — све је то доприносило чудновато тешком утиску. Крупан, тежак и мокар снег падао му је за врат и то га је још више раздраживало и једило. У близини *Љермонтове* улице опази неколико већ приметно налоканих мушкараца како међу собом деле вотку као нешто што једино имају у свом животу, у свом власништву.

„Ако су и прекорачили меру, па чак и то што врло гласно певају некакву ужасно просту песму од које се стиче осећај гађења и презира, није ли та њихова идеја дељења (па нека је то и вотка), идеја заједничарења, иако на странпутици, јача и далеко изнад тог њиховог порива? И шта има већу вредност, шта се пре да оправдати — скривена, закопана врлина или узајамно и без рачуна братска подела, па макар то била и подела порока и страсти, на једнаку меру?! Хм, чудновато је каква све питања човеку могу опколити памет! И шта се то, до врага, дешава са мном? Чије рухо носим?! И што се ја занимам тиме?! До врага!"

У оваквом размишљању он позвони испред Хлебјатњиковог улаза, постоја мало на прљавом степеништу у немирном ишчекивању, а онда се наједаред умири зачувши да се реза са друге стране смиче. Овај га дочека пријатељски, широко се осмехујући и напослетку га чак и загрли — нема сумње, Ловски му је сигурно већ потанко испричао читаву историју Максимова.

Ушавши у простану, али не и довољно осветљену просторију, Феодор Андрејевич најпре примети Ловског који је седео у друштву некакве гиздаве црнке и који га још на вратима поздрави. Црнка је на његово причање само потврдно климала главом и чинило се као да тек мало разуме од свега онога што јој је Ловски говорио.

— Немица — поверљиво прошапута Хлебјатњиков Максимову и шеретски се насмеја.

За округлим столом прекривеним чојом, седели су Андреј Симонович, онај рошави младић од неких двадесетак година кога је већ помињала Настасја Семјоновна, и извесни Иља Петрович, даљи рођак Хлебјатњикова. Феђа лагано коракну најпре ка Ловском и Немици и учтиво им се наклони. Ана, тако се зваше ова гиздава црнка голог врата, поскочи и прихвати му шињел, љубазно се смешећи и изговарајући оно уобичајено „Добро дошли" на врло лошем руском.

„Све неки чудан свет", помисли Максимов. „Где то још дама мушкарцу прихвата шињел?"

Гест лепе црнке потпуно га збуни и још више му замагли ионако улењену мисао, али чим се Ана удаљи Ловски му објасни да је она некаква врло ревносна служавка Хлебјатњикова и да она прихватање горњих делова одеће гостију сматра својом светом дужношћу — ето и њему самом је готово стргла капут са рамена.

— Не ишчуђавајте се због тога, пријатељу — мирно и озбиљног лица рече Ловски. — Добре намере не могу нам донети штете, па ни оне које изгледају врло смешно и неприхватљиво. Можда су њих тамо учили на другачији начин? А? Шта мислите о томе? Уосталом, ко још сматра нарочитим достигнућем и подухватом што је неко одредио шта је прилично жени, а шта мушкарцу? Којешта! Неки су читава упутства прописали о лепом опхођењу и манирима, а нико никога више не поштује. А знате ли да је Ана љубавница Хлебјатњикова? А? Наравно, о овоме ни речи Хлебјатњикову, јер ће се он јамачно наљутити ако за ово чује. И, шта мислите, можда она из покорности према њему, из покорности или одане љубави према њему, чини све то сасвим по природи, јер им је однос усклађен на некакав начин о ком ми не знамо ништа!? Видите, она се нимало не збуњује! Напротив, она је врло добро расположена и срећна, уверавам Вас. Него, хајмо за сто. Хлебјатњиков нас једино још из учтивости не позива, не желећи да нас прекине у разговору. Тај никога и ни за шта на свету не би прекинуо! Силан карактер, само, ето, помало прґав, приметићете већ и сами. А ја се баш расприча̂о... Бестрага, увек заборавим да се у претераној говорљивости мало тога паметног каже.

Устаде, узе табакеру са љутим дуваном и једва приметно указа погледом Максимову да пође за њим.

— А Ви се, Иља Петровичу, већ спремили некуда да пођете? — примети Ловски повлачећи столицу како би се сместио за сто.

— Обавезе. Обавезе, драги Лаве Фјодоровичу. Путујем кроз четврт часа за Петроград. Неодложна, важна посла не трпе никаква оправдања нити одоцњења. Г. Хлебјатњиков је упознат са свим појединостима и, ето, он ће Вам, можда, само ако то хоће, и сам испричати читаву ту историју мојих одлазака у Петроград код извесног правничког службеника — закључи лукаво одмеравајући Ловског испод ока.

— Зашто мислите да би мене интересовали нечији разлози одласка у Петроград? Зар мислите да сам толико знатижељан? — сад већ и сам помало збуњен дочека Ловски, ухвативши оком врло чудан, мрштав и готово претећи поглед Хлебјатњикова усмерен ка Иљи Петровичу.

Наравно, Лав Фјодорович ништа није могао разумети у овој краткој и тајанственој гестикулацији, али касније, много касније свега ће се овога сетити са презиром и гађењем. Тада ће он чак и кривити себе што још тада ништа није посумњао, што ништа баш није наслутио... Али, и како би? Из чега?

Хлебјатњиков је приметио да Ловски пребира мисли по глави тражећи разлоге за онакав испад Иље Петровича и разлоге његовог изазивачког и подсмешљивог тона, нарочито у ономе „да ће му, само ако то буде хтео, и сам Хлебјатњиков испричати читаву историју одлазака у Петроград код извесног правничког службеника”. Већ у следећем тренутку Хлебјатњиков је отварао врата Иљи Петровичу, прекоревајући га ватром у очима. У ходнику, кад је већ био сигуран да их не може ухватити ниједан од погледа присутних нити да их ико може чути, он чврсто стеже Иљу за revere и јетко одреза осврћући се око себе:

— Будало! Зашто га беспотребно изазиваш!? Знаш ли да тако изазиваш и саму могућност да читава ствар добије супротан ток? И шта мислиш, ако би Лав Фјодорович угледао клопку коју му спремамо, да ли би наше подузеће имало успеха? Размисли мало! А ти му ту клопку под нос подмећеш, говорећи о њој! Оштроуман је и проницљив и лако све повеже у целину. Будало! И да знаш, само из благородних осећања због нашег сродства ја сам теби поверио читаву ствар. Очекујем да је свршиш без последица. Пажљивост, пажљивост и хируршка тачност овде су потребни. А ти, сметењаче, још ћеш и на воз за Петроград одоцнити. Хајде, торњај се! Поздрави оног старог лисца и кажи му да брже и што јаче стегне обруч о ком смо прошли пут говорили. А чланак? Где ти је онај нови чланак?

— Ту је чланак, баћушка! Узнемирени сте преко мере. Уосталом, на основу чега би Ловски могао посумњати било шта о нашем подузећу?

— Из чега? — једио се Хлебјатњиков све више и сад већ и не покушавајући да се обузда од беса. — Из чега? — понови још једном. — Из твоје лакомислености! Будало! И не знам само шта ти је требала онолика театралност и изазивање Ловскога у говору? Гледаш у њега несташно жмиркајући очима и чуди ме да му још у својој неопрезности и лакомислености ниси открио и шта га чека! Хајде сад! Крени, сметењаче! Сад ће Ловски у својој глави разрадити барем три верзије шта ја то имам тако дуго са тобом говорити пред вратима. Такав је то свет. Ђаво да их носи. Све сами подозрењаци и фантасти. Вечито се око нечега премишљају и мудрују. У својој таштини уображавају да су призвани да уређују нове законе и мерила читавога света, а сами су у своме бићу дубоко понижени и несрећни. Само пуко причање! Свет би да мењају, а са собом никако не могу, нити код себе ишта разумеју. Идеја! Фантазија, ето чиме се такви занимају. Поздрави ми оног лукавог петроградског лисца уваженим и оданим поздравом и кажи му да не растеже превише читав процес. Нека дела, нека притегне случај Ловскога и његових сарадника.

Затворивши врата за Иљом Петровичом, претходно отпљунувши у страну, Хлебјатњиков прође кроз предсобље опрезно као мачка, истежући врат ка својим гостима, а онда, уверивши се да је за столом све у најбољем реду и да је чак и сам

Ловски у врло добром расположењу, живахно разговарао нешто са оним рошавим, охрабрен, пљесну рукама улазећи у широку и богато намештену собу у чијем је средишту стајао тај огромни, картарошки сто прекривен чојом.

— Преферанса! Преферанса, господо, ако изволите играти — повика у заносу, премеравајући израз лица Лава Фјодоровича. Напослетку, седе поред њега, наизглед пријатељски, жмиркајући очима.

— Четворица нас је за столом — примети Андреј Симонович. Овај младић заиста беше изражено рошав, баш онако како га је и Настасја Семјоновна описала. Изузев ове карактеристике која је шкодила његовом лицу, иначе доста правилних и готово лепих црта, ништа на овом човеку није изгледало необично нити вредно помињања.

— А зар се, Андреје Симоновичу, преферанс не може играти у четворо? — примети домаћин весело.

— Имате право, али...

— Али један од нас мораће да се „суши”[1] — прекиде га Хлебјатњиков.

— Тачно.

— Утолико боље за њега. За то време док се „суши” моћи ће да осмисли добру стратегију игре за себе, зар не? Преферанс је, знате то и сами, игра умних људи и изразитих стратега.

— Управо због тога можда би најбоље било да устанем од стола — нашали се рошави на свој рачун. — Нема код мене нарочите стратегије нити у животу, нити у картама. Него, г. Лаве Фјодоровичу — окрену се рошави ка Ловскоме — добро пазите. Хлебјатњиков је стари лисац у преферансу. Лисац своје врсте. У преферансу, а и овако... Уопште, лисац је лисац. Кхе-хе-хе! — несташно се засмеја Андреј Симонович и са лица му нестаде онај до тада осликани израз досаде и некакве чудновате уздржаности и фамилијарности.

— Дозволите ми — умеша се Максимов — играјте ви, а ја ћу се већ чиме другим занимати. Видим доста занимљивих наслова на полицама г. Хлебјатњикова, прочитаћу већ шта значајно.

— Ах, то никако! — поскочи и срчано повика домаћин. — Ви сте нов у нашем кружоку и било би веома неприлично и неодмерено са наше стране да Вас још на самом почетку изоставимо из било чега, па чак и из преферанса. Ана! Ана! Нов шпил карата и вина донеси!

Немица на лошем руском изговори нешто што би отприлике требало да значи да ће она одмах послужити жељи свога господара, да је то за њу изузетна част и томе слично.

— Ретко добар, смеран и карактер пун поштовања — објасни Хлебјатњиков присутнима, указујући на своју служавку.

— А зашто је онда не жените? — оте се Ловском. — Уловити овакву птичицу у замку и то још у тим годинама, хеј! Па то је чист добитак, већи него на државној лутрији — несташно примети, и истом се сви засмејаше.

— Ђаволе! — мирно прихвати домаћин и сам се задовољно смешећи.

„Када би само знао колико му је већ омча притегнута око врата, не само што ме не би изазивао подсмешљивим сугестијама, већ би још истог тренутка поскочио од стола и позвао ме на своћење рачуна. Али он, несрећник, о томе ништа не зна и у томе и јесте читаво лукавство мога подузећа. Кхе-хе-хе! Глупи чудак”, ликовао је Хлебјатњиков у себи и под утиском таквих мисли био је врло добро расположен.

Утом Ана донесе још увек некоришћен шпил карата, насу дугачком, белом руком вино у чаше, наклони се доста љубазно и чак понизно Хлебјатњикову, а онда, ухвативши његов поглед у којем беше и одобравања и расејане очараности, на знак свог „добротвора" спусти поглед и исто онако понизно се удаљи од стола, без роптања. Напротив, учини то као нешто што се само по себи подразумева, као нешто што се чини по самој природи ствари.

— Каква дисциплина! — примети Лав Фјодорович у великом одушевљењу због оваквог држања Немице. — Каква добровољна покорност и радост, а не жалост због тога! Код наших жена то не иде тако. У Рускињама су, чини ми се, понос и инаћење, противљење и самовоља претерано изражени и управо због тога су све оне врлине руске жене скривене, не могу се видети од беспотребног каприца и жеље за својственошћу, за оригиналом и самосталношћу. Ипак, ја подржавам таква стремљења наших савремених жена, јер зашто би било ко подредио своју вољу другоме?!

— Жена је жена, тајанствена је и онда када је служећи покорна, и онда када у властитој самовољи не види даље од себе и свог положаја. Али, молићу Вас лепо, не заборавите и то да смо управо ми прихватили овдашњи феминизам, неки су га чак и отворено подржали — изговоривши ово Хлебјатњиков погледа изазивачки у Ловскога. — Моје виђење читаве ствари око положаја жена је јасно и ја отворено, где год је то могућно, сведочим увек једно и исто — ми смо постали служени женама, оне су нам завртнуле памет и у нашем међусобном односу себи су прибавиле корист. Па погледајте само, данас жену нико не може укротити, и иако се свуда говори о њиховој слободи и једнакости, оне робују више него икада. Да, уверавам Вас! Оне су незадовољније него раније и њихов глас се мање чује него онда када су углавном о свему ћутале! Можда Вам ово изгледа чудно, али имајте на уму да је у природи жене да некога следи и да му љубављу послужи. Зато ја моју Ану и не пуштам од себе. Даје ми све што само жена може дати, а замислите само — не тражи заузврат ништа и чак ми је благодарна и на оно мало пажње што јој пружам. И што сам ја неосетљивији према њој, она ме све више воли и све ревносније ми служи.

— Ах, па не може се ни тако! — оте се рошавом.

— А како се може, молићу лепо? Ето, Ви ме подучите.

— Ви се г. Хлебјатњиков веома грубо изражавате о жени, и не замерите ми на овоме што ћу Вам сада рећи — за Вас је жена као птица везаних крила која је потпуно под Вашом влашћу и коју сте чак успели да убедите да је кавез, хоћу рећи покорност Вама, управо њена слобода, а не слободан лет који је некада имала. И не схватам само због чега Вам је толико одана и чини ми се вечито захвална због оно мало Вашег добродушја и љубазне наклоности.

— Захвална је, разуме се! А што Вас то, младићу, толико збуњује? Жена је сигурнија кад положи пред другога све што има, па чак и своју властиту вољу. Млади сте и тек мало тога сте сазнали о женама.

— Опростите ми, али ја на жену не могу гледати тако.

— А Ви је онда гледајте како Вам воља — Хлебјатњиков је већ губио стрпљење — али ја Вас једноставно морам упозорити на могуће последице таквог племенитог држања по питању жене. Замислите само шта може бити са кочијашем и кочијама ако му узде испадну из руке? Неће ли га животиња повући право у амбис управо из разлога што је у само једном тренутку осетила потпуну слободу и што зна да због могуће трагедије неће одговарати, јер су узде биле у рукама кочијаша! Пазите на ово добро — повући ће кочијаша у провалију, јер неће пропустити прилику да се своме господару освети, да сведе с њим рачун због свега онога што је до тада трпела! То Вам се већ може сматрати урођеним нагоном готово свакога човека — ако Вам неко ногом стане на стомак, пожелећете да му исту ту ногу ишчупате, зар не?

— Неспретно Вам је то поређење са кочијашем и животињом — примети Лав Фјодорович.

— Мислите? — упита Хлебјатњиков шеретски. — Главно је у једном, а у чему тачно, то сам већ рекао, драги пријатељу. Ви изволите па изводите поређења како Вам је воља ако Вас оваква моја образложења не задовољавају, ако им се противите. Али, сложићете се са мном у једном, у то сам уверен, а то је да ако над неким немате власт, онда му, у противном, остављате довољно могућности да се он Вама наметне као господар. Размислите само... Не чини ли Вам се да се сви људски односи напослетку сведу на једну чињеницу — или покоравате, или сте покорени. То је просто у самој људској природи. Знам, сада ћете Ви овој мојој тврдњи супротставити све оне племените идеје слободе свакога човека, хуманост и све оно што са доста труда и, признаћу Вам, врло уверљиво пишете у Вашем часопису са доста страсти и жара. Али, знајте и Ви да је то само жар, а живот је нешто сасвим друго. Реалност није на нивоу жеља и идеја, драги мој! Упамтите ово!

Тешко је претпоставити у ком би смеру могао отићи овај разговор да се на вратима не појави Настасја Семјоновна у друштву никога другог већ управо Алексеја Владимировича Сидорова. Ово на све присутне остави нарочит утисак, јер многи су из кружока већ нагађали о природи њиховог односа, отворено завидећи Сидорову, јер је он успео да „заведе ванредну лепотицу, она га чак и воли” итд. Али, све су то била само нагађања. Настја је у погледу Алексеја Владимировича све рекла Ловском и тога се наш читалац треба држати. Дакле, не само што ту није било баш никакве наклоности са њене стране већ га је она донекле и презирала и држала за ванредног глупака којег је требало искористити у погледу *Самосвести* и ништа више од тога.

— А шта оно рекосте о кочијашу и кочијама? — упита Лав Фјодорович Хлебјатњикова изазивачки, охрабрен Настјиним присуством.

Настасја Семјоновна погледа у домаћина тражећи очима од њега одговора, иако и њу саму изненади овакав пријем.

Хлебјатњиков презриво погледа у Ловског севајући очима као ужареном жицом, и сада већ свестан своје незгоде и могуће непријатности пред Настјом, стаде тражити начина како да на започету расправу стави катанац, јер добро му је било познато како она гледа на питање положаја руских, и уопште, на питање жена. Знао је да је у прошлости доживела велику непријатност у односу са старијим човеком код кога је служила, и да је управо због тога готово на сваког мушкарца гледала са презиром и гађењем. Користила је сваку прилику да се свети, јер једном понижено срце жене никада не прашта нити заборавља.

Поћутавши мало у душевном напрегнућу, он се напослетку охрабри, стави весео призвук на своје речи и повика:

— Та маните се кочија, г. Фјодоровичу. Зар не мислите да би ваљало о нечему другом говорити? Зашто да причањем о кочијама сад још замарамо и Настасју Семјоновну и г. Сидорова? Уосталом, ми смо, чини ми се, разматрање различитих становишта по питању кочија и кочијаша до краја већ дотерали, и шта се ту још може казати?

Настја је помало збуњено пребацивала поглед час на Хлебјатњикова час на Ловскога покушавајући да разуме ову двојицу, и само што је домаћин застао у своме причању, она осети неисказиву и неодољиву жељу да се и сама укључи у разговор и да тако дозна у чему је ствар.

— Г. Хлебјатњиков, Ви са Лавом Фјодоровичем засигурно говорите о тркама кочија прошле недеље, зар не? Мислите ли да би тројка[2] Зајцева победила да пред сам почетак трке није дошло до оне незгоде и услед тога и неочекиване замене средњег коња? — отпоче она.

— Хлебјатњиков управо тако мисли, у то сам потпуно уверен — одговори Лав Фјодорович уместо домаћина. — Сећате ли се, драга Настја, како је Хлебјатњиков у чуду и неверици, са сумњом одмахивао главом када је Зајцев био приморан да на место средњег коња упрегне кобилу? Он сам није веровао да се може без тог средњег коња стићи до победе. Уосталом, ето, нека Вам и сам каже.

Домаћин је кипео у себи од беса због новог изазивања Ловског, и сада већ не скривајући то од других, погледавао је на њега са љутњом и претећи.

— А зашто сте Ви — отпоче Настја обраћајући се Хлебјатњикову — зашто сте Ви посумњали у снагу кобиле? Мислите да се ни по чему не може равнати са коњем? А да ли сте видели како је на самом почетку трке потегла оштрим касом? А? Шта кажете на то? И да Вам отворено кажем, за успех Зајцеве тројке заслужна је управо кобила која је узела место у средини тројке, а не коњи упрегнути са стране.

— Ми... ми уопште нисмо ни говорили о трци тројки, већ онако, друго нешто сасвим... Онако, кажем... — неспретно се стаде правдати Хлебјатњиков, све више се збуњујући.

— Г. Хлебјатњиков је пред нама бранио једну врло значајну тезу — умеша се Лав Фјодорович још једном подсмешљиво.

— Бестрага и Ви и Ваша приучена адвокатура! Зар не помишљате да бих ипак радије сам за себе говорио — повика домаћин љутито и са доста гнева.

— Ах, па говорите онда! Говорите! — наваљиваше Настја, тако га још више дражећи. — Дакле, какву сте то тезу изволели бранити? И само да знате, поновићу Вам то још једном, Зајцева тројка је победила само због тога што је на место коња дошла кобила! Будите у то уверени! И управо на примеру, за многе неочекиване стратегије Зајцева у тркама тројки, ваљало би уредити и руско друштво. Да, да! Не чудите се и не одмахујте главом. Наш је руски господин навикао на све удобности, а кад се једном од њега очекује да потегне — он закаже! Зато и треба направити добру селекцију баш као Зајцев и на важна места ставити жену! Жену, разуме се! — повика Настја у одушевљењу.

— Него, говорите, какву сте то тезу овде излагали — упорно наваљиваше на Хлебјатњикова што овога доведе готово до очаја.

— И кажите ми још и ово, слажете ли се са мном када кажем да на важна места у друштву треба поставити жену? Кажите ми то. Кажите, слободно — заврши севајући ужареним окицама.

Домаћин је од силне непријатности осетио „како му се мрави успињу уз кичму и како га надражују” док је тражио излаза из читаве ове забуне. И таман кад помисли да је баш као поручено пред Настју и Сидорова стала Ана, да ће се разговор заподенути о нечему потпуно другом и тако се читава ова незгода заобићи, након Аниног обраћања Настји уз љубазан осмех, проклињао је сваку реч коју је ова изговорила:

— Ако господин Сидоров изволи јахати коња, ја има једног, има једног кућа — па рекавши то, погледа у домаћина мислећи да је Алексеју Владимировичу до јахања, а заправо не схватајући да је тиме довела у врло незгодан положај домаћина због свог лошег руског.

Хлебјатњиков поцрвене због нове незгоде и стаде у себи проклињати Анино лоше разумевање руског језика и правила у њему. Остали су се, сви одреда изузев Феодора Андрејевича који се из опште уљудности држао по страни, гласно кикотали не покушавајући да се суздрже чак ни онда када су по Анином изразу лица јасно могли закључити да је и њој самој постало врло непријатно, и да баш ништа од онога што се дешавало не разуме.

— Ја... ја ништа не схватао вас. Ја само казао да ја има добар коњ — и опет, на несрећу Хлебјатњикова, погледа у њега.

Ово још више распали присутне и сад се већ никако нису могли обуздати од гласног подврискивања и кикотања. Црвен у лицу од смеха и ужагрених, веселих очију, са обе руке стегнуте преко стомака како би барем у некој мери себе обуздао од врашке подсмешљивости, Лав Фјодорович се на тренутак окрену ка Ани и унеколико са озбиљним изразом лица упита:

— А је л’ баш толико добар тај Ваш коњ када га толико хвалите?

Служавка га погледа збуњено, али напослетку одлучно потврди:

— Ова моја коњ, она најбоља коњ — и опет, пресликано и са истом жељом, како би нашла одобравања у Хлебјатњикова, погледа у њега и даље не схватајући да га управо тај њен поглед ставља у врло незгодан положај.

Ларма и кикотање. Овај пут још силније. Читав скандал. Чак се и Феодор Андрејевич гласно засмеја, не издржавши.

„До врага! И ког се ђавола укључује у разговор кад половину тога не може да разуме, а ону другу половину криво и погрешним речима представља тако да све испада натрашке и врло смешно. ’Ако господин изволи јахати, нека оседла њенога коња, Хлебјатњикова нека зајаше, дакле!’ Ето каква несрећа испаде на крају. И кога је још брига што је она погледавајући на мене сваки пут кад би поменула тог проклетог коња који сад мирно и задовољно рже тамо на имању њенога оца, тамо у Абрамцеву, кога је брига што је она на тај начин понизно тражила од мене допуштење и одобравање да се удеси прилика да господин Сидоров, дакле, узјаше тог коња, коња, коња њенога оца, а не мене?! Коња, коња! Не мене", понављао је Хлебјатњиков за себе једећи се све више. „Кога је брига шта је она заправо мислила кад ми се сад сви одреда смеју због ове глупе незгоде, па чак и овај странац, чиновничић Максимов! А онај лукави лисац, Лав Фјодорович... Само жмирка очима и прави се невешт, а у себи једва успева да се суздржи од потпуне подсмешљивости и све то због Анине неспретности. Ах, неопрезна несрећница! А овај је још и лукаво изазива да потврди 'да је њена коњ — најбоља коњ'. Нитков! Обична хуља! Сујетни глупан и гордељивац што се размеће својим модерним идејама социјалног питања у руском друштву. Само да знаш и ово, Лаве Фјодоровичу, ти, ти наивни лакомислениче — по танком леду газиш, то да знаш! Због своје самоуверености и несмотрености положићеш већ рачун! Бестрага и тај проклети Фомин! Што ту омчу о којој стално говори не стеже јаче, јаче. До врага! Него, лармање се стишало и сад би већ ваљало прекинути читаву ову насталу незгоду са свим њеним последицама", помисли Хлебјатњиков уверено.

— Ана, Ана! Забога, па прихватите капут Настасји Семјоновној и г. Сидорову. Шта сте се ту удрвенили? — повика неочекивано. — А ви, господо — рече обраћајући се њима — изволите се сместити на диван, Ана ће вас већ послужити топлим чајем и палачинкама па тако већ можете у свакој пријатности наставити ваш разговор. Преференса! Преференса играјмо — повика у намештеном одушевљењу оној тројици за столом, на шта ови одговорише одобравањем, потврдно климнувши главом.

Одређено је да прву игру изостави рошави јер је извукао најмању карту, те му у тој првој игри једино задужење беше то да из новога шпила издвоји тридесет две карте и да их добро промеша, а онда да их подели осталима. Домаћин, Лав

Фјодорович и Максимов осташе у активној игри за столом. Ловски није скидао погледа са Хлебјатњикова, изазивајући га и смешећи се крајем усана још увек због пређашње сцене.

— Два — нервозно отпоче Хлебјатњиков.

— Два — потврди Феодор Андрејевич и по изразу његова лица карте му и нису биле баш наклоњене.

— Три — гласно и самоуверено повика Ловски.

— Даље — одмахну руком Фећа и тако препусти игру Лаву Фјодоровичу који узе две карте са талона, а онда, са веселим изразом на лицу, одмеривши ову двојицу и смешећи се, одбаци друге две карте из руку.

Беше више него очигледно најпре то да је Ловски ликовао над оном пређашњом незгодом, не пропуштајући прилику да још неки пут подсмешљиво и изазивачки погледа у Хлебјатњикова, а онда и то да је сада био потпуно задовољан својом позицијом у преферансу.

— Игра се треф — мирно одлучи Ловски, мотрећи на саиграче и тражећи из чисте разоноде и забављања било какву промену на њиховом лицу. Утом пристиже Ана и доли им вина. Рошави је држао чашу подаље од себе што помало збуни, после незгоде око коња, ионако несигурну Ану која, окренувши се ка Андреју Симоновичу, тихо и неспретно упита:

— Хоће ли и Ви још вина, господа?

Немица је рошавом очигледно била симпатична због свог лошег руског и он потврдно климну главом благонаклоно јој се смешећи.

— Зашто да не! Човек овакве природе ни смртну пресуду не би одбио. Овакав карактер све прихвата, шта год да му се понуди, а ако дође време за кајање услед какве лоше одлуке, кајаће се већ натенане за сва могућа посрнућа. Ипак, ово је само вино. Дајте. Дајте, налијте и мени! — повика гласно погледавајући на Ану која је у овој новој прилици само ћутала и климала главом како не би изазвала неки нови скандал.

Настја и Алексеј Владимирович Сидоров седели су на дивану и о нечему врло поверљиво разговарали, што беше за чудо ако се има у виду факат да је она управитеља железнице за Тверску област држала за глупака и невероватно лакомислена човека. Ипак, као што смо то већ и казали, сматрала је да он може доста помоћи око *Самосвести* у ширењу модерне, прогресивне идеје. Може се готово поуздано рећи да се она заправо добровољно жртвовала трпећи и овај пут поред себе човека којег је готово из дна душе презирала, а све то само из једног разлога — због те свеопште, заједничке идеје у коју је и сама веровала, ватрено као и Ловски. На лицу Сидорова као на белом папиру испод индига, оцртавала се очараност њоме, и ту одушевљеност и усхићеност, те стреле ватрених емоција, никако није могао сакрити, иако се свим силама трудио да их дама не примети. Његово расположење удивљености Настјом примети чак и сам Феодор Андрејевич због чега некадашњем поручнику прокључа крв и он стаде у себи негодовати љубомором, те се одмах након завршеног круга преферанса стаде извињавати и правдати главобољом, устајући од стола. На његово место седе рошави, а Максимов се придружи Настји и Сидорову што ова радосно прихвати и већ стаде многоговорљиво објашњавати Алексеју Владимировичу како је Максимов, сасвим извесно, изузетан и оштроуман човек који ће писати за *Самосвест*, како разуме читаву ту идеју „нове социјалне равнотеже насупрот друштвеним аномалијама које трују руско, и уопште, свако друштво”.

Сидоров је врло мало и готово без икаквог интересовања слушао младу, заносну и веома одлучну еманципаткињу док му је причала, очаран лепотом и меканим померањем њених једрих усница. Доживљај нечије спољашње лепоте дрско покорава унутрашње заносе чак и онда када су покренути најчистијим и најплеменитијим осећањима док нечија унутрашња лепота и склад неретко измичу пред тим замућеним, телесним очима, и то је засигурно велика неправда и тежак преступ против човечности и достојанства! Климао је главом и тако се наизглед слагао са свим оним што је Настја говорила, иако су му оскрнављене мисли увелико блуделе, и то би можда и потрајало да га она не ухвати у том његовом расејању и готово се наљути:

— Господине Сидоров, ако Вам досађујем својим причањем, Ви слободно кажите. Али, немојте да се узалуд трудим и напрежем. Туђе време и благонаклоност треба поштовати, то Вам је и самом добро познато.

— Не. Не, драга Настја. Како само можете помислити тако нешто. И сами знате колико Вас ја уважавам, чак у потпуном дивљењу! Него... Мисао... Мисао... Опростите, мисао ми је само на тренутак запала, залутала.

— А Ви је онда убудуће чвршће држите и не испуштајте је! — одсечно среза Настасја Семјоновна, поражавајући га ватреним очима и достојанственим држањем.

Утом се појави Немица и код њих и врло љубазно и учтиво им се наклони, смерно се извињавајући што их је прекинула у разговору, стави сушену рибу и палачинке на сто, још једном им се дубоко наклони као дворјанин великом кнезу, а онда се, готово нечујно, удаљи лаганим као мехур корацима. Заиста велика трпељивост и благочешће беше у Ане, јер иако је осећала и знала да је пређашњи смех присутних био покренут њеном неспретношћу, она је на све то сада гледала са толиким добродушјем и помирљиво, чак и са извесним оправдавањем. Приметивши ово и сама Настасја Семјоновна закључи, за себе:

„Колико је трпљење и незамерљивост у овом благородном карактеру кад се она не једи чак ни када је отворено исмевају! Или је, можда, превише поносита да би показала своју увређеност па иза оне збуњености крије своја осећања? Хлебјатњиков није жењен, могућно је да му је она љубавница, а не служавка како је већ он свима представља. Ако је та претпоставка тачна, сасвим је оправдано помислити да она из своје велике љубави према њему сада већ на ону пређашњу непријатност гледа готово равнодушно и као на нешто што јој и није од неког значаја. Шта ако га она држи за свога добротвора и ако му, можда, чак нешто и дугује? Између мушкарца и жене стоји запета нит коју нико не види у потпуности већ само као измаглицу, нејасно и под претпоставком, и зато се нико и не може надвирити нити разумети природу њихова односа. Она му се понизно покорава и гледа у њега бојажљиво и са чудноватим немиром, гледа га као у човека коме је дата власт над читавим њеним бићем, и гле чуда — она се томе уопште не противи! Напротив, као да у том свом несрећном положају истински ужива и, врло вероватно, она држи да је то некакав природни закон, да тако треба и да се, просто, другачије и не може! Ах, како је све то подло, јадно и ниско, па и ако су њена осећања према Хлебјатњикову потпуно невина и чиста, зар баш никакву нелагоду не налази у томе што се покорава до мере поништавања своје воље, своје личности, и зар све то само да би се угађало и понизно треперило пред тим својим ’добротвором’? У чему је ту онда љубав? Пре ће бити да је то поруга и смрт љубави и искреног заноса, ако га уопште и има. До врага, па ова жена добровољно мучи себе и као џелат над властитом душом исукује мач и зарива га дубоко, дубоко до своје коначне пропасти. Зар то не види?! Зар мисли да тако проживи са тим својим ’добротвором’, ћутке и захвално? Да проживи може, али само поред њега, не и са њим! Зар у томе не налази разлику? Ах, како грубо звучи оваква химна њене љубави. Љубав се не претпоставља на услугу понижењу, увредама части и ћутању већ све ово заједно треба да нестане зарад љубави! Љубав је једнакост! Љубав је слобода, а не страх! Љубав чини чудо, али ниједним се чудом љубав не може изаткати већ само слободним и чистим срцем! Љубав је већа од чуда. Ако има срца... Ако није већ нагњечено нечијом безочношћу и издајом”, заврши Настја, премишљајући се у себи.

Прекину јој се свака мисао, она сва уздрхта као у врућици, устаде извињавајући се Феодору Андрејевичу и Сидорову, незаинтересовано пређе преко свих замишљених лишца за картарошким столом, и прође задимљеним простором ка трпезарији како би разговарала са Аном, о женском питању, разуме се. Међутим, она се тамо не задржа дуго.

За то време Феодор Андрејевич је седео насамо са Сидоровом и загледавши се мало пажљивије у њега прво што примети у физиономији овога човека беше то да је уста држао помало укриво и да, ако изузмемо то, у његовој појави не беше баш ничега нарочитог. То што је жмиркао као катран црним очима и што је као и сваки други претерано поносит човек истуривао груди исувише напред, такође се не може сматрати ничим значајним. За разлику од прилично досадне физиономије овога човека, природа му је била врло ћудљива и у доброј мери непредвидива. Једна црта његова карактера просто је искакала и наметала се, тако да је било немогуће не приметити је — овај је човек искључиво и све радио из личне сујете и користољубља, и само у случају да, напослетку може испоставити свој рачун. Никакве он везе није имао са идеологијом *Самосвести*, али је рачунао да ће му, ако стане уз идеју коју је ватрено држала и Настасја Семјоновна, поћи за руком да је освоји, да јој се наметне као чувар њених жеља и прохтева. У овоме се грдно преварио, јер је на улог ставио све, очекивао је много од нереално постављеног циља, а кад је тако обично следи разочарање. Не зна се шта је за човека погубније — бити без било каква циља или претерати у својим очекивањима. И у једном и у другом случају неизоставно мора доћи до очајања, дизања руку од свега и равнодушног гледања на свет кроз окце собичка своје сужене душе.

Говорио је мало и то углавном само онда ако би од саговорника за нешто био упитан, а и тада, речи су се у њему тек са великом муком и негодовањем дрешиле, углавном само оне уобичајене и једноставне. Вероватно и сам наслућујући да такво његово држање у других изазива за душу нарочито нелагодан осећај непријатности, често је прстима пролазио кроз своју кудраву, одвећ дуго нестригану косу, и сам трпећи од те исте непријатности. Поигравајући се ситним, црним увојцима мислио је да ће тако прекинути ту ужасну напетост скрећући пажњу на нешто тако неважно и споредно, и заиста наивно беше његово веровање да ће тако нешто прекратити мучан осећај који је у свима изазивало то његово упорно ћутање. Мисли су му углавном биле зрикаве и јалове, а дух раслабљен. Ипак, у друштву Настасје Семјоновне био је изузетно говорљив и врло доброг расположења што Феодор Андрејевич одмах примети. И управо је то мучило поручника, распињало му по стоти пут душу остављајући на њој трагове свежих огреботина, јер он никако није могао да отрпи да се Настја са неким смеје и врло живо разговара. Семе душевног надахнућа услед Настјине близине, очараности и љубавне лепоте у зачетку коју је Максимов све јаче осећао и признавао је самоме себи, гушила је врашка опседнутост, посесивност и љубомора. И таман када је помислио да је дошло време да заборави на своју унакажену прошлост услед губитка службе и на породично, некада бело платно, касније исфлекано ужасном трагедијом и бестијалношћу оца, баш у оном тренутку када је поверовао у своје ново јутро које само што није зарудело у недосањаној лепоти, ударио је тако силно главом о зид да је изнова душевно стао крварити. Можда чак и најобилније до сада. Некадашњи поручник, да је само како могао, окренуо би читав мушки свет наглавачке да тако нико не би могао сагледати прекрасно лице жене која га је дражила до потпуне очараности, опијености и безумља, ишчикавала сваки његов ионако одвећ крзав нерв и изазивала га свом силином жене! Ах, та проклета надмоћ жене и могућност да себи покори и просјака и цара!

Сидоров се, оставши насамо са Фећом, узврпољи на дивану. Са рукама није знао шта ће и већ по томе се јасно могло закључити да му у друштву непознатог младог човека беше врло непријатно.

— А Ви — отпоче Феодор Андрејевич приметивши све очигледнију нелагоду која је избијала из Сидорова на све стране.

— Ви сте, такође, врло заинтересовани општом руском ствари, уређењем друштва по веома модерним начелима, прогресом, дакле? Настасја Семјоновна ми је то напоменула, онако узгред.

Сидоров се намршти, а онда, схвативши да би његово мргодно лице још више разоткрило његов положај у погледу Настасје Семјоновне, јер он се већ и на само помињање њеног имена силно збуњивао и душа му је сва дрхтала, са великом потешкоћом развуче усне у намештени, пријатељски осмех:

— Ах, Настја сигурно мало и претерује. Ја само помажем око наштампавања *Самосвести*. У идеју не задирем. Не тиче ме се и мало се око тога разумем. Знам само да је довољно опасна и да у неком тренутку, ако прилике не буду срећне као сада, сви можемо бити изведени пред суд.

— Тако? — отегну Феодор Андрејевич.

— Тако.

— Ипак, и поред свих тих опасности сигурно Вам је врло пријатно заузети се око исте ствари заједно са Настјом, иако то не чините из чистог убеђења колико видим?

— Имате право — одреза Сидоров нимало се не збуњујући.

— И да Вам кажем још и ово — ја сам се у читаву ту ствар око *Самосвести* упетљао једино због ње! Хеј, због ње! Разумете ли то? Уосталом, ја и не тражим од Вас да то разумете. Како бисте Ви могли разумети то што ни ја сам не умем да расветлим себи.

— Да... Хм — невољно процеди Максимов.

— Знате ли Ви, младићу, да је та жена у стању да стави под своју ножицу и Вашу вољу и разум, убеђења, веровања, речју — све! То Вам је такав тип жене, нарочит и врло изражен, јак карактер.

— А зашто баш под моју? — излете се поручник.

— Вашу, моју, оног тамо — па погледом указа на рошавог — свачију! Да, хм... Свачију! Можда и постоје изузеци, али ја Вас уверавам да је Настасја Семјоновна магнет који ни у ком случају неће испустити ситне опиљке над којима има потпуну власт! Прићите, прићите ближе — поверљиво рече поручнику што у случају овога човека беше права реткост. — Гледајте да је како год можете избегнете. У противном, поднећете најтеже страдање које човек може замислити. Погледајте само на мене — она ме је потпуно уништила, ставила ми је главу у тешке окове, али ја јој, о чуда, и даље као махнит идем. Идем и мучим се, речју, пропадам још више. Ах, ево нам и ње!

У том тренутку Настасја Семјоновна им приђе лаганим корацима, несташно се смешећи.

— Имали сте право мила госпођице — дочека је Сидоров врло живо и весело. — Феодор Андрејевич је заиста веома занимљив младић ватрених убеђења и, сасвим сигурно, племенитих уздања и још боље крви.

— А када ја то нисам била у праву, кажите ми то — гордо и победнички га погледа дама, ужагрених и врло сугестивних очију.

— Увек... Да... Јесте... Хм... — помирљиво се сложи Сидоров, а онда, донекле збуњен и вероватно ни сам не знајући зашто то чини, извини се обома, устаде са дивана и већ у следећем тренутку се нађе за картарошким столом где га са великим одушевљењем прихватише. Игра има магију и моћ, игра има способност да зароби и најмоћније умове, да отргне човека из властитог, личног света и да га заковитла у непозната поднебесја.

Максимов је по први пут седео насамо са Настјом и та околност остави изванредан, значајан ефекат на његову душу. Та нова околност, још једна случајна и неизвежбана нота изведена на судбинском, раштимованом клавиру поручникова живота, на њега је деловала двојако. Прво, он је прижељкивао тај драгоцени тренутак како би без било каква утицаја споља могао одмерити расположење њеног бића према њему и само њему, тј. он би из разговора са Настјом, из разговора на који нико не би утицао честим прекидањем или било чим сличним, из њеног држања и покрета руку, могао јасно закључити како она гледа на њега, равно и незаинтересовано или можда чак са притајеним одушевљењем и одобравањем; какав утисак на њу оставља његово присуство, да ли она у томе доживљава нарочити душевни угођај или јој се нутрина стеже и грчи, а можда је и једноставно само равнодушна! А друго... Друго је већ била сива сенка и безобличнa стихија у чијим је рукама права пошаст и умирање, мука и право страдање, да, управо тако — страдање, како се и сам Сидоров само неки тренутак пре пророчки изразио. Поручник још увек није ни слутио да ће сам себи ускоро постати најтачнији, најизвеснији пророк. Патња издиже изнад просечности. Патња открива најдубље поноре и даје крила за највише висине. Патња рађа пророке, најискреније љубавнике и најузвишеније мудраце, свете старце. Патња, коју ни Феодор Андрејевич никако неће моћи да заобиђе.

Заиста, постоје степеници на путу животног израстања и узрастања који се једноставно никако не могу прескочити. Вредно је свако искуство, вера, знање и сазнање. Стопало ће оставити трага на тим степеницима дубоког назначења, а сваки човек има управо оно своје, јединствено назначење. И управо нас вера поставља на те степенике и придржава нас да се успињемо, степеник по степеник. Свакако, путем се мора проћи! Својим путем, не туђим нити споредним!

Оно „друго" које смо већ поменули, Феодора Андрејевича је највише забрињавало. Он је из претераног поштовања и већ готове опседнутости Настасјом Семјоновном, губио сваки чврст ослонац и само се још на сакатим ногама некако држао. Збуњивао се и саплитао о свој усуд који га је подједнако и радовао и задавао му ране, и оно што је најважније — ова је жена у њему истовремено изазивала и страх и дивљење, пријатна осећања, али и губитак самопоуздања уз све упорнију сумњичавост у погледу могућности да јој се некако приближи на само неколико корака до оног најдубљег у њеној души како би осетио ону силну ватру која се само могла тек наслутити у њеном погледу, држању руку, у оним малчице искривљеним усницама када говори. Упозорења Ивана Никитовича што се тиче, најпре његовог, а онда и упозорења Сидорова да би Настју на сваки могући начин требало избећи, поручника нису ни најмање бринула и он их није држао ни за шта. Али, опет оно друго, оно друго... Оно је кидало још увек младу, свежу и неискусну душу поручника. Он је сад већ знао, знао дакле, а не слутио, да су и један и други, и Иван Никитович Фомин и Сидоров, његови извесни противници и камен који некако треба откотрљати што даље од Настјиних груди, јер сасвим је извесно да је и један и други воле, додуше можда помало болесно, али зар то мења било шта?! Сидоров је напоменуо да га је она упропастила, или тачније речено — она га је сигурно одбила! Али опет, опет... Готово је био сигуран да ће и један и други учинити баш све како би им она кренула у наручје! Или, можда ипак и не? Можда се само претерана уобразиља појачана болесном љубомором поиграва са њим? Међутим, где год је оно „можда", а не „да" или „не", човек не може наћи мира и биће проклет на вечито подозрење које мучи и убија душу.

Отргнувши се некако од својих суморних мисли које нису доносиле ништа поуздано, ништа сигурно, он се најзад трже када је Настја села ближе њему, забацујући своју лепршаву косу на једну страну.

— Сигурно Вам је Сидоров већ досадио својим причањем — отпоче она сигурним, отреситим гласом. Гледала га је потпуно мирно, уздржано, али не и незаинтересовано; чак се у једном тренутку крајичком једрих усница и насмеши што беше сасвим довољно да се све око поручникове главе заврти толико распусно и необуздано као на рингишпилу, правећи потпуну пометњу и душевни немир.

— Опростите ако Вам је било непријатно у друштву тога човека — настави не скидајући погледа са њега. — Ја сам отишла до Ане. Она је, знате, служавка Хлебјатњикова. Заинтересовала ме је та жена. Има нешто посебно у њој, верујте ми на реч. Изузетна природа, али по моме схватању подједнако и претерано послушна, у чему нема среће. Али, нећемо сад о томе... Женско питање, хм... То је већ читав један универзум и није могуће препешачити га у једном разговору. Оставимо еманципацију руске, и жене уопште, за неку другу прилику — рече весело и још једном се срдачно насмеши Максимову.

— А Ви се, Настасја Семјоновна — отпоче поручник прибравши се од изненадне среће и још једног пријатног осмеха њене љубазне наклоности — Ви се, колико могу да приметим, са доста жара занимате тим женским питањем?

Она спусти поглед накратко, а онда гордо издуживши врат, кратко одсече:

— То Вам је питање, драги мој, за мене од велике важности!

— А како на мушкарце гледате? — без било какве претходне најаве и до чуђења несмотрено, неочекивано и директно упита Феодор Андрејевич.

— А шта Ви мислите — како можемо гледати на оно што нам је живот сасекло у првом цвату и најчеднијој невиности? Зар можемо наћи оправдања за оно што нам је располовило душу оштрим мачем, бестидно и без трунке кајања? А? Шта мислите?

Максимов одмах разумеде о чему му говори, присећајући се несмотрености Лава Фјодоровича када су сво троје седели у уредништву *Самосвести*.

— Настасја Семјоновна, опростите ми на овоме, али Ви ми сада неизоставно говорите о тој Вашој „несрећној историји”, како се већ Ловски изволео изразити приликом нашег првог сусрета? На шта је он тачно тада мислио поменувши ту Вашу „несрећну историју”?

Она мало поћута, пажљиво одмеравајући све на њему, покушавајући да нађе било какав разлог како би после дуже времена била поверљива према некоме, и то не само према некоме, већ према једном мушкарцу.

— Да ли сте сигурни да желите да знате све о једној несрећној историји још несрећније жене? — упита га напослетку потпуно отворено, откривајући му значајну појединост из свог живота признањем да је несрећна.

— Све! До најситнијег детаља ако тако изволите! — дочека Максимов узбуђено.

— Али, зашто? Откуда толико интересовање?

Феодора Андрејевича ове речи потпуно збунише и мислено га бацише пред њене ноге. Знао је да јој ни у ком случају не сме открити прави разлог, не, не, барем још увек не, ако се већ удеси нека згодна прилика, али сада, сада... Не, не! Зар да јој стави у наручје своја осећања? Па то у неким случајевима може бити равно томе да предајемо кључеве од своје најскровитије одаје некоме на чување. И шта ако се услед могућег немара онога коме су кључеви поверени они загубе и тако се остане доживотни сужањ?! То никако не сме учинити! Расположења своје душе за сада ће држати чврсто упрегнута. Лако је узде већ попустити, али сада... Не! Не, јер би то у овом тренутку било неразумно.

— О разлозима ћемо већ неком другом приликом — рече прибравши се од претеране крви у глави. — Једно је сигурно, а то је да желим да чујем све о Вашој несрећној судби, а на Вама је да ли ћете ми то открити или не. И верујте ми, верујте ми, иако знам да Вам је то у овом тренутку тешко и готово немогуће — ја Вас у потпуности разумем!

Она као да се мало стаде премишљати, али то не потраја дуже од неколико трептаја уморног ока, и одједном нешто се у њој откиде, нешто одреши до тада чврсто притегнуте свезе и она тихо отпоче:

— И ја сам некада била веселе нарави, задовољна, увек насмејана. Насмејана изнутра, не само по виђењу ока. Можете ли поверовати у то? И све је било добро док се није десило „оно". Од тада сам пуна једа и горчине, подсмешљивости сваке врсте, каприца и отвореног бунта. Јер, ако нешто готово у потпуности поништи чак и само наше постојање, ако ногом прегази преко срца и поред оне наше добре намере, зар се може ићи даље кроз живот другачије до корацима великог опреза, чак и корацима жеље за осветом! Да, да, баш тако — осветом! Неки могу да опросте, али ја нисам од таквих. Једноставно, превише сам поносна.

Видело се да је Максимову нерадо откривала ту своју „разапету историју", јер су јој речи запињале у грлу и губиле изражај, а, опет, поједине речи изговарала је са толиком одсечношћу и љутином да је било лако наслутити меру њеног повређеног поноса, патње и беса. У сваком случају, својим причањем све више га је освајала.

— Покушавала сам да разумем — продужи Настја са својом исповешћу — због чега се у неким случајевима у руке и под вољу једнога човека ставља читава даља судба недужног бића? Зар је могуће и праведно да се некима даје толика власт, тачније, да је они тако безочно сами присвајају, и да тако чак и некажњено упропашћавају друге!? Понекад помислим да би било много боље да човек човеку и не прилази, да га се не дотиче, јер оштрицом речи и ужасних дела међусобно пробадамо једни другима нутрину, заривајући сечиво све дубље у махниталој жудњи да распоримо нечију душу, да је унаказимо. Човек на стотине пута сахрањује другог човека пре његовог коначног погреба! И колико ли је само пута умирао свако од нас онда када нам се чинило да је записом истока и запада одређено да би баш тада требало најватреније да живимо! Тешко је умирати, тешко је поднети да свећа, упаљена и стављена крај нас, згасне баш у оном тренутку када је почела да греје и осветљава сваки цеп намучене душе. И уместо да се радује, душа тада пропада. Видите, ја после „онога" подједнако презирем колико и страхујем готово од свакога мушкарца! Не чудите се! Да, презирем! И нека због тог свог презира будем и осуђена на вечиту муку и пропадање, нека ми и жар принесу на голе шаке, али ја другачије не могу! Ах, тај проклети Захаров! Мислите ли да његова погана сенка и рука и сада, док са Вама разговарам, не блуди као зао дух над мојим стожером душе, желећи да ме још намучи?! Да тај стожер поткопа још више и душу сравни са прахом земаљским!

Лице Настасје Семјоновне постаде бледо, намучено и испијено, некако сужено и до крајње мере ужаснуто, преплашено и без живота. Док се присећала свих појединости у служби код тог Захарова, чиновника у већ начетим шездесетим, уста су јој се кривила у страну, тако кварећи онај општи утисак које је, и поред те њене нелагодности и грча, одавало прелепо, и како се то поручнику чинило — готово анђеоско лице.

Савршенство лепоте ништа не може поништити! Лепота надзиђује светове, смекшава очајање и удахњује живот! Лепота скривена, она изнутра. Једино је она трајна и увек жива! Једино се она не повлачи ни пред ким и над свима има власт! Али, лепота лица, пропадљива је и тренутна. Колебљива и неверна. На ово, поручник није рачунао.

Од Настјиног достојанственог држања, издигнуте главе и сувише напред истурених рамена, од оног продорног, сугестивног и освајачког погледа и заносног подизања косе увис, од оног меканог и слатког померања усница које би под своју власт ставило и круном украшену главу владара, краља, не оста више ничега. Грч јој је од силине непријатности и потмуле патње, од љутине и беса, све више замарао тело и оно се сада држало тек по морању, по самом закону природе, иако би се, да га нека невидљива рука која увек даје неку нову снагу и полет није придржавала и изнова подизала, сигурно расточило ту пред очима поручника.

— Лажљиви развратник! Бедник и бестидник без кантара савести! — прошапута, тек за себе, гледајући одсутно у страну. У њој се изнова рушио читав један свет, и најрадије би вриснула само да јој је то дозвољавала она њена општа, чини се чак и урођена пристојност.

Некад је човеку немогуће да слободно из себе отргне врисак или да тихо изнесе вапај угњечене душе. Некад се над човеком издигну високи и хладни, камени зидови, са свих страна му скривајући сунце, притешњујући му уморну главу тако да она нема куда. А главом разбијати зидове — зар је могуће? Не би ли само од таквог сулудог подухвата она остала излупана и натечена?! И шта би сад Настасја Семјоновна дала само да слободно може из себе откинути, из тог свог разрушеног и обешчашћеног храма свог бића, понеки врисак, урлик зачепљене душе? Тешко је у томе се суздржати — мучење је све силније. Сасвим извесно, она би сада дала много тога у залог само да слободно може повикати из дубине свог напаћеног бића да је она само једна несхваћена жена повређене части и достојанства! Међутим, она „животна правила пристојног опхођења” су је у томе спречавала. А шта је у том уздржању заиста пристојно и људско, узвишено, има ли било чега природног у њему? И зашто се човекова душа мора спутавати и прекрајати због спољашњег доживљаја оних других, оних који је ионако не могу разумети, и уместо да у слободном и природном кретању буде излечена она све више пати и побољева. Зашто се човеку понекад ускраћује све оно што треба да чини по самој његовој природи како би душа била здрава и ослобођена тегова и потешкоћа?! Зар су прописана правила пристојности испред здравља душе?

„Ето, само када бих сада могла пред свима вриснути”, помисли Настја. „Чини ми се да би тако попуцале све нитне са обруча притешњене душе и да би она постала слободна, дошло би јој олакшање! Али, не! То што нема олакшања, и ко зна да ли ће ми и када доћи, моја је највећа казна, моје највеће мучење, и зар је мало што сам тако понижена од Захарова и што је због силине тога унижења моја душа можда безповратно унакажена!”

Живот нас понекад приморава да поступамо насупрот своме расположењу, насупрот потребама и насупрот том гласу изнутра, или, боље речено — сами себе на то приморавамо, што из слабости, што из страха како ће на то гледати други. Али, зар је то од важности? Зар ће било ко од тих других приметити када се душа буде растакала у немогућности да поднесе терет којим је натоварена и то још под наметнутим правилом да чак мора и обуздавати себе, да мора ћутати када јој се плаче, а говорити онда када јој је до тиховања! Како поднети такву превару? Како са тим живети, а да се неприметно не склизне у лудило? Не може човек бити ништа друго него оно што он заиста јесте, он, баш он, а не неко други! И не сме дозволити да зарад некаквих измишљених друштвено прихватљивих облика понашања гуши оно горушичино зрно свете вере у себи! Опасно је потискивати игру своје душе, посебно онда када је она немирна и када јој прети опасност! Докле ће над човеком бити вековно проклетство да му је важније да у очима других, по спољашњости, изгледа миран и спокојан, иако то уистину није, од тога да укрсти копља са собом и у себи нађе души лека и у молитви тиховања! Ако се некако и дају заварати други, ко је још успео да превари себе? Душу живу! Бога! Шта у патњи обнавља срезана крила ако не вера, вера која васкрсава и изнова рађа! Али, Настасја Семјоновна није имала те вере у себи, јер да је другачије, онај притајени, угушени врисак душе био би топла молитва. И тај удес са бестидним чиновником... и он би се, сасвим извесно, избегао, а самим тим и њено понижење и очај.

„И шта ако ме је тај Захаров неповратно упропастио?”, настави пуна једа и горчине. „Шта ако због тог развратног старца заувек останем у положају осрамоћене жене! И коме је још важно то што му се ја нисам жељом подала већ ме је он, подлац, својим лукавством подвео себи и покидао постељу моје чедности као незасита звер! А ја сам само желела да, ступивши у службу код њега као преписивач аката, ту своју обавезу извршавам савесно! Он је кривац за мој удес! Он! Николај Захаров! Хуља и развратник дивље пожуде”, закључи у себи.

Феодор Андрејевич је седео довољно близу Настје да је могао осетити дрхтаје њенога тела док је говорила, а опет, превише далеко, душом, да ништа није могао учинити како би јој олакшао. То што је већ мрзео тога Захарова ништа није могло променити у положају ове несрећне жене. Гледао је у њено намучено лице и нехотимице налазио дно у дубини њених очију у којима сада ничега другога није било до ужасне патње и огорчености.

„И само да она сад то пожели, истом би скочио са дивана, пронашао тог бедног, пожудног чиновника, и голим га рукама задавио!”, помисли у себи, пун једа и љутње.

— А онда сам поверовала — настави са својим причањем окренувши се поручнику — да се животу само једним окретом точка може вратити његов ток и све изгубљено повратити. Да се понижења и увреде могу, ако не у потпуности заборавити, оно барем ублажити, да се и поред њих некако већ дало живети. И баш тада, када ми се враћала вера у живот, вера у човека, ја сам упознала њега. Ипак, та је моја вера била кратконога и није ме дуго држала. Ево и зашто. Када сам га срела он беше угледан, честит, речју, човек манира и сваке љубазности. Тако се барем о њему говорило на *Невском проспекту*. Знате, ја сам тамо често одлазила и тамо смо се и срели. Учинило ми се да за мене коначно долазе дани олакшања, ведријим бојама и неком новом слободом и надом обојени. Често сам одлазила код њега у Петроград. Признајем, одлазим и сада. Понекад. Мада, и то понекад је превише. Нестало је заноса и оне среће која се додељује човеку на сваком његовом почетку. Однос нам је постао суморан, без оног полета и свежине од пре. Речју, и та је ствар неповратно пропала и чини ми се да смо још увек ту, на размеђи наших светова, само из разлога да би једно друго још више намучили својим инаћењем и поносом. Све је постало поигравање искрзалих нерава и у томе смо обоје пронашли неку наопаку драж. Драж изношену, прљаву и отрцану. Уверавам Вас да ја одржавам контакт са њим само да бих га мучила. Не, никада га нисам волела јер то и није било могућно. Између нас никада није постојао онај прави однос између мушкарца и жене. Никада. Видите, он ће кроз пар дана допутовати из Петрограда. Но, шта с тим? Биће то само још једно ново мучење посусталих душа и навикнуто животно иронисање. Пазите сад и добро ово упамтите — ја сам тако одабрала! Ја! И не чудите се због овога што ћу Вам сада казати — ја у том мучењу налазим себи насладу и наопако уживање, речју, бежим од оног свога „ја”. Од оног „ја” које је затрпано блатом у прошлости преварених дана, дана издаје, унижења и губљења достојанства. Но, доста! Доста о томе. Ето Вам сад читава та моја „несрећна историја”. Примили сте је у руке, у грубим цртама, па је носите са собом и ако икада зажелите слободно покушајте да од ње нешто ново начините, да је измените, да је поправите и мене тако васкрснете. Упозоравам Вас на време да би један такав подвиг, ако се неким чудом на њега одлучите, био само трње. Трње, без ружа. Дакле, од мене се ништа не може очекивати са потпуним гарантом, са одређеном извесношћу. Моја природа није таква, али Ви, ако хоћете, ипак покушајте — отворено га стаде изазивати задржавши поглед на Максимову, тражећи од њега реакцију на ово што му је поверила.

Врашки сјај њених очију поново заблиста свом силином и за трен ока њено држање поста препуно пркоса и поносито. Овако нагле промене у души прилична су једино или напаћенима, или онима који више не владају собом.

„’Ево Вам читава моја несрећна историја па ако желите покушајте да је поправите’”, понављао је Феђа у себи Настјине речи, њима потпуно збуњен и поражен. „И сада, када знам ту њену историју, шта ћу, дакле, даље учинити? Зар се такве одлуке могу донети напречац, само за једну распету ноћ? А, не! То никако! Ова је ствар посебно замршена... Хм... Он долази из Петрограда... Па зар то није, сасвим извесно, Иван Никитович? Феодоре Андрејевичу, изгледа да ти судба нешто ново додељује, и то иза леђа, тек да ти о томе не можеш ништа ни слутити. Ако! Ако! Некада ни у ватри није тешко стајати! Нека пече! Нека боли! Али, ја од ње не одустајем!", закључи за себе.

Његове донекле разбацане и расуте мисли прекиде шкрипа дрвених ногара столице, таручи се о под. Ловски је устајао од стола и већ се поздрављао са домаћином уз, за њих уобичајене, каприце и изазивања. Одмах за њим устаде и рошави. Сидоров је већ кренуо ка свом и Настјином капуту. Следећег тренутка он јој је већ исти тај капут придржавао и убрзо се сви нађоше на клизавој, мразом стегнутој улици. Рошави је одмах скренуо из те у прву улицу десно, окрећући се најпре према дами и тек мало подигнувши свој изванредно скројен шешир. Ловски и Настја на углу *Лењинградске* и *Љермонтове* умакоше лево, журно се пре тога поздравивши са Феодором Андрејевичем и Сидоровом. Настја чак и не погледа у поручника што овога доведе готово до очајања. Сидоров и Максимов, још једном ове вечери концем чудноватих прилика претпостављени један другоме, окренуше десно. Газили су лаганим, уморним корацима кроз све црњу ноћ. Ћутке и замишљено.

— Вотке, још вотке дај! — зачу се испред дућана који неким чудом, или можда пре дрскошћу неколико добро поднапитих мушкараца, још не беше затворен.

— Мора се душа нечим већ смекшати — оте се неком.

— А ти, кажеш, ни зими чак чарапе не носиш? — иследнички заинтересовано упита мршавог мушкарца онај што је тражио још вотке. Мршави је пре тога из само њему знаног разлога поверио другима да он ставља босе ноге у ваљанке.

— Не носим! — спремно дочека овај. — Зар је у томе какво чудо? Шта ће ми, кажите ви мени? Ја и одећу просто свучем и одбацим од себе кад дође време за то и кад се нађе већ нешто друго. Жену немам, разумете ли?

— Е, то ти је већ мудро — примети неко кикоћући се.

— Шта ће ми жена? Шта ће ми било шта?

— Право говориш, коме још треба мука на муку — добаци неко и уздахну.

— Чак и да знам да би ми нека родила новог Пушкина или Гогоља, ја бих и ту могућност одбацио јер би ми и таква, извесно, најпре наметнула омчу око врата а онда је дотезала, дотезала... Уосталом, и није моја срећа за меру Пушкина и Гогоља. Добро је мени овако — закључи босоноги.

— Добро, добро, а и како другачије кад ти вечерас нема ко претресати џепове не би ли пронашао коју заосталу рубљицу, нема ти ко махати прстом испред њушке као нама — повика неко весело и истом сви прснуше у смех.

— Јадници! Изгубљене душе. Отпадници од пристојности и племенитости — оштро пресуди Сидоров указујући главом Максимову на налокане мушкарце. — Зар да се на такав начин живот протраћи! Него, ја ћу овде лево. Улица *Молодежная*. Трећа кућа са десне стране. Упамтите то. Учините ми част и посетите ме. Ако изволите... Можда нећемо имати прилике да разговарамо о Настасји Семјоновној, ако се моја жена задеси ту, разуме се, али опет, Ви ме неизоставно посетите — рече Сидоров и погледа на поручника испод ока тражећи ефекат од речи „нећемо моћи да разговарамо о Настасји Семјоновној”. Али, Феђа је сада већ равнодушно погледавао на њега, без посебног изражаја на лицу, потпуно мирно и незаинтересовано.

Ипак, несмотрено му је обећао да ће га посетити, иако ни њему самом није било јасно зашто је то учинио. Једно је сигурно — није могуће баш сваку лакомисленост избећи!

Корачајући према улици *Новая жизнъ*, поручник је већ прекоревао себе што је непромишљено дао обећање да ће учинити једну сасвим непотребну посету. Њему беше јасно да се у неким случајевима крупне ствари удесе баш из наизглед безначајних и небитних прилика — можда ће управо тако бити и овај пут, у овој наизглед непотребној посети Алексеју Владимировичу. Речју, те крупне ствари не израњају одмах и немогуће их је видети до одређене тачке у чворишту живота до ког се стиже управо преко многих наизглед неважних околности. У ово ће се Феодор Андрејевич уверити већ кроз неки дан када се буде задесио у дому Сидорових.

---

1 Играч који се „суши” прескаче један круг у игри, пасиван играч

2 Три упрегнута коња од којих је један у средини и напред, два са стране

IX

Феодор Андрејевич кратко и испрекидано стаде уздисати бришући руком од тешког и уморног сна мокро чело. Глава му беше сва мутна и несабрана, излупана и расточена, и свака се мисао чак и поред његове жеље да је задржи, да је сачува, ломила и губила негде испред њега где он није имао приступа. Седео је преко колена скрштених и од јутарњег грча стегнутих руку; седео је на постељи погужваној од немирних снова и зурио испред себе, упорно и без изгледа да ће ускоро било чиме прекинути то ужасно унутрашње мучење, а тек што се беше расанио, и то не сасвим.

„Кад би се читав овај дан некаквим чудесним и хитрим кораком дао прескочити... А ако се већ и мора одживети, у том случају... онда... ако би се могао поништити или барем неки његов часак поткратити", помисли у себи расејано.

Јутро беше свеже и пријатно, али и поред тога мисли нашега јунака биле су невеселе, истрошене и бајате. Изузетан би подвиг био, и то се са сигурношћу може казати, уколико би при затварању небеског свитка, у тренуцима кад се Сунце замори и од људи и од свог једноличног прелета изнад облака, наш јунак опростио свом тешком усуду дана, са њим се измирио, опростио и небу и звездама. И овакви се дани неизоставно морају проживети, јер ниједан их закон до сада није укинуо, нити ће.

Свакаквих закона има, људи их поштују и покоравају им се мислећи да је човечанство увек у узлету, али онај најважнији закон, закон унутрашњег човека, стално нам узмиче. Можда таквог закона и нема, или бар није универзалан за све људе, јер сваки је човек лични и другачији отисак у односу на све друге. Људи се муче тражећи правила и законе за властиту срећу и тек када схвате да ту правила нема, да је све у нутрини човека и предубоко и прешироко, када схвате да души човековој није потребан закон због саме форме већ да је природно стање душе да се сам унутрашњи закон вољно и срцем испуни, када то схвате и када стану трагати за самим собом и оним највећим у себи, тада у неким случајевима, код неких личности, може доћи до још већег мучења — стегнути обручем очаја и пораза, поразом који кида и прождире, незадовољством због личног несавршенства и слабости, такви олако допадну потпуне душевне јаме.

Феодор Андрејевич је све теже удисао лепљиви, устајали и одвећ претерано измучени ваздух, шиштећи избацујући га кроз нос, тако да се стварао утисак као да је и њега кривио за своју душевну распетост и немир живаца. Није му чак ни падало на памет да се придигне из постеље и да најпре развукавши драперије, ослободи прозор из окова и тако угости свежину јутарњих зрака која би му можда разбистрила споре и закржљале мисли. Загушљив, истрошен ваздух, можда је мучнији за душу чак и од залуд протраћеног времена. Знао је то поручник врло добро, али нешто му није дозвољавало да се покрене и одагна од себе мамурлук тираније претходне ноћи. Нешто га је везивало, нешто га је надјачало тражећи потпуну покорност укравши му и ону последњу искру воље.

Читав тај дан провео је као рањени вук у својој јазбини. Није чак ни сишао да руча са Олгом Димитријевном, иако га је она свакако очекивала. Увидевши да он тога дана уопште неће силазити код ње, она се забрину и сневесели. Да му покуца на врата, на то се већ није одважила, јер предосећала је да се с њим нешто чудно дешава и да ће, сасвим извесно, ако тако настави, он скренути памећу. Овај предосећај животним патњама искусне жене, необјашњив је дар вредан сваког поштовања. Свакоме је човеку познат осећај када би најрадије заборавио и забравио читав свет, или, боље речено, када би навукао параване свога живота како ништа из тог спољашњег света не би продрло у онај други, чудесни и величанствени унутрашњи свет човековог срца. Шта ако је управо ово био сада случај и са Максимовим? Можда Олга Димитријевна и није имала стожерно упориште за своју мисао да он може померити памећу? И ко то са сигурношћу може рећи за другога да се стао отклизавати у душевни поремећај? Зар је грч лица увек сигуран знак започетог лудила? Ко може ценити о човековој души будући да је непроцењива, а уз то, човекова су мерила вазда била различита — некоме је педаљ исто што је другоме миља. Уосталом, зар Олга Димитријевна довољно познаје поручника, па да може судити о његовој могућој несрећној будућности?! Кормило живота се лако и у тренутку окрене, ништа код човека није коначно и сигурно, поуздано, тек не то унутрашње, необјашњиво ткање душе. Ипак... Онај осећај патњама намучене жене... Ах, ко зна... Можда ју је овога пута тај осећај издао, заварао?! Можда... Може бити да је све ово само још једна трка младог човека са животом, натезање и надмудривање, будући да је све у свету људи неизвесно и до краја непознато, можда је све ово само још једна борба Феодора Андрејевича?! Да — борба, борба! И нема коначности, сигурности и поузданости ни код једног од жене рођеног — нико није савршени и неодступни служитељ истини, лепоти и доброти. Нико није ни потпуни и решени, предани сужањ злочина, претворности, ружноће и свакаквог другог зла — све је вечито претакање, мешање у нутрини човековој, па ко шта више у тај суд успе. И тако је све до краја, до захода живота, а иза тог захода... Или величанствени и сањани, небески поредак у прозрачности и свежини, или мрачна пустош, дим и самоћа, наказност и пометња. Или ништа од свега тога, неки чак и тако мисле, мада за ту мисао разуман човек никако неће наћи оправдања.

Са извесном поузданошћу можемо казати да се са нашим јунаком догађало нешто крупно и врло значајно, нешто толико силно да и саму путању живота може променити, дати јој нови правац. Мисао да је та путања унапред исцртана не може имати јака ослонца, јер у том би случају човек био само обичан путник на већ утабаној стази, а то је противно свим правилима слободе на коју сваки човек полаже право. И ако би све унапред било одређено, зар у том случају човек не би био пусти послушник и роб? Човеку је дата слобода, част, достојанство и воља како ће на своме путу делати и како ће свој врт уређивати. Човеку је дато све, дата му је потпуна и неопозива слобода да сам исцртава своју личну путању и тако се он може, стремећи висинама, уздићи чак и у предворје светога неба, али се исто тако може сурвати и у само подножје ада. Зашто једни изаберу прво, а они други друго — тајна је. Зашто неки западају у тешка душевна стања и на крају помере памећу, док други истрајно остају решени доброљупци што радосно кормиларе животом, стрпљиво подносећи свако искушење и издижући високи бедем како би од себе одагнали нападе злих духова — одговор је у самом човеку и његовом избору. У томе и јесте савршенство правде, јер нико не може, тачније, бар не би требало, окривљивати другога за свој усуд ако је већ кључ живота у нашим рукама, ако смо ми сами и вратари и кључари.

Нажалост, много је оних што се одлучују на бекство. Много их је што им тај кључ у рукама отежа пре него што њиме откључају своја врата живота, па се на крају стану скривати по ближњим бунарима, и то главом окренутом ка дну тако да светлост више никада не могу угледати. Када вода у бунару стане силовито навирати, они пожуре да главу окрену горе, али вода је дошла до појаса најпре, па онда и до гуше... Назад тешко да се може, потпуни удес!

Управо је то био случај и са нашим јунаком — и он је бежао од себе и глава му је већ била над тим бунаром. Покушавајући да се сакрије од тог свог унутрашњег гласа, занимао се најзалуднијим послом — бегом од себе. Окренут себи, човек је окренут небу, чудима, величанствености и лепоти, Богу и звездама. Мирног пристаништа нема изван, већ једино у нама самима. И зато је то бекство од свог унутрашњег, храмовног гласа док звона брује као опомена да се над собом ваља неуморно стражити, трк у наручје палостима и злодусима без милости, напослетку — клечање у ватри пакленој док се служи изумитељу лажи, раздора, немилости, злобе и немира.

Ко то још може видети и разумети величину звезда ако се занима прашином на својим ципелама? Ко је тај што ће чути хорове анђела ако су му уши отврдле и навикнуте само на буку и немир? Има ли и колико је оних што су своје срце очистили распетом патњом и измирењем са свима? Има ли таквих још под отвореним, раскопчаним небом које опомиње и готово моли за преумљење сваког човека, јер човек је створен за доброту и велика дела, дато му је достојанство, а не да се вуче по заглибљеним светским калдрмама у којима, са сваке стране, све позива на разврат, на лаж и порок. Порок мирише, а чедност лије сузе умиљења. Оно што мирише убрзо и испари, порок нам се насмеје у лице, а сузе остају заувек у ризници неба. Сузе самилости за свакога човека, сузе над читавим светом, сузе прочишћења.

Феодор Андрејевич још једном тешко уздахну. У том једном уздаху као да се сакупила читава његова бол и патња још од самог рођења, немоћ коју је тек можда сада по први пут себи признао — сав онај чемер и јад што најпре стави гвоздену кутију на срце и главу човека, а онда по њој стане тупо ударати. Издржати то, није лако. Напослетку, замукоше и уздисаји. Беспомоћни дружбеници сваке човекове невоље. Тешко је поставити живот у миран колосек. Из њега се често испадне уз потпуни прасак и лом. О, да ли ћемо икада дорасти до мере звезда? И ако нам очи по самој природи ствари стреме висинама, зашто већина људских погледа застајкује код земног?

Данима је наш јунак безвољно тумарао и врло ретко излазио из своје собе, углавном тек кад би га прилике на то натерале. На своје душевно стање гледао је крајње равнодушно и незаинтересовано, и то је заправо била највећа опасност. Записао би тек понеки редак за свој први чланак у *Самосвести*, нешто о нужности промене постојећих закона и прекрајаној слободи у Руса. Ако човек не мења и не усавршава унутрашње норме и правила, он се бесмислено одважује да покуша да мења законе око себе, и то у име свих људи, без обзира на то да ли се и ко све са тим предложеним, новим законом не би сложио. Додаћемо још и ово, за читаву ствар можда и битније — у тренуцима сужене свести услед очајања и безвољности, услед личног незадовољства, човек обично направи много глупости од којих га неке од њих могу довести у неприлике. Један од чланака који ће ускоро бити објављен у *Самосвести* биће искоришћен за освету бездушног човека, човека који је неким чудом послат у живот поручника. О томе ћемо већ нешто касније.

На Настасју Семјоновну мислио је свакога часа. Уходила је сваки његов покрет, претурала по његовом срцу испитујући сваку његову тајну, али њему није падало на памет да је потражи.

Презирао је и судио оном бестиднику, Захарову, међутим, нестало је оне тврде одлучности да се са њим што пре разрачуна јер је упропастио једро, у надањима велико, срце младе жене. Идеје Лава Фјодоровича веома је уважавао и сматрао их узвишеним, али свој је чланак писао без превеликог заноса, усхићења и ватре, олињаним пером и веома споро. Ипак, све што би записао, записао би веома оштрим и ефектним речима. Помишљао је и на Хлебјатњикова и на оног његовог рођака, Иљу Петровича. Чинило му се да њих двојица спремају нешто ужасно и подло, али још увек није имао намеру да о томе говори са Ловским. Речју, све му је било напола, на местима искрзало, понегде чак и покидано, замршено и у сваком случају веома закомпликовано. Слободно се може рећи да је и у том односу према свом новом окружењу, заједничка била она иста равнодушност коју је осећао према свом усуду, заглупљујућа равнодушност у којој човек стотинама пута умире. И поред те равнодушности, душа се љуто мучила. Дубоко у себи, Максимов је патио, иако то никако није хтео себи да призна. И управо ће га та благородна патња, тај тумач људске савести, то зрно бисера дубоко скривено у нереду поручникове душе, васкрснути у новог, бољег човека. Душа ће му узлетети. Али, до тога треба прећи пут босим стопалима по трњу. Крвари, али се човек и чисти. Другачијег пута ка искупљењу и миру нема.

Говорећи о историји породице Максимов, нигде нисмо поменули да се поручникова сестра Аљона, након свих оних немилих догађаја, одселила у Петроград. То нам је промакло, али га не можемо сматрати већим преступом будући да ћемо се барем још на једном месту вратити Максимовим, јер чвор ове породице све више се затезао а коноп слабио, и само је било питање тренутка када ће на месту чвора пући. Можда је сада права прилика да напоменемо и то да је Аљона оном најчистијом љубављу волела свога брата, онако како је то једино сестри и могуће, али јој онај изузетно изражени понос честите, благородне руске жене није дозвољавао да од њега затражи помоћ ни у чему. Након породичног удеса, нико о њој ништа није знао, јер никоме није ни писала. Повређени понос младе честите жене за кривце је најтежа казна! Покидани снови и маштарења девојке о срећној породици у којој је сваки однос удешен љубављу, тим слатким зачином сваког напретка и могућег благостања, пали су пред њене ноге уморни, саопштили јој ужасну истину да су ти исти снови само прошлост без могућег повратка и да им се више не може надати. Сваки земљом распети, а небом узвишени човек, жели прибежиште мира, топло гнездо у којем се и анђели одмарају. Свакоме је потребно уточиште. Склониште пуно љубави и разумевања. Свако тражи да припада некоме и нечему, и да колико је то могуће, у миру поживи. Породица је за све то сигуран стожер, уздигнути бедем који одолева вихоровима искушења, недаћа и зловоља. Породица је расадник љубави из које израстају најлепши цветови. Породица је ризничар крилате среће. Када се тај стожер изнутра начне, када стане пропадати умирући трагично, може ли све проћи без језгровите патње када у души младог човека остаје отворена рана, крвава и болна, чији ће каснији ожиљак трајати вечито и немилосрдно свакога дана подсећати на сурови удес. Тај ожиљак, то проклетство и немилост звезда носили су Феодор Андрејевич и његова сестра Аљона. И поред свега тога, остали су поносити и уздигнута чела, али ако је срце унижено и напаћено, ако душа у патњи услед породичног удеса пада ничице, зар се тај понос броји у било шта?!

Управо због тог све израженијег поноса, поноса близу неприродној гордости, Аљона никада није потражила Фећу, а у њему и утеху за своје јаде, иако је добро знала где га је могла пронаћи док је још увек био у Београду. Ужасно је и подједнако чудно како понекад тај претерани понос успе да ућутка и чисту, многоцену љубав — човек искрено и чисто воли, али другоме ћути, скрива се пред њим и заташкује осећања, не жели да раскопча душу пред тим кога жртвено воли, до кости и силно, већ само ћуткара, скрива поглед и бежи. Чудно је то. Ова ћутња може се разумети само ако се узме у разматрање и онај факат да је у природи неких људи укорењена мисао да све могу поднети и отрпети сами и да пред друге не износе своје слабости. Оно што се са извесном поузданошћу може рећи јесте то да такви не износе свој терет пред друге, јер страхују да би они само злоупотребили дато им поверење, а помоћи не би било ниоткуда. Када падне човек, уз страшан тресак и лом, када се заглиби у кал, има оних што уживају у таквом његовом страдању! Потпуна нељудскост! Дрскост и мрзак чин небрата!

Рећи ћемо још и то да природом удешен нагон да човек остане у свему усправан без помоћи других, временом код неких ослаби уколико стану све јача искушења надолазити. Све познаје своју меру. Тако и понос. Аљона се после толико времена ипак одлучила да потражи брата, брата који сестри може бити готово све — помоћник, заштитник и исповедник.

Тог 15. фебруара, изјутра, док су Феђа и Олга Димитријевна још увек седели за богатом трпезом и доручковали (беше празник тога дана), ћутке и са извесном достојанственошћу у држању, на вратима се промоли рашчупана коса и лепа Леночкина главица. Она ужурбано прекрсти погледом замишљеног поручника, са доста инанитета и пркоса и овај пут, оштро га погледа својим продорним окицама, помало чак и изазивачки, затури руку у повећи џеп и из њега извади погужвано писамце, упаковано брижно у врло лепу коверту, и пружи му.

— Ово је за Вас — оштро среза гледајући га љутито. — Случајно сам се затекла кад су разврставали пошту и кад су већ решили да ово писамце отпреме назад, у Петроград како рекоше. Није им било познато да и Ви живите у улици *Новая жизнь*, а не само Олга Димитријевна. Не знају да сте узели собу у закуп.

Фећа остаде под јаким утиском и подједнако збуњен, што због и овога пута пркосног држања Леночке, што због писма адресираног на његово име.

„Ко то још мени може писати? Хм, чудно. Све је то врло чудно. Ко може знати да сам у Редкину? Биће да је ово нека грешка, само случајно подударање имена и адресе са неким ко живи можда у Јекатеринбургу или Новгороду, само је, ето, погрешно уписан поштански број. Да, да. Сигурно је то! Мада... Хм, зар та могућност није помало зачућујућа?" Трже се из премишљања, погледа у Леночкино намргођено лице и у неверици сумњичаво рече:

— Леночка, то је сигурно нека грешка.

— Ви сте Феодор Андрејевич? — испитивачки и још једном оштро упита девојчица.

— Забога, Леночка. Па то и сама знаш.

— Дакле, јесте. И живите у улици *Новая жизнь* у Редкину?

— Леночка, кажем ти да све то и сама знаш.

— У том случају, ово је Ваше. Збогом.

И пре него што је било шта успео да каже, Леночкина силуета је већ красила пусту, мокру улицу, загушљиву од испарења.

Олга Димитријевна и Фећа се згледаше у чуду, слегоше раменима у исто време као по договору, без речи и без нарочитог израза лица. Иако је деловао прилично мирно — пошло му је за руком да прикрије пред Олгом своју затеченост и неверицу, поручник је изгарао у себи од радозналости и знатижеље, изгарао је због некакве врло мучне слутње и лошег предосећаја. Убрзо је и устао од стола, љубазно се наклонивши газдарици, извини јој се и крену степеништем ка соби.

— Феодоре Андрејевичу! — повика Олга.

— Кажите.

Несрећна жена погну главу од некакве чудноватe, али врло изражене и јасно уочљиве непријатности, и уз доста премишљања и нелагоде, ипак превали преко уста речи теже и од самог камена:

— Да ли бисте могли да ми исплатите овај пут и за наредни месец, унапред... такорећи унапред... Лоше прилике... Невоља не бира кад притисне... Ако разумете... Мислим, ја нећу да кажем да бисте Ви и убудуће давали новац за закуп унапред, него, ето, ако се овај пут може... Кажем... Овај... — и ту застаде и спотаче се о своју силну нелагоду.

— Олга Димитријевна, зашто Вам је сада непријатно? Ваљда је људима остало још шта важније од самог проклетог новца. Донећу Вам још данас тих десет хиљада рубаља. И да знате још и ово, не знам да ли сам Вам то до сада икада и поменуо — ја бих Вашу кућу откупио, за готовину, разуме се. Наравно, само у случају ако сте Ви већ намерили да је продате, у супротном... Немојте да Вас ова моја понуда љути. Ето, па размислите — повика узлазећи уз дрвено, храстово, масивно степениште.

Ове Феђине речи и отворена понуда да откупи кућу Олгу Димитријевну развеселише и ставише је у чак врло добро расположење, јер она се већ одавно решила на такво подузеће, али ето, за то до сада није било никакве прилике. Сада, изненада врло повољна могућност, и то одједном, ни из чега. Велике, охрабрујуће и дуго очекиване ствари готово по правилу долазе као муња — напречац и изненада, ефектно, и сигурно је да се за таква остварења увек побрине нека невидљива Рука која несебично дели свима и свакоме.

Феодор Андрејевич, ушавши у собу, нестрпљиво оголи писмо стргнувши погужвану коверту и одбацивши је на под, исправи три пута пресавијени папир (по томе је већ могао судити да је писмо било опширно) и стаде ишчитавати вештим рукописом утиснуте редове.

Драги мој, вољени брате...

„Ах, па то је Аљона! Аљона! Боже мој, како ли се само досетила да ме овде потражи", помисли.

Пишем ти и тражим те након готово четири године. Преклињем те, уколико ово писмо икада и стигне до тебе, немој да изводиш исхитрене, брзоплете закључке, својствено теби и твоме карактеру. Уосталом, шта ја то теби говорим. Љутња, ужасан осећај повређености, претерани понос и инанитет, тврдоглавост до мере безумља — све ми је то познато. И сама имам те црте у свом још увек грубом, неуглачаном карактеру. Али та повређеност... Повређеност од најближих! Некад помислим да они који су повређени можда имају право на све и да им не треба оштро судити чак ни у случају тешког злочина, или ако им се баш и мора судити, да се то чини уз олакшавајуће околности. А ми, људи, шта ми чинимо? Видимо само оно коначно, само последњу карику, а ланац дугачак да читаву реку њиме можеш премостити. Ми видимо само ужас злочина или каквог другог несрећног удеса, а тражимо ли, тражимо ли и видимо ли узрочнике и узроке нечијег врло мрачног, помућеног душевног стања у ком ће човек, сасвим извесно, чак и убити! Да, да — и убити, мили мој! Наравно, ниједан се злочин ничим не да оправдати, али да би прекинули ту ружну историју злочина и ухватили и чврсто стегли руку извршитељу злочина пре него што она крене, вођена разврађеним умом у извршење самога злочина, требало би најпре да такве људе разумемо, да разгрнемо брлоге њихове душе, а онда исту ту унакажену душу и да залечимо. Лако је разапети злочинца — подвиг је васкрснути му душу како не би био уврштен међу ништавне, међу оне који се ни у шта не рачунају, ни у овоме ни у ономе свету. И овде је, као и свему другоме у животу, ствар врло једноставна и лако се да извести закључак — кад ослаби љубав и на место разума стану пороци и страсти, умножавају се злочини сваке врсте. Да би се човек ослободио и самих ухода мисли о извршењу каквог злочина, он мора чистити своје срце, горети пламеном љубављу и мудро бродити животом. Једино је тако могуће живети врлински. Једино тако.

Ја већ одох нашироко, али ти ћеш ме већ сигурно разумети. Теби је бар познато да човек не жали ни за једним, са намером ван мете испаљеним куршумом, ако онај, најважнији, погоди право у центар! Ах, Боже мој, колико ли само свако од нас исприча или напише потпуно безначајних, слова мимо сваке важности, а онда, само у једном моменту, учини нагли заокрет и саговорнику у неколико једноставних речи саопшти и открије ону главну ствар. Истини за вољу, има и оних одважних карактера који ни у чему нити за било шта не праве дугачке уводе, карактера чврстих и директних што одмах прелазе на саму ствар. Слава узвишеним карактерима! Наклон до земље и удивљеност! Видиш, да си ти мени писао, брате, са позиције у којој сам ја сада, ја бих већ дознала о тој самој крупној ствари. Али, Феђа је једно, Аљона нешто друго, и понекад ме чак и од саме помисли на силину твог карактера обузима стид — ја схватам колико сам немоћна и карактером слабашна. Праштај, али и сам знаш да је карактер жене ипак другачији и да нама женама треба чврсто упориште и ослонац. Зато ми и еманципација жене изгледа равно безумљу, јер то је исто као када узмеш жилет па станеш засецати помало коноп једном руком, док се другом за исти тај коноп држиш. Нама је женама потребна љубав и подршка, мушкарац који нас увек покреће и ставља на тврд, постојан пут; ми саме понекад не знамо шта желимо, на исту ствар гледамо потпуно опречно у два различита момента, и како читава та ствар не би отишла у крајност, у могућа шизофрена стања, ту сте нам ви од помоћи и нама потребни, ваш карактер, ваша мудрост и ваша снага. Свуда само прича о једнакости права жена и мушкараца, као да се то и доводи у питање. Права имају сви подједнако, али не може се жена равнати са мушкарцем, као што не може ни мушкарац са женом! То би било противприродно стање! Ти ово врло добро разумеш и ја сам поносна на твој разум! Не, немој ни да помислиш да ти ја сада желим ласкати. Не! Ја сам само збуњена, јер не знам одакле да почнем нити на чему да завршим после ове наше дуже раздвојености. Ласкању прибегавају користољубиви карактери, а ти врло добро знаш да се ја не убрајам у њих. Уосталом, зар ти ја као сестра могу ласкати? Па то је немогуће, најмање из ова два разлога: сестра брата воли и њихов је однос удешен неусиљеном, чистом љубављу, а не подилажењем и лажним величањем ради користољубља, а о користољубљу између брата и сестре тек не може ни бити речи. То је једно. А друго... Ти си и сам свестан јачине и непоколебљивости свога карактера, о томе смо колико само пута причали, сећаш ли се? Дакле, није ствар ласкања. Него... Ја, једноставно, немам довољно одважности да пређем на оно најважније, на саму ствар, али страхујући за твоје тренутно расположење, јер може бити да си ти, док читаш сада ово писамце, у врло рђавим приликама, страхујући да не прекорачим ону меру твога стрпљења, ја ћу ти, већ овога часа, у најкраћим цртама поверити свој удес. Не, ово што ћу сада учинити никако није моја себичност и неопрезност. Дуго сам о свему и свима ћутала. Више не могу. Ја можда чак и не очекујем помоћ од тебе, можда на то и немам права, али, опет, да кажем ја своје, да коначно пред неким скинем резу са врата душе... Да... Ах, доста. Доста, Аљона! Дакле, ево, у чему је и сама ствар.

После оног нашег породичног удеса када сам се последњи пут осврнула за собом да погледам на ту ужасну рушевину, заплакала сам, ридајући проклињала свој усуд, а онда, решена у својој намери, отпутовала за Петроград бежећи од свих и свега, а тражећи себе и за себе мир. Било какав. Идући за собом и покушавајући да разумем каква се то драма одиграва на даскама моје душе, тражећи себе у себи, пронашао је мене он! Он! Углед, честит и врло поштен — јемчила сам да је тако, тако је увек лакше, убедити себе да ми баш он на рукама доноси нову, топлу зору живота после ужасне и хладне ноћи. Свиње, помислила сам. Ах, како сам само била непромишљена, наивна и лакомислена. Али, пусто срце, зар неко или било шта може зауставити када се оно несебично другоме даје, огољено и чисто? Моје срце сада је срце крви и дубоке ране. Не, немој ни помислити да ја сада ропћем! Никада и нисам. Нећу ни сада. Сама сам бирала своју срећу, и лоше одабравши, наиђох на најужасније мучење. Јасно ми је то. Сада јесте. Али, онда ми је све то изгледало другачије и као да ми је неко ставио преко очију некаква сочива живахних, топлих и милих боја, па ми је кроз њих све изгледало дражесно и лепо, обећавајуће и врло поуздано. Ах, Аљона! Несрећнице! Опет, може ли човек све јасно и унапред видети? Неки могу, искусни. Ја то нисам. Ако ме због тога само треба кривити, ето, крива сам.

Родила сам му сина. Златног, једрог и врло напредног дечака. Трећа му је година. Не љути се на мене што на овакав начин дознајеш за Алексеја. Знам како је сада у твоме срцу, али веруј ми да не би требало због тога сада да ме кривиш, јер мени одавно као да је одређен положај несрећне жене. Алексеја ћеш већ упознати, сигурна сам да ће се већ некако удесити и тај сусрет. Његов отац — да ти кажем и ово до краја, да не ломим мисли више већ да их покушам свезати у јасну целину — његов отац је искористио свој углед познатог петроградског чиновника, протежирао је у одређеним круговима и суд нађе да се у мени зачела некаква мутна неурачунљивост, да је тек у повоју, али да је итекако опасна, а мало након тога нађоше и да се наш брак по неком врло чудноватом основу сам по себи може сматрати ништавим, и оно што је најважније — ти судски чиновници нађоше да се истине, правичности и Алексеја ради, наше чедо поверава оцу на даље старање, будући да му је, како су то они тамо навели, отац врло савестан и пожртвован, о чему најбоље говори његова бриљантна каријера у служби, и тако даље и томе слично. Подмуклост озакоњена. Ето, то је. Наравно, пре ове подвале он је најпре одржао опело над нашом љубављу. Опело су одслужили његови бесови, понижавањем и вређањем, уз саслуживање демона људске славе и надмоћи, укратко уз све оно чиме се отац малог Алексеја нарочито поносио, а на шта савестан и моралан човек гледа са гађењем, јер све су то трице и кучине пролазне сујете. Али, и поред свега тога, наш син је са оцем. Закон више, изгледа, не тражи истину колико моћ, углед и новац, па стаје на страну овог последњег. И куда ја даље без Алексеја могу поћи? Чему се надати? Од кога затражити помоћ да ми врате сина? Од кога? Ко ће видати рану мајке која не може да види свог сина, ево, већ је други месец! Душа ми је сува, пуста и под нос ми је изашла. Ни суза више немам. Осушиле су се. Стале су. Све је стало. И сузе, и срце, и душа. Али, ја некако кроз живот морам даље. Знам да морам, то је једино што знам. Али, како? Како — то не знам. Пред собом не видим јасан пут већ само као тесто густу маглу. Ноћи су ми најтежа казна. Кад некако и успем да заспим, прилази ми Алексеј, поцепан и у некаквим ритама, мусав и *стегнутих усница, пружа слабашну ручицу ка мени гледајући ме уплашено и уплаканим окицама као и свако друго дете које није пронашло у некоме сигурност, прстићима ми додирне лице лагано раздвајајући уснице, нешто жели да ми каже... и ја се тада будим. Скочим из кревета, ридам, ухватим се за косу и чупам је. Узалуд — јер тај је бол слабији од бола душе. Не вреди. Ничим се заварати не могу. Алексеја нема и не знам како ћу га вратити. Али, вратићу га! Хоћу! Хоћу, љубљени мој брате! Јер, док год буде вреле крви Максимових у мени ја нећу одустати! Никада! Алексеј ће већ дознати све. Познаће љубав разапете мајке. А до тада... некако већ треба одживети кругове пакла. Стрпљења и трпљења, Боже дај. Видиш, брате, и сам да ти немам шта светло изнети пред срце и душу, душу која је сигурно замућена као и моја након оне несреће у нашој породици. Ми као да смо обележени, као изабрани за јад и муку. Некад ми се учини да на путу патње нема краја, већ само кратки предаси тек да би се некако издржало, да се душа не расточи сасвим пред уморним ногама које корачају тек онако, по навици, без циља и воље. Ех, брате мој. Праштај сестри коју је угризла зубља најтеже муке. Праштај и чувај се. Знам да си као и ја рањив, да срцем идеш где други газе чизмом. Зато ти и кажем — чувај се, чувај срце и душу.*

Ја сам у улици Ломоносовој, број 77. Живим тако забрављена у прошлости, стегнута патњом. Али, нисам и никада нећу окренути копље наопако. Нема предаје! Чини ми се да је једини потпуни пораз онај када се човек преда, када сам од себе одустане, од себе и својих светлих циљева! Ја одустала нисам! Нисам, и нећу. И када сви мисле да су нас довољно ослабили и понизили тако да више ни главу достојанствено не можемо подигнути и тако је држати — ми смо тада најјачи. Не доносе снагу човеку раскош и живот у изобиљу, већ љута патња и животна распећа! Ипак, ја знам да нисам довољно јака за овај усуд у којем ме је живот затекао. Да је другачије, зар бих теби сада уопште и писала? Али, теби пишем, јер сам сигурна да ћеш ме разумети. Ја никога другога и немам осим тебе, брате. Тешко је поднети нечије зло. Злоупотребљена доброта и чистота срца је тежак злочин. Има ли ичег нечовечнијег од тога? Па опет, неки се људи упуштају у такве сурове подухвате, не страхујући од заслужене казне која им се клати над главом. Такви то и не примећују. Кад савест спава, несрећа најпре куца на врата, а онда их и разваљује. И још ово, брате... Шаљем ти заједно са овом горчином моје душе један медаљон који сам јуче стргла са врата. Једном и заувек! Стргла, него шта! А шта ће мени око врата лик мог највећег мучитеља? Зашто да његове ужасне очи са тог медаљона гледају у моје унакажено срце?! Зашто бих себе на такав начин још кажњавала као да ми није доста ове муке. Најпре сам помислила да медаљон одмах и без даљег одлагања кроз прозор избацим. А онда сам се одважила и решила да започнем теби да пишем. Подузеће око медаљона сам оставила за касније. Одлагање нечега за касније време понекад доводи до одустајања од те почетне намере. Сада, завршавајући ово писмо теби, најпре медаљон стављам у коверту. Не питај ме зашто сам се на то решила, јер ја ти не могу дати за то ниједан разложан одговор. Ти га, ако икада примиш ово писмо, баци у воду. Најпре пљуни на човека који ти је сестру унесрећио. И молим те, не улази у дубљу анализу личности, овога пута моје, знам да ти је то својствено; не улази, јер ја сада све што чиним, чиним у стању сужене свести. Не тражи узроке свему овоме нити логику у мојим поступцима, јер их сада не можеш пронаћи. Најтеже је оном човеку који се води најпре инстинктом, па тек онда разумом. Интуитивни људи обично су на распећу и њима ваља одстојати у муци, и то на једној нози.

Чувај се, брате мој! Бог с тобом. Љуби те и воли твоја сестра Аљона.

Феодор Андрејевич се намршти и истом се стаде једити на тога човека, затежући вилице готово до пуцања. Киптео је од беса и био је готов да голим рукама ишчупа душу том ниткову. Љутио се и на сестру, јер иако је већ стао оплакивати њен усуд, он никако није могао разумети ове две ствари, и то га је доводило у стање потпуног живчаног растројства. Прво, како је могла таквом спекуланту и превејанку, таквом одљуду предати своје чисто, огољено и слабашно срце? Где јој је, у то време, разум одмарао ленствујући када је допустила такву превару и издајништво? Она као да је померила памећу... А друго... На ког се то Бога Аљона позива!? Да ли је то онај исти Бог што је допустио да срце младе жене најпре зарежу родитељи ужасном патњом, а онда и некакав петроградски нитков са којим има и дете? Да ли је то тај исти Бог? Бог који је допустио умирање младе, поштене и честите жене, високо над главом уздигнута поноса...

„Ах, лудости! Луда моја сестрице!", закључи, на крају се умиривши, али само накратко.

Већ у следећем тренутку он нервозно стаде корачати по соби држећи писамце у мршавим рукама и киптећи од беса, с времена на време подижући прст, у потпуном растројству некоме претећи. Иако сестру годинама није видео, он ју је безгранично волео, и сама помисао на то да јој је неко ишчупао душу, наневши јој ужасно зло и патњу, доводила га је у стање потпуног помрачења у ком свест клизи по танкој струни која се олако може прекинути.

Пресави папир са намером да га врати у коверту, и таман кад му се прсти нађоше унутар ње, он се присети медаљона. Посегну узнемирено за њим и у истом тренутку га осети под прстима, извуче га нестрпљиво, писамце му испаде на под, али он то и не примети обузет тајном медаљона. На лицу Феодора Андрејевича грчеви су ишарали ионако слутњом унакажено младо лепо лице. Наслућивао је да се сада има догодити нешто до крајности мучно и поражавајуће. Интуиција га не превари ни овај пут. Његов непогрешиви учитељ, чак и изнад разума.

На медаљону се, испод тек мало патинираног стакла, врло јасно видео лик Ивана Никитовича Фомина! Да, истог оног Фомина са којим је већ био у ужасном мисленом сукобу због обостране тежње за освајањем срца изузетне и, како је он то сам мислио, ванредно достојанствене жене. Тај подлац и притајени спекулант, различитим мирисним уљима како му се не би осетио ужасни задах из душе, намазани одљуд, унесрећио је његову сестру Аљону! Феђа поскочи ужагреног лица и упаљених очију, удари ногом о дашчани под толико силовито да га је сигурно и Олга Димитријевна чула и може бити да су јој од изненађења и препада управо сада из руку испале шољице од најфинијег порцелана.

— Иване Никитовичу! Развратниче и хуљо! Зликовче превејани! Свешћемо ми већ рачун међу собом! Моја сестра се мучи и пати због тебе, а мени постављаш ногу како бих се саплео и пао надомак своје среће, пред самом Настасјом Семјоновном! Убићу те! Голим ћу те рукама задавити, покварењаче и мучитељу!

Лице Феодора Андрејевича никако није изгледало добро — на њему су већ били трагови ужасне болести. Манијаштво у њему стезало му је разум, исцрпљивало га је и доводило у стање потпуног растројства и хистерије. Нервозно стаде корачати по соби говорећи нешто полугласно и одмахујући рукама, хватајући се за главу уз ужасне крике, а онда опазивши писамце које је лежало на поду, саже се и узе га у руке. Ватра га је већ обузимала.

Претурајући по глави најужасније слике, присети се оца. То га још више разбесни и потпуно му окова ионако већ чврсто стегнут разум.

— Свешћу ја рачун са тобом! Проклетниче! — ове је речи понављао као најужаснију клетву.

Мисли су му остале развејане по свим угловима сад већ одвећ стешњене собе и он их никако није могао сабрати у целину. Све што је чинио, чинио је нагонски, страсно и са некаквим чудноватим и помало застрашујућим промишљањем, ако се то уопште и могло назвати тако, јер оно никако није личило на здраво промишљање здравог човека, већ напротив — човека болесног, кужног, човека поседнутог злим дусима. Ни интуиција му више не беше чиста. Помућена, губила се одступајући. На њено место дође параноја што човека притиска — и гони, мрцвари, још више расејава и узнемирујуће над њим ликује.

Тек што га је тај најужаснији напад манијаштва напустио, он писамце затури у коверту, одмахујући главом у неверици, а коверту стави у *Јеванђеље*. Да, у исто оно *Јеванђеље* са изузетним кожним повезом које се нашло на путу од железничке станице до улице *Новая жизнь*. Разделник је стајао на страни где бејаху исписани ови редови: *Овај мој син мртав беше и оживе*. Максимов није ни слутио да ове речи као да су биле писане управо за њега и за његову посве другачију будућност.

Наравно, поручник ништа од тога није примећивао — он се тек *Јеванђељем* није занимао и оно је само случајем нашло своје место у његовој собици и ту стајало само из разлога поручникове импресије према том изузетном повезу. Узе медаљон још једном у руке и погледа на њега. Са медаљона на њега живо су мотриле очи Ивана Никитовича. Он у својој уобразиљи нађе и да му се лик Фомина подсмева, да му се у лице цери, и попуштајући пред тим утиском пљуну на медаљон, острашћен и ван себе. Медаљон затим заклопи и затури дубоко у џеп.

Нагрну шињел на све ужа рамена (биће да је и то последица његове болести у развоју), као гоњен стрча низ степениште и у пролазу само добаци Олги Димитријевној да га не чека ни за ручак нити за вечеру, јер он не зна када ће се уопште и вратити. Рече јој и да размисли о његовој понуди да откупи кућу, онако успутно и расејано. Ко би знао због чега му је та мисао сада поново дошла на памет. Уплашена његовим очима, крвавим и љутитим, и оним изразом лица потпуне укочености, несрећна жена потрча за њим, али увидевши да је његова нога већ крочила на улицу, погну главу и закрсти за њим његову силуету која се већ увелико губила у даљини.

„Са овим младићем нешто није у реду”, помисли. „Он пати. Од болести или чега већ другог. Од живота. Да, биће да је од живота”, закључи уверено. „Али, зашто је опет помињао кућу? Продаћу му је, корисно је за обоје”, реши се на ово подузеће готово у тренутку, закључа врата за собом и нестаде заједно са својом муком и самоћом.

Феодор Андрејевич је корачао хитрим кораком као и сваки други човек који некуда жури и који се на нешто врло важно решио, а заправо, у његовом случају, гонила га је његова помућеност разума и растројство. Он, заправо, није ни имао циљ — није ни знао куда се запутио. Пролазећи излоканим улицама раменом је закачио неког трговца, а онда одмах затим и једног поднапитог старца, у близини прљавог и жутог дућана испред којег се окупљају тешки усуди и осакаћене душе. Одмери их обојицу испод ока и опсова, препун једа и горчине, иако му ти несрећници ништа нису скривили. Али, ко још гледа на кривицу, ко јесте, а ко није крив, ако му свест тумара по ћорсокаку који се сваким наредним кораком све више сужава.

Пролазећи поред уличних трговаца којих је било доста у ово доба дана, необјашњиви бес га је гонио да се свакоме од њих у лице насмеје. Некима се чак у наступу ироније дубоко наклањао до земље уз речи: „Пред царем шешир скидам”, а онда би, скидајући шешир, почео и њих да псује што трпе погану власт, што живе као бедници од мрвица са богате трпезе којом се чашћавају њихови тлачитељи, људи од власти што осмислише поредак и закон за њих саме, за њихову добробит протува, улизица и олоша људског. Викао је на неке толико гласно да су у једном тренутку позорници већ кренули према њему, баш када је он опсовао владара и укорењену простоту руског човека који не зна да се побуни за своју слободу. Од могуће непријатности спасла га је једна старица повукавши га за рукав и дошапнувши му да се склони, јер су синоћ једног притворили због тога што је јавно критиковао власт и властодршце. Феодор Андрејевич на то отпљуну у страну и прође мимогред светине.

У близини трга осети како га се нека тешка рука дотакну, како га одмах затим чврсто стеже за рамена и како га спречи да корача даље. Осврну се око себе лудачки зверајући. Не беше никога. Ипак, поручник ниједан корак даље није могао начинити. Колена су му посустајала клецајући, а стопала губила чврстину ослонца. Погледа у страну и примети таблу са натписом: *улица Молодежная.*

„Хм... овде сам се оне вечери растао са Сидоровом. Он ме је позвао да му неизоставно учиним посету, и то што пре. У оваквом душевном стању, да ли би то било паметно? Али чудаци, зар увек памет слушају?! Поћи ћу му! Поћи ћу му одмах и неизоставно! Ево ме, Алексеју Владимировичу! О, па ти си рекао да ћемо можда и о Настасји Семјоновној разговарати. Томе се нарочито радујем. Кхе-кхе-хе!”, подсмешљиво дочека ову своју мисао. „И ти си раван Ивану Никитовичу, знаш ли то?!

Матори сладострасник би да разговара са младићем о заносној лепотици севајући ужагреним очима у наступу најпокваренијих маштарења и страсти. Фуј! Покварењаче! Где ти је разум и достојанство?! Али, нека! Нека, Феодоре Андрејевичу. Шта је теби стало до тога. Његова ствар. Он у том заносу може и умрети, али Настја сигурно није луда да своје срце преда у руке матором развратнику. Мада, више се ништа не може узети са поузданошћу. Шта ако они између себе имају неки нарочити договор? Зар нису заједно дошли оне вечери код Хлебјатњикова? Али, жена тог Хлебјатњикова... Па наслутила би ваљда да се нешто ту дешава, у тим су стварима жене непогрешиво интуитивне... Него... нека се коцкице саме од себе сложе. Видећемо већ ко је ту са ким и у каквим односима. Мада, можда у овом случају лукавост жене искоришћава наивност и пожуду Сидорова за некакве своје циљеве... Видећемо, видећемо већ, Феодоре Андрејевичу. Много си брига и питања ставио себи под шешир. Полако... Хајде сада. Хајде Феодоре Андрејевичу, пођи Сидорову и исписуј још једну страницу свог живота, и то све редовима наопачке постављеним, из каприца и пркоса. Из инаћења према свима. Има нечега у том вечитом противљењу и инату... Има неке ђавоље дражи и суманутог смисла... Хајде. Хајде, Феђа!“

Нога послуша. Крену и за тили час већ се нађе пред трећом кућом са десне стране, и ту позвони.

X

Настасја Семјоновна, руку закрштених преко груди, стајала је испред новог платна, тек започетог портрета свога мучитеља, Захарова. Одевена у једноставну кућну хаљину, распуштене косе преко облих, голих рамена, мирисала је на свеже јабуке и гледала у платно са одређеном грациозношћу у држању, али помало и љутита. Тај њен мучитељ, Захаров, стари развратник изгубљена разума и осећаја за морал и пристојност (овој тврдњи иде у прилог факат то што је Настју готово неповратно упропастио), изазивао је у њој двојака осећања — најпре, он јој се гадио, презирала га је из дна своје душе, постојано и врло упорно, али је ипак осећала и неку врсту страха од њега, јер тај је Захаров, човек од положаја, човек угледа и ко зна шта му све још може пасти на ум након повређене му сујете Настјиним одбијањем. Она му је јасно дала до знања да не жели више ни реч о њему да чује, нити да га види. У њој је све кључало од беса и срџбе. Опет, њена врло чудновата природа налазила је некакву наопаку драж баш у томе што је на њеном платну он, он онакав какав заиста јесте или можда само онакав какав ће га она сама начинити, желећи бар преко платна да му пресуди, да га порази и заувек прогна из свог живота.

Одаљи се мало од платна, тек неколико корака, и са те, сада већ пристојне удаљености, стаде посматрати портрет. У леђима беше потпуно усправљена, држање јој достојанствено, а пажња усмерена једино на платно испред себе. Контуре лица врло спретно и тачно већ беху извучене, она се поново приближи портрету, а онда још једном од њега журно узмакну, као да од њега страхује, као да се плаши тог лика којег је сама начинила вештим покретима руке даровитог уметника. На тренутке би се стварао утисак да она са тим портретом нема баш ничег заједничког, да њена кичица сама од себе осликава, на платну тако заподенутог, Захарова. Чинило се да је уметница поред свог платна тек из пусте и неухватљиве разузданости, да јој је инспирација помућена и да заправо ни она сама не зна због чега баш њега, Захарова, жели да портретише. Чудан избор, али требало би имати на уму да у свему величанственом управо мора бити тога — чуда. Са сигурношћу се може рећи да је Настјино ново платно имало оно нешто што око посматрача везује за лик испред њега, за његове очи, тек мало закривљен нос или на местима већ јасно видљиво смежурано чело.

У једном тренутку, она изгуби стваралачко надахнуће, и поново стави под сумњу да ли је предмет платна добро одабран и да ли уопште има смисла да кичицом и бојама оживљава лице човека које јој је ионако мрско, али и лица које је опет вуче ка себи, као проклетим магнетом. Дође јој на ум да би можда било боље да се окане тог свог подузећа и да једноставно платно скине са штафелаја, да га избаци кроз прозор на улицу, да му пресуди, и платну и том Захарову. У њеној уобразиљи горела је жеља како би се избацивањем портрета кроз прозор удесила могућност да неко од случајних пролазника набаса на портрет и да га нагази, не опазивши га док буде тумарао недовољно осветљеним квартом. Већ је видела како се трагови чизама тог пролазника утискују на нос, издужени врат и на те дрске очи проклетника Захарова. Иако јој је ова идеја накратко задржала пажњу, иако је због ње чак била и врло задовољна јер је желела да понизи свога мучитеља на било који начин, па макар и на овај, она напослетку одуста од своје намере — портрет је, уопште узев, испао веома добро, чак одлично; све линије су изведене врло срећно и прецизно, наглашавајући сам карактер Захарова. Загледавши се у његове очи, свакоме би одмах постало јасно да је реч о врло окрутном и подлом човеку, човеку који мрзи а не опрашта, човеку који има ужасну жељу да му се други покоре, да их он намучи, да им душу исцеди као сунђер у рукама.

Иако је овај портрет имао несумњиву и чак врло јединствену уметничку вредност, Настасја Семјоновна је била њиме незадовољна и из тог се разлога нашла у врло рђавом душевном расположењу. На овом месту извући ћемо један врло једноставан закључак — њено незадовољство није долазило од недаровитости већ од мотива који је изабрала; њено незадовољство долазило је од изабраног лика на портрету, а онда се то незадовољство ширило и на незадовољство самим делом.

— Ах тај проклети Захаров! — откину јој се из груди крик као најужаснија клетва. Истом, она баци кичицу из руке. „Ја као да сам његовим ликом омамљена па га још и на портрет стављам", помисли у себи. „А, не! Не! То не може тако! Зар сам померила памећу па да лик свог мучитеља стављам на платно? Недостаје још и да га изнад узглавља ставим! А можда... Можда ја и уживам у овом мучењу па испред себе откривам, потез по потез, портрет онога ко ће ми се својим ужасним очима са њега врашки осмехнути, подругљиво, сваки пут кад га само погледам... Ах, Настја! Лудице! Али, зашто би саму себе мучила?!", чула је глас за који није знала тачно одакле долази, али је, свакако, био добронамернији. „А како би било, Настјењка да...", и у том моменту јој се попут точка завртеше у глави ове мисли, „како би било да искорачиш у својој уметности, да пређеш ту строго исцртану границу, јер она бар у уметности не би смела постојати. Да се осмелиш и да храбро станеш са друге стране стварности која би можда постала и твојом реалношћу да није тако закржљала у теби услед страха и неслободе, услед већ навикнутог гледања на сваку ствар, предмет, појаву и личност. Да!", оте се из ње одушевљено одобравање претходној помисли. „Овим очима недостаје интензивније изражајности! Оставити сваку форму, свако начело, ако их у сликарству уопште и може бити. Радити потпуно ослобођено, интуитивно и подсвесно... Да, ослободити подсвест од незаконитог сужањства...", заврши, за себе и у себи.

И таман кад је кичицу натопила црном бојом не би ли те, ионако ужасне и страшне, зле очи, додатно затамнила, можда чак и потпуно прекрила тим намереним црнилом (ђаво би знао шта је све у том њеном „ослобођењу подсвести" било могућно), одједном пред њом стаде тријумфовати нова идеја, идеја незаустављива попут ватрене стихије. Сину јој да платно уопште и не треба да буде само портрет Захарова већ врло сложена композиција — представљање њеног живота, у оним најважнијим цртама. Захаров би ту свакако био централна личност, као главни кривац за њен удес, њена најужаснија коб. Он већ беше ту — посматрао ју је живо и надмено са платна без трунке кајања. Већ у следећем тренутку, након само неколико потеза кичицом преко његовог лика, њој се учини да он сада већ стаде зазирати колико од ње толико и од те њене, можда чак и сумануте, идеје. Углавном, њој пође за руком да га покори, бар на платну. Лати се кичице поново са великим надахнућем, решена да око лика Захарова начини круг од још неколико ликова, ликова од значаја у њеном животу. Крајњи мотив беше тај да кичицом на све те ликове стави израз недвосмислене осуде Захарова. Ти су ликови имали своју „свету дужност" на самоме платну — без милости судити Захарову, и то на такав начин што ће му сваки од њих уперити прст у око! Читавој композицији Настја нађе одмах и одговарајући назив: *Јавни суд мучитељу Захарову*. И заиста, спретним покретима кичице, изнад смежураног чела и сад већ уплашених очију Захарова, нађе се најпре Алексеј Владимирович Сидоров, незнатно погрбљен и широм отворених уста, готов да прогута Захарова, иако је његов лик, у поређењу са централним, бар пет пута био мањи. Међутим, толико је било изражајности у тим отвореним устима, чељустима, да се стварао утисак да је то ипак могуће.

Настја се још једном пажљиво и замишљено одвоји од платна, и већ беше задовољна, међутим, не и у потпуности. Из тог разлога, желећи да се и Сидорову још више подсмехне, реши се на то да му грбу прикаже ефектније и уверљивије, иако Сидоров, уопште узев, не беше човек чију је физиономију грба ружила. Ради ефектности, Настја попусти својој иронији и пред њом се већ нађе унижени, грбави Алексеј Владимирович. Овим она већ би потпуно задовољна, нарочито из разлога што је грбу на леђима Сидорова приказала увећану чак до мере фантастичности и окренула је ка глави Захарова — једним делом грба је додиривала његов прљави образ. Несумњиво, оваква представа на платну оставиће јак утисак на свакога посматрача и свако ће неизоставно у свему овоме најпре видети срамоту и понижење Захарова, што управо и беше намера уметнице.

„Да! То је то! Грба, као симбол греха и срамоте, срамоти образ Захарова, образ који он уопште и нема.”

Поскочи од задовољства и пљесну јако рукама, а онда у читаву композицију која већ беше јасно замишљена, уметну још неколико у њеном животу значајних ликова. Све то углавном беху њени некадашњи љубавници на које је она, из неког разлога, остала кивна не желећи да им опрости и не мирећи се са њима, иако заправо можда ни сама није знала шта им је то заправо требало опростити. За Захарова та ствар беше јасна, судила му је због његовог разврата и подлости, али ти остали... Зар су и они са собом вукли баш толику кривицу у погледу ње, или ће пре бити да је она само преосетљива на свој понос, сујету и некакву чудновату женску достојанственост па свакоме мушкарцу након Захарова пресуђује без милости?!

Ма како било, неки од тих ликова на платну имали су магареће уши, други су опет имали обичне, људске, али су им стајале прилично смакнуте, готово су стајале поврх чела, трећи су били хладнокрвна и ужасна лица без трунке живости и лепоте итд, итд. У сваком случају, сваки лик је у себи имао значајан део фантастичног и баш сваки је посрамљивао и судио Захарову, чији лик, под утицајем тих осталих ликова дође некако стешњен, прибијен, лик свршеног чина, иако је заузимао посебно и најзначајније место на читавој композицији. Овим нарочито би задовољна. Своме мучитељу, напокон је, па макар и преко платна, пресудила. Остало је још само мало простора да се круг тих осталих ликова и затвори, остало је простора таман за још један лик. Али, тај простор ускоро попуни не лик, већ униформа окачена о офингер, врло педантно опеглана и чиста, са сјајним еполетама и златним дугмићима. Нема сумње — беше то Феодор Андрејевич!

Овим је Настасја Семјоновна, врло вероватно, хтела да из читавог тог сарказма изузме „униформу”, Феодора Андрејевича дакле, из разлога што њим беше готово удивљена и што јој Феђа једини ничим није, бар не још увек, додатно запленио ионако горак живот. Представљајући Максимова као „униформу” она га је на тај начин издвојила и истакла на читавој композицији, па чак и у случају да је то учинила потпуно несвесно. И заиста, из тог правилног круга судија који су се надвили над несрећним и сад већ увелико престрављеним Захаровом (наравно, лик

Захарова је додатно изменила како би ефекат његове унижености, збуњености и страха био израженији), издвајала се војничка униформа на самом дну композиције, и као да је из тог чудесног круга некако била откинута. Иако је била унутар тога круга, она је из њега искакала, другачија, посебна и изопштена из свега, и оно што је можда и најзначајније — униформу је Настја представила тако да, посматрано из даљине, неизоставно подсећа на кључ! Ко би знао шта је све Настји говорила та њена подсвест. Можда да је кључ њенога живота у рукама поручника Максимова...

Нема никакве сумње да је и Феђа, као и она на њега уосталом, оставио на Настју нарочит, врло јак утисак, јер једино његов лик није желела отворено ставити на композицију већ је на њега указала само симболички. Самим тим, она га је издвојила! Кога издвојимо из множине, њему највећу пажњу поклонимо! Може бити да га је Настја прижељкивала истом оном пламеном страшћу која прождире све друге утиске и дешавања, страшћу у којој је и Феђа горео не изгаравши, само што се, бар за сада, нико од њих двоје није одважио да призна ту своју страст, страст, али и осећања, скидајући са њих слој по слој. Ипак, није лако изнети пред другога жеље свога срца. И можда баш тај страх, страх од могућег одбијања, убија оно најблагородније у љубави. Због таквог страха, због ћуткарања и непризнавања, тачније, због неспремности човека да другоме призна да га воли, да је опчињен сладострасном љубављу према њему, многе љубави остану под талогом прашине. Оне усахну у самој зори, онда када је највише и живота и росе, и остану најчудесније и величанствено сахрањене у људима, уз велику патњу и жал. Људској неслободи нема краја. И страху од великог. Од љубави велике, најпре.

На овоме месту нећемо у потпуности искључити ни могућност да је униформа у дну композиције само још један у низу каприца Настасје Семјоновне. Тешко је разумети намере чудаљивог човека, а тек жене... Управо због ове чињенице, ми и не можемо још увек са извесном поузданошћу судити о односу Настје и Феђе. Напоменућемо и то да је овде реч о врло интелигентној и промућурној младој жени, спремној и да заведе и да се занесе каприцом, готовој да сваког мушкарца порази, чак и да га уништи, и то само због свог несрећног случаја са тим проклетим Захаровом. Управо из ових разлога ми можемо ставити под сумњу природу њених осећања према поручнику Максимову, наравно, под претпоставком да их уопште и има!

Рука уметнице отежа и она невољно одложи кичицу у страну. Прекинуто надахнуће било каквим спољашњим утицајем за уметника је равно злочину. Али, вешта рука више није могла повући ни један једини потез. Ипак, по изразу њена лица лако се могло закључити да је била врло задовољна композицијом. И само што је намислила да штафелај са платном склони са места где је у њен омалени атеље падало највише природне светлости, зачу се звоно на вратима.

„Лав Фјодорович Ловски", закључи.

Њега је очекивала и није се преварила. Био је то управо он. Ушао је лаганим корацима, ћутке и ненаметљиво, љубазно јој се наклонивши. Лице му је било врло озбиљно и у некој мери чак мргодно, поглед недосежан, неухватљив и неодређен, донекле и одсутан — онако како то обично бива у мудрих, у људи који увек о нечему размишљају.

Што се тиче Лава Фјодоровича, овде ћемо поменути да је његов карактер био толико снажан да је он сатима могао разговарати са лепотицом попут Настје о врло озбиљним питањима друштвеног уређења, а да му се ум чак ни у једном једином тренутку не дотакне њених обнажених рамена нити њених једрих, врелих усана из којих је избијала нарочита страст и опојност — речју, није било никаквог спољашњег утицаја који бу му пореметио занос излагања идеје у коју је веровао и којој је служио. Можда је управо због ове чињенице Настја најрадије и разговарала са њим јер је знала да тај његов чист и светао карактер, карактер без било какве непристојности чак ни у мислима, њој не може нашкодити. Сви остали мушкарци само су јој додатно отежавали својим ужасом похотних погледа и нескривених, сладострасних жеља ионако мучан положај изневерене жене. Ето у чему је била тајна њиховог оданог пријатељства у којем није било сумњи нити бојазни — они су делили исте ватрене идеје и њима били верни, у идеје заљубљени; једнако су гледали на живот који их је и једно и друго на неки својствен и посебан начин крњио, слабио, али и обележио. Настја је носила са собом кофер пораза и то ужасно искуство са Захаровом. Све њене неприлике су испадале из тог кофера јер је он с временом постајао све више натрпан свим и свачим, и она, уместо да се коначно свега тога ослободи заувек, она се сагињала и поново силом гурала сав тај садржај у ту проклету кутију живота.

Лав Фјодорович Ловски био је пак један од оних младих руских интелектуалаца, готов да у сваком тренутку изнесе опијум свог заноса у погледу различитих идеја ослобођења од наметнутих форми правила и закона, од форми којим је, по његовом личном убеђењу, затровано читаво човечанство. Увек је, као примере „друштвене погибије”, како се у својим чланцима слободно изражавао, издвајао крвнике историје под чијим су мачем страдали многи да би на крају, они који су остали у животу били принуђени да прихвате законе које је доносио управо он — историјски џелат човечанства. Такву „обогаљеност човечанства” (његове речи) које је кроз историју колико само пута било принуђено да усваја такве законе и норме који су се рађали у главама крвника, освајача и ратника, никада није могао у потпуност разумети.

„Да ли то што су дивљи јахачи у седлу историје смишљали и доносили законе, савести упрљане различитим злочинима ради моћи и славе, да ли то значи да је обичан човек равнодушан на све то или да је он вечито застрашен нечијим лажним ауторитетом? И да ли се може рећи да је управо тај исти обичан човек можда сам себи највећи мучитељ од оног тренутка када призна такве законе и таквих људи?", ето чиме се занимала глава Ловског.

Лав Фјодорович дубоко у себи је веровао у идеју модерног прогреса човечанства, у некакву узвишену хуманост у којој би спале све стеге старог човека, све оне научености и вековна робовања. Изузев идеје да треба прекинути, покидати све везе са тим старим човеком, човеком преплашеним и збуњеним, Ловски је био схватања да се човек удружује са осталим људима управо из разлога што готово за све страхује, а страхује јер нема довољно или чак и никако знања. Тако су се, по његовом мишљењу, појавили верски, народни занос, идеје јединства и томе слично. Са једне стране, био је довољно одважан и храбар, а са друге ништа мање непромишљен и луд када је читаву ту своју идеју и критику свега — власти, друштвеног уређења, народне вере и чега све још не, јавно износио пред друге у чланцима *Самосвести*. Недељник је заправо и покренут са тим циљем. Тамо је Ловски руске чиновнике отворено називао лењивцима и битангама које троше туђи новац за удовољавање својим сујетним жељама које су, сазревајући у бахатости, превазилазиле границе сваке пристојности.

У карактеру Настасје Семјоновне, Лава Фјодоровича као и у карактеру Феодора Андрејевича, било је могуће препознати једну јасну црту, црту која се издвајала из свега осталог — све троје су, свако на свој начин, изражавали своју огорченост и отворени протест против малограђанског поимања среће и уживања у њој. Њима је недостајала срећа достојна човека, узвишена и потпуна, а не срећа у било каквом облику, она фабрикована, безбојна и трапава, срећа без неког нарочитог интензитета и колорита. Оно што је везивало ово троје младих људи јесте и факат да су све троје одреда, неустрашиво прескакали преко ограда које је неко пре њих поставио, оцртао границе до којих се може корачати, а иза тога... не сме се ићи. Ипак, они су смели! Учинили су још један корак, корак напред и преко, корак иза тих повучених граница, кокетирајући са својом свешћу и слободом изнутра. Ово троје младих људи везали су се око заједничког језгра, око заједничке идеје противљења и отпора тиранији постављених норми и правила. Поручник је због тога имао и неприлика, тамо, у Београду, али свеједно — одважно и решено је прихватио своје место у *Самосвести* и већ је објавио неколико бриљантних чланака. У свим тим чланцима било је заиста нечега другачијег, нечега посебног и изванредног, узвишеног и неспутаног, слободног, али, то понекад није довољно. Главни недостатак тих чланака био је исти, био је једнак недостацима у карактеру како Феодора Андрејевича тако и Настасје Семјоновне и Лава Фјодоровича Ловског: у њима је био незадржив дух неисказане тежње и потребе да мењају све и свакога, да се противе свему, али оно што је на овом месту вредно помињања — нико од њих није себе мењао, уопште, никако! Створили су за себе и око себе своју веру при томе исмевајући народну где год им би се за то указала прилика, осмислили су властити облик друштвеног уређења, идеју о њему, и тако се наругали власти која их је још сутра могла ставити иза решетака, јер која то још власт трпи слободу неистомишљеника, оних што се јавно противе и урушавају стубове на којима је она изграђена?! Власт то не трпи. Ниједна. Ипак, њихова слобода за сада је стајала чврсто и без опасности од притвора. Томе је, према мишљењу Настасје Семјоновне, умногоме допринео и Алексеј Владимирович јер, он је тачно знао како и код кога ту слободу може откупити у сваком тренутку ако би је локалне власти ставиле под сумњу, ако би је некоме одузели. Све је то чинио из страсти према Настји, то се већ само по себи разуме, а не из личних убеђења.

Настја, Феђа и Ловски себе су сматрали потпуно и савршено углачаним каменом, док је све и свакога из њиховог окружења требало изнова стављати под суд и преиспитивање, критиковати, мењати, стално мењати. Овакав очигледан животни парадокс није могао задуго потрајати и остати некажњен, јер неодрживи приступи било чему, посебно животу, погрешни су и углавном по друге штетни. Због чега човек изабере да пре мења све око себе него самога себе, одговор је крајње једноставан и у томе нема нарочите мудрости — мењајући себе, човек мора осетити и крв и зној, мора признати себи своје ништавило и бескорисност слуге, слепог путника на уском путу испод којег је провалија (ово је многима најтеже јер у својој уобразиљи умисле да држе чврсто кормило у својим рукама). Исти тај човек још мора и напасти себе, ући у отворени сукоб са самим собом, себе критиковати и немилосрдно себи судити одстрањујући тако из себе најужаснији мутљаг што је годинама таворио у наизглед недоступној дубини. Мењајући себе човек неизоставно мора страдати, а колико је оних што страдање прихватају са узвишеним циљем, са одушевљењем и радошћу? Покушај пак мењања других и свега онога што они носе у себи, а нама се чини неприхватљивим, далеко је лакше, али то је до лудости узалудно, непромишљено подузеће — зар се може мењати нешто што са нама самима углавном нема баш никакве везе, зар се може променити нешто што нам је потпуно страно и туђе, нешто о чему ми готово ништа и не знамо. Иако је ово мимо сумње непромишљено и погрешно, људи ипак верују да друге могу променити, и то можда само из једног јединог разлога — из разлога што не умеју, не желе или не знају да промене себе! Многи једноставно неће да прихвате тај унутрашњи напор и лом који се не може заобићи уколико се крене путем личног васкрсења у бољег човека, а васкрсења нема без претходног страдања па се зато и задовоље лаким и бескорисним „подвигом” покушаја мењања других.

Ловски је, као што смо то већ и напоменули, био човек изванредног талента, умна и врло сложена природа. Углавном се и у свему држао прилично уздржано. Међутим, када је износио своја уверења, чинио је то са изузетном страшћу и врелином вулкана. Емоције је врло вешто одстрањивао чим би приметио да почињу да му голицају срце и иако је дубоко поштовао, и чак веома симпатисао младу Настасју Семјоновну, на њу никада није погледао похотно, острашћено и са пожудном жељом. Све је то само учврстило њихов однос, потпуно јасно одређен и готово без могућности било каквих изненађења, наглих заокрета или чега већ. У том односу не беше места случају, тренутној неопрезности, заносу и опијености, укратко — ничему што најпре сужава и мути разум а онда закомпликује однос између мушкарца и жене, пријатеља. Настја је ову црту у његовом карактеру нарочито поштовала.

Сео је на омањи, по ивицама искрзали диван, и са живим интересовањем разгледао недовршено платно. Волео је уметност и подједнако се дивио дару Настасје Семјоновне. И поред свих ликова израженних на платну, Лаву Фјодоровичу западе за око она несрећна униформа. Стаде чкиљити, лукаво се смешећи, што Настја примети иако се занимала око самовара.

— Видели сте нешто комично, Лаве Фјодоровичу? Ако, ја се радујем кад је могућно ухватити Ваш осмех и, зато, шта год да је разлог томе ја одобравам, одобравам, верујте ми на реч. Сигурна сам да у том Вашем осмеху нема подсмешљивости нити увреде. Ах, увреда... Шта ја то и говорим? Па чиме бисте ме Ви могли увредити? Ја добро знам да су Ваше мисли према мени и мом платну искрене и чисте. Ваша је душа племенита и узвишена. Али, ипак... Признаћу Вам да ме тај Ваш загонетни осмех помало изазива и ја већ постајем знатижељна. Дакле, о чему размишљате? Кажите ми шта сте то тако значајно приметили на платну?

— Одакле Вам то да мој осмех долази од ефекта платна?

— Лаве Фјодоровичу, ја Вас добро познајем, а Ви тај факат очигледно сметнете с ума понекад.

На ову Настјину примедбу обоје се већ весело засмејаше.

— Дакле, Лаве Фјодоровичу, говорите већ.

Ловски је одмери испод ока неколико пута пажљиво, и та њена детиња радозналост, та нестрпљивост да све дозна што је могуће пре, још више га развесели. Нимало се не устежући, седећи мирно на дивану и размичући лагано усне, весело и без трунке подсмешљивости, са необјашњивом радошћу он удовољи њеној знатижељи.

— Читава композиција је готово савршена и изабрани мотив ми је добро познат. Ви се, драга моја, усудићу се да то кажем, на овакав начин светите своме мучитељу, из оправданог каприца, разуме се, светите се том одљуду Захарову, матором развратнику који је изгубио сваку моралну тежу и силно се затетурао. Исмевате и тог душевног одрпанца, не нарочито паметног и наивног Сидорова, човека којег са невероватном лакоћом држите у шаци, јер Ви му нисте грубо ускратили могућност његових надања по питању Вас иако ја добро знам да од те ствари нема ништа — Ви сте га употребили за наш заједнички циљ, за ширење наших идеја кроз *Самосвест*. Можда такав Ваш поступак и није нарочито исправан, али некад се зарад виших циљева чине одређени уступци, хоћу рећи, постоје изузеци, и ми се око тога добро и потпуно разумемо. Него... овај лик ми није познат — па руком указа на Захаровог пријатеља који је на платну представљен најближе њему и који се и сам подло понео према несрећној Настји — али то сада и није толико важно. Остале ликове већ препознајем. Све. Међутим, ниједан од ових представљених ликова није дуже резервисао моју пажњу од... од ове симболичне представе на дну платна. Опростите, али управо тај део читаве композиције на мене оставља рђав утисак — некако ми се чини да та униформа помало несрећно, па чак и смешно виси о офингеру.

— Аха! — поскочи Настја као ватром опаљена. — Ви се, Лаве Фјодоровичу, занимате униформом, дакле! Униформа Вас занима! Униформа!

Овакав наступ Настасје Семјоновне Ловском беше потпуно неочекиван, иако је он и сам слутио да се између „униформе" и каприциозне сликарке дешава нешто потпуно необјашњиво, некакав чудно удешен однос, нешто што се може окарактерисати као суманута љубав у свом зачетку, љубав без речи и многих сусрета, љубав ненадана, непризвана, пркосна и потпуно скровита, мистична у некој мери, јер ни „униформа" ни Настја о њој ништа нису говорили, никоме баш, а између њих је, у то Ловски већ беше сигуран, стајао тај утврђени, непомични однос јаких темеља. У том њиховом чудноватом односу прво што је Лав Фјодорович приметио, још оне вечери код Хлебјатњикова, а касније и приликом њиховог заједничког заузећа око *Самосвести* (неретко су се све троје састајали у уреду), беше то њихово међусобно опхођење, донекле намештено, врло вероватно из разлога да се пред другима не би открили. Али и не само намештено — било је у том односу много чега необјашњивог и истовремено толико природног и силног, чистог, искреног и узвишеног, иако се можда све то чак граничило са луцидношћу своје врсте. Ипак, нити је он прилазио њој као жени, а тек не она њему као мушкарцу. Разлог овоме може бити та њихова претерана сујета и гордост, опасност и страх због могућег одбијања од оног другог, што сигурно ни једно ни друго себи не би могли опростити. Чудно је то како код младих људи понекад та проклета, непокорна сујета надјача искрена поигравања смекшаног, топлог, заљубљеног срца. Опет, може бити да су обоје подједнако очекивали од оног другог то „нешто”, али шта тачно, то нити једно нити друго не би могли са сигурношћу казати. У сваком случају, када би се нашли једно другом у близини, приметно су мењали своје расположење, збуњивали се, били каприциозни изненада и без разлога, а некада, опет, преко сваке мере детињасти. То само љубав може! Тако је и Лав Фјодорович гледао на читаву ту ствар и одобравао је, подједнако их поштујући, обоје.

— Униформа! Униформа, дакле! Ето шта Вас занима — поновила је збуњено.

Сам факат да се збуњивала, она, врло отресита и са речима спретна, би довољан разлог да Ловскога још више утврди у мисли да се између ње и Феђе дешавало нешто крупно, нешто изузетно.

— Не... не, не, Настасја Семјоновна! Одакле Вам уопште таква помисао? Не занима мене никаква униформа — неспретно се правдаше Лав Фјодорович, још увек под утиском њене збуњености.

Беше очигледно да ју је управо та „униформа” потпуно одала, беше очигледно да је „униформа” њен немир, њена нова, свежа мисао и занимација, али и лавиринт кроз који сада тумара тражећи излаз, а можда и спас.

— Мене заправо више занима офингер, он држи униформу и зато и јесте предмет мог интересовања, више од саме униформе, у сваком случају — весело се нашали Ловски жмиркајући очима, на шта се обоје гласно закикоташе.

— Ипак, драга моја — настави после краћег смеха — ја Вам ипак и ово морам рећи иако ћете се Ви можда после тога и љутити — па погледајте мало пажљивије и сами, једино је „униформа" донекле изопштена из читаве те композиције. Она као да јој и не припада, па иако је смештена, можда чак и на најмање свечаном месту, ипак је њој дата посебна част; она не учествује у читавој тој представи, у том театру изнад главе Захарова... Она је, заправо, измештена из читаве те комике и исмевања несрећног Захарова. Хоћу рећи, униформа је чак композиција у композицији, њој је дата одређена мистичност, лик човека чије је она власништво је изван свега. Њега нема, нисте га приказали, сачували сте га од читаве ове збрке, а можда и од себе саме, и све то може бити само из разлога велике...

— Љубави? — прекиде га Настаја сад већ весело.

— Љубави! Љубави, разуме се. Ето како сте из прве погодили — заграја Ловски пљеснувши рукама.

— А не чини ли Вам се, Лаве Фјодоровичу, да би можда на униформу ваљало поставити омању плочицу са именом и презименом Феодора Андрејевича?

Ловског овај каприц помало збуни, што Настја одмах примети.

— Не чудите се, драги мој. Помислите само — можда би требало да јавност у Редкину дозна за то да се срце младе феминисткиње коначно занима и нечим по питању мушкараца, и то — униформом, из своје земље одбеглог, поручника Феодора Андрејевича! А? За њих би то било врло важно, значајно сазнање. Они су имали прилике до сада да га упознају кроз његове чланке објављене у *Самосвести*, хоћу рећи, није им потпуно непознат. И замислите само овај наслов: *Удешена љубав феминисткиње и младог револуционара*! Зар Вам се то не чини као нешто што би привукло огромну знатижељу других? Шта мислите, дакле?

Након ових речи обоје још једном весело заграјаше. Иако је у Настјиним речима све било препуно сарказма, Лаву Фјодоровичу је било потпуно јасно да она уопште није равнодушна према „униформи". Напротив. Међутим, желећи да избегне могућу непријатност (Настја никако није трпела инсистирања других како би дознали о било чему из њеног живота), он се реши да направи нагли заокрет у причању тако што јој најпре понуди да мотив са платна буде објављен већ у следећем издању *Самосвести* са чим се она без противљења сложи.

У то време „униформа" је стајала пред вратима Алексеја Владимировича Сидорова. Феодор Андрејевич је позвонио већ три пута заредом и из разлога што му нико није отварао он би решен да одустане од те своје, како је он о томе судио, бесмислене посете. Али, можда чак и у последњем тренутку, испред њега се појави дежмекаста фигура Сидорова и његово округло, помало смешно, црвено лице. Осмех му широк и пријатељски, уз то још и врло срдачан, а стисак шаке снажан и врло сигуран. Ово би довољан разлог да Максимов поверује у своју мисао да је прихваћен са радошћу и да ће се ова посета, готово извесно, свршити са коначним позитивним утиском.

Домаћин је, поздравивши се са Фећом, већ хитро корачао са њим ка својој супрузи са намером да јој представи уваженог госта (он га је бар држао за таквог). Лице жене Алексеја Владимировича такође беше округло, очи заморене до те мере да је у њима једва тињао живот, равно, свикнуто и безвољно. Ова црномањаста госпођа личила је на једну од оних жена што се бескрајно задовољавају доколицом и њу конзумирају у већим количинама у свом оскудном и готово неприметном животу. Велика је несрећа и промашај кад живот живи човека, а не човек живот. Јер, да није било оног уобичајеног: „Марија, да ли самовар већ кипи?", да није било уобичајене ритмике у тим речима Алексеја Владимировича, она се, то се са извесном поузданошћу може казати, не би помицала са свога места које је заузимала увек некако свечано, иако за то није имала баш никаква разлога.

Има карактера, срешћете их посвуда, карактера што ни по коју цену не би изашли из ограде коју су сами око себе оцртали, прецизно и врло детаљно; за такве нема готово ничега што би их покренуло и удахнуло им живости која им недостаје. Они се ничему у целости не дају, јер на то нису навикли, од тога чак и зазиру, све им је некако напола, недоречено, уобичајено и бајато, тупо и бескрајно досадно. Такав карактер беше и Марија Сергејевна, супруга Алексеја Владимировича Сидорова. Ничим се та није одређено и са страшћу занимала, чак је и свог мужа прихватила временом са потпуном равнодушношћу, и готово да јој је било свеједно да ли њихов брачни брод сигурно плови широким океаном или кроз ризичне теснаце. Навика трује и убија делатност и вољу, могућност да се човекове снаге обликују у шта веће и достојније самога човека. Навике, оне животне, најштетније су од свих.

Оцртати границе до којих се може ићи, а онда корачати утабаном, равном и јасно одређеном стазом са које се ни по цену живота не сме скренути, чак и без жеље да се бар погледа преко тих јасно утврђених животних међаша, испуњавати до мере фанатичности та ситна животна правила, поступати научено по давно устаљеном обрасцу, и то у свим околностима — да ли је ово истински живот? Прихватити свако правило без критике, поштовати норме само због тога што тако и остали чине и зато што су то норме, што се, једноставним језиком речено, то очекује од нас — зар је у томе достојанственост и слобода човека? И зашто се онда чудити што управо ти многи остају неутешни у свом личном незадовољству? Једно је непослушност било коме и било чему, а сасвим је друго расуђивање о оном највреднијем што имамо — о своме животу.

Марија Сергејевна се поклони Максимову у знак добродошлице, али она то учини потпуно одсутно, незаинтересовано и без изражајности на лицу. Сидоров би је још и изгрдио због тога, али како то учинити сада, баш у овом тренутку? Једноставно, не иде. Маријина и Алексејева кћер, Амелија Сидоровна, нежна лепотица од неких двадесетак година, девојка тек зарудела у зори своје набујале младости, живо је и са великим интересовањем погледавала на поручника, додуше, скривајући од њега поглед, донекле се и стидећи, јамачно. Стид сведочи да је у срцу девојке чедност и честитост испред распусности и разврaћености душе; да је доброта и благоразумност изнад незаситог сладострашћа. У срцу ове младе жене наједном је букнула ватра најблагороднијих осећања и то осећања готово према потпуном незнанцу (за Максимова је знала из недељника, а видела га је само једанпут, и то за празник Масленица[1]). Откуда таква јачина емоција, најадаред, ненадано и без претходне најаве? Можда то изгледа и чудно, можда је то прилично усамљен и појединачан случај младе жене, али зар морају увек и у свему важити некаква животна правила, можда само измишљена и вешто свима наметнута као нешто што је исправно без претходног изношења пред суд, као нешто што се не ставља ни под какву сумњу, дакле?! Осећања тренутка, можда и сулуда варница љубави ниоткуда, наједном — зар само због тога што у нечему нема претходне историје и утемељења треба сумњичаво одмахивати главом и већ унапред исмевати негодовањем? Зар ћемо ту благородну ватру у души која греје девојачко срце осудити само због тога што је букнула тако изненадно, и невино и наивно, без било каква претходна наговештаја? Ах, пустимо срце нека снева док је сигурно запетљано врпцама у облаку љубави. Не скидајмо белу постељу невиности на којој су сузама исписане, стрпљењем и молитвама чистог девојачког срца, све патње, наде и жеље у заносу, у чистоти недара. Нека га. Нека одсања. Без унапред припремљеног суда. Без подсмеха. Без понижења. Јер, чије то још искуство може препознати сваки појединачан случај у љубави? На којим се то теразијама љубав може сигурно, поуздано и тачно измерити? Само пустимо. Толико већ можемо. И док год сунце буде израњало на истоку, тако наговештавајући поновни тријумф живота над смрћу, и срце ће се другом надати и радовати, па макар то било и потајно.

Амелија Сидоровна је била једна од оних младих руских жена чије се срце није дотакло распусног живота, није изгарало у чађ прељубочинством нити је остајало неосетљиво за туђи усуд, патњу и муку нечије нагажене душе. Напротив. Читава природа ове благородне девојке беше узвишена и за дивљење — смерна, чак до границе самопоништавања, мирне и веома пријатне нарави, ненаметљива и тиха, готова да се увек повуче, да пре устукне пред нечијом неразумношћу и злобом него да уђе у отворене препирке и ватру непријатности у опхођењу са свим оним чија је животна вага на којој мере свет и све што је у њему, раздешена и покварена, а самим тим и нетачна, погрешна. Готово увек ћутљива и као изопштена од свих и свега, многима је изгледала као неко ко ништа не зна о стварном животу, као неко ко само лено снева на лепљивим крилима растопљене маште и илузија, уљуљкана у своје снове у које без сумње и срчано верује. Веровала је и људима, чак готово свима, чисто и невино, што је и очекивано ако се узме у обзир да је њена унутрашњост изузетно лепа и достојанствена, нежна и доброћудна. Такви карактери, од сувишка доброте срца излазе пред свакога човека голоруки, без штита на грудима и потпуно отворено — они све одмеравају из себе и од себе и није никакво чудо што управо оваквим људима душа неретко остаје озлеђена и у чвор свезана, јер иако је за чуђење, факат је да ће многи злоупотребити туђу доброту и наклоност, златну нарав. Ако неко броди животом раширених једара, отворена срца, мора бити спреман и на такве ветрове који ће безмало та једра замрсити, чак и покидати, унаказати их. Људска памет и њихова мерила такве душе називају обичним наивчинама, неспособним да се чврсто рукама држе за сам живот, док оне друге, користољубиве, срачунате и преко сваке мере рационалне, држе за одважне, промишљене и мудре. Читава неправда! Исмевати нечију доброту једначењем са наивношћу са једне стране, а са друге, са дубоком наклоношћу и одобравањем, чак и са уважавањем гледати на све оне животно довитљиве где је готово све дозвољено јер неће изаћи ни пред какав суд, равно је потпуном злочину. Где год човека или какву год појаву око њега одмерава и мери човек који иначе није способан да разуме дубину људске душе, где год је између људи само тај хладни међусобни рачун мртве рационалности и користољубља, не може бити узлета нити усхићености у намери да се крене ка свему ономе што је далеко изнад наших глава — да се крене ка некв*р*љивом, врховном и савршеном Добру. И док год не буде те свеопште и искрене вере у такво Добро — народне а не само појединачне — док год не спадну ти катанци што укроћују тешка врата како се због људске наразумности она не би отворила за заједничарење људи у љубави, не може бити нити среће нити било каквог значајнијег напретка. И тај људски суд о свакоме и о било чему — ко га још држи за неопозив и важан? Ако је оно што је највредније у човеку — тврда вера у коначно Добро сравњена и изједначена са наивношћу, ко још таквом суду још даје значаја? Ко осим неразумних и бездушних? Људи су добри. Сви. Тако неки говоре. Јесу, али до тренутка док их добро не упознаш! Свакако, ово не важи као правило.

Кћер Алексеја Владимировича остаде збуњена под утиском нарочите појаве Феодора Андрејевича и из тог се разлога прилично неспретно поздрави са њим. У глави ове младе, прелепе жене, жене чедности и најчистијих осећања, почеше да се врзмају мисли како је он, тај наочити младић што сада стоји испред ње, већ успео да разоткрије и да препозна титраје њеног запаљеног срца, у тренутку само већ заљубљеног, и како сада он, иако готово за њу потпуни, далеки странац, стоји надмено пред њом као да зна или бар наслућује да од његове милости или немилости по питању њених обнажених осећања можда зависи и читава њена даља судба. Да је некако могла она би се тако „разоткривена” у својој невиној заљубљености одмах повукла у своју собу, али то већ не беше могуће из више разлога. Најпре, тим би чином увредила госта, а достојанственост се томе противи, пристојност не дозвољава. Друго, самим тим она би њему јасно дала до знања да је он на њу оставио јак, нарочит утисак (ако он то већ и сам није приметио), а то би знатно отежало њену позицију у случају да се њихов однос почне изграђивати — сујета је прилепак на свачијој ципели живота, и поручник би се самим овим фактом да је на њу оставио снажан утисак, касније сигурно поносио. И коначно — она је, и поред те притајене и вешто скривене непријатности, имала огромну жељу да га бар још неки пут погледа, да га, уколико је могуће, добро одмери и наслади се његовом лепотом, па макар и под условом те мучне обазривости, јер у супротном, одала би је њена осећања. Зашто понекад мучимо слободу? Одала би је осећања — па, шта с тим?

У души младе жене неочекивано је израстала нека нова, до тада непозната снага и чврстина воље да овај пут не подлегне том крутом правилу по којем би се према странцу требало односити са великом опрезношћу (иако јој он не беше потпуни странац, знала је понешто о њему и једном га је приликом чак и видела). Та правила нам указују да према свему непознатом треба успорити ход и мало застати, нарочито према другоме човеку, добро све одмерити па тек онда, ако оно баш тако хоће, допустити срцу да засвира на тој тананој струни онако како то само оно хоће, а разуму удовољити слободом да машта. Никако се не може рећи да се Амелија Сидоровна оваквом правилу тек сада, и то можда први пут, отворено супротставила из разлога каприциозности, противљења и некаквога бунта као што је то било у случају Настасје Семјоновне. Не. Она је само допустила себи да заљубљеност и очараност поручником буде намах ослобођена у срцу и изван њега. Она је само желела да корача слободно у тој заљубљености кад се већ на то одважила, хтела је да иде напред, да се не спотиче о властити страх. И сва она заједничка предубеђења која су важила за све младе жене да је испочетка свакој жени дозвољено, чак и потребно, да се према мушкарцу односи са одређеним опрезом и подозрењем, намах су нестала. И тек од оног тренутка када порушимо све те вавилонске куле у нама, поносом издигнуте тако да и храм душе надвисују, тек када отргнемо из себе све те каменове међаше и провалимо све те ужасне ограде иза којих се бесмислено кријемо од онога за ким чезнемо, тек тада смо коначно спремни да волимо! Да волимо слободно и зажарено. Тек тада! Можда је управо ово Амелији постало јасно у сусрету са Феодором Андрејевичем. Можда је њено срце по први пут изашло из себе, слободно и незадрживо, можда ће оно тако из груди откинуто у свом лету ка непознатом човеку остати и понижено, можда ће крварити сво у ранама... Али, зар о томе сада треба размишљати, и, заправо, да ли се уопште и може мислити кад је заљубљеност тако врела и свежа, румена, кад је искрена и потпуна, па иако је рођена и угнежђена само у тих неколико тренутака док је стајала испред Максимова и на њега гледала са заносом?! Вера у такву заљубљеност, можда чак и љубав тренутка, од чистине је срца, љубав несрачуната и неусиљена, природна и ослобођена робовања било коме и било чему, тиха и блага, широка као пустиња. Љубав из срца изведена пред другога у само једном једином тренутку, у свилу положена и стављена пред њега као највећа жртва, као нешто највеће што се има, љубав је света. У њој нема лукавости нити замки, нема премишљања које тражи време и рачуне, нема одмеравања и прекрајања јер се тиме убија све оно најлепше и најчасније у љубави.

Амелија Сидоровна након што се поздравила са поручником и након што је најпре он сео на диван, и сама седе, изабравши једну од четири, не баш вешто, јелењом кожом пресвучене наслоњаче. Прсте једне руке, услед утиска који је на њу оставио Феодор Андрејевич, неспретно је умрсила у оне на другој и тако их заједно држала преко дугом зеленом хаљином сакривених колена. Бело лице ове девојке беше ванредно лепо, црте нежне као латице орхидеје, поглед мио, детињи и донекле уплашен, стидљив, али у сваком случају благонаклон и пријатељски, искрен и срдачан. Обрве танке и густе, доста раздвојене једна од друге, што је, по свој прилици, могло указивати на веселу нарав. Очи зелене и помало сетне, чисте и у тој чистоти готово прозирне, а дуга коса, плава и лепршава, расута до уског, девојачког струка. Лепота чедне, младе жене мирише и осваја; таква лепота надграђује сваку племениту и добру мисао, мисао бестрашћа, мисао противну пожуди, растаче нечију тескобу и смућеност у пријатност тренутка, па чак и оне што су у доколици и недешавању давно уснули изнова буди и оживљава. Лепоту Амелије Сидоровне, лепоту која се изнутра пројављивала и на самом њеном лицу, било је могуће не приметити само у једном случају — у случају потпуног душевног немира посматрача, у случају растресене душе када се капилари у очима услед лудила шире и готово пуцају од напрезања, када се свака мисао губи и нестаје, када човекова моћ запажања и усхићења залута, када се обезвреди до те мере да коначно и пропадне.

Управо из овог разлога Феодор Андрејевич је готово равнодушно гледао на Амелију када јој је пружао руку — поглед му је био одсутан, а он као да је нешто тражио, не знајући при том ни шта. Помрачен ко зна каквим све помислима сигурно би се и због најмање непријатности раздражио јер га је још увек, то се лако могло приметити, болест манијаштва и даље мучила, иако мањим интензитетом. Сви његови напори да на себе стави изглед пријатности, ако ни због чега другог оно из уљудности према породици Сидоров којој први пут чини посету, остали су обезвређени, крхки и слабашни — његове мисли, сабране у једно, мисли везане за Ивана Никитовича Фомина, биле су јаче од свих тих напора и покушаја. Фомин је најпре оголио срце поручниковој сестри, Аљони Андрејевној, а онда га је, тако беспомоћно и унизио, издао га и разапео као највећи преступник и злочинац. Узалуд је покушавао да се одбрани од ових помисли на оне, већ научене и више пута до тада потврђене начине — мишљу о било чему другом или игнорисањем. Не, у овом случају то, једноставно, није било могуће. Од роја узнемирених пчела, зар се може одбранити? Лице му је било неприродно мрко, сужено и затегнуто, без природних рефлекса и покрета, мада, и поред свега тога, и даље необично лепо. Све је то приметила једино Амелија Сидоровна. Једино она.

„Он, сасвим извесно, трпи неку врашку нелагодност и тежину сваког тренутка. Можда му је учињена и каква неправда, бездушно и сурово, чим се оволико мучи”, већ га је правдала у својим мислима. Израз Феђиног лица њу је нарочито дражио и као да ју је управо оно и привукло. Лице немира, али подједнако и бола, патње. Тако је бар она судила. А чедну, узвишену душу најпре привуче нечија патња. И то је готово правило!

— Господине Максимов, само да знате да смо Вас очекивали много раније — пријатељски, али у некој мери и званичан, отпоче Алексеј Владимирович. — Моја кћер, Амелија — представи је поручнику. — Марија се већ занима око самовара, не замерите. Упознали сте је, и она ће се само тим и задовољити. Непокорна природа, себи довољна, без нарочите жеље да са другима општи — нашали се Сидоров.

— Али, тата... — успротиви се Амелија, желећи да заштити мајку од оваквог представљања госту, иако она баш ничим није била угрожена. Алексеј Владимирович се, како смо то већ и казали, само нашалио, истина веома неспретно.

— Амелија, где си затурила васпитање младе девојке? Зар је допустљиво оца прекидати у говору?

У гласу Алексеја Владимировича било је превише непотребне и ничим изазване оштрине. Оштрине и поноситости која је Сидорову врло смешно пристајала.

Амелија је поцрвенела у лицу од стида пред непознатим човеком кога је, у то је већ била убеђена, почела неопрезно волети, у тренутку и изненада (обично је тако код фантаста). Отац ју је сада пред њим донекле увредио, пред човеком који је већ успео да обори ту њену прву стражу женског срца и који ће је, то је већ предосећала, и потпуно освојити. Трудила се да Максимов не примети ту њену нелагоду изазвану оном надменошћу и необазривошћу поноситог оца над нежним девојачким срцем, скривајући поглед све чешћим обарањем црних и дугачких трепавица. Рукама је, иако за тако нешто није било ни најмање потребе, осмислила одређено занимање не би ли тако од себе прогнала ту нелагодност која се најпре уочава у држању — поправљала је укоснице у лепршавој, плавој коси, премештала грош са једне на другу страну, и томе слично.

Читаво ово настојање Амелије Сидоровне да сакрије расположење свога бића пред поручником беше непотребно. Да је то знала, сигурно не би толико мучила своју душу, јер на лицу Феодора Андрејевича још увек је све указивало на то да су ожиљци од његовог душевног обољења, од манијаштва, још увек свежи — поглед му је само накратко био пријатељски, добродушан и благонаклон и већ би у следећем тренутку прелазио у нешто сасвим другачије. Из тог погледа вриштала је напетост, непотребна и претерана обазривост, ужасна хладноћа и подозрење. Њу готово да није ни примећивао. Мисли му налик вртлогу, ускомешане превиру једна преко друге и тако се мешају, неке се међусобно искључују и сукобљавају, гоне међу собом. Управо такве мисли су га у једном тренутку одвеле до Ивана Никитовича и он је већ из џепа вадио сечиво и био готов да му буде и суд и судија, а онда, када би затегнуте струне живаца бар мало стале попуштати (лицу се враћала здравија боја), већ је стајао пред Настасјом Семјоновном, пружао јој руке у намери да је загрли, да је стегне чврсто и страсно. Али, она се томе противила и тако укруг — он је желео, а она га је вешто избегавала. Као и вода вртлога, све ове мисли су, након комешања, журно одлазиле.

Феодор Андрејевич у оваквом стању није ни могао приметити лепоту Амелије Сидоровне, и из тог разлога то му се не може урачунати у несмотреност и какав преступ. Изванредна лепота ове младе жене њему је остала недостижна, несагледана и нетакнута, и то најмање из ова два разлога. Први беше тај што га је његова душевна болест још увек мучила, само слабијим интензитетом, и то смо већ и поменули. Са сигурношћу се може казати да он и није дошао Сидоровима са потпуним предумишљајем већ је све то била нека врста магновења, све је то био тренутак, тренутак у којем му се учинило да у посети Сидоровима може бити каквог олакшања. Дакле, ову посету није учинио потпуно вољно и са присуством жеље; све је донекле било нагонски, по лошем, искривљеном инстинкту на који се више није ни могло ослонити. Заправо, он је само тражио да оде било где како би нашао склониште од ухода најужаснијих мисли. Други је разлог имао дубока корена и свакако је био у одређеној вези са оним првим разлогом. Може се рећи да је управо он био узроком тог првог разлога, те његове душевне болести која се, како се чини, приближавала својој тачки чвора, своме врхунцу где ће, сасвим извесно доћи и до пуцања. Тај је разлог био наизглед веома једноставан, једноставан за представљање, а тежак да се одживи — Феодор Андрејевич је заволео Настасју Семјоновну некаквом чудноватом љубављу; однос између њих био је изузетно компликован и замршен. Чак и при самој помисли на њу поручнику се мутио разум, осећао је вражју узнемиреност и тешку тугу очајника. Било је у њега и другачијих осећања — он се наслађивао том женом, у њему је као на сунцу сазревала жеља и потреба за њом и њеним присуством, увек и без престанка. Будио се ногу закачених о облаке снова у којима је налазио само њу, а онда је проклињао све, јер је, отпавши са тог облака, остајао разлупане главе. Живео је преполовљен, располућене душе, између опречних крајности у осећањима и сигурно да је то, у доброј мери, довело до његове све интезивније душене болести.

Амелија Сидоровна је само наслућивала природу тога односа између Настје и поручника Максимова. У време празника Масленица видела их је како се смеше једно другом, истина прилично уздржано и скромно. Тек касније, отац јој је причао о извесном српском официру којег је он упознао код Хлебјатњикова, о неком веома наочитом младићу који је те вечери привукао пажњу чак и Настасје Семјоновне, што ретко коме полази за руком — њему самом није промакло чак ни то када је поручника неколико пута погледала изазивачки, испод ока. И сада је судба, промисао на чудесном конопу вођена или шта већ треће, довела тог наочитог поручника пред њу, у њен дом, као дар. Или као проклетство. Шта је од тога двога ускоро ће, у то је била убеђена, и сама сазнати.

— Амелија Вам је — настави Алексеј Владимирович окренувши се лицем према Феодору Андрејевичу — врло једноставна и добра душа. Одмерена и увиђајна. Али, као што то и сами знате, и такве природе некада погреше.

— Непогрешиве природе нема — кратко и у извесној мери одсутно сагласи се поручник са њим.

— Свакако да нема. Самим тим што природа није савршена већ је мешавина свега и свачега.

— Видим, показујете одређена интересовања за животну мудрост — примети гост.

— А ко је не показује? Без мудрости живот је отежан, дешавају се разни удеси.

— Господине Владимировичу, признаћу Вам да нисте одавали такав утисак оне вечери код Хлебјатњикова. Чак сте били у потпуно другачијем расположењу, лепршавом и потпуно слободном, нисте се, дозволите ми да Вам ово кажем, нисте се занимали таквом животном мудрошћу, али сте се и те како, и то у потпуном заносу, занимали око... Око... — и ту се наш јунак спотаче о своју мисао и застаде.

У гласу Феодора Андрејевича било је и љутње и зајседљивости, каприца и изазивања. Алексеј Владимирович је одмах схватио да поручник мисли на Настасју Семјоновну. Присети се да му је рекао да ће, када му учини посету и уколико за то буде прилике, са њим радо говорити о Настји. Ипак, овог пута те прилике није било. Из заједљивости и иритантности у поручниковом гласу, Сидоров је са лакоћом закључио да он не жели са њим да разговара о Настји, па све и да је то сада било могуће. И поручникова душа се бави том непокорном женом, у то је сада већ био у потпуности убеђен, женом којој је успело да много заврти око себе као чигру. Заврти, а онда отпусти уз презир и негодовање.

— Пријатељу мој, слободно Вас тако могу назвати, иако се још увек не познајемо добро — после краће ћутње отпоче Сидоров — то моје занимање, тамо, код Хлебјатњикова... — окрену се око себе како би се уверио да Марија Сергејевна није близу, па продужи још обазривије, тишим тоном — признаћете и сами, то Вам је занимање друге врсте. И да Вам кажем још и ово: од тог се занимања подједнако срећно може живети као и од мудрости. Можда чак и срећније.

Ове речи изазваше Максимова, али он остаде потпуно миран и прибран јер би било какво исхитрено реаговање одало његов положај у односу на Настасју Семјоновну, а од тога би сигурно имао немало штете.

Амелија Сидоровна ништа није разумела о чему то они говоре, и због тога јој је било непријатно; она је ћутала, јер о ономе о чему баш ништа не знамо зар се може говорити? Ипак, на место те њене непријатности неочекивано дође нека врста женског сладострашћа, откинутог и нескривеног, познатог чак у некој мери и чедним женама, тако да Амелија са извесном слободом стаде разгледати Фећу, сваки његов покрет, свако размицање усана. Била је потпуно сигурна да он то неће ни приметити, јер беше обузет ватром у погледу њенога оца и разговора са њим о нечему што она сама никако није могла разумети.

— Може се од тога живети, да! Можда чак и срећно, како сте се сами изволели изразити — сложи се поручник. — Ипак, због таквог су занимања неки и умирали.

— О, па шта с тим? — мирно прихвати Сидоров. — Кад се већ мора умирати, зар није боље да се то деси у заносу, у заносу неке врсте? Идеолошком, љубавном, у каквом год, али свакако у заносу.

Пред овим закључком Алексеја Владимировича поручник је стајао као забрављен, поражен њиме и ужаснут. Чинило му се, можда чак и са правом, да је овај матори бестидник спреман чак и на такав подухват где би и смрт сачекао на коленима, као просјак молећи за наклоност срца Настасје Семјоновне. А можда је и ово ипак била само још једна уобразиља у глави Феодора Андрејевича, у глави у којој се све већ одавно помрсило и запетљало до те мере да се више не види ни почетак нити крај тог ужасно испреплетаног конца. Напослетку, рећи ћемо да је у овој ствари истина била супротна његовом тешком подозрењу: Алексеј Владимирович није желео Настјино срце и њену љубав, нити је његова надасве себична нарав призивала срећу са њом и спремност да, како је то поручник мислио, клекне пред њом и тако остане до смрти. Не, то никако. За такво нешто потребна је извесна жртва, а Сидоров беше човек сујете, неспреман да се другима даје. Његова су очекивања и жеље биле другачије, дрске и срамне природе. Алексеј Владимирович је био један од оних тешко схватљивих карактера, карактера у којима се може пронаћи различит мутљаг, карактера који у свему за себе траже једино и искључиво лично наслађивање. Такви су као мехур надуваног ега и уживају у томе када им други завиде, на било чему и у било којој мери, па макар то било и на друштву са младом девојком година њихових кћери. Уз то, напоменућемо и да је природа Алексеја Владимировича била веома необуздана и несташна, умногоме непромишљена и лакомислена. Он се никада није запитао: а шта ако за однос између њега и Настје, ма какав он да је, сазна Марија Сергејевна? Неће ли се у том случају њихов брак завртети на коцки? Ипак, шарлатанство и лакомисленост у нечијем карактеру не дају довољно простора за оваква промишљања. Има таквих карактера што живот доживљавају као разуздану игру којом се забављају услед тешке досаде, доколице без мере, или чега већ сличног.

Феђа се убрзо умири, устури се у наслоњачи, тек тако, без нарочита разлога, и некако му пође за руком да свеже у снопље своје незреле мисли како не би даље блуделе и како му уобразиља и љубомора по питању Настасје Семјоновне не би поново подрезале крила и сваку могућност да са другима разумно општи, без подозрења и фантастичних представа у којима је увек била она и њен однос са другим мушкарцима.

— Умрети у заносу! Дивно сте то рекли. О, колико је величине у тој Вашој тези! И могу Вам рећи, готово са потпуним уверењем, да је оваква Ваша мисао равна великанима руске књижевности — рече поручник. Фитиљи његових очију засветлуцаше.

— Знате ли да је сваки Рус, бар једном у животу, у таквој врсти заноса! И чак и када подозрева да можда то и није баш толико мудро, том свом заносу понекад подреди баш све. Изазов се прихвата једино у случају када се све снаге ставе у службу изазова. Имајте то увек на уму. То, и чињеницу да је руски човек широк, слободан и у тој својој слободи можда чак помало и несхватљив.

— А тај Ваш лични занос, откуда долази? — директно и упорно наваљиваше поручник.

— Како мислите одакле? Па из дубине душе, разуме се. Тако је са свима. Разлика је једино у томе какав занос кога покреће. Вас, младе људе, опчињава тај занос љубави. Са годинама се одустаје од тог идеала. За мене је љубав идеал, не стварност. Али, то је већ можда ствар искуства. Можда је огледало љубави у вечности, али, ето, признаћу Вам, ја у том огледалу не видим свој лик.

— Мене чуди једна веома заступљена појава, а то је да нас, готово искључиво, једино лепота нечијег лица доводи до заноса, али не и до оног узвишеног заноса, већ само до оног ниског, одрпаног заноса, да се тако изразим. Јер, зар нас може само та спољашња лепота, тај први и очигледан слој лепоте, довести до стања узвишеног заноса? — озбиљно примети поручник.

— А где сте Ви приметили ту појаву, младићу? Тај „узвишени занос”, како сте се сами изволели изразити? — ви млади бисте свему да дате неку црту вечног, непропадљивог, али верујте ми на реч, све су то само илузије и трице, драги мој.

— Илузије? — успротиви се Феђа.

— Свакако, илузије. Зар заиста верујете да постоји савршенство било чега, па чак и заноса?!

— Верујем, и то чак без имало сумње. Помислите само — оно што мушкарца најлакше доводи у стање заноса јесте лепота жене, али тај занос није трајан, разумете шта желим рећи? Занос, онај стварни, далеко је изнад тога.

— Мушкарца до таквог заноса о којем говорите најлакше доводи лепота жена, у томе сигурно имате право — неочекивано се умеша Амелија Сидоровна. — А шта мислите о љубавном заносу жене, о заносу изниклом из патње, из чежње због недодирљивости вољеног? Шта о томе мислите? Да ли је и тај занос лажан?

Иако је све ово изговорила готово у једном даху, Амелија убрзо схвати да је тиме учинила велику несмотреност, јер ове су је речи одале и она је изашла голоруке душе пред Максимова којег је такорећи већ заволела. Поцрвеневши у лицу, напослетку стидљиво обори поглед пред њим. Он је, коначно, примети.

Примети је чак и као жену и о њој на тај начин стаде премишљати.

Алексеју Владимировичу су ове Амелијине речи личиле на пуко сањарење које се једино може срести код младе жене. На непотребно надахнуће које нема чврста ослонца па ће, сасвим извесно — бар како је он веровао — убрзо ишчилети као и све друго што нема основа у чистом разуму, већ у осећањима срца. Цинично се насмеја на речи своје кћери и тако још једном, као провалник уђе у дубину њених најчистијих осећања, вређајући је својом крутом, беживотном рационалношћу.

— Ах, лудице! — повика напослетку весело. — Патња! Патња! Зар се од патње може живети? Патња само ствара илузије и упропашћава човека. Зар може бити било чега благородног у патњи?! Лудице. Ах, шта је ово? Данас све сањар до сањара. Марија! Марија, чујеш ли ово? — повика, али га она никако није могла чути јер се беше заузела у кухињи.

Ни сама не знајући одакле јој је долазила потреба, одакле је израњала та жеља да и она каже још нешто, Амелија се осмели и ослободи клопке стидљивости, у овом случају непотребне, у коју беше упала. Охрабрена, она подиже поглед и тако разоткри пред њима од тог пређашњег стида и ватре осећања, од узбуђења, румено и лепо лице.

— Патња, ако и није живот — отпоче Амелија тихим гласом — тим пре није ни смрт! Из патње нам долазе најблагороднија осећања. Не знам, оче, како и сами не увиђате благородност у патњи. Патња је изнедрила љубав, њој саслужује и учвршћује је. Велика љубав се издиже једино на крилима дубоке патње. Како Вам је то до сада промицало? И да знате, оче, није добро исмевати ничију патњу. Ничију! Ви мислите да је љубав могуће осигурати некаквим рачуном. Мислите да се љубав може одмерити, улагати у њу зарад чистог добитка. Такво подузеће, такав покушај да улог за љубав буде користољубље, а не силна жеља за неким, код мене никада неће наићи на одобравање. Ја се никада са таквом рачуницом нећу сложити, и Ви то, оче, врло добро знате — заврши врло одрешито.

Амелија се усправи у леђима и лагано придиже. Ни поручнику ни Сидорову не беше јасно одакле је долазила та њена одједном надошла смелост и одлучност да проговори о нечему, по њеном убеђењу толико важном. Да проговори онако како она на то гледа, неспутана и потпуно слободна у својој искрености. Бистрим погледом и плавим очима у које се, сасвим извесно, и читаво небо могло пријатно сместити, пређе преко обојице, а онда се учтиво наклони госту, покушавајући да у потпуности прикрије своја осећања према њему, осећања која су извиривала из ње као уплашено чедо у наручју мајке пред каквом опасношћу. Наклонивши се, она пође у другу собу.

Феодору Андрејевичу не беше јасно из ког је разлога Амелији било нужно да каже како на љубав гледа њен отац, и оно што је најважније — о каквој је то рачуници реч? Сигурно то није поменула тек тако, из пуког причања.

— Младост. Младост, не знам шта друго да Вам кажем. И то младост љубавних заноса и идеала какви се једино могу наћи у жене — закључи мирно Алексеј Владимирович.

— А зар Ви ни у једном тренутку нисте чак ни помислили да Ваша кћер можда и има право? — овим речима Феодор Андрејевич изненади Сидорова.

— Забога младићу, па зар и Ви можете поверовати у то да су патња и из ње изникла љубав, љубав опсенара и потпуно нереална и ваздушаста, покретачи било чега доброг у човеку? Зар се од патње још могу убирати здрави плодови? Зар сте и Ви, опростите ми што ћу Вам то сада рећи, зар сте и Ви тако неразумни као моја кћер Амелија?

— А одакле ја то могу знати? Шта мислите? Одакле могу тврдити да ли је могуће да се из такве љубави може створити било шта велико? Ја Вам на то не могу дати одговор, јер немам таква искуства, а без искуства говорити, то су само претпоставке и размишљања, донекле чак и нагађања.

— Знате ли у чему је сва невоља моје кћери? — ужурба се Сидоров.

— Не. Кажите.

— Једноставно је. Невоља је у томе што она доста времена расипа читајући романе, а поред тога, из тих романа не жели чак ни да изађе. Романи Вам нису реалност. Романи су само различите претпоставке како би нешто могло, како би требало. Разумете шта хоћу да кажем? А шта је она учинила са том својом књижевношћу, пазите молим Вас на овај детаљ — она је у својој уобразиљи поставила некакве стандарде љубави и стандарде идеалног младића. Дакле, она се на такав начин још на самоме почетку заробила. Видите ли само како она на патњу гледа? И не само што она заиста пати — она чак у тој патњи налази и неку очараност, какву, ја то не могу знати, али зацело је налази. Ту патњу код наше кћери најпре је приметила моја супруга и то непосредно после Вашег доласка у Редкино.

— Мог доласка у Редкино? — отегну поручник. — Али, какве то везе има са мном? — узнемири се и већ се стаде бранити.

— Не кажем да њена патња има било какве везе са Вама. Не знам само из чега сте извели такав закључак. Ја Вам само дајем временско одређење те њене појаве, хоћу рећи да та њена патња траје већ дуго и забрињава нас, њене родитеље. Марија о томе говори са њом и као мајка и као жена, из тог њиховог особеног, женског аспекта. Знате и сами, жене су, и та њихова осећања... хм, чудна је то појава, признаћете и сами. Нама готово несхватљива, јер ипак смо ми сачињени од другачије грађе. Мене више брине то што сам ја, употребивши свој положај и посредовањем одређених људи, врло угледних и запажених не само овде код нас у Редкину, већ и шире, удесио познанство своје кћери са једним угледним петроградским чиновником. Чак сам са њим већ договорио и венчање, његово и Амелијино, разуме се...

— Како то мислите, Ви сте договорили?

— Просто. Већ смо и о званицама разговарали.

— И све то без Амелије?

— Без ње, разуме се. Шта Вам је ту чудновато? А Марију сам, као њену мајку, задужио да је уразуми у погледу њених жеља.

— Да уразуми њена осећања, вероватно на то циљате? Па зар мислите да је тако нешто и могућно? Шта ако су њена осећања поверена другом човеку?

— Управо тако! Проницљиви сте, младићу. Баш тако, осећања према другом човеку. Ко је он, није нам говорила. Уосталом, нас то ни не занима.

— И ви сада желите да „уразумите њена осећања”?

— Тако је — равнодушно и уверено закључи Алексеј Владимирович.

— Па то је ужасан злочин, знате ли то? Све и да вам тако нешто пође за руком, што је готово и немогуће, знате ли да је то супротно сваком добром убеђењу?

— Ах, младићу! Никада за Вас не бих рекао да сте и Ви такав занесењак!

— Упуштате се у немогуће подузеће.

— А како то, како то, образложите ми, молим Вас?

— Неразумно је бранити и спречавати нечију љубав. Подједнако је залудно колико и некоме у његово име наметати његову срећу. Зар заиста мислите да срећу другима ми можемо одабрати? И зар Вам се не чини да је готово равно злочину то што Ви бирате у име Ваше кћери? А „уразумити нечија осећања”, немојте се само сада наљутити, немојте се увредити због овога што ћу Вам отворено рећи — то Вам је равно глупости.

— Равно глупости?

— Свакако. То ће Вам многи рећи и нема у томе неке нарочите мудрости. Ја не желим да Вас обесхрабрујем у ономе што сте намерили по питању Ваше кћери, али добро размислите још једном о свему. Схватате ли да тим својим подузећем повређујете нечије срце, и то не било чије, већ срце Ваше кћери!

— Бесмислице! То што Ви говорите, све су то бесмислице! А шта ако јој срце повреди тај њен изабраник? Шта ћемо са том могућношћу? Кажите ми, шта ћемо са тим? Овде барем има добру прилику...

— Прилику, за шта?

— Како то мислите „за шта”? За добру удају, разуме се.

— Сами одлучите. Уосталом, то је Ваша ствар. Иако то не сматрам својом дужношћу, ја сам ипак нашао да је важно да Вам укажем на суровост Вашег опхођења према кћери. И да знате само — такво нешто ја никада не бих оправдао! Сигуран сам и да ни у многих других не би наишли на одобравање. Па, помислите само — није ли злочин забравити срце своје кћери? Шта о томе мислите? Пустите је нека сама изабере. Напослетку, ако се чак и покаје, кајаће се због свог личног избора. Самим тим и Ви сте ослобођени било какве моралне одговорности.

— Којешта! Да изабере себи сигурну пропаст и да при том пропусти добру прилику. И зар би требало да ја на све то као отац гледам равнодушно и да се, у исто време, умирим тиме што нећу имати никакву моралну одговорност? Добро сам рекао за Вас: и Ви сте нарочит занесењак! Баш као и Амелија.

— Нека сам ја чак и занесењак, али опет Вам кажем — размислите да ли полажете права на то да срце Ваше кћери изнесете пред другога на тацни, и то само због чињенице што је, како сте се сами изволели изразити, тај човек по Вашим мерилима добра прилика?

Сидоров оћута на ово и замисли се. Испитивачки је погледавао на поручника и вртео главом у знак негодовања и противљења његовом размишљању о читавој тој ствари, ствари која би, по његовом убеђењу, требало да донесе срећу његовој кћери.

„Ако се она сада и противи”, размишљао је за себе Алексеј Владимирович, „то је само тренутно стање њене још увек неискусне душе. Напослетку ће и сама увидети колико ће јој добра донети овај готово већ до краја и у свим појединостима удешени однос са чиновником.”

Утом пристиже и Марија, додуше без самовара у рукама. Сидоров то није ни приметио због заноса свога промишљања, иначе би је, то је већ извесно, непотребно укорио. Она је чула део овог њиховог разговора док је била у трпезарији и помислила је да би било добро да и она нешто каже.

— Видите, младићу — отпоче Марија Сергејевна равним тоном — мој муж има потпуно право. И мене као мајку брине та Амелијина непокорност и тврдоглавост. Разумете ли? Ако то младост уопште може разумети...

— Ви називате тврдоглавошћу то што Ваша кћер не жели да преда своје срце човеку кога, врло вероватно, нити воли нити ће јој то икада бити могућно? То хоћете да кажете?

— А шта је друго, молићу лепо? Шта?

— Шта је?! Па то је Вашој кћери још једна патња поврх њене већ ужасне муке. То што не само што је не разумете, већ још и погрешно судите о њеном карактеру налазећи у њему некакву тврдоглавост.

— Како то мислите?

— Ваша кћер је, пре него што се повукла у собу, отворено говорила о патњи, готово као о предуслову велике љубави. Таква је љубав, сложићете се са мном, позната у Руса. Амелија је, говорећи о тој патњи, указала и на то да нема тог човека поред ње којег призива њено девојачко срце. Дакле, не било ког човека већ њој сродног и блиског. И сада још на све то треба да прихвати и чињеницу да је ви желите, и мимо њене воље, дати некоме ко је по мерилима Вашег мужа „добра прилика"?! Зар то није злочин своје врсте?

— Њено срце призива сродну и блиску душу? То ми говорите? И да је злочин оно што чини мој муж. Ах, младићу. Заиста је Алексеј Владимирович у праву — ви млади превише читате уместо да удахнете живот у плућа, да живите.

— Ми, заправо, то једино и хоћемо! Да живимо! — дочека је Феђа овим речима. — Уверавам Вас, ми једино то и тражимо, али не онако како то други у наше име мисле да би требало већ онако како то ми сами одлучимо. Суфлери туђег живота имају најнекорисније подузеће, знајте то. Ми се противимо свему ономе што сматрамо да је по нас погубно, па макар то била и жеља родитеља, власт или поредак ако су наопаки, речју свему што се противи нашим жељама и уверењима, јер ко за нас и за наше добро може мислити боље од нас самих? Кажите ми, ко?

— Колико ватрено износите своја убеђења помишљам да сте опонент свима и свему, можда чак и револуционар — овим га већ изазва Марија Сергејевна.

— Нека сам ја и револуционар — прихвати поручник помирљиво — али зар се Ви нимало не смућујете што сте постали мучитељем срца Ваше кћери, јер је мимо њене воље дајете некоме коме њена душа не жели поћи? Шта мислите да је важније — прост рачун или љубав, па макар она морала дати и жртвени принос кроз патњу?

— Патња, жртва у љубави и за љубав... Хајте, молим Вас! Романи! То о чему моја кћер, а сада и Ви говорите, то су Вам, младићу, романи.

— Не, госпођо Сергејевна! — успротиви се Максимов. — Нема ту никаквих романа. То је за нас управо онај живот на који сте нас и сами позвали да га следујемо! Али, ми га живимо изнутра, разумете шта Вам хоћу рећи?

— У некој мери могу Вас разумети, али зар ви млади мислите да ћете вечно моћи живети од тог вашег божанског заноса, од љубави, од те ватре у души, и како се већ Амелија једном приликом изволела изразити — од унутрашњег загрљаја са другом душом у којој је иста љубав и друга половина њеног бића? Тако размишљају једино опсенари, уверавам Вас. Душа! Та, маните се тих трица.

— Зашто мислите да су опсенари они који поштују своје принципе и жеље, лични избор и властити пут под шаком неба у којој смо сви? Не мислите ли да Вам је суд превише оштар?

— Оставите се мојих судова... Него, који су то принципи и жеље вас младих? Сигурно мислите на љубав?

— И на љубав — одсечно потврди Феодор Андрејевич.

— Разочараћете се на крају, младићу. Баш као што се и хаљина истара, тако и љубав. Млади сте и крв Вам је још увек врела, зато и не можете схватати ово што Вам говорим. Све прође. И мало иза чега у животу остане трага.

— Прође само оно што никада није ни имало упоришта нити сигурна ослонца у искреним жељама срца! — још једном се успротиви Феђа.

— Ви сте се баш заинатили... — одмахну руком Марија Сергејевна. — Душа. Срце. Кажем Вам, младићу, то о чему говорите су шупље илузије.

— У сваком случају, ја износим своје мишљење па свидело Вам се то или не.

— Па шта још мислите, кажите ми? Кажите све до краја и без изостављања било чега што сматрате важним. Него... Кажите ми и ово: Зар мислите да Амелија у том свом заносу зна шта чини? Мислите ли да од тог свог сањарења неће имати штете?

— Може бити да је тај њен занос, како сте се већ сами изволели изразити, сав њен капитал и срећа, сав њен улог, и она сигурно неће страховати да можда читав тај свој капитал стави на коцку. Знајте то.

Изговоривши ово, и Алексеј Владимирович и Марија Сергејевна пребледеше од ужаса и при самој помисли на такву могућност у погледу њихове кћери.

— Наравно, немојте се нарочито ослањати на ово моје мишљење — Максимов као да им прочита мисао и стрепњу — јер, уопште узев, зар је оно и важно с обзиром на чињеницу да ја о животу Ваше кћери не знам баш ништа и све Вам ово говорим под одређеним претпоставкама. Ипак, гђо Сергејевна, ако ме већ питате за мишљење, рећи ћу Вам и то да ми није јасно како Вас као мајку не изједа црв сумње и трепета, јер шта ако човек којег сте одабрали Вашој кћери напослетку постане њен мучитељ, а она његов доживотни сужањ? И, замислите само, све то може бити и прећутано, можда се Ваша кћер никада Вама не би пожалила, а живела би несрећно и у незадовољству, можда чак и очајна. О том свом могућем удесу она би вероватно пред Вама ћутала, јер замислите само: ко би још поверио свој удес онима који су, у највећој мери, тај удес и наместили?! Размислите о томе. Кажем Вам, размислите још једном — заврши Феђа овим речима.

Утом се зачу звоно на улазним вратима. Марија Сергејевна, пре тога, још једном је само одмахнула руком, тако негодујући и противећи се свему ономе што је чула од Феодора Андрејевича. Алексеј Владимирович од силног узбуђења које је на њега оставио резак звук месинганог звона, ово чак и не примети. Пљесну рукама и задовољно повика:

— Аха! Ево нам и њега!

По покретима тела домаћина које готово да је поиграло од задовољства због ове нове посете, Максимов је лако могао судити да је на вратима управо он, та „добра прилика" за Амелију Сидоровну, како се већ и сам Сидоров изразио. Домаћин хитрим корацима дође до улазних врата, са њих скину намакнуту резу и отвори их. Испред њега, подижући увис са два прста отмен, црни цилиндар, стајала је она „добра прилика" за Амелију Сидоровну.

---

1 Руски празник са доста пошалица, празник у којем се млади парови приближавају једни другима ради венчања

XI

Испред Алексеја Владимировича, у не много снегом који тек што је стао провејавати, наквашеном капуту, црном, господственом и надасве изутне лепоте, стајао је онижи човек, „добра прилика” за Амелију Сидоровну. Ни по чему посебне, чак просечне и веома досадне физиономије, смркнуто је погледавао на домаћина, учтиво му се наклонивши. Лице му озбиљно и на њега из неког разлога вешто натучена одређена важност (могућно због утиска којег је требао оставити). Држање му усправно, а стисак руке чврст. На рукохват испред Сидорова, скидајући црни цилиндар са, испод њега мало покисле главе, у усиљеном господству и важности, протезала се прилика петроградског чиновника. Био је то Иван Никитович Фомин, лично. Да, исти онај Фомин из воза на путу за Москву, исти онај Фомин мучитељ несрећне Аљоне Андрејевне, да, баш тај Иван Никитович Фомин! Супарник Феодора Андрејевича у погледу Настасје Семјоновне, његов гонитељ у још дубљу и озбиљнију болест манијаштва, његов усуд и, по свему судећи, незаобилазни међаш на путу Феодорова живота, преко којег се, барем за сада, никако није могло прећи — једноставно, није се могао прескочити.

Сидоров из опште пристојности, оне научене и на њу навикнуте, широм развуче уста као мех хармонике у пријатељски осмех, коракну према госту и најпре га загрливши, снажно га потапша по уским, мршавим раменима. Све ово беше уобичајено за људе који се међусобно уважавају из неког разлога, иако не баш искрено и срдачно. Фомин је одавао утисак прилично уморна човека; беше извесно да га је путовање руском железницом добро намучило. Ипак, у следећем тренутку он као да се присети важности свога доласка те се на његовоме лицу појави живост и чак врло добро расположење. Његова посета Сидоровима овога пута била је заиста од великог значаја — требало је договорити све детаље око венчања са Амелијом Сидоровном. Такође, Фомин је допутовао из Петрограда у Редкино како би након Сидорових посетио и Хлебјатњикова и саопштио му важне новости. О чему је ту заправо реч биће јасно касније нашим завршним причањем. Фомин се усправи, сад већ свеж у лицу, отресито и хитрим покретима руку скиде свој нови, до савршенства и беспрекорно искројени капут, одговори домаћину љубазно на његов пријем и већ би готов да пође за њим у широки и светли салон где га је, а да он то није могао ни наслутити, чекало велико изненађење.

Феодор Андрејевич је тамо, иза врата, још увек седео у потпуно пресликаном положају у односу на онај тренутак када је Сидоров изашао опоменут звоном, што само по себи довољно говори колико се сад већ досађивао у друштву Марије Сергејевне. Извесно беше да су разменили тек неколико речи откако је Алексеј Владимирович изашао да дочека новог госта, речи безначајних и уобичајених, и то једино из разлога како би се избегла непријатност у ћутању док се он не врати. Амелија је за то време и даље седела забрављена у соби, забрављена, али и слободна од свих, од било чијих речи и погледа, од критика и опомена. Седела је на широком кревету лица намученог сузама, замишљена и сетна. Излазак из собе, ма који да је разлог могао искрснути, за њу би било само још једно непотребно мучење. Није ни слутила да је тај разлог већ постојао доласком „добре прилике”, човека којем је њен отац подредио читаву њену судбу. Још и пре него што је са „добром приликом” закорачио у салон, он весело повика:

— Амелија!

Овај позив оца за њу је била заповест. Ужурба се како би сакрила трагове суза тарући лице грубом блузом и како би поправила укоснице у прелепој, дугој и плавој коси иако за то уопште и није било потребе. Али, најмање што јој је сада требало јесте грубост Марије Сергејевне која није пропуштала да је искритикује кад год би јој се за то указала прилика и то за све и свашта; рецимо, ако би приметила да из немарности младе девојке (тако је то барем изгледало у њеним очима) блуза никако не би пристајала уз одабрану хаљину, или уколико би се само и један несташни чуперак искрао из повезане косе и враголасто јој пао на лице. У најкраћем — мајка је очекивала да њена кћер увек блиста, да је раскошна и лепа споља, а о њеном срцу, о надама и патњама, о узаврелој љубави која је напунила девојачко срце до врха блаженим осећањима, о томе није знала баш ништа! Злочин над свежом, младом, здравом и једром душом, ето, то је!

Поручник се из неког разлога намршти, извади из џепа онај медаљон који је по молби своје сестре Аљоне требало бацити и стаде га разгледати и окретати у рукама тако необичним покретима, да се са извесном поузданошћу могло судити како се поново нашао у помућеном душевном стању, да се једио на човека којег никако није могао протерати из својих кржљавих мисли, због чега су му нерви разуздано поигравали као нервозни и невешти балетан. У таквом унутрашњем напрезању он и дочека Ивана Никитовича. И не само што га он никако није могао протерати из своје главе — ето, он му чак и сам долази некаквим чудним сплетом још чуднијих околности.

— Ево нам, ево нам и њега! Марија! Марија! Самовар! И палачинке, палачинке дај! Ужурбај се, непослушна и вечна љубави! — викао је Алексеј Владимирович смешећи се шеретски, док је улазио у салон у посебном стању усхићења, радостан као дечак, у некој мери чак и духовит.

Марију Сергејевну овакав наступ мужа збуни, али она се истом повуче у кухињу, и не поздравивши се са Фомином, што беше велика несмотреност и по мери Алексеја Владимировича, преступ због којег ће је сигурно већ првом приликом укорити.

— Амелија! Амелија, кћери! — повика, још увек под утицајем непромишљеног чина Марије Сергејевне. — Господине Фомин, опростите на овој малој распуштености. Код нас Вам је, знате, уосталом као и у готово свакој другој породици, присутан благи метеж, у извесној мери чак и комичан, признаћете и сами. Амелија, Амелија! — повика још једном, а онда се окрену ка Максимову и указа на њега свом новом госту покретом главе. — А ово Вам је, уважени мој господине, ово Вам је...

— Знам! — прекиде га Фомин. — Знам ко је. И ко би рекао — продужи обраћајући се Феђи — ко би рекао да ћемо се поново за овако кратко време и баш на овоме месту срести? А? Шта Ви кажете?

Сидоров збуњено стаде разгледати час у једног час у другог јер му ништа не беше светло нити јасно.

„Одакле се њих двојица могу познавати? Хм...”, помисли у себи зачуђен.

Поручник је и даље седео као прикован за наслоњачу, мрка лица и сад већ можда и у стези своје болести манијаштва којег се по сваку цену и са извесном хитношћу морао ослободити. Чинило се да и нема намеру да се придигне из наслоњаче како би се поздравио са Фомином. У очима му је куљао дим из вулкана гнева и мржње према човеку којег никако није очекивао, а он, ето сада стоји пред њим када му је она исповест Аљоне Андрејевне још увек свежа. Пљувачка му је запињала и никако није могла клизнути низ грло, а готово сваки мишић на лицу стаде замирати, укочен и паралисан. У његовом ионако стешњеном бићу услед све израженије болести манијаштва, нешто му је силно и до пуцања натезало струне нерава, одвећ истањене, а онда, након што би нерви коначно и потпуно попустили, стављало обруче како би ти исти живци, иако покидани, остали на окупу.

У једном тренутку услед немогућности да издржи толики притисак утисака који је на њега оставио овај човек, „добра прилика”, дође му чак и да врисне не би ли тако из себе изгнао немир, нелагоду, презир, ружна осећања и ужасно мучење. И можда би у свом све израженијем наступу манијаштва то и учинио, али у томе га је спречавало оно зрно благочешћа и уљудности, зрно урођене и опште пристојности коју имају сви људи, зрно које нас чува од велике непромишљености и различитих изгреда.

„Не може човек из себе ни крик испустити. Правила! Проклета правила! Закони међусобног општења међу људима, неслободног и намештеног, претворног! До врага са свим тим ако човек затвара у себе све оно чега би се најрадије ослободио! Проклета правила”, помишљао је Максимов у себи.

Покушавао је да се на било који начин отргне од ових нових и свакако неочекиваних околности, покушавао је у свом том нереду мисли да разуме шта га то веже за Ивана Никитовича, која им то неспутана сила магнета спаја животе, какав усуд и по чијем драмском ниткоовлуку и безобзирности је удешен овај њихов сусрет, откуда му он долази и са којим разлогом — зар је могућно да полаже право да ровари по његовом ионако већ развањеном животу, једва и са муком отетог од потпуног самоуништења? Иако ништа од свега овога поручнику не беше светло и јасно, двојици чудака путеви су се сад већ неповратно укрстили повезаним нитима са Настасјом Семјоновном, Аљоном Андрејевном и ево сад и са Алексејем Владимировичем; и то опет неким чудноватим разлогом, кога је Максимов, можда, само слутио након доласка Фомина код Сидорова, али о њему свакако ништа поуздано није знао.

„Алексеј Владимирович је показао одређено интересовање за Настју, као и Фомин уосталом, можда нас међусобно повезује баш она?! До врага и с њом”, помишљао је у себи. „И из ког је разлога Амелија Сидоровна приликом нашег упознавања напоменула, иако стидљиво, да ме је већ негде видела, овде, у Редкину? Забога, а где? Ах, да! За празник Масленица. Напоменула је чак и да сам том приликом био у врло пријатном расположењу и у друштву Настасје Семјоновне. Али, зар је то сада од било какве важности? Због чега ми је она уопште и поменула тај детаљ приликом нашег упознавања? И шта ја имам још и са њом, са Амелијом Сидоровном!? Зар и нас нешто повезује? Ако још и ту има некаквих већ унапред удешених односа, како је могуће да ја о томе не знам баш ништа и како да сада дођем до било каквих сазнања, ако је то од какве важности? А како бих могао знати да ли је и од колике важности? Хм... А шта добијам тим сазнањем?”, већ је демантовао своју претходну мисао. „Све и да Амелија слаже своја осећања према мени у најдубљим оставама свога срца, нека на томе и остане, нека се са тим и сврши. Али, не! То је немогуће! Па она ме и не познаје! Опет, зар је за ватру благородних осећања потребно неко нарочито познанство? Не, ипак не! И зар није Иван Никитович та њена 'добра прилика' и није ли ту, сасвим извесно, ствар већ свршена? Ради тог подузећа овај нитков је и дошао. Али, ако је то већ свршена ствар, шта ће овај подлац са својом прошлошћу, прошлошћу не по питању Аљоне, не по питању те ружне историје, већ...”, присетивши се сестре и оног писма поручника обузе јед у потпуности. „Шта је намислио у погледу Настасје Семјоновне? Он се њоме сигурно још увек занима и од ње неће никада одустати! Бестидни проклетник, ако је већ унесрећио Аљону какав ли му је тек сада замишљени рачун у погледу Амелије Сидоровне и њене породице, у погледу Алексеја Владимировича пре свега, јер он је човек од утицаја и сигурно ће то искористити уколико Амелију узме за закониту жену. И какав би рачун између њих двојице тек могао постојати? Хм...”

У ионако испретураном редоследу непослушних мисли и главе окренуте натрашке, тако, да му никако није полазило за руком да исправно расуђује, Феодор Андрејевич сада све своје преостале разумне снаге употреби не би ли како одгонетнуо природу односа између ове двојице, јер о томе баш ништа није знао. Ипак, иако је био у врло рђавом душевном расположењу и за било шта велико и важно готово неупотребљив, у замагљеном присећању пред очи му искрсну она слика вечери код Хлебјатњикова и он се стаде грчевито занимати мишљу: због чега је најпре онај Иљин хитро изашао у ходник, а онда одмах за њим и Хлебјатњиков, иако је то било супротно свим правилима пристојности, јер је Хлебјатњиков, иако домаћин, оставио све присутне због овога једног. Максимов се зачуди како му је ово промакло те вечери, како одмах није посумњао да се ту дешава нешто врло крупно мимо очију других, и ту одмах помисли на Ловскога, јер свима је било јасно да се Хлебјатњиков и Ловски никако нису трпели, иако су често седели у истом друштву и чак се занимали око заједничке ствари (тако је барем изгледало) у часопису *Самосвести*.

„Иљин је те вечери отишао некуда, без било какве претходне најаве”, стаде се присећати поручник. „Ништа није указивало на неодложност тог његовог одласка, све се десило потпуно неочекивано и као по нечијем налогу. Ако је то заиста тако, онда по чијем налогу и куда је он то могао поћи? Хм, доста врло чудних околности”, подозрив је био Максимов. „И зар ми Настја једном приликом у уредништву *Самосвести* није поверила пред самим Лавом Фјодоровичем да јој се Сидоров хвалисао својим удешеним познанством и учвршћеном везом са извесним, утицајним петроградским чиновником? Зар је могуће да је то управо Иван Никитович, намазанко који га сада одмерава уздуж и попреко лукавим очима старог лисца? И какве још и он има везе са *Самосвешћу*? Зар је Сидоров толико наивна будала па да поверује да је могуће употребити познанство и утицајност овог петроградског чиновника не би ли пред Настјом и Лавом Фјодоровичем Ловским изашао као некаква величина, као неко чијом ће заслугом, а преко утицајног Фомина, *Самосвест* побољшати тираже? Иван Никитович сигурно ништа нема са идејом критицизма руског друштва, он у томе несумњиво није узео никаква удела нити га занимају социјалне аномалије изражене кроз неслободу и угњетавање свих оних који одлучно иступају са својим идејама и убеђењима, врло опасним по друштвено уређење. Идеје и свежина, полет интелектуалне младости, опасност је за сваки систем чији су темељи невешто утврђени по принципу ограничења људске воље и слободе, а самим тим остају и климави. Ипак, и опет: каквог удела Фомин уопште има у читавој тој ствари око *Самосвести*?”, заврши са својим премишљањима Максимов.

Чудно је како се одмах након попуштања немилосрдног наступа манијаштва поручник готово потпуно отрезнио и прибрао, и како је чак почео да прави у својој замршеној глави везе између свих тих људи, додуше, углавном је све то почивало на његовој сумњи и претпоставкама. Ипак, његово подозрење у овом случају је било оправдано, јер није Фомин дошао Алексеју

Владимировичу овај пут само из разлога како би коначно свршили ствар у погледу веридбе са Амелијом Сидоровном. Истини на вољу, веридба јесте била главни разлог, али не и једини. Такође, сви разлози посете Фомина Сидорову били су у и те како јакој, чврстој вези. Наиме, Иван Никитович уопште није волео Амелију нити је са Сидоровом удешавао ту веридбу из чистог убеђења да би тај брак био добар и успешан. Напротив, овде ствар беше чисто рачунска. Читава та рачуница Фомина састојала се у томе што је он знао да и Алексеј Владимирович полаже извесне наде у љубав Настасје Семјоновне. У сваком случају, са њом је одржавао какав-такав однос. Вест о веридби Амелије Сидоровне и Фомина мимо сваке сумње доћи ће и до Настје и то управо преко оца ове несрећне девојке, а то заправо и јесте крајњи ефекат који је петроградски чиновник хтео постићи. Дакле, у томе се и састојала та његова рачуница. Ствар је проста — Настасја Семјоновна ће на примљену вест сигурно реаговати и управо од тог њеног реаговања зависиће следећи корак петроградског превејанка. Уколико постане узнемирена и плаха, уколико у њој прокључа бес и инанитет — то ће за њега бити сигуран знак да се њено срце још увек њиме занима. У супротном, ако вест прими мирно, веридбом ће јој се барем на неки начин осветити и ставити јој до знања да он са њом не жели више никакав однос, ствар чисте сујете, разуме се само по себи.

О оној другој посети, посети Ивана Никитовича Хлебјатњиковуу, говорићемо на своме месту и у своје време, као што смо већ и обећали. За сада ћемо напоменути само то да заузеће Фомина у погледу недељника *Самосвести* није ни изблиза личило на ону очараност читавом том идејом као што је то било у случају Лава Фјодоровича Ловског и Феодора Андрејевича. Напротив. Као и у свему другом, Фомин је и у овоме имао само рачуницу и то врло дрску и покварену. Премишљајући управо о том наслућеном учешћу Фомина око недељника, наш се јунак досети како је Настасја Семјоновна при оном њиховом првом сусрету у уредништву Лава Фјодоровича Ловског напоменула како Сидорова држи за врло неука и примитивна човека, али у исто време и врло утицајна због својих познанстава са још утицајнијим људима, и, како се она том приликом сама изразила — ту утицајност требало би искористити у погледу што већих тиража *Самосвести*. Ни она ни Феђа нису могли ни слутити чију је утицајност Алексеј Владимирович покушао да искористи у погледу тиража недељника. Напоменућемо на овоме месту и то да Сидоров заиста није имао крајње намере када је ангажовао тог човека од утицаја за поменуту ствар већ је то чинио потпуно искрено и то само како би се приближио Настји. И, коначно — нити Настја, нити Максимов и Ловски, нити Сидоров нису ни слутили у каквим односима тај утицајни човек стоји са инспектором Хлебјатњиковим. У односу та два човека, уз повремену помоћ онога Иљина, састојало се читаво лукавство за које ће наш читалац дознати тек на крају нашега приповедања.

„Шта ако Настасја Семјоновна својом женском довитљивошћу заиста у читаву ствар увлачи и Ивана Никитовича само из разлога чистог користољубља, из разлога повећања тиража недељника? Зар та могућност није прихватљива и зар би је уопште и требало стављати под сумњу или је чак у потпуности одбацити? Читаво њено подузеће може се врло једноставно објаснити овим — она зна да је Фомин још увек под њеном влашћу, да, баш под влашћу, јер је он њоме опчињен, баш као и Алексеј Владимирович. Зна и да ће Фомин попустити на сваки њен захтев и учинити јој по вољи и да то женско оружје може употребити када год зажели. Она неће пропустити прилику ни да му нанесе бол, увредиће га одбијањем у погодном моменту, јер њој више готово да не беше могућно волети мушкарца после оне ужасне епизоде са Захаровом. Срце младе жене је тим лукавим чином старог развратника, чини се, доживотно затровано”, премишљао је Максимов за себе.

Ипак, све су ово биле само претпоставке Феодора Андрејевича, истина не у мери фантаста, али не ни толико тврде, јер шта је он могао знати уопште о њиховом односу и из чега? Зар само из оног упозорења Ивана Никитовича, приликом њиховог првог сусрета када му је рекао да уколико се и удеси познанство са Настјом, да се од тог познанства одрекне, јер ће се тим чином извесно спасити великих неприлика. Између Настје и Ивана Никитовича сигурно је постојао некакав удешен однос, али зар је поручник смео допустити себи да о том односу толико заноси своју главу? Ми ћемо напоменути само то да је она претпоставка Феодора Андрејевича да Настја уплиће и самог Фомина у читаву ону ствар око *Самосвести* потпуно погрешна. Фомин јесте имао одређених подузећа у вези са недељником, али ни изблиза налик подузећима како је то Максимов мислио. Какво је то подузеће Фомина било у погледу недељника рећи ћемо на своме месту, и за многе ће то сигурно бити велико изненађење.

„Хм, шта год да се између њих одвија, какав год то процес био, видећемо већ временом кад се све стане одмотавати”, закључи Максимов на крају за себе, без намере да устане из наслоњаче, да пружи руку придошлици и да са њим заподене разговор. Ипак, чиновник га сам напослетку прекиде у тим чудноватим премишљањима и тако га од њих коначно ослободи, не знајући при том да му на такав начин чини велику услугу.

— Па како сте ми, Феодоре Андрејевичу? — повика Фомин. — Ко би рекао да ћемо се срести баш на овоме месту? И за Вас је ово сигурно неочекивано, зар не? — шкљоцну очима неколико пута и већ испружи руку ка њему.

Поручник на ове речи сада већ поскочи као ошинут иако у њима не беше ничега значајног. Погледа га равно у очи и у доброј мери изазивачки, трудећи се да прикрије презир према њему. Климну главом и зловољно прихвати испружену му руку. Схвативши да му је у другој руци повелики медаљон са ликом човека са којим се управо рукује и да је могућно да то овај опази, узврпољи се као дете које неизоставно хоће нешто без одлагања, отпусти му руку из своје и хитрим покретима заподену медаљон у џеп. На његову срећу, овај чин прође неопажено од осталих.

— Само да знате — настави Фомин после руковања — очекивао сам Вас тамо, у Петрограду, разуме се. И гле чуда, ми се ипак у Редкину срећемо.

— А какво Вам је то чудо? — у одсуству било какве љубазности успротиви се Максимов. — Ја у овоме не налазим баш никаква чуда — кратко закључи, трудећи се да барем у некој мери прикрије нелагоду и јеткост.

— Можда и имате право. Можда је Ваше мишљење у потпуности исправно. Кхм... У сваком случају, ево нас опет! А? Шта кажете, Феодоре Андрејевичу?

Поручник га је, не издржавши више и не успевајући да прикрије своју нетрпељивост због овог неочекиваног сусрета, сада већ гледао директно и прилично презриво, и даље покушавајући да се суздржи од какве теже речи или наступа, барем овде, код Сидорових, јер таква глупост и непромишљеност свакако би оставиле врло лош утисак на њих, а то му никако није било потребно.

— Ја сам, искрено ћу Вам то поверити — отпоче Феђа помало искривљеног тела у држању и при том се трудећи да га како било опусти од грча — ја сам намерио да се још колико идуће седмице упутим у Петроград, али ето, Ви сте ме, као што Вам је и самоме јасно, у томе предухитрили. Моја сестра, Аљона

Андрејевна... Знате, она живи у Петрограду — пецну га жаоком, тражећи ефекта у ономе „моја сестра, Аљона Андрејевна".

Међутим, Иван Никитович га је и даље гледао потпуно мирно и готово пријатељски, без било каквог смућивања и нелагоде због помињања Аљоне Андрејевне. Тешко је поверовати у то да петроградски чиновник није одмах разумео о којој Аљони је реч, али једнако је зачуђујуће како му је полазило за руком да задржи то своје мирно држање после помињања њенога имена. Да ли је за то заслужан његов јак карактер, недостатак савести или све то заједно? У сваком случају, најпре ће бити да је овај поручников каприц прихватио за сада наизглед равнодушно, из поштовања према породици Сидоров, а за разрачунавање са Феодором Андрејевичем биће већ времена, тај рачун потребно је свести не само у погледу Аљоне Андрејевне већ пре свега у случају Настасје Семјоновне којој су обојица били покорни. Уосталом, он ће се у Редкину бавити својим подузећима неко време, што удешавањем веридбе и венчања са Амелијом Сидоровном, што том лукавошћу заједно са Хлебјатњиковим...

— Аха. Тако дакле, поручниче? Ваша сестра је, кажете, у Петрограду? — мирним гласом дочека Фомин поручникове речи. — Петроград је изузетан и привлачан младим људима из више аспеката и у сваком смислу. Петроград Вам је нека врста уточишта за младе људе енергичних идеја и покрета, а судећи по ономе што сте ми поверили оне ноћи док смо путовали према Москви, да сте због својих револуционарних идеја остали без службе, не би ме чудило да је и Ваша сестра управо једна од таквих. Опростите ми што ја ово чиним, али судећи по Вашем карактеру и узимајући у обзир чињеницу да је крв најјача веза међу људима, ја налазим да је врло могућно да се и Ваша сестра занима истим ватреним убеђењима као и Ви — закључи.

Ово Максимова ошину као прутем, нарочито оно у погледу револуционарних идеја, те му се по глави стадоше множити слутње да је Фомин можда некакав државни уљез, шпијун који кружи унаоколо као орао и вреба своје жртве, како би их, напослетку, испостављао властима са којима, врло вероватно, стоји у добрим односима.

— Откуда се ви познајете? — укључи се и домаћин.

— Из воза — кратко одговори поручник, предухитривши тако Фомина. — Ипак, ми се тек имамо упознати, зар не, господине Иване Никитовичу? — дрско иступи поручник пред свога супарника и мучитеља несрећне Аљоне.

— Један случајем удешен сусрет приликом путовања руском железницом, ништа значајно — одговори Фомин Сидорову, избегавши тако одговор Фећи. — А Ви, Алексеју Владимировичу? Како стоје Ваше домаће ствари? Где нам је Амелија?

— Амелија! Амелија! Кћери, где си се то спетљала? — неопрезно повика домаћин још једном, не обазирући се на то што је у души Амелије Сидоровне и без ове непотребне очеве примедбе одвећ било скучено и нелагодно у души и то управо због ове посете.

— Полако, господине Сидоров. Оставите девојку, можда се већ чиме битним заузела. Она ће нам се већ и сама придружити. Уосталом, мени се никуда не жури тако да се немојте непотребно једити на кћер — помирљиво примети Иван Никитович. — Сигурно Вам је и самом познато да женско срце више воли нежност у опхођењу од наређивања и условљавања било чим.

Након ових речи Фомин се лукаво насмеши и неочекивано и без било какве претходне најаве, заокрену разговор у другоме правцу.

— А Настасја Семјоновна? До мене су долазиле вести да је постала призната уметница, додуше и провокативна. Чујем да у њеној уметности има доста каприца и да се чак заноси некаквим револуционарним идејама израженим кроз тај ваш недељник, а све то са извесним младим човеком по имену...

— Лав Фјодорович Ловски — одлучним гласом прекиде га Максимов.

— Видим младићу — рече Фомин окренувши се према поручнику — да сте се за кратко време добро упознали са приликама овде.

— Чак и у свему узео учешћа — тријумфовао је Феђа још одлучније.

— Хм... Па зар после свега поново ступате у исто то коло одакле сте се једва ишчупали и то са великим последицама по Вас, како сте ми сами поверили. Вас је отворени протест коштао службе ако се не варам, тамо, у Београду. Знате ли да су идеје тог Ловског и Настасје Семјоновне врло опасне?

— Опасне у ком смислу? — оштро дочека Феђа. — По том питању имамо другачија мишљења, јер по мом схватању опасно је једино покорити се погрешним начелима, погрешним идејама и било ком друштвеном уређењу које у себи нема тврда темеља.

— Видим, овде имамо још једног револуционара — рече Фомин погледајући на Сидорова.

— Па, шта с тим све и да је то тачно? Да ли је праведни бунт кажњив, кажите ми то? Ето, Ви сте правнички чиновник и о тој бисте ствари сигурно морали више знати и од мене и од господина Алексеја Владимировича заједно.

Сидоров се на ове речи мало трже, јер не беше му јасно какве он везе има са овим о чему је поручник говорио.

— Знајте само — отпоче Фомин — знајте да су тамо, у Петрограду, прошле недеље ухапсили троје младих баш због тог њиховог отвореног активизма по питању тренутног друштвеног уређења, или да будем још директнији — због противљења властима. Знате сигурно и сами да ниједна власт не трпи критику нити подривања. Чувајте се. Немојте због убеђења и некакве идеје да изгубите слободу као ови несрећници у Петрограду — закључи, лукаво га погледавајући испод ока.

Тек ове речи поручника ошинуше бесом и срџбом још више, разбукташе ватру зажарене страсти, али он ипак издржа да не узврати и оћута.

— А Хлебјатњиков? — неочекивано упита Фомин Алексеја Владимировича. — Требало би неизоставно и њему да учиним посету и то што пре.

— Ах, Хлебјатњиков! Тај Вам је увек нечим заузет. Ради на случају некаквог убиства — одговори му домаћин готово незаинтересовано. Беше више него очигледно да је то што се ова двојица познају на њега оставило тако велики утисак да му је свака друга прича, па макар то било и о Хлебјатњикову, постала не баш толико важним предметом интересовања.

— Хм... Инспектор увек има случајева које треба неизоставно и што пре да реши, управо то сви од њега и очекују. Чуо сам за убиство и то уопште није мала ствар — рече Фомин.

„Инспектор...”, помисли у себи Максимов и нервозно подозревајући мотраше на Фомина. „Хлебјатњиков је инспектор? Хм, то већ нисам знао. Још је Фомин дошао у Редкино да њему учини посету, о њему се сада распитује код Алексеја Владимировича... Хм, све ми је то чудно. Претходно је поменуо да му је добро познат активизам Лава Фјодоровича Ловског, мене наизглед пријатељски и заштитнички упознаје са случајем тих притворених петроградских побуњеника, утамничених због отвореног противљења властима. Хм, заиста у свему овоме има много тога зачуђујућег. Овог човека треба избегавати! Или, још боље, спаковати га у кофер и вратити натраг у Петроград, претходно га јавно понизивши због срамоћења Аљоне...”

— Ах, ево нам коначно и ње! — прекиде га Сидоров у његовом размишљању, указавши им на своју кћи Амелију и у исто време очима је прекоревајући на прилично обазрив начин, тако да то ова двојица никако нису ни могла приметити.

Кротка девојка најпре се збуни пред појавом Ивана Никитовича као да га је тек први пут и то потпуно неочекивано угледала. Овај се, пак, као и обично, држао веома хладнокрвно и донекле деспотски као и сваки човек који мисли да баш све држи у својим рукама, па тако и срце ове младе девојке. А онда, из опште пристојности и кућног васпитања, благо се наклони Фомину вешто скривајући поглед пред њим, затуривши га између прелепих девојачких груди. Утом пристиже и Марија Сергејевна из кухиње носећи самовар, стаклене чаше и држаче за њих у рукама.

— Хајде, Амелија, шта си се ту спетљала, прихвати самовар — грубо и неопрезно рече Марија Сергејевна и тако још више збуни младо девојачко срце жељно искреног опхођења и љубави које је, насупрот томе, још једном остало згрожено пред неосетљивошћу родитеља, пред њиховим захтевима и очекивањима у погледу „добре прилике”.

Замисао родитеља да своју кћер удају за петроградског чиновника ишли су у за њих добром, прижељкиваном смеру, јер Фомин је већ обећао да ће ускоро и прстен донети и запросити девојку. О свему овоме Амелија није знала баш ништа изузев факта, тачније, обећања Ивана Никитовича да ће је он неизоставно запросити. То је било једино што је, како су то они мислили и у чему су се сво троје сложили, она требала да зна. То и ништа више од тога, сматрајући да је то сасвим довољно за почетак. Али, за почетак чега? И сада тај петроградски гизделин у поодмаклим годинама, тај чиновник разврaћене, душе окренуте наопачке, бестидник, обични рачунција и надменко, мирно седи на дивану задовољно се на њему протежући као да је овде већ домаћи, као да је и сам део породице Сидоров што заправо и јесте био циљ свих њих, свих, изузев Амелије. Она по први пут, ни сама не знајући да јој је то могућно, да она то може, одлучно иступи против свега онога са чим се никако није могла сложити, а за шта је нико и није питао, као да се то и не тиче ње саме. Подиже поглед и усправи се у леђима (знак тврде одлучности), а затим коракну ка старом грамофону показавши своју витку, прелепу и грациозну фигуру. Направивши тих неколико корака она пусти плочу Чајковског, задовољно се и широко осмехнувши.

Марија Сергејевна је погледавала збуњено на кћер и у једном јој се тренутку учини да ће јој самовар испасти из руку, исти онај самовар који је Амелија одбила да прихвати и наместо тога се чак дрзнула да пусти омиљену плочу. Феђа примети нелагодност на лицу Сидорових због оваквог иступа кћери, погледа у Амелију задовољно јој се и са одобравањем осмехнувши, а онда, сасвим неочекивано за све, сам прихвати самовар од Марије Сергејевне оштро разгледајући Фомина који чак ни сада не показиваше ни најмањег трага смућивања, нелагоде нити непријатности због читаве ове сцене непослушности своје будуће веренице, сцене на коју баш нико није рачунао, па ни он сам.

— Амелија! — овај пут већ готово љутито повика Алексеј Владимирович тргнувши се из нелагоде и изненађености. — Где си то затурила послушност и васпитање? Зар је плоча Чајковског најважнија у овоме тренутку?

— Оче, Чајковски је врло добар за сваку прилику, зар то не схватате?

— Амелија! — повика и Марија Сергејевна, али она и на ово остаде равнодушна.

— Петар Иљич Чајковски је нарочит виртуоз класичне музике и самим тим свакако је веома значајан, при том још је и Рус —

примети Феодор Андрејевич спуштајући пажљиво самовар на сто и желећи да прекине незгодан тренутак између Сидорових. — Његова музика, у сваком случају и у сваком погледу, далеко је боља и потребнија од обичног људског разговора, површног и чак штетног. Чајковски смекшава срце увек, што се не може рећи да је случај и са нама блиским људима, јер и они нас понекад угњетавају, везују нам наде, газе преко наших жеља и уверења — рече, нежно погледавајући на Амелију Сидоровну.

Она се од тог погледа збуни, беше јој истовремено и пријатно и нелагодно. Врло је чудновато како је Максимову пошло за руком да на место малопређашњег манијаштва дође толика нежност и осећајност. Непоуздан би био закључак да се његово срце стало занимати Амелијом Сидоровном, јер његова очараност Настасјом Семјоновном за сада није остављала готово никакве могућности да се он занима било којом другом женом. Али, из ког се онда разлога поручник сада тако нежно односио према Амелији? Шта се десило са оним његовим мрштавим цртама лица које само што нису стале пуцати пред очима свих, јер Максимов је дошао у врло лошем душевном расположењу код Сидорових, а сада се још сусрео и са својим мучитељем, Фомином? Грубе црте лица посташе намах некако смекшане, блаже и много пријатније. Разлог томе сигурно је постојао, али који? Може бити да је Феђа осетио одређену привлачност у односу на младу Амелију Сидоровну, можда му се баш у овим тренуцима срце стало делити на пола — један је део остао код Настје, а други се немирно стао отимати о Амелију... Можда, зато ни ту могућност не би требало потпуно искључити.

— Знате шта, Амелија Сидоровна — настави поручник топлим гласом не скидајући погледа са ње — можда би чак требало и појачати музику, не много, разуме се. Сматрам да од тога нико од нас не би имао штете као што је то случај у погрешним разговорима, грубим и без саосећања за саговорника, а све је то, сложићете се и сами са мном, врло могућно; погрешне речи често остану необуздане, а ако је већ тако и штета је у том случају готово неизбежна.

Кћи Алексеја Владимировича и Марије Сергејевне погледавала је на њега у радосном, заљубљеном усхићењу, сад већ доста смелије, али без ликовања што је неко, барем како се њој у тим тренуцима учинило, коначно разуме. Ликовање над могућом властитом срећом обично води великој несрећи. Јер, да је неким случајем Амелија ликовала због ове тренутне наклоности Феодора Андрејевича сасвим је сигурно да би ту његову пажњу намах изгубила, он би тим њеним ликовањем остао увређен, јер није је он подржао како би она то искористила да порази ту суровост родитеља и како би избегла даља Фоминова лукавства. Не, то никако. Напротив, он је Амелију подржао из чистог убеђења, а ако је већ тако, ликовање због тога заиста би био неки вид злоупотребе његове наклоности и искрене тежње да заштити оно што је људско и достојанствено. Такође, све и да је у наступу поручника Максимова и било емоција према њој, она то никако за сада није могла знати, барем не са сигурношћу, стога, чему се унапред радовати нечему што још увек нема чврста ослонца и утемељења. Ипак, помисао и о самој могућности да ју је Феђа приметио и као жену, испуњавала је девојачке груди некаквом узвишеном узбуђеношћу и лепотом. Амелија је добро знала да уколико би се сада гордо наднела над тренутно јој указаном срећом, уколико би се полакомила због пружене јој поручникове пажње, ако би сада постала неразумна и у поноситости искоракнула пред родитеље и тако пред њих гордо стала штрчећи пред њима својим безумним ликовањем и тријумфујући због тренутно јој наклоњене звезде личне судбе, то свакако не би било мудро из више разлога. Један од разлога, ма колико нама било тешко да то прихватимо, јесте и тај што су ретки они који желе да нас виде срећна и задовољна лица. Човеков пут душевног и духовног успињања, човеков лет и долет до блаженстава, до мира и коначне утехе, до онога што срце у самоћи снева и прижељкује, до љубави сјајнијој од сунца које никада не залази, пут је тежак и окован, саплетен сулудом завишћу и мржњом, пакошћу других, и, о гле чуда, понекад чак и од оних за које нас ако ништа друго везује иста крв. Не може се рећи да су Сидорови својом завишћу препречили пут срећи својој кћери, али оно што је сигурно — тај пут су јој закрчили својим личним жељама које нису биле у сагласју са болећивим, нежним срцем младе жене.

Најлепши су ратници љубави! Преко лица им прелазе многе шибе разљућених и непомирљивих људи, и то само из разлога што, будући да такви у себи немају мира већ само коренити, сујетни метеж, немају слободу већ робују својим унутрашњим демонима при чему их још и богато госте. Такви и не могу никада прихватити да је некоме пошло за руком оно о чему они чак и не сневају, не маштају — о топлој и умилној љубави препуној надања и блажене тишине. Иако шибана, лица таквих страдалника љубави ради, не остају тим шибама унакажена, напротив — у тој патњи расцветала, њихова су лица прелепа и налик анђеоским, из себе зраче најчистијом светлошћу, светлошћу коју не може баш свако примити, јер тешко је очима свикнутим на таму када их изненада окрзне силина чистог, прочишћујућег зрака.

Амелија је, удаљивши се од грамофона, лаганим корацима прошла поред Ивана Никитовича и не погледавши га што је у овога изазвало ужасан осећај увређености и љутине. Прилазећи поручнику, донекле сад већ и охрабрена у погледу својих још увек недовољно јасних емоција према њему, она га ухвати за руку, наклони му се и захвали на величању музике Чајковског, а онда подиже чаше, једну по једну, стављајући их у сребрне држаче најпре, а онда и наливши у њих чај из самовара.

— Примећујем да и Ви, Феодоре Андрејевичу, нарочито волите музику Чајковског, иако нисте Рус — обрати му се потпуно слободно и без било какве срамежљивости, при том избегавајући сваку могућност да заподене разговор са омраженом „добром приликом”.

Оваква њена отвореност, без и најмање од ње већ навикнуте девојачке стидљивости, збуни све — њу можда и понајвише иако се то на њој никако није примећивало. Ни сама није знала одакле је наједаред дошла та њена слобода у опхођењу, и то у опхођењу са човеком кога тек што је мало познавала. Истина, она је тек понешто слушала о Максимову од свога оца, али уопштено и без икаквог реда. Чак га је једном и видела и то у друштву Настасје Семјоновне, у време празника Масленица, као што смо то већ и поменули, али зар је то довољно за њен овако лежеран приступ сада? И шта се то десило тако крупно што је завртело читав свет ове младе жене, шта је као гумицом обрисало до тада научене форме и правила у опхођењу према непознатима, шта је завртело чигру њеног бића дозволивши јој да се слободно окреће, шта ако се узме у обзир да је њено понашање до сада углавном било до крајности уздржано, помирљиво и у некој мери стидљиво и повучено. Може бити да је у поручнику препознала заклон иза кога ће се сакрити од стрела коју на њу бацају родитељи и Иван Никитович својим дрским жељама и непоштовањем њене воље. Или је можда само по први пут препознала у себи снагу младе жене и одважност да некоме призна своја осећања. Можда ју је Максимов заиста привукао као ниједан мушкарац до тада, можда је предосетила да ће баш са њим угостити ту толико година већ призивану љубав, чисту и велику, па ту прилику једноставно сада не жели да испусти. Неке прилике се не понављају и оне од нас траже одлучност, да их прихватимо или одбацимо. Такве прилике увек унесу ред и поредак у живот, и оно што је још важније — дуго ишчекивану срећу. Из тог разлога, одбацити такву прилику која се и не пружа баш свима, равно је злочину и потпуној неразумности.

— Откуда Вама то, Амелија Сидоровна? Како знате да нисам Рус? — весело прихвати Феђа. На њему се више нису могли пронаћи готово ни трагови душевне болести манијаштва. Напротив, изгледао је врло добро расположен и као неко ко увек чврсто држи све конце својих прилика у рукама зауздане. Чак је у некој мери заборавио и на онај факат везан за Аљону Андрејевну, за оно њено писмо, знајући да ће већ бити времена да се са Иваном Никитовичем разрачуна. То је неизбежно, а ако је већ тако, чему онда журба ако ће га све то везано за петроградског чиновника сигурно сачекати.

— Ви као да сте се о мени распитивали? — насмеја се поручник у веома добром расположењу.

— Не може се баш рећи да сам се распитивала — прихвати Амелија уз одмерен осмејак. — Читала сам Ваше чланке. У једном од њих, онако мимогред главне теме, поменули сте и Ваше порекло.

— А откад се то госпођица занима револуционарним идејама? — пакосно и оштро примети Фомин.

— Амелија! — поскочи Алексеј Владимирович.

— Оче, не срдите се беспотребно на мене. Добро Вам је познато да сте од мене лично тражили да сваки број недељника *Самосвести* брижљиво чувам из само Вама познатих разлога. Нисте ми том приликом напоменули да ми је читање чланака забрањено. Више пута сте ми помињали и Настасју Семјоновну, њену чудновату нарав препуну каприца сваке врсте, њено сликарство којим сте и сами били удивљени у тој мери да сте о томе говорили у великом заносу, иако се у њему може пронаћи нешто што је Вама, како сте се сами изволели изразити, потпуно нејасно, замагљено и туђе, сећате ли се тога?

— Амелија! — овога пута још оштрије иступи отац погледавајући на Марију Сергејевну и тражећи на њеном лицу ефекат од помињања Настасје Семјоновне. — Доста! Доста више са тим! Какве ти везе имаш са *Самосвешћу* — прекори је љутито.

— А какве ти са том младом женом, са Настасјом Семјоновном? — сумњичаво га упита Марија Сергејевна.

— Забога, Марија, глупости! И шта је више са тим палачинкама? — изврда Сидоров срдећи се у свом нападу на супругу, нападу који му беше сва одбрана од могуће непријатности.

Послушна, дежмекаста жена, не баш нарочите памети, уосталом као ни њен супруг којем беше прилично покорна, поверовала му је и овај пут иако за то није имала, као ни до сада, баш никаква разлога. Али, поверење у животног изабраника брачнога пута, без трунке испитивања, неким женама временом постане обична рутина, заповест и готово дужност. Већ у наредном тренутку Марија је била у кухињи по жељи свога „добротвора”, како је о себи мислио Сидоров, а Амелија је, потпуно неочекивано за прилике, села управо поред Ивана Никитовича. Ко зна, можда га је овиме хтела изазвати, можда му је том јединим тренутном близином, оном физичком, желела дати до знања да га не жели и то на такав начин што ће једноставно преседети ту поред њега, не обраћајући му се нити гледајући на њега, а од тога за сујетног мушкарца нема веће увреде.

Мало је рећи да Иван Никитович није очекивао овакав пријем код Сидорових и да се осећао врло непријатно, донекле и увређено јер га његова будућа заручница, како се он барем надао, по први пут као да уопште није ни примећивала, и не само то — у њеном је гласу одзвањао врло јасан и одрешит инанитет, до сада код ње незапажен и непознат. Његову нелагоду и изненађеност још више је дубио тај њен чудан однос са Феодором Андрејевичем. Најмање чему се надао стајало му је пред очима — поручник и сва та лежерност у општењу са његовом будућом заручницом. Да је петроградски чиновник некако могао дознати за то да је Максимов до само пре неког тренутка био покорен властитим душевним мраком, болешћу манијаштва, да је само могао и наслутити какво је било његово душевно стање након прочитаног писма од Аљоне Андрејевне, сигурно би овим фактима остао задовољан и њих би употребио у своју корист, дакле, знао би да се поручник мучи, да му се разум претвара у измаглицу, да из односа са Настјом трпи немалу штету услед тог њиховог крајње чудноватог односа. Овако, Феодор Андрејевич је сада веома мирно и чак задовољно седео у наслоњачи, врло добро расположен, и то је оно што је Фомину прилично засметало и доводило га у стање повишене раздражљивости коју је једва успевао да сакрије.

Не може се рећи да је он волео Амелију Сидоровну. Не, то никако. Заручништво се имало удесити једино из разлога обостраног интереса — његовог и интереса Алексеја Владимировича. Дакле, све и да је приметио како Амелија нежно погледава на поручника, он би чак и на то остао равнодушан, јер кћер управитеља једног дела руске железнице петроградском је чиновнику била само параван иза ког је скривао своје намере у погледу Настасје Семјоновне. Врло је могуће да је Фомин овим својим дрским и крајње подлим чином, намештеним односом са Амелијом Сидоровном, само желео да изазове било какву реакцију од стране Настје, њен бес и срџбу, осветољубивост или помаму, било шта и било какву емоцију, само да би коначно био сигуран да ли су његова надања у погледу ње као љубавнице уопште разумна и да ли су оправдана, имају ли каква утемељења и упоришта. Уколико она остане равнодушна и након сазнања да су његове намере да заручи Амелију Сидорову, онда са потпуном извесношћу може бити сигуран да му је сваки план по питању ње пропао, свака нада и очекивање безнадежно, јер равнодушјем и хладнокрвношћу јасно показујемо да нам до некога уопште није стало. То што ће у тој његовој подмуклој игри можда настрадати невино и младо срце Амелије Сидоровне која под притиском оца неће успети да се одбрани од нежељеног Фомина... Зар он још о томе да размишља? Срачунатом човеку мера је интерес и он не осећа живу душу пред собом већ само предокушај могућег добитка, рачуна, користи. Ето како се повређују оне најблагородније душе — туђом нечасношћу и ружноћом карактера.

Друга је могућност за Фомина била не само далеко повољнија од оне прве, од њене равнодушности, већ и потпуно спасоносна — у случају да Настја покаже било какву варницу емоција након сазнања да су намере Фомина да заручи младу и лепу Амелију, то ће њему бити довољан разлог да саму веридбу поништи без оклевања и премишљања, и у том случају план Алексеја Владимировича по питању „добре прилике” срушиће се у само једном тренутку као зид из ког се намах извуку све носеће цигле. О овој лукавости Сидоров није ништа знао нити слутио, јер да је другачије он сигурно не би везивао ту омчу над главом своје кћери. Да се водио разумом и очинским инстинктом Алексеј Владимирович би готово извесно прозрео у намере Ивана Никитовича, а овако, простим рачуном који заправо може постати најсложенијим ребусом у животу његове кћери, само јој је штету могао натоварити на нејака леђа. Интерес, рачун и хладан разум по питању оног највреднијег у људској души, по питању љубави, најтежи је облик вређања и гажења људског достојанства и, сасвим извесно, непремостива провалија преко које се никако не може прећи, а самим тим ни срећа није могућа, једноставно, тако се не може достићи. Али, шта је од свега овога знао Сидоров? Ипак, незнање нас не оправдава. Јер, шта то још може оправдати човека који своју кћер неразумно гура у провалију уместо да је од ње заштити чистом и узвишеном очинском љубављу и покровом? На ту љубав Амелија Сидоровна није могла рачунати. Међутим, једна је друга љубав сневала своје најлепше снове у недрима ове младе и благородне жене, али је она, барем за сада, о таквој љубави једноставно морала ћутати.

У покрету тела Ивана Никитовича од тренутка када је поред њега села Амелија, јасно се могла видети сва та неприродност њихова усиљена односа — чиновник се држао час круто и врло уштогљено, час званично, истурујући груди напред. Јасно је само по себи да где нема узајамног радовања због присуства некога са ким се душа чврстим везама и олако веже, где нема тих невидљивих титраја којима је једино могуће надвирити и настанити се у нечијој нутрини и ту бити домаћи а не гост, где нема свега тога јасно је да не може бити ни круне смисла живота, нема љубави. Амелија је, сасвим извесно, села поред свог могућег вереника вероватно из тог разлога — да му покаже да се ништа добро не може очекивати из њиховог неискреног, срачунатог односа. Можда је чак пожелела и да га убоде жаоком непријатности како би он и сам увидео да ништа од онога што је замислио у погледу ње нема баш никаква смисла, јер њих су двоје духовни странци између којих се никада неће моћи изградити никакав другачији однос изузев односа обостраног мучења и гађења.

Седео је као у клопци поред жене коју није волео. У својој себичности мислио је да полаже потпуно право над њеном даљом судбом, седео је поред ње, а наспрам човека који га је све више изазивао својом непосредношћу у држању без обзира на то што је било неизвесно до када ће та равнотежа у Фећи потрајати — о озбиљно нарушеном душевном здрављу поручника Фомин није знао баш ништа. Да ли због слутње петроградског чиновника да се чудновати однос између Настасје Семјоновне и Феодора Андрејевича већ у доброј мери ипак изградио и поред свих његових упозорења да би некадашњи официр од тога имао само штете, да ли због тога или чега већ другог, тек Фомин никако није био задовољан тиме што се поново срећу и то у оваквим околностима и на месту где га никако није очекивао. Фећа је тренутно био у нешто бољем положају што се тиче њиховог међусобног односа, јер иако су последице од оног прочитаног писма још увек биле свеже, иако је наслућивао да је Фомин допутовао у Редкино не само због Амелије већ и због Настје, он се ипак држао веома мирно и разборито трудећи се свим силама да на себе стави израз равнодушности и благе доколице, не би ли тако потпуно поразио свога противника. Успевајући у томе, једнако је дражио све нервознијег Фомина. Овоме је једини излаз из читаве те нелагоде био у Алексеју Владимировичу, те се он реши да са њим заподене било какав, па макар и најдосаднији разговор, јер тишина је одвећ свима, а посебно њему, постајала све непријатнија и готово неиздржива. Што из брзоплетости и тренутне лакомислености, што из прејаке жеље да из себе чим пре одагна тај ужасни осећај нелагоде услед свог лошег положаја, он се окрену ка домаћину и отпоче разговор са њим, на изненађење многих, управо о Настасји Семјоновној.

— Алексеје Владимировичу, кажите ми како је она, како је Настјешењка?

Сидорова ова заинтересованост Фомина Настасјом Семјоновном нимало не изненади, јер је знао да се и сам петроградски чиновник занима *Самосвешћу* из магловитих, свима нејасних разлога, а Настја је острашћено подржавала Ловског у његовим идејама и чак у свему томе дала и значајна доприноса. Наивно беше веровање Алексеја Владимировича да се Иван Никитович о њој распитивао искључиво због тог њеног учешћа у недељнику. Зар је могућно да му није било нимало зачуђујуће и да уопште није имао никаква подозрења због тога што се петроградски чиновник занима обичним варошким недељником? Зашто се барем није запитао из којих он то разлога чини? Врло је могуће да је Настја имала право када је говорећи Лаву Фјодоровичу о Алексеју Владимировичу, бритко одрезала своје закључке о њему — пре свега, то је човек прилично плитке памети који је, ни сама не знајући како, ипак доспео до врло утицајног положаја у друштву и као таквог га сада треба искористити. У заинтересованости петроградског чиновника за недељник Сидоров није налазио баш ничега значајног нити сумњивог, тако да из тог разлога о томе ништа и није говорио ни Настји ни Ловском, дакле, све је остало између Сидорова и Фомина. Све ово и не треба превише да чуди, јер да је Алексеј Владимирович био барем мало оштроумнији, прозрео би најпре у рђаве намере Фомина у погледу Амелије и најпре би њу заштитио од подлости лукавог рачунџије, а ако он чак ни то није успео да претпостави очинском интуицијом која је моћни темељ заштите кћери, како ће тек онда посумњати у то да се у Фоминовом интересовању за недељник такође крије нешто врло крупно и опасно.

Сидоров је стао весело говорити свом петроградском пријатељу о жени његова интересовања, пожурио је да њему, кога је сматрао за угледна и довитљива, способна и делатна, окретна човека, у свим појединостима изнесе сва сазнања у погледу Настасје Семјоновне. Своје прилично широко казивање свршио је тиме што је са изразитом забринутошћу оценио да је, према његовом личном уверењу, ангажовање Настје у *Самосвести* претерано изражено и да је може довести у извесну опасност. Такође, према истој тој процени, чинило му се да су све душевне снаге младе госпођице увек окренуте у једном једином правцу, у правцу револуционарних идеја, а то може бити по њу врло штетно и погубно.

Док је Фомину говорио о Настасји Семјоновној, Сидоров се трудио да нико од присутних не примети у интонацији његова гласа, у покретима руку, у погледу или било чему другоме, да је он заправо више одушевљен и заинтересован за ту младу жену него што је забринут за њену судбу, иако је све присутне покушавао у то да увери. Некако му пође за руком да прикрије своје намере по питању ове младе, врло каприциозне и заводљиве жене, тако да нико није ни приметио усхићење и треперење душе овог старог бестидника док је говорио о жени којом је већ одавно остао удивљен и њом занесен. У томе што баш нико није примећивао ту његову очараност Настасјом не треба тражити било каква чуда, јер Сидоров је знао веома вешто све то да прикрије, а такође, и слушаоци су се одједном стали бавити свако својом мишљу. Чак је и Фомин изгледао прилично незаинтересовано, иако се управо он распитивао о њој. Врло је могућно да је та незаинтересованост потицала од тога што он једноставно није чуо од домаћина оно што је прижељкивао?!

Ово излагање Алексеја Владимировича оставило је једино утисак на поручника што и није било тешко приметити, јер док је Сидоров говорио о Настји његово се расположење потпуно стаде мењати. Врло је могуће, чак готово и извесно, да је Максимов прозрео лукавост Фоминовог питања упућеног Сидорову и да је проницљиво наслутио да се овај и даље занима за њу, да покушава да дозна, на било који посредан а никако на директан начин, распитујући се код других, како Настасја Семјоновна сада гледа на њега и може ли се још увек надати наклоности њена срца. Овакво интуитивно размишљање и те како је имало свога упоришта, јер и поред тога што га је манијаштво поново узимало под своје, Феђа је још увек здраво расуђивао и добро му је било познато да се Фомин не распитује тек тако, успутно и из пуког случаја. Управо је ово и било разлогом његовог још једног у низу живчаног напада и сужења ума. Очараност женом стешњава чак и најшире умове, од врло паметних људи (Феђа је сигурно био један од њих) чини будале, и од прилично здравог карактера може начинити карактер спреман да ка њој хитро и непромишљено искоракне, па чак и онда када зна да тим искорачењем стаје на танку, изоштрену линију лудила. Човек не може одолети жени каква беше Настасја Семјоновна, без обзира на то што зна каква га голгота због ње касније чека.

У очима Феодора Андрејевича сад се већ ништа друго није могло видети изузев жустре крви, а у трзајима руку услед грчева (додуше једва приметним) јасно се могло слутити да је поново губио душевну равнотежу. Од оне пријатности на његовом лицу услед пређашњег разговора са Амелијом не оста више ни трага. На место Чајковског дођоше васкрсли Нерони и Атиле, лице му потамне као што тамни бело сукно када се по њему проспе од чађи мрка вода. Погледавао је на Фомина испод ока, трудећи се са све већим напором да се на њему не примети све израженија јарост. Некако му је још увек полазило за руком да је задржи и обузда, не допуштајући јој тако да изрони из његове стешњене нутрине, али што ју је све више потискивао у себи то му је осећај да ће напросто у одређеном тренутку пући, бивао све израженији и јачи. Мисли су му биле закржљале, сужене и све нагуране у једну тескобну, запечаћену кутију тако да им и није било излаза све док се неким чудом, повољнијим приликама или чиме већ другим, тај печат не скине, некако не отпадне и не одбаци.

За то време Алексеј Владимирович је већ живо разговарао са Фомином о домаћим приликама и о свему ономе о чему могу разговарати људи обостраног интереса, рачунције, али ништа од тога поручник није примећивао. Чак не опази ни то што га је охрабрена Амелија обазриво и нежно погледавала с времена на време, уз доста пријатељског саосећања или можда чак и узвишених емоција већ заљубљене жене. У тој постављеној кошници на његовом климавом врату, ројиле су се једино немирне мисли о Настасји Семјоновној, а онда и о Аљони Андрејевној, поново васкрсле.

У једном тренутку, савладан притиском таквих мисли и у немогућности да се сачува од неуздржаности, он неопрезно прекиде разговор између домаћина и Фомина што на све остави нарочит утисак — нико се оваквој несмотрености није надао. Све оне мисли, натрпане у кутију и запечаћене, као да су се у једном јединtom тренутку откинуле од свеза и тражиле излаза.

— Примећујем да се Ви посебно занимате Настасјом Семјоновном — пецну Фомина сасвим неочекивано, без било какве претходне најаве и сасвим директно.

Овај се нађе у чуду, јер је са Сидоровом већ увелико разговарао о нечему што са њом није имало баш никакве везе. Благо се наклони Алексеју Владимировичу, трудећи се при том да на све друге остави повољан утисак човека изузетних манира и господствености (тај наклон значио је да се он унапред извињава домаћину што ће прекинути започети разговор са њим, а отпочети један сасвим другачији са поручником).

— Чак и да је тако — мирно дочека петроградски чиновник — зар Ви у томе налазите било чега лошег? Зар се и Ви сами, не замерите ми на директности у опхођењу, зар се и Ви не занимате за своје познанике? Распитујете ли се о онима за које сте везани животом, чиме већ другим?

Максимов испрва оћута као што би то учинио сваки разуман човек који себе чува од непотребне невоље и могуће непријатности. Међутим, Феодор Андрејевич је ћутао из сасвим другачијег разлога, из разлога који није имао ничега заједничког са поменутим. Најпре, он се још увек трудио да стиша ту јарост у себи, а друго... У том ћутању било је нечег неприродног и врло тешког, неизвесног и суморног. Самим тим, било је потпуно јасно и очекивано да ће још у следећем тренутку вербално напасти Фомина, уздржавајући се ипак, колико му то већ буде могуће, како у других не би изазвао неиздрживу непријатност. При том, он се, чврсто стежући медаљон у џепу прстима, још једном присети несрећне судбе своје сестре Аљоне Андрејевне, судбе за коју се већ поуздано могло тврдити да је кривац управо Иван Никитович. Наоштривши сваку реч као сечиво, бритко одсече:

— Имате право, г. Фомин. Свакако, и ја се занимам за своје познанике. То је сасвим природно, зар не? Али, видите још и ово: за оне за које сам везан нарочитим и врло јаким осећањима, за њих се тек нарочито распитујем. И то је, такође природно, зар не?

— Наравно.

— А шта мислите, како се треба односити према онима који унижавају, прогоне и муче управо оне за које смо нарочито везани, душом и крвљу?

— Не разумем из ког разлога мене питате о томе... — збуњено дочека Фомин. — Свако гледа на свој начин, на људе и на оне који то нису.

— Кажете, не разумете зашто Вас то питам?

— А како бих могао разумети?

— Да... Имате и право... Можда бисте и разумели ако бих Вам ја поменуо једно име... Можда, а можда не бисте ни тада... Хм... Све зависи од тога да ли и Вама то име још увек нешто представља или је све само део моје уобразиље и лошег резоновања, што је, то нећу да спорим, могуће...

Тешко је поверовати у то да јеткост и иронију у поручниковим речима нису баш сви одреда приметили. Истини на вољу, Марија Сергејевна се држала и даље незаинтересовано, као да све ово пролази мимогред ње и њених интересовања. Ту је жену, уопште узев, мало шта занимало, тако да и не чуди што се на њеном лицу сада није могло видети изненађење, макар и у траговима. Међутим, насупрот њој, Амелија и Алексеј Владимирович су приметили да се нешто врло крупно и значајно дешава међу овом двојицом и да они имају између себе некакав рачун, познат само њима, тако да се о њему није могло чак ни слутити. Сидоров их је посматрао збуњено и зачуђено, али пристојност му није дозвољавала да се код њих распита о природи њихова познанства и односа, иако га је то питање дражило и мучило. Незнање, а уз то још и непоуздано наслућивање, прилично оптерети човека. Такође, никако му није пријало то што ова двојица отворено говоре о Настасји Семјоновној, јер је он, како се то барем њему у уобразиљи чинило, на њу полагао извесно право. Амелију је та женска интуитивност још више утврдила у мисли да је млади поручник готово очаран заносном лепотицом, и од те је мисли све више губила оно пређашње, врло пријатно расположење које је имала у разговору са Феђом о Чајковском. Сама чињеница да је променљивост њена расположења узроковала друга жена и њоме очараност човека кога је она, Амелија, можда чак већ силно заволела љубављу чуда, љубављу која се испрва чини немогућом, довољно је говорио о положају у којем се нашла Сидорова кћи. Најпре, она се противила свакој могућности да је

Фомин узме за жену, а сада се још изненада нашла и у простору са три угла у којим су седели редом — она, Настасја Семјоновна и Феодор Андрејевич. Свесна својих и наслућујући поручникове прилике, она га је посматрала са доста љубави и пажње, више и не страхујући да ли ће то можда неко приметити.

— Видите, господине Фомин — продужи Максимов — ја се нарочито занимам судбом Аљоне Андрејевне. Погађате већ, то ми је сестра. И замислите само, и она као и Ви живи у Петрограду, чак и врло близу Вас, рекао бих само две улице попреко изнад Ваше. Не питајте ме откуда све то знам. Сећате се сигурно да сте ми и сами поменули Вашу адресу у возу како бих Вам учинио посету у Петрограду. Сећате се тога, зар не?

Фомин је гледао у чуду сад већ страхујући од онога што је имало уследити, али је и даље задржао ону претворну равнодушност док је Феђа говорио о Аљони, жени коју је он, Фомин, унесрећио.

— Живот нам је из неког разлога везао судбе у чвор — настави поручник сад већ мирније — и то нераскидиво, рекао бих, и мене уопште не би зачудило уколико бих од Вас сада чуо да Ви чак и Аљону познајете! — са задржаном мирноћом у гласу и прилично лукаво упита Феђа, очекујући да ће овај његов каприц још више збунити Фомина и да ће, стога, он потпуно изгубити пређашње мирно и равнодушно држање, хладно и прорачунато, да ће показати одређену страст и емоцију. Међутим, иако је Фомин од ових речи горео изнутра, на њему се и даље ништа од свега тога није примећивало тако да је напослетку оно што је требало ефектно деловати на расположење петроградског чиновника, заправо утицало једино на поручника који је почео све више губити стрпљење.

— Аљона Андрејевна, кажете? Не, не познајем је — као нашавши се у великом чуду што га уопште о њој и пита, са изразом одлучна човека који нема шта да крије, уверљиво му одговори. — Распитаћу се о њој након повратка у Петроград, ако желите — лукаво га изазва.

— Не, нема потребе за тим. Ја сам то поменуо тек онако, успутно, немојте себе излагати непотребним подузећима. Но, будући да је не познајете, бесмислено је настављати разговор у том смеру — једва успевајући да се суздржи од јарости која га је све више обузимала, закључи Феодор Андрејевич.

— А, Ви? Кажите ми како Вам је у Редкину? Како живите?

— Врло добро — кратко процеди Андрејевич све више се раздражујући.

— Сигурно се чиме већ бавите, свакоме су потребна средства за живот.

— Господине Андрејевичу, заиста, одакле Вама средстава за самосталан живот? Сигурно не живите само од ангажовања у *Самосвести*, хонорар је ту врло ограничен — неочекивано се, неопрезно и непромишљено умеша и Алексеј Владимирович у овај разговор. Већ у следећем тренутку он је био потпуно свестан учињене глупости, јер ако ни због чега другог оно барем из пристојности није требало да било шта пита поручника о његовим средствима за живот, без обзира што је Фомин то већ учинио, јер он нема ништа с тим, и одакле може знати о природи њихова међусобна односа.

Узалуд беше то што је Сидоров сада гризао усну готово до крви због учињене непромишљености и лакомислености, узалуд беше и то што је срамежљиво и стидно погледавао на поручника у знак искреног кајања, изговорена реч ничим се не да вратити и некад је опаснија чак и од читаве војске која у јуришу гази све пред собом. Неке људе требало би зауздавати од претераног причања, углавном лакомислене и не баш оштроумне. Задирати у нечије личне ствари, директно и бесрамно, преступ је и веома рђаво подузеће. Човек без мере који не зна где је та повучена граница у општењу са другим кога једва да и познаје (та граница увек постоји), није мудар и због те његове необазривости могу се удесити различите непријатности, јер лако се могло десити да поручник те вечери одседи још неко време ћутке и као по дужности, међутим, у овој прилици то не беше случај.

— Господине Фомин — отпоче Феђа не обративши ни најмању пажњу на учињену несмотреност Сидорова што у овога изазва осећај олакшања — моји трошкови у Редкину готово су занемарљиви, хоћу рећи, они нису нарочито велики. Заоставштина некадашњег капитала и то моје учешће у *Самосвести* како је то Алексеј Владимирович већ напоменуо, за сада ми обезбеђују могућност за веома пристојан живот по мојим потребама.

— Онда се може рећи да сте се овде добро снашли и да добро управљате тим својим приликама и потребама — настави Фомин. — Стиче се утисак да сте чак врло задовољни. Разумљиво, зашто и не бисте били, уосталом, није ли уз Вас у *Самосвести* и Настасја Семјоновна, врло млада и прелепа жена. Чини ми се младићу, да Вам је судба веома наклоњена — насмеши се Фомин цинично изазивајући.

— А Ви, колико примећујем, не само да познајете Настју већ сте и добро упућени и у њене животне прилике, а и прилике око недељника — већ кључале крви дочека поручник.

— Но, а шта с тим? Зар у томе налазите било шта зачуђујућег?
— Можда.
— Можда?
— Кажем, можда... Настја јесте врло лепа жена — окрену поручник неочекивано у другом правцу.

— Ето Вам онда прилике за потпуну срећу — сад већ потпуно заједљиво примети Фомин. На овај његов каприц поручник и Амелија га готово истовремено погледаше јетко и са гађењем, свако из свог разлога. Несрећни Сидоров никако се није сналазио у насталим приликама и изгледао је прилично збуњен. Максимов се са великим напором трудио да на себе стави израз равнодушна и мирна човека, јер добро је знао да уколико би на било који начин реаговао на овај, још један у низу дрзак каприц Ивана Никитовича, тиме би се његов положај по питању тога човека само погоршао. Знао је добро да је у овом случају најбоље да му ништа не одговори, али исто тако је знао и да неће моћи још дуго да издржи и да је само питање тренутка када ће му сасути сву јарост у лице само уколико овај настави са својим изазивањима. Управо из овог разлога, поручник се реши да што пре и неизоставно пође, правдајући се већ Алексеју Владимировичу нечим неодложним — смислио је намах некакав разлог, а то је за последицу имало то да ће он, већ у следећем тренутку напустити ово друштво у којем му је одвећ постало тескобно.

Сидоров је сада био у још већој неприлици, неспретан и веома збуњен. Помишљао је да је овај нагли покрет поручника узрокован његовом пређашњом несмотреношћу, те му се стога стаде и извињавати. Међутим, то је било последње о чему је Феодор Андрејевич сада могао мислити. Објаснивши домаћину да он неизоставно мора поћи из неког сасвим другачијег разлога и да нема ни речи ни о каквој увређености, тиме га коначно и умири. Феђа устаде, чврсто стеже домаћину широку и прилично незграпну шаку што је овога још више утврдило у јачању утиска да заиста нема кривице на њему што поручник тако изненада одлази. Овим задовољан, он се потпуно умири утишане савести. Међутим, посве је другачије било у случају Амелије Сидоровне. Одлазак Максимова донесе нов немир у њене девојачке груди — она је тај одлазак осећала као губитак, доживљавала га као осуду, јер добро је знала ће се са тим поручниковим одласком заподенути разговор о нечему што је она из дна душе презирала — о њеној веридби са Иваном Никитовичем. Душа јој се саплитала у нечујним уздасима још једне наслућене патње и због тога што је она Фећу заиста, намах и неопрезно, заволела. Али, ко још воли уз опрез! Она га је заволела чисто, без сумњичавости, без претходне најаве и припреме за овакав сусрет са њим. Таква је љубав заиста вредна, и иако је наизглед луда, можда је управо једино таква љубав права.

У Амелији Сидоровној било је доста направљеног места у дубини искуством још увек недовољно окушане душе, места чуваног за некога ко ће се ту доживотно настанити. Тако је барем она веровала у својим најчистијим маштарењима, невиним и у некој мери можда чак и наивним. Из читавог њеног бића извирала је најчистија љубав и потреба да се та њена најблагороднија осећања некоме поклоне, да се она некоме да. Тек када човек научи да дели љубав са већом радошћу од оне која му осени срце када љубав прима, може се рећи и да је научио да живи! Амелија је живела тим уверењем, и можда је управо загризла баш такав живот као најслађу јабуку. Такав живот за њу није био тајна, али је био сан који је увек измицао и којем се никако није могло прићи. Иако сладак, тај залогај љубави сада јој је запао у грлу и мучио ју је. Јер, шта ако је поручник Максимов закорачио у њен живот сасвим случајно? Шта ако он и нема намеру да се у њему задржава? Ово је питање мучило младу девојку, јер ако је то тако, онда је све узалуд. Да, може бити да је све узалуд! Узалуд је ако је све ово само тренутак изненадне среће, усамљени тренутак у прилично празном животу младе девојке, појединачан пример да се небо зна осмехнути свакоме, накратко само, а онда изненада згаснути. Можда је то само онај тренутак када се две душе, сродне, чисте и мирне у тој својој сродности само накратко приближе, довољно близу да могу осетити сву силину љубави читавог космоса како удара у узнемиреним срцима жедним искреног живота, а онда се развеју као ветром ношени, они, њих двоје, свако на своју страну, у празнину личног промашаја и траћења времена са људима које никада нису могли разумети па таворе међу њима без душе и даха, без воље осећаја. Можда је све узалуд... О, колико је горчине осећала док је о свему овоме размишљала! Читав ће њен свет нестати већ у следећем тренутку, у одласку вољеног човека о коме готово да ништа и није знала, ништа осим тога да га је заволела! А да ли јој је то сазнање и довољно, да ли је умирује? Сва јој је нада у неком новом сусрету, можда, некада... Можда... Колико је само пустоши, стрепње и боли, непријатности и тешких распећа у свему ономе што није јасно одређено. Можда... Он ће још у наредном тренутку отићи... Иза поручника остаће јој у живом сећању само тај краткотрајни блесак док су весело разговарали о Чајковском и погледавали једно на друго штитећи се и једно и друго од непријатности које су им надолазиле од људи који их нису могли, а ни желели разумети. Остаће тај неки чудновати залог за будуће дане, чудноват, али и врло сумњив, непоуздан. Залог за тај дан неизвесног, неког новог сусрета. Можда...

„Узалуд је. Све је узалуд... А шта ако ипак и није?”, премишљала је, збуњујући и демантовајући себе по ко зна који пут. „Да ли је овај тренутак изненадне среће дар или осуда, заслуга или казна? Да ли се прижељкиване душе сродност добија само накратко како би одмах затим ишчилела, не би ли у тој благородној патњи разумели да ценимо величину тренутка и чињеницу да смо једни другима даровани одозго, свише, да знамо да постоји неко ко нас неизмерно воли, неко ко је можда чак и миљама од нас далеко, али опет толико близак, срцу близак? И шта ако се он чак и врати у тај Београд! Шта и ако оде! Некада нас живот раздвоји управо нашом мером, мером људи, мером километара, не би ли нас, напослетку, исти тај живот коначно и заувек приближио и држао у близини, на чудесан и јединствен, непоновљив начин и тада више неће бити нити мере нити мерења — приближићемо се за вечност, више неће бити страхова нити сумњи, све ће бити извесно и радосно! Бићемо везани пламеном срца, свака ће моја мисао и тада као и сада бити окренута ка њему, ка души моје душе, њеној надопуни и испуњењу, оправдању за своје постојање у лику другог човека, њега, одбеглог београдског поручника.”

Ето како и о чему је мислила Амелија Сидоровна. Феђа је, преко сваке мере расејан и прилично раздражљив, још једном под снажним прогоном личног манијаштва гледао само како да се што пре нађе на пустој, мокрој улици на којој, по његовом уверењу, неће бити никога и где ће моћи слободно да корача па макар и у потпуном безумљу, али слободан, слободан од туђих погледа и одмеравања. Слободан од људи. И од оних који то нису. Али, овде... Овде, у дому Сидорових готово да га сви муче и он то више није могао трпети. Мучила га је интрига и каприц Ивана Никитовича, мучила га је незаинтересованост и површност Марије Сергејевне, мучила га је глупост домаћина, и, напослетку, у некој мери мучила га је и сама Амелија Сидоровна, јер он одавно није имао прилике да општи са благоразумном женом. Она га је мучила на посве другачији начин, разуме се само по себи.

„Проклети Фомин! Одакле се само он овде нашао?”, помишљао је. „И тај Сидоров... Зар је човеку допустљиво да буде толико охол према својој кћери! Ах, али не само он... Зар и Марија Сергејевна као мајка да... да... Шта су заправо они намислили? Да ће веридбом кћери за овог превејанка њој обезбедити срећу? Глупаци! Мисле да чине добро својој кћери. Али, све и да је то тако, зар не знају да се неки пут од претеране жеље, наизглед добре, може страдати? Но, неће страдати они! Страдаће Амелија! Каква иронија живота!”

Овако разбацаних мисли он се чак и не поздрави са Амелијом Сидоровном, хитро загазивши према улазним вратима. Ипак, нешто га је у тој непоколебивој намери да што пре изађе зауставило накратко, нешто му је подрезало колена и он у једном тренутку није могао даље. Био је то глас Ивана Никитовича.

— Господине Сидоров, допустите ми да ја испратим свог великог пријатеља. Знам да тако нешто није уобичајено, Ви сте у овој кући домаћин, али ја ћу Вас за то замолити.

— Свакако, свакако — помирљиво и даље збуњен сложи се Алексеј Владимирович који петроградског чиновника, по свему судећи, више чак и није држао за госта већ га је сматрао домаћим, будући да му је допустио да испрати у његово име и за његов рачун некога ко му је учинио посету. Поручник неспретно жмирну очима према Сидоровима, некако се и досети да им се у том свом лудилу поткресаних живаца и наклони, доста незграпно и заиста смешно, а онда, након тога, пође са Иваном Никитовичем који изашавши из салона затвори врата за собом. Зачудо, ништа од овога на Сидорове не остави утисак. Једино је Амелија и даље гледала у правцу где је до само неки тренутак пре стајао читав њен живот, он, Феодор Андрејевич.

У полумрачном ходнику, заклоњени од погледа породице Сидоров, стајали су један према другоме намрштених лица два решена опонента, погледавајући један на другога презривим погледима, и једва одолевајући да један другога голим рукама не задаве. Феђа је поново и све чвршће стао стезати медаљон у џепу, севајући буктињом лица, али без речи, ћутке, још увек. Међутим, тај јаросни поглед и очи кроз које је журно тумарала крв, биле су теже од било које речи. Уста су му била тек мало отворена и закривљена у страну и у том неприродном положају као залеђена. Једна рука у џепу, а друга као у стези — укочена и непокретна.

Иван Никитович је, приметивши ово душевно растројство поручника, искористио тај повољан тренутак и стао га још више дражити немилосрдним изазивањем.

— Само да знате — отпоче са извесном мирноћом у гласу што је још више разбеснело поручника — мени су већ познате Ваше намере у погледу Настасје Семјоновне. Упозорио сам Вас на време, још онда у Москви, сећате ли се? Но, Ви упорно изазивате живот тим Вашим инанитетом и тако као да сами себи желите удес, пропаст.

Поручник још једном јетко севну очима и сад већ не беше баш ничега што би га могло зауставити у том његовом наступу беса, јер он је већ у следећем тренутку пришао толико близу Ивану Никитовичу да су се готово носевима додирнули. Уздржавајући се једино од високе интонације у речима како га Сидорови не би чули, он стаде цедити кроз зубе живи отров.

— Покварењаче! Одљуду бездушни! Зликовче! — отворено га стаде вређати. Међутим, Фомин се и даље држао мирно и као да је и очекивао овакав његов наступ, што само још више утврди онај тешко заустављиви бес у поручнику. — Зар Ви мислите да сам Вам тамо пред Сидоровима, тек тако, из пуког причања поменуо судбу Аљоне Андрејевне, своје сестре?! Не, Иване Никитовичу, и Ви то врло добро знате! Али, да знате и ово — замислите само, ја сам упознат са свим фактима! Ево... Ево Вам овај медаљон, проклети да сте! — презриво процеди и губећи контролу над собом отпљуну у страну, а онда, извадивши онај медаљон из џепа, напросто га угура у шаку Ивана Никитовича.

Овај одмах препознаде да је то управо онај медаљон који је он некада поклонио Аљони Андрејевној и тад му већ све беше јасно — увређена сестра се пожалила брату и може бити да ће сада он, као њеног срца и њене боли пуномоћник, свести рачун са њим и то без оклевања, решено и потпуно. Међутим, Фомин чак ни после овога није показивао никакву узнемиреност. Ставио је немарно медаљон у џеп, безначајно се осмехнувши поручнику, а онда, провукавши прсте кроз своју подужу и веома уредну, само на местима проседу косу, сталожено и пун самопоуздања примети:

— Све што сте ми сада поменули мени говори да је овде реч о изванредном намештању судби, Ваше и моје. Али, да знате и да се ја ничега у животу не дохватам голорук... Узмите... Узмите сада Ви овај медаљон из моје руке! Хајте! Не оклевајте! Руси, то сигурно и сами знате, имају један добар обичај да у знак братске љубави међусобно размењују крстове. Ето, ми ћемо медаљоне, крст или медаљон, мени је уосталом и свеједно. Узмите! Размени--ћемо медаљоне у знак укрштених судби! Ха! Шта кажете на то?

Феодор Андрејевич је стајао као паралисан од струка надоле, без могућности да направи и један једини корак, да крене, можда и да побегне главом без обзира како не би направио какву глупост у наступу својих све напрегнутијих живаца. У рукама је држао медаљон са ликом Настасје Семјоновне и у једном тренутку дође му и да пљуне на њега, да пљуне или да њиме гађа Фомина равно у главу. Ипак, и поред све израженијег манијаштва и душевне озлеђености, некако му пође за руком да се суздржи. Петроградском се чиновнику запалише фитиљи очију од силног ликовања, јер приметивши да се поручник мучи ужасном болешћу, са правом је судио да је његова позиција у том њиховом међусобном односу, односу два решена противника, далеко повољнија. Дакле, његов је положај био далеко бољи и сигурнији од Феђиног и стога се и држао тако хладнокрвно и надмено, онако како то уосталом чине и многи други када у односу на некога држе повољније изгледе у том њиховом међусобном сукобу.

— Знате, поручниче — отпоче са изванредном лакоћом у гласу и мирно — ја предлажем да ако већ имамо шта међу собом решити, да то учинимо одмах. Ако међу нама има каква несрављена рачуна, ако мислите да сам Вас или Вашу сестру на било који начин оштетио, онда будите сутра тачно у девет часова у гостионици. Изволите доћи, а ја ћу Вас свакако у то време чекати, ма шта Ви одлучили. Случај Аљоне Андрејевне Вас свакако не треба да се тиче, па иако Вам је она, како то сами кажете, сестра, али, опет, ко је Вас поставио између нас двоје за судију? Добро размислите о томе. Велика је тајна између мушкарца и жене, а Ви бисте се, колико видим, осмелили да у ту тајну дирнете, да тајну срца прекрајате својим разумом! Не знам само одакле Вама право на тако нешто. Што се тиче оног другог... У погледу Настасје Семјоновне... То Вам је већ живот, чудновата игра прстију по диркама клавира судбине. Ево, ја Вас у том погледу чак и изазивам. Нека Настја буде онога ко од нас двојице лепше засвира! Видите и сами сада да би ипак било добро да сутра коначно и удесимо тај наш сусрет и да се око свега разјаснимо! А? Шта кажете?

Ватре су букнуле. Рат између ова два човека, рат у оном најужаснијем облику, већ је отпочео. И можда би већ у следећем тренутку поручникове руке биле стегнуте око Фоминова врата да се у том тренутку, без звона и било какве претходне најаве, не појави управо она — Настасја Семјоновна! Била је у врло добром душевном расположењу и по њеном изразу лица могло се судити да је овај неочекиван сусрет са двојицом острашћених мушкараца није нимало збунио нити изненадио, иако се ни она сама сигурно није надала да ће их срести баш ту, код Сидорових. Одмерила је својим немирним очима пуним каприца и једног и другог, и као да се тиме задовољила, прошла је мимогред њих, без речи, и хитрим корацима пошла ка салону. Иза ње остао је једино мирис једре, младе жене и нешто што је треперило у ваздуху као делић њене душе. Чудна жена. Чудна, али изузетна. Пуна инанитета и пркоса, несаломива и помало дивља. Проћи тек тако, без речи — за то је већ потребан нарочит карактер. Једно је сигурно — тиме је желела да изазове нарочит ефекат код обојице и у томе је и успела.

Феодор Андрејевич као ошинут бичем по лицу, после ове неочекиване сцене у већ добро замршеној драми у погледу Настје, у тренутку готово поскочи; беше то закаснела реакција на узбуђеност услед њена присуства. Да, она га је очарала и он је спреман и да јој служи. Он је жели, али безуспешно. Још једном, мргодно и у потпуном узбуђењу погледа у Фомина, помешаних осећања и у врло чудноватом расположењу, и кад је већ био код улазних врата, држећи се за браву, окрену се ка њему и отресито потврди:

— Онда, сутра у девет!

Када је затворивши улазна врата на само неколико корака испред њих угледао овога пута и Хлебјатњикова, никако се није могао отети утиску да је све ово можда нека врста завере против њега, вешто исценирана замка. Откуда сад и он? И из ког разлога је ту? Хлебјатњикову је само одсутно климнуо главом иако га је овај срдачно поздравио, међутим, поручник би га сада најрадије опсовао да је како могао, убеђен да га Хлебјатњиков уходи, баш као и Настја и Иван Никитович, уосталом. Проклета болест манијаштва и овај пут га је мрвила. Или је можда имао право на подозрење? Хлебјатњиков је знао, иако још увек није наштампан нов број *Самосвести* да је Феђа отворено писао о убиству Н. М. Шта ако је читав овај обруч око њега управо због тога?! И откуда Хлебјатњикову било каква сазнања ако нов број још увек није наштампаван? Ко га је потказао Хлебјатњикову? Или је он обично шуњало које неизоставно до свега дође? Феодор Андрејевич погледа на инспектора сумњичаво, чак му паде на памет и да му нешто каже, али ипак од тога одуста и хитрим се корацима упути ка улици *Новая жизнь*.

„Одакле Настја код Алексеја Владимировича баш у овај дан? А Хлебјатњиков? Инспектор Хлебјатњиков... Хм... Значи, стежете обруч око мене?! Сви! Ако, ако. А заједничко интересовање и подухвати у погледу *Самосвести*? Шта је са тим? Не издајете ви мене, издајете идеју! Изгледа да једино још Лав Фјодорович Ловски држи иста уверења, једино је њему *Самосвест* важна, ако се и он у међувремену не поколеба. А ти Настја, и ти Хлебјатњикову... Зар обоје на тако подмукао и сраман начин издајете заједнички подухват? И још сте решени да ми некако и наудите, по свој прилици... Али, видећемо! Видећемо још!", манијаштво или оправдано подозрење сада је већ потпуно покорило сваку другу мисао Феодора Андрејевича и он му се више никако није могао успротивити. Чак и она узбуђеност што је поново видео Настју намах ишчиле — беше то само тренутно душевно расположење поручника Максимова. Уобразиља је већ учинила са њим шта је хтела и то до те мере да би било равно подвигу убедити га да су се Настја и Хлебјатњиков нашли у исто време код Сидорових из сасвим другачијих разлога, свак за себе. Не, он је био убеђен у оно своје — сви они му желе пропаст, чак и она, она! Она коју је ватрено заволео!

Туробан и изморене главе, у њој испретураних мисли, он се убрзо нађе у изнајмљеној соби лицем у лице са својим највећим непријатељем — са самим собом. Већ је имао читаву фантастичну представу у глави по питању пређашњих догађаја и у њу је чврсто веровао — Фомин и Настја намислили су да јавно исмеју његову лакомисленост и заљубљеност, они чак знају и начин како ће то удесити, њих двоје ће га уз помоћ Хлебјатњикова стрпати у притвор, наћи ће већ и начина за то и тако га се решити. Сидорови... Они им у томе сигурно помажу и ту већ не може бити било какве сумње по том питању. Нису се сви тек тако, пуким случајем, задесили управо код њих! Једино Амелија Сидоровна... једино она држи неку другу страну и са читавом том подлошћу нема баш никакве везе. За Феодора Андрејевича читава је та ствар била потпуно јасна и било је немогуће разуверити га. Вечерас барем не. Наливши себи вином чашу до врха и отпивши из ње до самога дна, свуче се и леже у кревет. Мисли му неочекивано узеше потпуно други ток. Размишљао је о љубави две жене, уопште, о Амелији Сидоровној и Настасји Семјоновној, иако је о овој другој од вечерас мислио веома рђаво и сумњичаво. Амелијину љубав видео је као љубав измештену из реалног света, љубав која је једном руком запела о небо и која је умотала његово срце у свилу, покривши га да не назебе. Љубав Амелије Сидоровне беше љубав маштарења и снова, чиста и неискварена, и она му је управо као такву њему и претпоставила. Љубав Настасје Семјоновне, под претпоставком да је уопште и има, беше љубав пркоса, најчуднијих и веома снажних каприца, непокорна било коме и било чему, помало и хистерична.

Заокупљен чудним утисцима које је донео са собом од Сидорових, а при томе размишљајући и о две потпуно различите жене, он устаде и нали себи још једну чашу вина, и овога пута до врха, испи је наискап поверовавши да ће на тај начин барем овај пут преварити тог ужасног мучитеља, ноћобдију у себи. Спаваће, макар ову ноћ.

XII

Наредног јутра поручник је неочекивано дуго и врло тврдо спавао, не будећи се ни у току ноћи, што свакако беше реткост своје врсте. Ипак, ова му чињеница није донела неку нарочиту и трајнију спокојност, јер тек што се ваљано расанио осетио је тупу главобољу у пределу слепоочница. Присетивши се претходног дана, поста намах једнако потиштен и нервозан.

„Од свих злочина најтежи је онај озакоњени”, помисли, ниоткуда и изненада.

Може бити да се управо у свему ономе што нам дође на памет тек тако, без најаве и нашег призива и пристанка, крије одређена важност коју на самом почетку готово нико не може да разуме. Поручникову је главу, а да он сам и не знајући зашто, запосела та једна једина мисао, упорна као умишљен, глуп човек у свом незнању, и тајанствена као ухода. Феђа није могао ни претпоставити да је управо том мишљу постао пророк будућег догађаја, тачније, једног великог сазнања, а ево и у чему је читава та ствар.

Поћи ћемо редом, по одређеном редоследу дакле, не би ли тако спремни дошли до места где ће се један од најважнијих чворова поручникова живота распетљати — дакле, бацићемо светлост на ту тајну за коју ни он сам није знао, расветлићемо тај случај на овоме месту. Најпре ћемо поменути да је Феђа при овој својој неочекиваној помисли о некаквом могућем злочину, у мислима већ дошао до Лава Фјодоровича, међутим, тај га је унутрашњи глас само завео, тек да га још више збуни. Поручник Максимов је имао прилично суморну интуицију у погледу *Самосвести*, све више подозревајући да ће Ловскога неко из њиховог кружока напослетку и издати, и управо га је из тог разлога она помисао на озакоњени злочин водила управо њему — Ловскога ће издати, издаће ту заједничку идеју што свакако јесте злочин сам по себи, али зар је ико још одговарао због издајства другога?! Не, јер закон тако нешто није предвидео. Међутим, мисао која га је тога јутра мучила није имала баш никакве везе са Лавом Фјодоровичем, који је иначе, да поменемо и то, тог јутра радио на припреми за наштампавање новог броја недељника који је ускоро имао изаћи, а у којем је био и онај поручников чланак о убиству Н. М. Вест о овом догађају била је интригантна за све у Редкину, јер људска је знатижеља често изнад саосећања па чак и у оваквим случајевима. Свако се живо интересовао убиством Н. М, али ћутке јер, у супротном би могао постати субјектом истраге коју је водио Хлебјатњиков, као што је то Сидоров већ и поменуо Фомину приликом јучерашње посете. Приметимо још и ово: једини који се осмелио да о читавом том случају око убиства Н. М. говори јавно био је управо наш јунак, поручник Максимов. У томе беше подједнако храбрости колико и непромишљености, јер то га је подузеће касније довело у велику невољу, али о томе ћемо већ на своме месту. Но, оставимо се за сада тога и као што већ рекосмо, пођимо редом како бисмо разоткрили у чему је био кључ оних чудноватих мисли нашега јунака тога јутра, мисли о озакоњеном злочину; тај је кључ отворио врата иза којих се крило нешто што он, сасвим извесно, није желео никада да сазна.

У претходном казивању већ смо поменули да је Феђа дошао у Редкино како би откупио породичну кућу, како би ушао у њен посед, ако је могуће. Разлози за овакво подузеће млађег Максимова били су двојаке природе. Најпре, беше то ствар општег каприца, јер поручник би на тај начин понизио свога оца уколико би га икада срео, а све то из разлога што је Андреј Сергејевич, по мишљењу нашег јунака, виновник несрећне породичне историје којег је лудост и порочно живљење напослетку довело у велике неприлике и готово безизлазан положај — био је принуђен да прода породичну кућу како би отплатио барем део коцкарског дуга. Други разлог за откупљивање породичне куће био је посве другачији и заправо је био део његове природе коју је носио увек са собом, нокат срастао у месо — за дом, иако разрушен и иако то он себи никако није хтео признати, везивали су га сећања, успомене и све оно чега више неће бити с обзиром да је безбрижност остала забрављена у детињству. Када му је Олга Димитријевна тога јутра за доручком саопштила да је решила да му прода кућу, очи су му живнуле и, уопште узев, он је у некој мери васкрсао. Осећао се као неко ко је после много тешких и болних пораза коначно дочекао и победу. Одлука Олге Димитријевне га је охрабрила и дала му нову вољу за животом.

Читаву ствар свршили су одмах, обоје задовољни. Међутим, када га је Олга Димитријевна добронамерно упозорила поздрављајући се са њим да припази на своје здравље (она је одавно већ приметила да се са њим нешто рђаво дешава и да му душа гази по тананој линији близу лудила), Феодор Андрејевич се увредио, али пошло му је за руком да ту своју увређеност не покаже како њу не би жалостио и уносио јој додатни немир, јер добро је знао да је та жена била везана омчом муке, тешком и готово неподношљивом. У нашем је јунаку ипак било самилости, без обзира на његову све тежу болест манијаштва. Раставши се још тога дана, касније су се видели само још једном и то само из разлога како би свршили неке формалности, неопходне да би Феђа ушао у потпуни посед куће. Истог тог дана, мало након што је Олга Димитријевна изашла, појавила се Леночка на вратима. Она је већ некако дознала да Олга Димитријевна не само што више није власница куће већ и да је намерила да отпутује из Редкина. Суморна лица, тужна и промрзла, пружила је Феђи писмо и одмах затим отишла хитрим кораком.

„Чудна девојчица и тежак усуд. Али, шта је то што мене везује за њу?", помисли поручник и већ би готов да отвори писмо. Уђе у салон и у тренутку док се намештао у удобној наслоњачи, заинтригиран од кога ли би то сада писмо могло бити, звоно на вратима га прекиде у тој намери. Љутит што не може одмах отворити писмо, придиже се и отвори врата. Испред њега стајао је нико други него његов отац, Андреј Сергејевич!

— Само сте ми још Ви требали, Андреје Сергејевичу, да ми још чвршће притегнете омчу око врата — љутито, са нескривеним одстојањем и хладноћом у опхођењу, дочека га поручник.

Старији Максимов се повлачио пред хировитости сина, све више спуштајући главу као његов највећи дужник и виновник несрећне судбе. Истини на вољу, поручников отац заиста и јесте добрим делом утабао врло тежак и неизвестан пут и на њега испратио свог сина без и најмање милости и приговора савести због тога. Међутим, то беше онај стари Андреј Сергејевич са којим овај сада што понизно стоји пред сином није имао баш ничега заједничког.

— Сине... — беше то све што је успео рећи. Речи саплетене у грлу никако се нису могле ослободити.

— Уђите, уђите — мрзовољно и са још већим одстојањем дочека поручник. — Шта, Ви сте намислили да овом посетом видате старе ране, а нисте ни свесни да их само још више продубљујете — оте се Феђи. — Знате ли Ви, милостиви оче

— поручник се у свом гневу никако није могао суздржати од каприца — знате ли Ви да сте дошли у најнеповољнијем тренутку? Знате ли то? Чујете ли шта Вам говорим!? — већ повика пререзаних живаца.

Стари Максимов, или боље речено оно што је остало од њега, будући да се на његовом готово прозирном лицу већ назирала оштра кост, овлажи уста и угризе се за доњу усну не би ли се тако повратио у кужну реалност. Придиже с муком поглед и немоћно задрхта. У очима му страх и неверица подједнако кидају на поставу извнуту душу, душу којој је, како му се чинило, дошло време преиспитивања и плаћања дуга. Ништа није могао рећи. Ни речи. Баш ништа. Непомично је седео док су се у њему смењивали осећај стида и неког неприродног страха, страха од свог сина. У одређеним тренуцима свачијег живота престаје да важи свака логика и природне законитости у односу међу људима. Син покорава оца ужасно севајући очима и ликујући над његовом немоћи, држи га у шаци и већ је решен да га угази чизмом као буву, као непотребну ваш. Зар је ово мера хуманог човека и хуманости којом се многи размећу, а заправо су само оболели од кужне болести модернизма савременог човека? Зар је ово природом удешен однос или исмевање заповести Божје, преступ и безмало злочин? Па иако је Андреј Сергејевич својим поступцима заслужио казну, зар се та казна може разумети ако је она презрење од сина? И зар човеков преступ може бити баш толико страшан да га и рођено дете распиње и понижава? Зар се у томе може наћи оправдања или је све то недостатак љубави, милости и могућности да се опрости?!

— Ћутите?! Ви после свега још и ћутите?! — још гласније повика Феодор Андрејевич. — Шта, дошли сте да ме додатно намучите? Мислите ли да ми је и без Вас мало муке и грчева? И одмах да Вам кажем, овде се нећете дуго задржати, то треба да Вам буде јасно. Рачун међу нама двојицом давно је свршен. Заслужили сте прогонство, а ја сам Вас ето и у кућу примио.

— Али, дете моје... — одвеза некако Андреј Сергејевич неколико речи, са муком, али одвеза их.

— Престаните! Престаните, кажем Вам! — прекиде га Феодор Андрејевич. — Доста ми је Вашег безумља! Схватате ли то?!

— Ја сам само мислио да...

— Шта сте Ви мислили? — поново га прекиде поручник. — Ви да сте било шта мислили породица би остала на окупу, а Аљона сада не би носила толики терет од чије се тежине саплиће на сваком кораку!

— Аљона... Шта је са Аљоном?

— Мене питате?! Стидите се Андреје Сергејевичу! Ви као отац да баш ништа не знате о својој кћери?! Стидите се!

После ових речи старији Максимов остаде потпуно поражен и са израженим осећајем кајања, готово до мере гађења према самоме себи. У тмурној души овога старца горели су као опомена сви његови ранији греси и од тог ужасног осећаја никако се није могао ослободити. Личио је на човека коме су преко очију ставили повез, а онда га натерали да се креће хитрим корацима, куда год. А где може стићи човек повезаних очију и неће ли већ после неколико начињених корака неизоставно пасти?

У души Феодора Андрејевича киптали су бес увређености и изражена, незадржива љутња којом би, од силне оштрине, човека олако могао расећи на пола. Живаца затегнутих до пуцања и грчевита лица, надвио се над својим оцем као орао над својим пленом. Никако му није могао опростити што се због његовог безумља и безосећајности читава породица разбила као кристална чинија која се због немара онога ко ју је држао у рукама нашла на поду, расута у парампарчад. Поручник је севао очима у силном једу и чак био готов да му приђе, да га ухвати за ревере и избаци из куће. Ипак, оно зрно сачуваног благочешћа и разума зауставили су га у таквој намери. Када мрачни дуси у човеку рашире своју густу мрежу, када овладају његовом душом притешњујући је све више, до пуцања, уколико не искрсне барем трачак разума и светлости, доброте у човеку, и уколико се фитиљ тог дубоко затуреног благочешћа не упали сам од себе, злочин је неминован. На сву срећу, у Феђи је још увек тињала светлост, истина слабашна, али ипак довољна како би се спречила могућа трагедија.

— Ви се сада можда још и чудите што Вам се не обраћам директно, већ као готовом незнанцу! Можда и очекујете да Вам говорим: „оче"?! Знајте само и то да Ви за мене и јесте незнанац и да Вам се ја више никада нећу обратити непосредно, у првом лицу дакле, ма колико Вам то изгледало зачуђујуће! Никада! Упамтите то! Никада! Упропастили сте нас све, Андреје Сергејевичу! Са тим ћете живети, са тим ћете и умирати! Шта? Можда сада од мене очекујете милост, после свега?! Знајте, милост и оправдање за тако ужасне поступке код мене нећете наћи, никада! У таквој нади не треба да живите, јер тако би само још више обмањивали себе. Али, шта је мени до тога, уосталом. То је већ Ваш живот. Уредите га како сами хоћете, као што сте то и до сада чинили, све из разлога ужасне себичности. Погледајте! Погледајте овамо! А, шта кажете? — заврте кључевима од тек откупљене куће и њиховим звецкањем још више га опомену и порази.

Старији Максимов је и даље непомично седео, оборене главе, постиђен и понижен. Сад је већ само чекао повољан тренутак како би отишао, заувек овај пут.

— Ћутите?! Ви и даље само ћутите?! — повика још једном Феђа. — Видите ли, откупио сам кућу од Олге Димитријевне, отплатио сам Ваше дугове, али не и Вашу обавезу према свима нама! Стидите се! Чујете ли шта Вам говорим — стидите се!

Преклоњених руку преко колена и сав уздрхтао од понижења, преко мере узбуђен од силине утисака, Андреј Сергејевич се напослетку осмели и ипак подиже поглед. Једино што је видео испред себе беше бесом унакажено лице свога сина и *Јеванђеље*, баш оно *Јеванђеље* које је Фећа нашао на путу пристигавши у Редкино — без икаква нарочита разлога спустио га је из собе коју је узимао у закуп и бацио га на сто у салон одмах након одласка Олге Димитријевне. Овако чудни поступци постају мање чудним ако се узме у обзир чињеница да су их учинили чудни људи.

Андреј Сергејевич препозна да је то управо оно *Јеванђеље* које је из немара он сам давно изгубио — препознао га је управо по оном ванредно лепом, квалитетном повезу због ког га је Фећа и задржао нашавши га онај дан. И баш то *Јеванђеље*, *Јеванђеље* које је он изгубио сада је код његовог сина. Из неког разлога тако се удесило, јамачно. Из ког, нико од њих двојице није знао. Фећа о томе није ни размишљао нити је уопште и знао да је то заправо било *Јеванђеље* његовог оца. У сваком случају, није ли ово можда јасан знак да би још од овог тренутка, од овог њиховог сусрета, и један и други требало да живе управо по њему, по *Јеванђељу*? У тренутку када је Фећа бацио *Јеванђеље* на сто у салону, доневши га из собе, оно је остало отворено на страници где је писало: *Јер овај мој син мртав беше, и оживе; и изгубљен беше, и нађе се*[1].

О овим речима нису знали нити су пак размишљали ни један ни други, свак из свог разлога. Фећу то, све и да је знао на којој страни је *Јеванђеље* остало отворено, уопште и није занимало, а старији Максимов је био прилично удаљен од стола тако да никако и није могао видети шта је писало на отвореним страницама. Он се опрезно придиже како не би још више продубљивао синовљев гнев, готов да пође, неизоставно. Муку душе због оних за које нас веже иста крв тешко је поднети. Покушао је да усправи поглед, да погледа сина у очи, али то му никако није полазило за руком — за то је већ требала нарочита снага. Поражен и подједнако посрамљен, кренуо је ка улазним вратима тешким корацима, носећи у раздераном завежљају душе патњу и дубоко самоосуђивање.

— Идете?! Па, хајте само! Не знам само шта сте до сада чекали! Идите бестрага! — немилосрдан је био Феђа, не знајући да ће се касније због ових речи силно кајати, јер ово беше његов последњи сусрет са оцем. О њему након овог сусрета ништа више није чуо нити га је икада више видео.

Стари Максимов се окрену ка сину и још једном уздрхта и затрепери као пламен свеће. Низ наборано чело крену суза, врела, откинута из намучених очију. Чак ни ово на Феђу не остави готово никаква утиска, јер на опраштање оцу није ни помишљао. Андреј Сергејевич постаја укочено неколико тренутака, а онда, угризавши се за усну, до крви, пође. Отворивши врата, расејан и преко сваке мере потиштен, поражен и посрамљен, можда би раменом и окрзнуо Леночку у дворишту да она не врисну, заплака се и покри очи рукама. Крај ногу јој стајаше још једно писмо које је од силине утиска испустила из руку — беше то писмо за Феђу које је заборавила да му достави па се управо из тог разлога и вратила.

— Тата! — тихо зајеца Леночка.

— Леночка! Леночка, дете моје! — као жилетом испрекиданим речима дочека Андреј Сергејевич и још једном горко заплака.

Девојчица се некако отргну из оваквог, за душу веома мучног стања, обриса сузе рукавом изношене блузе, погледа жалосно у оца и загрли га, али само накратко и истом потрча ка улици. Није издржала. Андреј Сергејевич пође за њом дозивајући је гласом који га је све више издавао. Феодор Андрејевич је стајао на вратима и у неверици гледао ову сцену, непомичан и збуњен.

— Леночка... Леночка... она је моја сестра... — понављао је тихо, једва размичући сува уста препуна горчине. — Најтежи је озакоњени злочин... Озакоњени злочин... — вртео је у круг ове речи као да је ван себе. У души Феодора Андрејевича поред изненађености и неверице, севали су бес и љутња и он чак у једном тренутку крену за њима не би ли их сустигао и голим рукама задавио Андреја Сергејевича. У стању сужене свести, у мрачним тунелима душе могућ је сваки злочин, тако и овај. На сву срећу, потрчавши за њима он се спотаче и паде што је имало за крајњи ефекат то да се жестио, овога пута на себе, због своје несмотрености и тако и одустао од своје сулуде намере. Тетурајући као услед пијанства он се врати натраг, не приметивши да му брада крвари. Угледавши оно писмо што је испало из Леночкиних ручица, он се сагну и подиже га, затвори и одмах затим закључа врата за собом, ухвати се за главу и стропошта на диван — тело није издржало силину утисака. Прстима је притискао слепоочнице не би ли тако ублажио ужасну главобољу и можда протерао оне мисли о озакоњеном злочину, злочину над Леночком коју је Андреј Сергејевич, као и њега уосталом, упропастио својим нитковлуком.

У таквом положају наш је јунак преседео читава два сата премишљајући о свему, о несрећној Леночкиној судби понајвише. Да ли је њу ико ишта питао или је тек тако немилосрдно гурнута у чељусти живота, напуштена и сама?! И заиста, није ли то управо озакоњени злочин, јер ниједан закон није обавезао оца на потпуну одговорност према свом детету, а ако чак и јесте — из ког разлога се такав закон не поштује?! Људском лицемерју и безосећајности, себичности и слабостима, конца нема, јер како другачије објаснити чињеницу да не постоји апсолутно ниједан универзални закон који би потпуно заштитио права оних недужних, оних што су немоћни да се сами бране, а злочин над њима, над децом, најтежи је облик понижења човечности и достојанства.

Тек када је успео да се барем мало ослободи од утисака које му је донело ово невероватно сазнање, Феђа се усправи и крену. Већ у наредном тренутку он се неколико пута пљусну хладном водом по лицу, а онда, намах дограби шињел, навуче га на себе (остао је раскопчан) и хитро пође ка месту уговореног сусрета са Иваном Никитовичем. Од силине утисака и преко мере расејан, није ни погледао на сат нити је закључао врата за собом, а Олге Димитријевне више не беше ту. На ту околност он је потпуно заборавио и таква несмотреност ће га касније скупо стајати. То што је на договорено место стигао готово читава два сата раније, такође беше велика грешка због које је те вечери имао великих последица. Узимајући у обзир потпуно душевно растројство нашега јунака не чуди то што је раније кренуо на тај договорени сусрет — немир га је гонио да крене, било куда, само да не остане у тек откупљеној кући; мировање у једном месту у тим тренуцима никако није могао поднети и он није знао шта ће нити куда са собом.

Овде ћемо читаоца ставити у привилегован положај у односу на нашега јунака па ћемо казати да је Андреј Сергејевич своје последње дане провео као искушеник у једном од руских манастира о чему Феђа, разуме се, ништа није знао. Да ли је у том свом дубоком покајању нашао милост неба и поравнање својих грехова то ни ми сами не можемо знати, јер много је тога изнад могућности људског поимања. У сваком случају, уколико већ није имао достојанствен и благочестив живот, Андреј Сергејевич је барем саму смрт дочекао у потпуном преумљењу и тихој патњи.

Вратимо се сада нашем јунаку који је већ седео у углу гостионице, све чешће наливајући чашу опорим вином. Мучио се ужасним предосећајима по питању *Самосвести*, Фомина,

Настасје Семјоновне, Хлебјатњикова и Сидорових, међутим, омамљен пићем и у згужваном, стешњеном душевном стању, зар се на такав предосећај сада могао поуздано ослонити? Ефекат већ прекомерно попијеног вина на младића раслабљених живаца због болести манијаштва, а који је и иначе врло ретко пио, може се већ разумети сам по себи. Седео је сам, мрачног погледа, мутних очију и затегнута лица. У стању потпуне омамљености и у левак сатеране свести он је и дочекао Ивана Никитовича који се појавио тачно у договорено време. Петроградски чиновник, угледавши вином омамљеног супарника, већ је ликовао знајући да је његов положај услед ове Феђине непромишљености сада већ далеко повољнији и да му неће требати нарочита довитљивост како би овога потпуно понизио и наместио му игру какву је само могао пожелети.

Иван Никитович пређе знатижељним погледом преко Феодора Андрејевича, развлачећи уста у широк осмех тобожњег усхићења и задовољства што је поручник дошао на договорено место сусрета. Све више је ликовао јер му беше светло и јасно да га већ има у шаци и да га само треба нечим изазвати не би ли он у својој јарости почео махати рукама испред себе, претити и шта већ све не, а то ће он, Никитович, искористити у повољном моменту и још више притегнути ту око врата наметнуту му омчу о којој поручник ништа поуздано није знао — није знао крајњу намеру овога ниткова, иако је имао врло рђаве слутње.

Поменућемо да од сусрета код Сидорових Фомин уопште није размишљао о Аљони Андрејевној, нити је придавао било каква значаја оном несрећном случају око медаљона, сматрајући да у односу између Аљоне и њега, ма какав да он био, не би смео нико стајати па чак ни њен брат. Међутим, све оно у вези са Настјом мутило му је свест и разум, јер у погледу Настасје Семјоновне он није могао да отрпи супротстављену страну која се наједном појавила у лику поручника. Из овога се може извући јасан закључак да је петроградски чиновник држао још увек чврсту веру да се срце ове неукротиве жене још увек њиме занима, и управо је то и био разлог због чега је настојао да што пре сведе рачун са Фефом, будући да је једино њега доживљавао као озбиљну претњу у погледу његових будућих планова који су се тицали саме Настасје Семјоновне. Укратко, једино је поручник те планове могао побркати, замрсити их све и тако га оставити на ветрометини пораза, оставити га у губитку жене којом се одавно заносио.

„Што пре треба свести рачун са овим жутокљуним дугорепаном, са овим смешним канаринцем... Што пре, али како? На који начин?", већ се у себи једио Иван Никитович, неочекивано већ губећи стрпљење. Све ово око Настасје Семјоновне прилично га је мучило и иако је тренутно био у доста повољнијем положају у односу на Феђу (био је трезвен и прибран), он никако није могао наћи потпуна мира. Учини му се да би било добро да са њим отпочне било какав неважан разговор, о било коме и било чему, само никако не о Аљони Андрејевној и Настасји Семјоновној, јер о њима ће неизоставно већ бити речи, само, ето, нека Феђа до те тачке вечерашње драме испије још коју чашу вина, нека му се свест још више сузи, искушаће његово стрпљење до крајње мере и он ће сигурно у неком моменту остати без могућности да влада собом и читавом ситуацијом која је тек имала уследити. Овакав план касније се показао као веома успешан и Фомин је тиме напослетку био задовољан. Заиста, пошло му је за руком да неприметно и сугестивно делује на Феђу ког као да је нешто гонило да те вечери пије далеко преко своје мере.

— Још једну боцу вина — повика Феђа. — И чашу, чашу млада дамо. Друштво, цењено друштво вечерас имам — рекавши то иронично, устаде од стола и још једном испружи руку према Фомину.

— А ја сам био готово уверен да се Ви вечерас уопште нећете ни појавити — отпоче Фомин изазивачки.

— Нашто такве мисли? А? — успротиви се поручник. — Истина, ја Вам тамо код Сидорових нисам ни у једном тренутку дао обећање да ћу неизоставно доћи, али зар сте само због тога посумњали? Зашто сте тако маловерни? Знате, ја иначе ретко дајем било каква обећања, јер и нисам баш нарочито поверљива природа. Обећања стварају обавезе међу нама и чине нас дужницима. Овако, ја сам био слободан и да дођем, али и да останем.

— Но, ипак сте дошли — примети Иван Никитович, још једном га изазвавши.

— Дошао, разуме се! Зар сте и помислили да ја приписујем случају то што сте Ви допутовали из Петрограда у Редкино? Ах, не варајте се! Шта ако су мени познате Ваше намере? Ви сигурно нисте овде тек пуким случајем, зар не? — иако већ омамљен вином и у тешком душевном расположењу, Феодор Андрејевич је сачувао окрајке проницљивости.

— Шта Ви уопште можете и знати о мојим намерама! — успротиви се чиновник. — Уосталом, не знам само коју везу мог доласка у Редкино налазите са Вама...

— А Хлебјатњиков? — сад већ потпуно изазивачки и сумњичаво стаде га претресати. — Хоћете да ми кажете да се и он јуче случајем задесио код Сидорових баш за време Вашег бављења тамо? А? О Настасји Семјоновној већ имамо говорити и јасно је и Вама као и мени да је она субјект обостраног интересовања, и Вашег и мојег, стога, уколико је потребно, а ја држим да јесте, свешћемо и тај рачун још вечерас, него... Хлебјатњиков,

Хлебјатњиков је такође постао субјектом моје пажње... Шта кажете, откуд да се он јуче задесио тамо код Сидорових?

— Зашто то мене питате? — одлучно и готово са неприметним једом у гласу иступи Иван Никитович. — Распитајте се код Алексеја Владимировича, јамачно га је он позвао да му учини посету. Ти разлози мени нису познати.

— Зашто од Вас?! Зашто?! — изненађено дочека поручник не обраћајући пажњу на ове последње Фоминове речи. — Видите, ја сам уверен да долазак Хлебјатњикова синоћ код Сидорова има извесне, можда чак и једине везе са Вама и ни са ким другим, у најкраћем — мој предосећај је такав да сте Ви ту нешто замрсили, Ви и тај Хлебјатњиков.

— Господине Максимов — са извесном мирноћом у гласу дочека га Фомин — Ваши су предосећаји врло вероватно последица тешког душевног стања у ком се налазите. Приметио сам још тамо код Сидорових да се са Вама нешто врло чудновато и рђаво дешава.

— А је л'? — готово поскочи Феђа, увређен.

— Не једите се и не замерајте ми због овога што сам Вам казао. При том, знајте да су моје намере према Вама чисте и искрене, без подмуклости и лукавства.

— Баш као и према Аљони Андрејевној — прекиде га Феђа планувши у лицу.

— Замолићу Вас да њу изоставимо овом приликом. И, уопште, да је изоставимо.

— Хоћете рећи, да избришемо Ваш злочин према њој, да га поравнамо, а? То бисте Ви хтели, дакле?

— Злочин, кажете?

— Јамачно! Злочин! А шта је друго?! Ви сте Иване Никитовичу, унесрећили Аљону! Схватате ли то уопште или Ваша бездушност и није у стању да то препозна?

— Све и да је тако како говорите, одакле Вама права да говорите о односу између мушкарца и жене, па чак и поред чињенице што је Аљона Ваша сестра? Зар у том Вашем распитивању не налазите нимало дрскости? Одакле Вама права, питам Вас! Зар Ви знате све појединости из мог односа са Аљоном да би о томе могли судити? Уздржите се, младићу! То се Вас не тиче!

— Проклети да сте Никитовичу! — црвен у лицу од све израженије јарости повика Феодор Андрејевич. — И само да знате, дете које сте посредством Ваших познанстава у Петрограду отуђили од мајке биће Вам временом највећа казна! Упамтите то!

— Престаните! Престаните са тим глупостима! — повика сад већ и Фомин изгубивши стрпљење и пристојност, иако се око тога прилично трудио. — Питам Вас још једном: одакле Вама права да тако оштро судите?!

— Ви се усуђујете да ме тако нешто питате?! А одакле Вама права на толику безочност и бездушност према једној несрећној жени? Одакле, питам Вас! Стидите се!

— Да ли овде мислите на Вашу сестру или на Настасју Семјоновну? — лукаво га пецну Фомин и тако уведе разговор у жељене токове.

— А шта с њом? Шта са Настјом?

— Сад ме тек то питате?! Шта са Настјом? Зар Вас нисам на време упозорио по том питању још док смо путовали возом? Али, Ви сте јој се и поред тих мојих добронамерних упозорења ипак приближили! Ха! Знате већ и сами да ја полажем извесне наде у погледу ње и то Вам је сигурно одавно већ познато. Бићу потпуно отворен — Вас сматрам супротстављеном страном у том погледу, јер сам сигуран да Ви поткопавате темеље тврђаве њена срца, а ја то никако нећу допустити! Тврђава ће можда и пасти, али Ви ћете имати неприлика уколико наставите и даље да се занимате њом!

— Шта? Ви то још и претите? — љутито и увређено дочека Феђа. — Подли човече, зар сте намислили да ми можете одређивати са ким ћу и какав однос одржавати? Прешли сте се у својим умишљеним овлашћењима! Стидите се, Иване Никитовичу! Стидите се још и због тога што је све оно око Амелије Сидоровне заиста читава представа, сада сам већ потпуно уверен у то. Све је то параван иза ког кријете Ваше праве намере и жеље. Зар да се тако поиграват са невиним женским срцем? Да са читавом једном породицом бестидно циркус изводите? Ви иронишете са животима људи! Ви сте један такав спекулант и подлац да ми дође да Вас истог момента у лице пљунем!

— Хајте! Учините то одмах! На тај начин сигурно бисмо дошли и до извесног решења у погледу Настасје Семјоновне! То би нам сигурно било од велике помоћи — подсмешљиво и са иронијом у гласу дочека га петроградски чиновник.

— А шта ако Вас ја сада задавим голим рукама! — приближивши му се, процеди поручник. — У том случају сигурно би читаву ствар око Настје окончали!

— Ви онда то и учините! — спремно га дочека чиновник све више га изазивајући и раздражујући. — Само да знате, у том случају она не би била нити моја нити Ваша, јер Ви бисте због таквог злочина робијали, а Настја, то Вам је сигурно познато, много полаже на слободу у сваком погледу тако да Вас више никада не би ни погледала. Исмевала би такво Ваше „јунаштво”, презрела тај Ваш злочин и отишла слободном човеку. Знате и сами да заточеници нису привлачни женама, тако да, размислите још једном о тој својој намери.

— Можда Ви имате бољи предлог? Можда би да бацимо коцку за њу, лукавче — неопрезно се оте Феодору Андрејевичу готово суманута идеја.

— Тај предлог је већ много прихватљивији и разумнији, поручниче! Зар бисте заиста због жене задавили супарника, а? Хм... Кажите ми да је то био само Ваш шеретизам и да сте само имали намеру да ме тиме забавите? — још једном га изазва Фомин. — Признаћу Вам, уопште ми није било пријатно нити забавно, јер лице Вам је још увек црно од беса и срџбе.

Феђа оћута на ово и притешњен својим тешким душевним стањем стаде хуктати и брисати зној са чела. Приметивши то, Фомину постаде још јасније да га сада не сме испустити из шака; он пређе погледом преко гостионице и опазивши крчмара затражи од њега да им донесе рулет, што овај одмах и учини. Са једне стране, Фомин је мислио да већ има потпуну власт над поручником, а са друге, ипак је мало и зазирао од њега — од њега, али и од исхода рулета, јер на тај исход никако није могао утицати својим лукавством и довитљивошћу. Рулет је рулет и ту правила нема. И баш сада је у власти рулета, у тој власти без правила, ко ће од њих двојице морати да одустане од Настасје Семјоновне од ове вечери. Фомин се већ дубоко кајао јер је неопрезно прихватио предлог свога супарника. Уопште узев, ни један ни други нису желели да читаву ствар око Настасје Семјоновне реше коцком, али она се некако сама по себи наметнула. Повући реч, значило би бити поражен. Због тога су и један и други прихватили рулет готово као обавезу, као неминовност која се никако није могла избећи.

Испред двојице решених противника, међусобно свезаних судби у ужасан чвор ког је некако већ требало распетљати, одрешити га, стајао је прашњави рулет (Бог би знао одакле га је гостионичар узео), једна боца тек отвореног, црвеног вина и две чаше. Готово ништа, а заправо све. Нервозним покретима руку Феђа је одгурнуо рулет од себе и још више га приближио Ивану Никитовичу како би га он завртео. Поглед му је казивао да не жели никаква даља могућа оклевања — питање у вези са Настасјом Семјоновном решиће њих двојица неизоставно и сада, „достојанствено” и у строгој тајности. Фомин се и даље држао прилично мирно, иако је у тој мирноћи било доста неприродне уштогљености — рамена су га најпре одала. Такође, он је у дубини душе већ проклињао себе због те своје лакомислености што је прихватио да коцка одреди коме ће од њих двојице Настја „припасти” иако је могао, рачунајући на ужасно душевно стање свога противника и још при том и на његову омамљеност вином, читаву ту ствар решити на сигурнији начин, у своју корист, разуме се. Овако, све је постало неизвесно, јер коцка не познаје душевно расположење учесника нити њихову оштроумност, интуицију, прибраност нити довитљивост (тренутно је Фомин по свему овоме био у извесној предности). Коцка је коцка и у њој нема никакве логике, она је потпуно самостална, дивља и неукротива, неизвесна и застрашујућа. Коцка се надвила над двојицом непомирљивих противника и као закон и као судија. Коме ће се након окретања рулета посрећити не зависи ни од чега другог до од тих тајанствених „правила и закона” по којима се он врти и немирно плеше.

До само неки тренутак пре Иван Никитович је имао Феодора Андрејевича у шаци, могао га је и победити и посрамити, могао је са њим учинити шта год му је воља по сваком питању, па и у случају Настје, међутим, сада је био раван са њим, потпуно изједначен у могућности добитка и успеха по оном најважнијем питању за обојицу — рулет ће решити све, све или барем оно што је стајало између ова два чудаљива човека као највећа страст и жеља.

— Поручниче — отпоче петроградски чиновник са извесном озбиљношћу у гласу као услед какве свечаности — време је и за наш коначни обрачун. Како сте се само досетили... Рулет, ха! Рулет ће одлучити којем од нас двојице ће припасти Настасја Семјоновна. Рулет, а не двобој! Коцка, а не кавга! Ах, колико је само благородности и добродушја у Вама — пецну га још једном као жаоком, али поручник на то не одреагова удубљен у помисао да ће се можда још у наредном тренутку решити све, све, читав његов живот. Уколико би Фомин вечерас остао поражен, он би се свакако удаљио од Настасје Семјоновне. Самим тим, сва врата ка њеном срцу остала би затворена, сва осим оних једних на које би он коначно покуцао, смело и решено. Ето о чему је размишљао наш јунак.

— Бирајте! Бирајте поручниче! — продужи Фомин. — Играте на црно или на црвено? Ха! Судећи по Вашој природи, изабраћете црно! Погађам ли? Хм... Црно, зар не? Мрачни сте, Феодоре Андрејевичу! Сувише сте мрачни и туробни и не знам само одакле Вам толико дрскости па да само и помислите да имате права да тим својим мраком засенчите нежну природу прелепе жене! Но, добро! Ја сам уверења да ће сада рулет заштитити несрећну жену од Вас, од Ваше дрскости и осионости. Знајте само, нико није ничији господар! Упамтите то! Та само се погледајте Феодоре Андрејевичу! Ваша би природа и тежак карактер неповратно упропастили несрећну Настасју Семјоновну. Размислите само у какво би се мучење претворио њен живот са Вама.

Поручник је, зачудо, и даље седео потпуно мирно и непомично и са несумњивом увереношћу могло би се казати да ништа од овога што је Фомин говорио није долазило до њега, нити једна реч нити поглед — ништа од тога га није могло озлојодити нити изазвати. Све оне раштркане поручникове мисли као магнетом сабрала је она једна, она најважнија — мисао о томе на ком ће се пољу зауставити разиграна куглица рулета и да ли ће му се у овом окршају са Фоминoм указати срећа у погледу Настасје Семјоновне, а за остало, ако му само вечерас рулет постане послушник, већ ће се и сам побринути. Тако ће он можда још сутра смело стати са својим осећањима пред ту непокорну и донекле дивљу госпођицу и коначно јој признати све... Само овог... овог се ниткова за почетак треба решити! Одмеривши свог супарника са тупом равнодушношћу према њему, напослетку одлучно и кратко среза:

— Бирам црно.

У тренуцима док је изговарао ове тајанствене, судбинске, речи које су имале моћ да га ослободе или да га потпуно покоре (у зависности од тога на ком ће се пољу куглица зауставити), имао је осећај да се одвећ ољуспала таваница мемљиве гостионице стала спуштати све ниже и ниже и да ће му напослетку притиснути тешку, неразбориту главу. Он и та његова супротстављена страна, његов изазивач и коб худе судбе, све оно што он сам није, неко њему потпуно туђ, неразумљив и стран, седели су у самом углу гостионице далеко од осталог света, увијени у густиш крчмарског, неподношљивог дима од дувана и несносног задаха што од мемљивих зидова што од појединих гостију који су сваке вечери као утваре васкрсавале на истом месту, ту, у гостионици, доносећи са собом и тај ужасан смрад од свог неуредног одела и запуштене, прљаве косе. Окренути лицем у лице свом најљућем непријатељу, својој подмуклој супротности са којом нису имали баш ничег заједничког иако их је судба из неког разлога нераскидиво увезала, ниједан од њих двојице није показивао баш никаква интересовања за сав тај свет који је полако стао испуњавати простор у крчми својим лармањем. Свако из тог њима непознатог света носио је са собом своју бригу, свој терет и немир и сви су у гостионици налазили исто — свог брата по невољи и заједничарење у промашеном животу очајника. Заједничарењу не треба судити, па чак ни ономе које нема као основу какву високу идеју већ само пуко преживљавање и то углавном порочно.

Иван Никитович се наједном и неочекивано придиже и нали обојици чаше вином, до врха. Личио је на човека који се трудио да у врло свечаном тренутку нађе велике речи и да одржи некакав говор, да отпоје хвалу, некоме и због нечега. Свакако, ти су тренуци више личили на обострано распињање, а не на свечаност, али има човек понекад ту необјашњиву потребу да свему да другачију ноту, да све обоји другачијом бојом, можда баш из разлога што на одређеним животним степеницима човеку понестане вере, што нема решења нити одговора куда и како даље па се окрене назад и постане човеком бега, човеком враћања а не даљег успињања. Врло је могуће да је и сам Фомин имао осећај да стоји наглавачке над провалијом, али и да је управо због тога позивао из себе све своје снаге да устану, да се придигну како свом супарнику не би личио на преплашеног човека забринутог због могућег крајњег исхода, јер тај исход може бити и неповољан по њега... Зашто бити поражен пре пораза — можда се баш том мишљу и водио Фомин, зашто губити веру да ће се на крају све свршити добро по њега? И оно најважније — треба остати достојанствен и пркосити животу и свим приликама које он носи са собом, немилосрдно кушајући нашу снагу и чврстину у игри на све или ништа, а ово око коцке и Настје је управо било то, игра на све или ништа.

— Наздравимо! Наздравимо, поручниче! — подиже Фомин високо чашу. — Наздравимо њој, Настасји Семјоновној и њеној срећи са једним од нас двојице! Ха, шта кажете? Уосталом, зар да останемо решени непријатељи после ове вечери! А, не!

То никако! Бестрага са прошлошћу! И Вашом и мојом! Аљона Андрејевна... Зашто сте ми је ког ђавола уопште и помињали? — покуша још једном да изазове Максимова, међутим, он као да га није ни чуо.

— Слушајте ме, Иване Никитовичу! Без даљег одлагања, заиграјмо тај проклети рулет! Шта, зар сте се уплашили коначног исхода? Кхе-хе-хе! Забога, па то је само Настасја Семјоновна, само једна жена. Зар због ње да изгубите разум и одлучност, зар и Вас потпуно држи под својом влашћу? — лукаво и са цинизмом одреза поручник. — Хајте, Иване Никитовичу! Хајте, кажем Вам! Завртите коначно тај проклети рулет, до ђавола!

— Вама се, колико могу да приметим, веома жури. Неизоставно бисте све да ставите у један тренутак, па чак и овако крупну ствар!

— Завртите рулет, проклетниче! — изгубивши стрпљење гласно повика поручник, али услед лармања у гостионици нико га осим Фомина и није могао чути.

— Ви ме још и вређате! — истуривши груди напред повика и Фомин.

— Завртите рулет!

— А ко Вама гарантује победу? Шта ћете у случају да куглица стане на црвеном? Кхе-хе!

— У том случају Настасја Семјоновна ће бити Ваша! — повика још једном непријатним гласом и у узбуђењу које изнурава душу и кида сваку помисао на било какву пристојност и уздржаност.

— А знате ли да ћете у том случају изгубити свако право на њу, сваку могућност да је освојите и да са њом општите? — гађао га је Фомин својим каприцима и овај пут равно у центар његове нервне раздражености.

— Иване Никитовичу, требало би најпре да разумете да ја Настју не освајам! Ја њу, слушајте ме сада пажљиво, ја њу волим! Волим, покварењаче и одљуду своје врсте!

Петроградски чиновник постаде мрк у лицу од речи „ја њу волим” и, жестећи се, проклињао је поручника у себи иако се то на њему готово да и није примећивало што је свакако одлика снажног карактера — мрског, врло поквареног, срачунатог и лукавог, али ипак, снажног! Расецао је својим мрачним и претећим погледима раслабљену и одвећ измучену душу Феодора Андрејевича, изазивао га да направи какву непромишљеност и глупост, међутим, то му никако није полазило за руком. Иако у поремећеном душевном стању, стању које је давно изгубило равнотежу и где у неким случајевима чак и израженији титрај нечије зенице ока може да буде окидач за какав непромишљен, сулуди акт, поручник се у овим тренуцима, за велико чудо, ипак држао прилично уздржано. Ово се може објаснити само на један начин: поручник Максимов је сваку своју мисао, сваки дах и покрет душе ставио на коцку; он је већ видео како Фомин окреће рулет и како куглица немирно поскакује у врашкој игри, како му ломи сваки преостали живац, сваки нерв ионако одвећ крзав, намучен и потрошен, док напослетку коначно не стане на црно или црвено. Вино попијено преко сваке мере, тај неопрезни поручников чин баш у време одлучивања о овако важној ствари, само му је још више погоршавао ионако веома неизвестан и тежак положај јер, поручникова се мисао на тренутке разводњавала, мутила у вртлогу, несташна и неукротива, губећи се у нечему чему он није имао приступа.

Фомин је све нервозније добовао незграпним, дебелим прстима по неугледном и готово потпуно истараном, изгребаном столу — никоме од гостију ова чињеница нити је била од значаја нити је коме сметала. Чинио је то без било какве ритмике, одсутно и журно. Напослетку, као да се од свега тога заморио, кажипрстом указа на самог Феодора Андрејевича, пљесну рукама и повика:

— Заиграјмо! Окушајмо срећу, неизоставно и сада! Није ли читав живот, пријатељу, само игра?! Хоћете ли Ви да завртите рулет или да то ипак учиним ја? — упита Феђу уз неизоставни сарказам у ономе „пријатељу" и погледа га равно у очи. Овај је седео непомично иако је био у силном узбуђењу — знао је да је дошао тренутак одлуке. Тело му се грчило, укрућено и затегнутих мишића. У нутрини, осећао је како га стотине возова газе, како бучно прелазе преко његове намучене душе и бесомучно је кидају на комаде.

— Иване Никитовичу, рулет завртите Ви!

Без било каква даља оклевања, чиновник се дохвати точка рулета палцем и кажипрстом леве руке и заврте га снажно, колико год је могао. Лицем окренути један наспрам другога, час су гледали претећи један другога, час суманyто и хитро спуштали погледе на точак рулета покушавајући да тако ухвате куглицу и њено непредвидиво поскакивање. Сваки живац и једнога и другога остајао је измрвљен, тренутак се ослањао о вечност, а ишчекивање и напетост сужавали су свест подједнако обојици и они као да су је губили у потпуности. Може бити да ће неко од њих двојице већ у следећем тренутку изгубити равнотежу и пасти ту поред јединог гостионичарског стола на ком је стајао рулет и живо подврискивао, надмоћан над судбама ове двојице.

Феодор Андрејевич је гризао усну, дивље и до крви, блед у лицу и сав изнурен, као да је јехтичав. Његов противник поново је стао добовати прстима по столу, овога пута још нервозније и брже. Стискао је шаку, а онда је журно ширио и прстима лупкао по столу. Све је то понављао као у каквом зачараном кругу и болесној, ишчашеној ритмици. Једино што беше заједничко овој двојици супарника беше крв у очима, све тамнија услед тешког живчаног напрезања. Да ли из тог разлога или што је дим у крчми постао исувише опор, тежак и густ, неподношљиво лепљив и готово погледом непробојан, тек њих двојица више нису ни видела један другога. У једном моменту, погледи обојице осташе прикована за рулет, погледи непомични и готово лудачки. У таквом стању душевне напетости, као омамљени некаквим лудилом, ниједан од њих није ни могао приметити да се њиховом столу приближавала витка, прелепа фигура изузетне жене. Била је то управо она, Настасја Семјоновна!

Стала је пред њих достојанствена држања и то се најбоље могло видети у њеним исправљеним леђима и тек мало напред истуреним, једрим раменима. Лишце јој готово провидно, бледуњаво и без крви, поглед смркнут и веома озбиљан. Уста замандаљена, без било какве назнаке да ће било шта рећи. Строгоћа њене појаве и продоран поглед на лица два супарника и на рулет испред њих, каприц и јед у очима, указивали су на могућу незгоду, на скандал који је имао уследити. У њој су дивљали бес и срџба, појачани ужасном озлојеђеношћу услед великог понижења — она је стављена на коцку и то од стране Феодора Андрејевича, човека за ког је готово могла јемчити да је поштује и да се у тајности можда чак и моли за њену наклоност. Женско срце лако је обмануги. Претерана, превише назначена увереност у снагу и постојаност нечијих осећања никако не може бити благоразумна, јер будући да готово сваки човек у одређеним околностима постаје подлац, трговац и рачунџија, речју, издајник свега оног племенитог што је годинама недрио у себи, па чак и издајник најузвишенијих осећања, са сигурношћу се може казати да за тако тврду веру у наклоност нечијег срца никако нема сигурног упоришта нити тврда темеља. Заправо, од тога се може чак и страдати!

Обнажене душе и жестећи се услед ове сурове истине, стајала је поред тог јединог стола на којем беше рулет, повређена и повређене сујете, јер ни Феодор Андрејевич нити Фомин нису је уопште ни опазили. Заражени сулудом игром на то њихово све или ништа и потпуно изопштени од свих и од свега у ишчекивању на ком ће се пољу зауставити куглица, све је у њима остало сужено и скупљено у један једини центар њиховог збивања — у рулет. Овако фанатично држање тела и једног и другог, њихов заустављен дах и одсутност, она никако није могла нити је хтела разумети, јер они су је издали! Потпуно и обојица! Ставили су је на коцку! Колико је само понижења за жену и одвратности у том њиховом чину! Колико отрова за слабашно, нејако женско срце препуно жеља о великој љубави или илузија о њој, јер она је годинама призивала само чисту љубав, али је насупрот томе добијала само превару, болна унижења и распећа! У тренутку се поново присети свог првог мучитеља, бедног преваранта Захарова, и сад већ више није могла издржати, није могла умирити у себи толики гнев и озлојеђеност те хитрим покретом помало дрхтаве руке, зграби рулет и у наступу донекле измењене свести, употреби сву своју снагу која јој је преостала и тресну га о мемљиви под гостионице. Делови уништеног рулета разлетеше се свуда унаоколо, а куглица којој очито не беше назначено да коначно реши ривалство ова два човека незграпних душа, одскочи неколико пута и нестаде где је вероватно више нико неће пронаћи, па чак ни спремачица која ће још следећег јутра љутито и уз многе псовке поспремати неред који увек остане за ћудљивим гостима, гостима који сваке ноћи баш ту, у гостионици, изврћу своју душу наопачке, бацају је пред друге сулудо верујући да ће тако наћи себи исцељења.

У тренутку када је Настасја Семјоновна у свом бесу шчепала рулет, погледи ове двојице се скаменише од изненађења и ужаса. На смркнута и овоштала лица љутих противника, наједном се сјури сва крв услед ефекта Настјиног присуства. Стид, изненађеност и поораженост — ето у шта им се обојици претворила читава нутрина услед овог неочекиваног присуства жене за коју су бацили коцку. Феодор Андрејевич је првих неколико тренутака стајао залеђене фигуре да би одмах затим прилично чудним покретима тела личио на човека који се управо отргао из најужаснијег кошмара, збуњен, поражен и немоћан да учини било шта. Иако му у овим растрешеним тренуцима расудљивост никако није могла бити изражена и чиста, без тешкоћа је извео правилан закључак — Настасја Семјоновна их је све време посматрала негде из прикрајка успевајући да ухвати понеку реч према њиховим покретима усана. Ово се може узети са потпуном поузданошћу, јер да је другачије, да она није присуствовала барем на овакав начин немилосрдном чину коцкања где је за живи улог стављена њена душа, душа младе и поносите жене, зар би онако увређено и љутито треснула рулет о под?!

Од овог закључка, иако је био исправан, Феђа није могао имати баш никакве користи. Када кристал квоцне, када се покида у парампарчад, зар се ту још може било шта учинити? О свему овоме требало је много раније и добро размислити и ни у ком случају не стављати на рулет можда чак и читав будући живот, јер све то беше велика непромишљеност и лудост, танка линија са које се олако склизне у потпуну пропаст! Но, сада је већ касно. Живот нас често учи да повратка на тачку испред, повратка у прошлост, нема, и зато од човека тражи одговорност и разум у сваком тренутку. Живот не прави реплике и сваки потез кичице остаје на платну — тешко је са њега отклонити погрешне потезе који су настали услед неразумне наивности и лакомислености. Уколико човек и покуша да исправи те погрешне покрете руку, те линије кичице, неки пут себе доведе у још теже стање — грешке само још више замрља, оне се и даље примећују и чак постају израженије.

Фомин је такође стајао под снажним утиском и у неверици. Његова проницљивост и оштроумност су му јасно говорили да се после овог несрећног случаја више ни у ком случају не може надати наклоности Настасје Семјоновне. Онога кога волимо не стављамо на коцку, не надвлачимо коноп због њега ни са ким, јер то је мрзак чин који нема баш ничега заједничког са чистом љубављу, тај је чин мрзак и свакако да заслужује осуду. Већ у следећем тренутку Настја је најпре прешла оштрим погледом преко мрачних лица неразумних и себичних играча, јетко им се и саркастично осмехнувши, а онда, одлучно подиже Фоминову чашу са неиспијеним вином и пљусну читав садржај по његовом запрепашћеном лицу. Не оклевајући, ово учини и Феодору Андрејевичу. Свршивши овај чин она нешто опсова, као успут, још једном оштро и бесно погледавши у два понижена човека, и иако се чинило да ће им већ у следећем тренутку хитрим кораком окренути леђа, стаде између њих двојице и процеди са ужасним осећањем још једном изневерене жене:

— Хуље! Обичне хуље и ниткови, ето шта сте! Обојица! Стидите се! Некорисни и подмукли проклетници! Фуј!

Тек након овог свог наступа којим је у некој мери олакшала себи, а њих потпуно понизила, Настја се још једном усправи у леђима и колико јој беше могуће услед оваквих околности, у некој мери достојанствена хода она крену ка излазу. Негде на средини крчме, у својој јарости чак и не примети Хлебјатњикова који се као и свако друго њушкало увек и неизоставно појави у оваквим околностима. Тек кад ју је овај ухватио за руку она га опази и само мргодно жмирну очима, истрже се и прође мимогред њега, љутита и ван себе од срџбе и беса.

„Чудна жена изузетног и непокорног карактера”, помисли њушкало у себи, а онда, не губећи време, хитро крену ка своме коначном циљу и у правцу Ивана Никитовича ког једва да је и успео да препозна у сивом, густом диму.

— Ах, господине Фомин! Какав се то случај десио са Вама? Забога, па Ви сте упрскани вином! А Ви, Феодоре Андрејевичу?! Исти случај? Хм... — интригантно и изазивачки примети не би ли сазнао било шта о читавом случају од ове двојице.

— Откуда поново Ви? — оте се Максимову. — Где је Настасја Семјоновна, ту неизоставно и Вас могу пронаћи! Ви као да је уходите! — не издржа закључивши јетким гласом, још увек под снажним утиском пређашње сцене.

— Господине Максимов — мирно отпоче Хлебјатњиков — не узрујавајте се беспотребно, јер мој долазак нема баш никакве везе са Настасјом Семјоновном. Можда сте ми Ви вечерас занимљивији од ње саме! Кхе-хе-хе! — лукаво и врашки га изазва очекујући ефекат од ових својих речи, међутим, Феђа је одсутно ћутао, бавећи се ко зна којом мишљу.

— Него, кажите ми — настави Хлебјатњиков — како напредујете са писањем Вашег новог чланка о нерасветљеном убиству Н. М? Знате, многе занима читав тај случај око убиства, јер још увек нико није на њега бацио светло. Стекао сам утисак да сви очекују да ћете управо Ви Вашим чланком у *Самосвести* решити читаву ову, сложићете се сигурно са мном, потпуну мистерију? Можда сте у међувремену дошли до нових сазнања и појединости? Знате да је то убиство Н. М. у чудним и неразјашњеним околностима предмет и мог интересовања. Свакако, ја се за тај случај нарочито занимам и то не из шупље људске знатижеље, уверавам Вас. Не! Други ја мотив имам, знате. Уосталом, то ми је дужност. Читав живот радим на расветљавању оваквих случајева, а ево сад нисам чак ни на трагу. Починиоц је вешто са себе скренуо сам ток истраге, јер баш ништа о њему се још увек не зна. Него, могу ли рачунати на Вашу помоћ у овом смислу? — лукаво заврши Хлебјатњиков.

Максимов поскочи од беса, изазван.

— Идите бестрага и Ви и убиство и чланак! До ђавола, Вас човек не може избећи. И само да знате и ово — чланак ће ускоро бити објављен! Будите у то уверени!

— Па то је сјајна вест! — у притворном одушевљењу прихвати Хлебјатњиков. — Честитам Вам на решености и храбрости! Само напред, јер једино тако и можемо стићи до циља! Ваша одлучност у мени изазива осећај уважавања, дивљења и одобравања за бављење читавом том ствари која је, колико примећујем, заиста предмет Вашег великог интересовања — лицемерно стаде подилазити и ласкати поручнику, али без успеха, јер Феђа је и даље љутито севао очима на њега.

— Питам Вас још једном, господине Хлебјатњиков, да ли је човеку могуће да се било како од Вас сакрије?!

— А из ког разлога бисте се Ви уопште и крили од мене? Кхе-хе-хе! — лукаво и шеретски прихвати Хлебјатњиков, изазивајући га још једном, што у овога још више разбукта упаљени гнев.

— До ђавола! До ђавола, кажем Вам! Не желим Вас у свом присуству, нарочито не у оваквом тренутку! Разумете ли сад? — Феђа је све више губио стрпљење и страхујући да не направи какву непромишљеност већ је био готов да пође из крчме, али га овај у томе предухитри.

— Ах, па зашто то одмах нисте казали! Знате, ја држим да човеку није допуштено да буде наметљив и досадан. Из тог разлога, праштајте, г. Максимов. Будите сигурни да Вам више нећу сметати.

Хлебјатњиков напослетку чак учини и мали наклон Феђи, а онда, окренувши се ка Фомину, озбиљног израза лица одсече:

— Ми се свакако ускоро видимо. Видите и сами како случај удеси да се и Ви нађете вечерас овде. Знате, она Ваша идеја... Све више сам задивљен њом. Све иде према Вашој главној замисли, без било какве неочекиваности и препреке.

Максимова ово додатно узнемири и он се истом окрену лицем ка Фомину као да од њега тражи објашњење. Хлебјатњиков је спретно искористио овај тренутак (Максимов му је био окренут леђима) и најпре хитрим покретима руку скинуо мундир, немарно пребачен преко наслона столице, а онда га и вешто пресавио два пута. Уверивши се још једном да овај чин Феђа није приметио, журно крену ка вратима и за тили час већ беше изашао из гостионице, трљајући задовољно руке због обављена посла. Мундир поручника Максимова био је у његовим рукама, а узимајући у обзир растрешено душевно стање поручника, он сигурно неће ни приметити да мундир више није на оном месту где га је оставио након доласка у гостионицу.

Оно што се даље дешавало у гостионици између ове двојице противника, подједнако постиђених Настјиним чином, само по себи лако се може и наслутити. Увређени и збуњени седели су још неко време један наспрам другога, уз мало речи и пуно непријатности. Јетко су погледавали један на другога, чак и претећи. Та њихова ствар око Настје не само да није добила своју коначну форму, не само што није решено коме ће од њих двојице она припасти већ је у читавом том циркусу онај одвећ дубоки јаз између ова два човека постао још дубљи и чак врло опасан. Не, те вечери они нису свели рачун међу собом, иако су удесили међусобни сусрет управо са том намером. Ипак, намере су неретко само покушаји остварења нечега док стварност остаје покушају страна и другачија.

Појединачни акти Настасје Семјоновне и Хлебјатњикова након одласка из гостионице читаоцу би могли бити далеко занимљивији од онога што је већ прилично добро познато, о чему се са извесном сигурношћу могло судити — о односу између ова два решена противника, два чудака, уз напомену да се тај однос од ове вечери још више усложио и замрсио. На овоме месту, сматрамо да је од велике важности да напоменемо два важна факта, два засебна чина који су уследили баш у време док су се Фомин и поручник оштро погледавали у задимљеној, мемљивој гостионици и дубили тај јаз међусобне нетрпељивости, неповерења и отвореног непријатељства.

Најпре, важно је истаћи да је подмукли бес услед велике увређености напросто гонио Настасју Семјоновну да се освети својим издајницима, Феодору Андрејевичу и Ивану Никитовичу. Такође, ништа мање значајна није ни чињеница да је она заправо више остала увређена поручниковим него поступком петроградског чиновника од којег је свакако и могла очекивати тако нешто. Али он... Он... Феодор Андрејевич да њу стави на коцку и то ни више ни мање него са тим безосећајним проклетником, са човеком извештачених, научених манира кога је она презирала. Јасно је да Настја у себи није недрила баш никаква осећања према том петроградском гизделину и развратнику, напротив, он јој је чак био и мрзак те га стога никако и није желела поред себе. Ипак, може се казати да је она Фомина ипак из неког разлога држала у својој близини. Врло је могуће да је у погледу њега имала већ испланиран рачун — једноставно, он јој је због тог рачуна требао и из тог разлога га није потпуно одгурнула од себе. О свему овоме Феђа није баш ништа знао и чак је био уверен да се Настја занима Фомином. Да је неким случајем наш јунак знао голу истину, истину коју је крила Настја у погледу петроградског чиновника, сасвим сигурно не би пристао онако наивно на игру рулета у којој је улог жена, жена која и иначе није гајила баш никаква осећања према Ивану Никитовичу. Али, Феђа то није знао, а његова уобразиља још више је допринела томе да он на њега гледа као на равног му противника у случају наклоности прелепе, изванредне жене. Рачун Настасје Семјоновне по питању Фомина био је потпуно другачији и то ћемо читаоцу расветлити на крају нашега приповедања. Максимов о томе рачуну није знао баш ништа, али то га свакако не ослобађа одговорности што је Настју ставио на коцку.

Сама чињеница што је Настасја Семјоновна још те вечери решила да поручнику одговори истом мером на његово понижење и увреду док на Фомина није чак ни помишљала, довољно говори о природи њених осећања према Феђи. Дошавши у улицу *Новая жизнь* и опазивши повећи камен испред старе, на местима већ зарђале ограде од кованог гвожђа, саже се и узе га у руку. Њене су намере биле јасне — одлука беше тврда и руку више ништа није могло зауставити. Хитро крену према броју дванаест, ту кратко застаде на тренутак уздахнувши, а онда јако замахнувши ослободи се терета из руку. Прозор од трпезарије расу се у парампарчад, уз лом и оштар прасак. Гневна на Феодора Андрејевича, испуњена срџбом и љутњом, притешњена мрачним, врло тешким и сапињућим осећањима изневерене жене, она чак нешто и опсова и одмах након тога заплака. Лако је судити да се налазила у тешком душевном растројству. Одстоја ту тек неколико тренутака, а онда, иако не беше никога од пролазника, страхујући да је неко случајно не би препознао испод слабашне уличне расвете, обриса сузе рукавом блузе и хитрим корацима нестаде у намученој, мрклој ноћи.

Баш у то време Хлебјатњиков је на другом крају вароши сплеткама подмукла човека остављао трагове крви на реверима поручникова мундира. Овај ужасан чин њушка инспектора је још давно детаљно испланирала и он је стрпљиво чекао само једну неопрезност Феодора Андрејевича. Та неопрезност се ове вечери и удесила — поручник нити је закључао улазна врата, нити је приметио у свом душевном растројству и омамљен вином да му мундир недостаје када је касније кренуо из гостионице. Ово је било довољно за ужасну подвалу са великим последицама по поручника.

Хлебјатњиков је као и свака друга инспекторска њушка имао довољно стрпљења да се све тако удеси како би он свој подмукли чин могао спровести у најстрожој тајности и без било какве могућности за сумњу — сада је већ све могао обавити прецизно, без остављања било каквих трагова, дакле и без било какве сумње да он има било каква удела у подвали која је имала уследити. На овом месту сматрамо да је потребно да читаоцу коначно разоткријемо и једну тајновиту појединост која се удесила оне вечери у дому Хлебјатњикова, дакле, у оно време док је Ловски играо преферанс а Максимов седео у друштву Алексеја Владимировича, заокупљен својим мислима и запажањима. Ова појединост промакла је и Лаву Фјодоровичу и нашем јунаку, иако је он касније имао извесне сумње по овом питању.

Те вечери десило се нешто прилично неочекивано, али и поред тога све је прошло потпуно неопажено и без било каква подозрења. Пажњи читаоца препоручујемо онај моменат када је Иља Петрович без било какве најаве и извињења, не објашњавајући никоме ништа, одједном устао од стола за којим је са осталима играо преферанс и неочекивано изашао у ходник. За њим је одмах пошао и домаћин, Хлебјатњиков, и тамо га је, у ходнику, мимо очију других, јетко прекорео због овако непромишљеног чина. Ево и у чему се састојала читава та ствар.

Иљи Петровичу је те вечери Хлебјатњиков поверио врло важан задатак — требало је да отпутује у Петроград и да лично Ивану Никитовичу достави све примерке *Самосвести* у којима је Лав Фјодорович Ловски оштро критиковао руско друштво, а нарочито власт и властодршце. Ловски се читавог тог подузећа око *Самосвести* прихватио помало наивно и неопрезно, у сваком случају острашћено, не размишљајући о последицама којих, по његовом резоновању, није могло бити. Он је држао да свако, па тако и руско друштво, једноставно мора поштовати једно од начела које је оно само изнедрило — да сваки појединац има право да оспорава и критикује прилике које му се учине супротним људском достојанству и разуму, уопште узев, да критикује све оно што је супротно његовим убеђењима. Управо у овоме и јесте била највећа неопрезност и грешка Ловског, јер идеали у које је он веровао одавно су стрпани у ковчег и сахрањени без било каквих почасти. Дакле, то исто друштво не само да га је могло казнити због свих тих његових оштрих критика, већ му је напросто и читав живот могло везати у чвор, притегнути га силом док не пукне и ту би онда био потпуни крај за Ловског. Међутим, Лав Фјодорович је био убеђен да ради исправну и врло крупну ствар за читаво руско друштво и да му на том путу одлучног иступања против свих оних аномалија које свако, па и руско друштво има, баш нико неће прекратити корак. У овоме се рачуну грдно прешао и то ће касније и схватити.

Свако јавно иступање Лава Фјодоровича Ловског, сваки његов чланак, говор, корак, свако његово размишљање иза којег је остао било какав траг, праћен је са највећим лукавством и пажњом, бележен и прослеђиван у Петроград Ивану Никитовичу који је имао јасан и врло подмукао наум — ставити Ловског иза решетака, забранити сваку његову мисао и његово писање због „нарушавања друштвене равнотеже”. Дакле, у најкраћем — Фомин и Хлебјатњиков већ неко време су све чвршће притезали обруч око Лава Фјодоровича због *Самосвести*, али и не само око њега већ и око свакога ко је узео било каква учешћа у недељнику.

Управо из овог разлога Хлебјатњиков је те вечери оставио поручников мундир умрљаних ревера крвљу у његовој спаваћој соби. Несрећа поручника била је у томе што је једино он јавно писао о нечему о чему су сви ћутали — о неразјашњеном убиству Н. М. Чланак је био готов и било је само питање дана када ће освануту у *Самосвести*.

На овом месту подсетићемо читаоца и на то да је Максимов услед своје болести манијаштва неретко сумњичио чак и Настасју Семјоновну да је у дослуху са Фомином и Хлебјатњиковим, да му они заједно припремају некакву сплетку, али какву то већ није знао нити слутио. Сада ћемо изнети и оно што су факти, факти који нису у потпуности одговарали сумњама Максимова. Наиме, тај подмукли, ужасан и подао план да се њему и Ловском нашкоди јесте постојао и ту је поручникова сумња била основана. Међутим, Настја не само што са тим планом није имала баш ништа, већ је Фомин чак и њу ставио под истрагу, на такав јој се начин светећи због неузвраћене му пажње. Укратко — читав тај подмукли план направиле су и чувале у строгој тајности две врашки лукаве главе, Фомин и Хлебјатњиков.

Након овог расветљавања читаоцу ће сигурно бити јасније из ког је разлога Хлебјатњиков већ дуже време уходио поручника Феодора Андрејевича, пажљиво мотрећи на сваки његов корак и зашто је злочин још увек неразјашњеног убиства Н. М. подметнуо управо њему. Овде ћемо пажњу читаоца усмерити и на чињеницу да Хлебјатњиков није допуштао да било ко још има удела у расветљавању читавог тог случаја око убиства изузев њега самог. Претпоставићемо два разлога за ово. Први је тај што је Хлебјатњиков очекивао велику корист уколико би случај разрешио, а ту корист није желео да дели ни са ким. Други разлог је озбиљнији и чак и вероватнији — Хлебјатњикову није било у интересу да се убиство расветли, дакле, он је можда већ и решио да читав случај остави нерешеним изговарајући се чудним околностима и позивајући се на мноштво фактора због којих саму истрагу није било могућно детаљно спровести. Чинило се да је Хлебјатњиков желео да заташка ово убиство из одређеног разлога о којем ми већ сада можемо слутити, међутим, само из сумњи извести и поуздан суд било би равно шарлатанству. Ипак, уколико се узме у обзир чињеница да је он са жртвом Н. М. био у затегнутом односу и чак у отвореном сукобу, наше сумње имају смисла.

У сваком случају, тежиште истраге поводом тог неразјашњеног убиства од ове вечери пренето је на човека који са тим убиством није имао баш ништа — на поручника Максимова. Хлебјатњиков је након што је оставио трагове крви жртве на реверима, мундир напослетку ставио преко столице у спаваћој соби поручника Феодора Андрејевича. Овде је загонетно како је Хлебјатњиков уопште дошао до крви жртве ако у само убиство није умешан — без обзира на чињеницу што је важио за службеника који је читав свој живот подредио расветљавању управо овако тешких злочина, он није могао имати узорак крви жртве, јер би то превазилазило његова овлашћења.

Као што смо већ и поменули, улазна врата су била откључана због поручникове лакомислености, немара и расејаности, тако да је Хлебјатњикову ово додатно олакшало читаву ствар. Иза себе није оставио баш никакав траг свога присуства — у томе је такође имао великог искуства. Погледавши у мундир који је остао немарно пребачен преко столице (иначе га је и поручник увек тако остављао), задовољно се и пакосно насмеши, протрља руке и нешто сам за себе процеди, тихо и неразговетно. Све је обавио како је и планирао и више није било никаква разлога да остане ту тако да је већ у следећим тренуцима крупним корацима загазио у мрку, звездама сиромашну, злослутну ноћ.

Феодор Андрејевич је у неко доба ноћи стигао кући, поднапит и под силином утисака од свих дешавања. Покиданих живаца и омамљен вином остао је без могућности да расуђује, ма о чему. Управо из ових разлога није ни приметио да му недостаје мундир, као ни то да су улазна врата била откључана. Са муком некако је успео да се попне уз степениште до спаваће собе. Није се чак ни свукао, легао је обучен у постељу која је заударала јер ју је још давно требало заменити чистом. Одмах затим заспао је подлактицом прекривених очију. На столици, одмах уз кревет, злокобно му је претио мундир са остављеним, оком неприметним траговима крви.

---

1 Јеванђеље по Луки (15, 24)

XIII

Судба Феодора Андрејевича на своме животноме концу имала је добити још један врло сложен и важан чвор, сасвим извесно један од значајнијих, и тај чвор само што се није сам од себе везао — чвор који је претио пуцањем самог конца живота нашега јунака. Тргнувши се из врло мрачног, опорог сна, дуго је и непомично седео на постељи, умртвљена тела и покорена, исцеђена и расута духа. Слабост тела готово увек долази од пакости духа и ништа га друго не може ојачати до васкрсење, васкрсење личности читавог човека.

Присетивши се тог туробног сна, мрштећи се и негодујући расејан, за себе, тек са великом муком некако се придиже, одшкрину тешких окова широк прозор, а онда, када му постаде јасно да на такав начин јутарња свежина и оштар ваздух неће прочистити његову, од болесног дисања и ужасног задаха кужну собу, напослетку прозор широм отвори. На тренутак му би лакше и он се чак понада да све може бити другачије, да може бити боље.

Глава му беше мутна и несабрана, а мисао никако није успевао да ухвати — упорно је бежала ругајући му се. Усиљено је покушавао да на било који начин постави некакав темељ новоме дану, ма какав год, али зар је на силу било шта могућно, нарочито у оваквим случајевима где се душа и све оно што је људско и достојно човека мучи, растрзава, кида и ломи? Стресе се од упорне, хладноће која му је толико засметала да напослетку стаде дубоко кркљати избацујући чак и мало крви из уста. Оштар ваздух резао му је грло и то га је додатно надраживало, живчано. Ипак, иако му је све то сметало и дражило га, на тренутке му је и пријало, јер га је подстицало да отрезни главу, да коначно некако сустигне своју мисао, да се са њом загрли, да јој падне пред ноге, измири се и са њом изљуби.

Немарно пребацивши мундир преко рамена (узео га је са столице где га је претходне ноћи Хлебјатњиков оставио не приметивши на њему ништа чудновато), услед несношљиве главобоље тупо и безизражајна погледа зурио је кроз прозор, зурио је у празно, у једну тачку, одсутан и поражен самим собом.

„Баш све је читава бесмислица! Хм... Све је пуно трица, без икаква реда и поретка", закључи за себе и тако као да се накратко умири јер му коначно зађе барем некаква мисао у главу, истина врло мрачна.

Можда би у том свом врло чудном и у некој мери болесном расположењу остао и читав дан, можда чак ни из собе не би излазио, без воље, без снаге да промени било шта и да се тако отргне из застрашујућег ништавила које му је надмено претило, ништавила које је проузроковано његовом све тежом душевном болешћу, да неко не стаде лупати на врата до те мере силовито и енергично да се он намах прену из своје опсене, из магле и пустоши духа. Силазећи безвољно и тромо низ степениште већ је псовао у себи онога ко се усудио да га тако рано потражи — тек је избило седам часова.

Отворивши врата нашао се у чуду и подједнаком запрепашћењу, горко укоревајући себе што је чак и отпљунуо у страну чувши лупњаву врата — испред њих стајала је његова сестра Леночка, уплашена и црвена у лицу што од хладноће што од узбуркане крви услед журбе — трчала је како би што пре била пред вратима Феодора Андрејевича.

— Леночка! Сестрице, та шта је то са тобом? Откуда ти у овај час? А? Та говори, говори! — дочека је овим речима.

Леночка је све више црвенела у лицу (сада још и од непријатности и стида), брада јој је благо и једва приметно подрхтавала, а уста, као ушивена, ничим се нису могла развезати. Стајала је спуштена погледа као његов највећи дужник, истовремено га и презирући, јер од онога тренутка када је сазнао да му је она сестра баш ништа није подузео како би јој се приближио и тако барем мало упознао, уморену тешком судбом барем мало растеретио. Да, она га је и поштовала и љутила се на њега подједнако. И поред тога, у њеној нежној, чедној и ничим укаљаној душици није било места за осуду, за мржњу према брату. Напротив. Она га је волела, истина помало чудновато, али зар је и могла другачије када о њему баш ништа није знала иако јој је брат?

— Леночка! — још гласније повика Феђа. — Говори! Говори шта се десило!

Девојчица уз велики напор присили некако себе да подигне оковани поглед којим су господарили устрашеност и збуњеност, поче да претура рукама по овећој кожној торби са каишем преко једног рамена и из ње дрхтавим и промрзлим ручицама извади два запечаћена писма и пружи их Феђи.

— Опростите — отпоче напрезајући се, тихо и испрекиданим гласићем — требало је још пре два дана да Вам доставим ова писма. Крива сам. Праштајте и не урачунајте ми у зло ову моју неодговорност. Али, знате... Врућица... Лежала сам данима и тек јутрос сам се мало придигла па сам прво Вама похитала... Мислим се, може бити да су Вам ова писма од велике важности, а ја... А ја сам... Ето, сад сам се још и ушепртљила. Опростите. Опростите, молим Вас, Христа ради.

У нутрини Феодора Андрејевича први пут после дужег времена коначно је поскочило осећање достојно човека и живота — пожелео је да ту намучену душицу чврсто пригрли уз себе, да је не испушта из загрљаја, никада, никада. Узевши писма из њене ручице он и пође са намером да је загрли, међутим, девојчица поскочи, хитро се окрену и потрча ка улици. Дисање јој се од узбуђења убрза док су јој она најчистија осећања, осећања сестре према брату, миловала племенито, добродушно срце, срце љубави за све и свакога, љубави надземне лепоте и опроштаја свакоме. Усхићена, мекане душе дирнуте светлом и чистом љубављу, у једном тренутку она чак и застаде у даљини, окрену се у правцу Феодора Андрејевича који је збуњено стајао на прагу, осмехну му се светлим, готово прозирним лишцем, махну промрзлом ручицом, а онда, као нечим гоњена, окрену се и настави да трчи.

Чистота душе и искреност у намерама, искреност која не зна ни за какав рачун већ је спонтана и мила, искреност и непоколебива снага да свакоме опрости и да се са свима мислено измири и загрли, једино је деци могућна. Огрешити се о њих равно је најстрашнијем злочину! Јер, свако је дете анђео благовесник, анђео мира и љубави, анђео праштања и измирења! Напрегнути лук против њихове чедности, против незлобивости и тананих, племенитих осећања и нада — изругивање је Богу и животу, али и призив личној, душевној погибији. Јер, свака душа која се дрзне да само такне прстом у светињу (деца то јесу), да дирне у њу и да је тлачи, да је понижава и вређа — од светиње ће бити изопштена, протерана у свој лични пакао и за читаву вечност изгубљена и проклета! Закон над главом сваког човека (не онај земаљски) праведан је и добар, али није добро искушавати трпљење Онога који свакога човека учи и усмерава, али и даје слободу да бира и да у складу са тим и поступа. Ето где је и рај и пакао — у самоме човеку, у његовим делима и неделима!

Тргнувши се од снажног утиска који је на њега оставило Леночкино присуство и њена узнемиреност, плашљивост и неповерење, Феђа закључа врата за собом и врати се у собу, у то своје вољно одабрано заточеништво. Нервозно стаде претурати по свакаквим трицама претрпаним фиокама тражећи у њима нож за отварање писама, убеђен да га је у једној од њих затурио. Напослетку га и пронађе, не без муке, а онда стаде отварати једно од она два писма. Чинио је то сасвим полако и изгледало је као да му се уопште и не жури да се упозна са његовом садржином. Ово јесте чудно, али никако не треба сметнути са ума да је наш јунак боловао од поменуте душевне болести тако да управо у томе и треба тражити одговор на све оно чудновато у његовом понашању и опхођењу према другима.

Отворивши прво од она два писма, извуче омањи папир из њега и стаде читати његов кратак садржај. Писмо је било од Алексеја Владимировича Сидорова.

Уважени господине Максимов,
учините нам част и дођите у недељу изјутра, најкасније до девет часова, у наш дом одакле бисмо у то време кренули на имање које ми је отац оставио у наследство. Имање је између Редкина и Козлова и није нарочит подвиг стићи тамо — путује се свега четврт часа. Позвани су и Иван Никитович Фомин, Хлебјатњиков, Лав Фјодорович Ловски и Настасја Семјоновна. Одабрано друштво, сигурно ћете се и сами сложити са мном. У ишчекивању нашег виђења и уверен да ћете разумети нашу жељу

и прихватити наш позив, очекујемо Вас са радошћу и једнаким нестрпљењем.

Алексеј Владимирович Сидоров.

Феђа подиже поглед, мргодан, зле воље и притешњен бесом љутње, јер свако чак и само помињање Фомина у њему је изазивало нетрпељивост, немир раздражености и велику непријатност. Будући да тај дан беше баш та недеља коју је Сидоров поменуо у своме писму и да је сат на зиду још пре четврт часа избио седам пута, он се трже као намах отрежњен од дугог пијанства, узврпољи се по соби и стаде премишљати да ли да се уопште и одазове позиву Алексеја Владимировича или да му се уљудно нечим већ изговори. Међутим, када је отворио и оно друго писмо, изазван њиме, у тренутку је решио да се одмах обрије, да навуче на себе шта год с обзиром на то да више није бирао нарочита одела чак ни за посебне прилике, и да крене Сидоровима како би стигао на време.

Друго писмо било је од Амелије Сидоровне. Читаоца ћемо овом приликом упознати са садржином и овога писма како би му био осветљен и тај део који је нашега јунака изазвао и још више му прекратио нерве који су увелико титрали од душевног напрезања и нелагоде. Ни ово писмо такође не беше обимне садржине — написано је у свега неколико редака, пажљиво, и то краснописом који се ретко сређе, краснописом који у човеку побуђује племенита осећања и готово усхићеност.

Драги Феодоре Андрејевичу,
најпре ћу Вас замолити за разумевање како не бисте унапред судили мојој можда чак и неопрезној и превише слободној тежњи да Вам пишем. Желим да знате да сам Вам захвална што сте ме оне вечери узели под заштиту од Ивана Никитовича. Стекла

сам утисак да сте ме разумели и чак подржали. Захвалност је нешто најмање што у овом тренутку могу учинити поводом тога. Чак и да сте Ви све оно можда учинили и потпуно несвесно, можда пак из пристојности и учтивости, може бити да је Ваша доброта побудила манире, то свакако не умањује Вашу племенитост у коју сам се уверила. Благодарна сам Вам на Вашим поступцима оне вечери, знајте то, уколико Вам то ишта значи. Непристојно би било са моје стране да улазим у природу Вашега односа са Иваном Никитовичем Фомином, али овом ћу Вам приликом указати само на неке факте како бисте избегли могуће непријатности због њега.

Сигурно и сами знате да је тај човек врло подмукао и префриган. Као такав, у мени буди извесну одбојност и гађење. Да, гађење. И не чудите се због тога. Срачунат је и веома лукав у својим намерама. Оне вечери Вас је неколико пута поменуо након Вашег одласка, али о чему је тачно говорио не могу Вам са сигурношћу казати будући да сам се повукла у своју собу. Помињао је и Настасју Семјоновну и чак је доводио у везу са Вама, то сам јасно могла чути, јер је љутито том приликом готово викао, срдећи се. На кога и из ког разлога, то ми већ није познато.

У случају мога оца, Алексеја Владимировича, немате се рашта бринути. Уверавам Вас да у његовим намерама према Вама нема злобивости, па чак ни оне најмање. Међутим, површност његових резона и врло наивно и плитко расуђивање како се једино код деце може срести, њега самог, а и оне око њега, могу довести у неприлике. Знате и сами да из наивности човек потпуно верује другоме човеку, што само по себи и није проблем, али је врло неизвесно и опасно. Видите, он мимо сваке сумње верује том Фомину, ништа не испитујући, а он, тај нитков, опростите што га тако именујем, он само притеже омчу невоље коју спрема, у то сам сигурна. Шта тачно, не бих Вам умела казати, али у *погледу тога човека имам само лоше предосећаје. Он покушава да удеси ту веридбу са мном да би дошао до одређеног рачуна, то Вам могу потврдити, користећи лакомисленост мога оца. Зашто му је све то потребно, ни то Вам не могу са сигурношћу потврдити, али врло је вероватно да су му потребна познанства Алексеја Владимировича које он годинама изграђује са свим знаменитим људима у Редкину, пре свега са разним службеницима. Та познанства напослетку ће искористити за неку своју ствар за коју једино он зна. То је такав карактер и он ће учинити баш све да би дошао до жељеног циља, па ће тако наместити и веридбу са мном из чистог користољубља. Ово су само моја запажања и немојте их узимати са потпуном поузданошћу.*

Праштајте уколико сам Вас узнемирила овим писмом, али сматрала сам да је потребно да се осмелим и да Вам лично пишем, иако се ми готово и не познајемо. Међутим, оне вечери препознала сам доброту у Вама и сматрам својом дужношћу да Вам укажем на то да су намере Ивана Никитовича према Вама подмукле и опасне и да Вам могу донети штету. У то сам се уверила када је оне вечери одлазио — последњи пут поменувши Вас, лице му је намах постало црвено и пуно беса, љутње и гнева. Моје намере према Вама су часне и искрене. Будите обазриви. Вама верна и захвална,

Амелија Сидоровна.

Прочитавши оба писма наш се јунак замисли, хукну неколико пута кроз нос у знак некаквог, истина чудног, али ипак олакшања. Да, он ће кренути Сидоровима и тамо ће сигурно доћи и Фомин — ето прилике за коначно свођење рачуна. Управо од ове помисли њему је долазило олакшање, он се ужурба, сад већ готово потпуно прибран, натуче цилиндар на главу и крупним корацима крену ка Сидоровима.

Поштујући жељу Алексеја Владимировича сви позвани се промрзлих лишца нађоше пред његовом широком, од гвожђа искованом капијом, и то сви отприлике на четврт часа пре оног времена које је Сидоров назначио у своме позиву. Иван Никитович, по властитом убеђењу домаћина његов врховни добротвор, једини дође тек нешто раније, а одмах потом и Настасја Семјоновна па и сви остали. Њих двоје се, дакле, најпре нађоше у салону Сидорових и том приликом само су се овлаш погледавали тако да се ту није могло ни говорити о каквом удешеном односу међу њима, нарочито после оне вечери и скандала у ком је узео учешћа и наш јунак, Феодор Андрејевич. Настји није полазило за руком да у потпуности сакрије свој бес који је није напуштао по питању овога човека, али ради домаћина она се убрзо прибра и чак поздрави Фомина, истина мимо воље и немарно. Како нико не би ставио под сумњу да је Настја увређена од стране Ивана Никитовича и како га мрзи из дна своје душе, када их Сидорови раширених руку примише у салон, она на себе стави лагани осмејак, отмено испруживши своју белу ручицу најпре према дамама, а онда и према Алексеју Владимировичу. Домаћин јој весело прихвати од снега мокар капут, а одмах затим понуди обоје чајем, весело жмиркајући очима у пријатном разговору са својим гостима.

Напослетку, тек нешто пре девет часова, пристиже и наш јунак и дубоко се наклонивши свима приђе најпре Амелији Сидоровној, ухвати је за ручицу и пољуби је љубазно, у знак поштовања. Исто учини и у случају њене мајке, међутим, пришавши близу Настасје Семјоновне он се ушепртљи, спусти поглед и одмах приђе домаћину неспретно му се захваливши на позиву. То што Феђа једино Настји није пољубио руку изазва немало чуђење код Алексеја Владимировича, али не и у Настји и Ивану Никитовичу којима је био познат разлог овоме.

„Нетактичност Феодора Андрејевича довешће до увређености руске жене! И то какве жене!", помисли Сидоров за себе, не одвајајући поглед са предивне Настјине појаве.

Слободно се и са поузданошћу може рећи да су сви приметили збуњеност и неприродност у поручниковом држању која је уследила, али оћуташе како му не би дирнули у осећања, осећања чудна и нејасна, и како из свега тога не би изашао какав скандал, дакле, како не би било неприлика.

Можда управо из овог разлога Сидоров отпоче врло живахан разговор најпре са Лавом Фјодоровичем Ловским, а онда и са осталима како би појава нашега јунака, ма колико чудна изгледала свима, остала нетакнута и осигурана. Међутим, некако се само по себи у једном тренутку удеси да Феђа остане насамо са Иваном Никитовичем у салону; овај није пропустио прилику да га боцне, као жаоком. Злурадо га одмеривши испод ока цинично стаде решетати речима којима би изазвао трпљење Максимова.

— А Вама као да је чудно што сам се и ја одазвао на позив Алексеја Владимировича? Тако ми делује, знате...

— Никако. То је Ваше мишљење само. Шта ја имам са тим? — кратко дочека Феђа, напрезајући се да остане прибран и миран.

— Пријатељу, не правимо непријатности овде, барем код Сидорових.

— А зашто бисмо? Узгред, не зовите ме пријатељем.

— Зашто? Вашу су натмуреност сигурно сви приметили и може бити да је доводе у везу са мном, јер Ви се нисте могли суздржати од љутитих погледа када сте приметили да сам и ја дошао.

— Умишљате којешта. Уосталом, исправићемо ту нелагоду већ на имању наших домаћина, будите у то сигурни.

— Радујете ли се овом дану, поручниче?

— Подједнако као и сваком другом — оштроумно дочека овај.

— Знате, имање Сидорових је ванредно лепо и пространо, уређено је са укусом, мада то је сада због снега немогуће приметити. Стазе за кочије су прилично дуге, хоћу да кажем, очекује нас вожња која ће свакако потрајати и то ће бити одлична прилика за наш разговор. Знате, ја сам Сидорова заступао када су му бесправно покушали да одузму то имање. Не знам да ли Вам је познат тај случај, но и неважно је. Него... Ако се како удеси да будемо у истим кочијама, Ви и ја... Ха, шта кажете? — лукаво и изазивачки га подбоде шеретски се осмехнувши.

— Оставите прилике нека се саме удешавају — још једном тактичан би Феђа.

— Поручниче, а зашто се на Вашем лицу никада не може приметити веселост? А?

— Можда због моје нарави и мрачног карактера.

— Хм... А имате се рашта и радовати, уверавам Вас. Та обратите само пажњу на Амелију Сидоровну — њен поглед ничим не можете скинути са свог лица! Она Вас непрестано посматра. Ха!

— Причате којешта.

— Мислите?

— Није ни важно.

— А ја сам сигуран да се она са нарочитом знатижељом интересује за Вас и да такву наклоност не би требало игнорисати. Хоћу да кажем, зашто бисте испустили тако добру прилику?

У једном тренутку Максимову дође да га удари, да му завеже уста својом шаком, но некако се прибра и обузда распаљене живце који су га гонили да викне, да опсује, да понизи и да физички насрне на Ивана Никитовича.

Овај је све то предосетио те се стога и суздржа од даљих каприца, међутим, уверивши се да је поручник ипак остао делимично прибран и да барем за сада неће учинити ништа што би га довело у непоправљиво лош положај у друштву у ком се затекао, заћута и крену ка Настасји Семјоновној и осталим. Феодор Андрејевич се мрштио са једом га посматрајући како прилази Настји и како га она прихвата са осмехом, истина скромним и намештеним. У глави човека који пати од душевне болести, од живчане пренапрегнутости, већ су се везивале мисли уобразиље једна за другом — да, он је ипак њен љубавник, без обзира на ону немилу сцену од пре неко вече. Феђа је већ чуо њен дивни глас и још лепше, пажљиво одабиране речи које је упућивала Фомину уз осмех и наклоност. Од свега овога заправо није било ничега и то су факти! Баш ничега, јер то беше само уобразиља живчаног болесника. Заправо, Настја је само прихватила Фомина уз овоштао осмех тек да нико у друштву не би посумњао да је однос међу њима веома нарушен и да се у њој одавно јавио осећај нелагоде и чак отвореног презира према томе човеку. И ко зна куда би уобразиља одвела нашега јунака да се пред њим не појави Амелија Сидоровна и не заустави га у том наопаком душевном стању прекинувши га својим меканим, умилним, танким гласићем у којем се јасно могло наслутити о природи њених осећања према Феђи.

— Господине Максимов, отац Вас је позвао. Ускоро крећемо на имање.

Феђа се трже, изненађен њеном појавом, али се убрзо прибра и пође за њом.

На другом крају салона Алексеј Владимирович је увелико збијао шале трудећи се да гостима буде пријатно. У једном тренутку, осмехнувши се Марији Сергејевној, добаци:

— Кључеви. Кључеви од улазних врата, лудице. Кроз затворена врата немогуће је проћи.

Сви се овоме незлобиво засмејаше, чак и сама Марија Сергејевна, не налазивши у овоме повода за љутњу и повређеност.

Оваква довитљивост и веселост у држању домаћина, природна и ни из чега наједанпут израсла радост, беше свима пријатна. Радост, изненадна и ни из чега створена, радост је која олакшава и увесељава свакога, и за ову прилику Сидорову се за то могло одати признање. Све оно што добијамо тек тако, неочекивано и изненада, а при том лепо и добро, вредно и за душу корисно, може се сматрати великим благословом.

Иако јој је брачни живот са Алексејем Владимировичем постао досадан, каткад и мучан, Марија Сергејевна још увек беше сигурна у неистарану наклоност и пажњу свог вољеног, вечитог мужа, иако је он према њој знао понекад бити чак и врло груб, неодмерен и напрасит. Да, она га је искрено волела, можда чак и јачим пламеном од оног из младости, без обзира на то што јој је у појединим случајевима живот са њим личио на пакао. Љубав се не може ставити под законе разума тако да и нема ничег чудноватог у томе што понекад силно волимо чак и онога од кога нам каткад долази и увређеност, мука и јад. Љубав прашта и чека опрост, зато и јесте надземна, вечна. Њено поштовање према Алексеју Владимировичу било је изражено и досезало је чак дотле да је она гушила у себи властите захтеве и хтења своје личности зарад његове среће, његовог успеха и задовољства. Готово поништити себе због онога кога волиш, има ли мудрости у томе и да ли то љубав оправдава?!

Марија Сергејевна беше једна од оних жена која на покорност и на служење своме мужу не гледа као на шта рђаво, као на нешто што јој отима слободу и личност, напротив. У служењу Алексеју Владимировичу она је заправо налазила своју личност, свој одраз, свој белег и траг животни. У свему томе она је остајала као у заносу и очарана добијајући потврду јачине своје умножене љубави према њему. Држала је са извесном поузданошћу да њихов међусобни однос не може баш нико и ништа променити, ослабити и довести под сумњу, јер ма колико да су јаки таласи долазили са мора њиховог заједничког живота, тај песак на обали се чврсто држао заједно, остајући још чистији. Оваквом идеалу она је служила и томе се чак и радовала. Сматрала је да се породичне несреће у неверству и издаји могу десити једино оним људима кроз чије је вене временом престала да тече врела, благородна крв љубави, оданости и нежности према вољеном. Она је својом душом сва била припијена уз Алексеја Владимировича и дубоко је веровала да му она није туђа и непозната, далека и жена за коју се он не занима, већ напротив — вечита жена коју он добро познаје и види је свуда, и док му спрема самовар и док му пажљиво исправља ревере капута, док му увече поправља узглавље пре него што ће, угасивши лампу, обоје лећи. Не, ово није занесеност и очараност жене, јер то не може бити код жена у поодмаклим годинама, већ искрена и честита, љубав спремна на сваку жртву.

Ипак, и поред свог дубоког прижељкивања да и Алексеј Владимирович њу подједнако поштује и воли, њена увереност у то није била баш потпуна. Наше жеље некада не прате уверења — често су у међусобном раскораку. Пролазила је кроз унутрашње грчеве и ломове, подозревајући његову ненаклоност, грубост и незаинтересованост. И баш у овом тренутку она се присети како је још давно негде прочитала да је једносмерна љубав исто што и једносмерна улица у којој наилазимо на све оно што штети чистој, пламеној љубави, наилазимо на забране, на могућности удеса ако неко, напослетку, повредивши осећања онога другога, крене том једносмерном улицом у супротном, погрешном смеру.

И све то због чега? Зар је тако тешко шетати у љубави чиста срца улицом на којој ћемо увек, из оног другог смера, наилазити на све оно што и сами носимо са собом док корачамо — раширене руке за загрљај, отворену душу и искреност, сталност осећања?

„Да, љубав је двосмерна улица”, закључи за себе, благо уздахнувши.

Лакну јој већ у следећем тренутку, јер ипак је била прилично сигурна да у односу између ње и Алексеја Владимировича нема никакве једносмерности већ узајамност и заједништво, нема забрана нити страхова већ само драговољног одступања од својих прохтева ради оног другог и управо због тога и велике радости. Да, њој је то тако изгледало и из тог разлога она се и није много оптерећивала оном мишљу о „једносмерној улици”. Лице јој се намах разведри и она, окренувши се ка своме вечитоме мужу, донекле свечано потврди:

— Све је спремно и можемо поћи.

Имање Алексеја Владимировича Сидорова налазило се отприлике на три четвртине раздаљине између Редкина и Козлова и до њега је било могућно веома лако и брзо доћи. Врлетне брезове шуме, ергеле коња и могућност да се чамцем отисне низ реку Ламу — овакав призор остављао је благотворан утисак на сваку уморну душу. Напољу је мрзло, хладноћа је бесно сиктала и резала дисање, међутим, и поред овакве наизглед суровости, раскошан призор многих тетреба што су се упорно провлачили испод снегом и ледом утамничених, повијених грана прелепих белих бреза, све присутне је оставило у нарочитом расположењу удивљења па чак и самог нашег јунака. Може се рећи да је све ово на њега имало нарочито користан ефекат, јер призор лепоте лековито делује на људе тешког душевног стања којима су нерви пропадали од претераног напрегнућа. У сваком случају, више се није имало куд — наш се јунак задесио на истом месту са својим највећим опонентом, са дрским изазивачем Иваном Никитовичем, али и са њушкалом Хлебјатњиковим, човеком који се увек и у свему некако нађе. Напослетку, оно што је можда и најважније — Феђа се поново задесио у њеној близини. Њеној! Настасја Семјоновна, ах! Његово највеће проклетство и мука, али и његово надање и сигурно највећа жеља.

Држати уздом сваки могући непромишљени корак, сачувати се од могуће непријатности која би сигурно уследила уколико би Феђа начинио шта непромишљено, а што би било изазвано изазивањем Фомина или чиме већ другим, тек се са муком могло остварити, јер наш јунак не беше уредна душевна стања и то никако не треба сметнути са ума. Такође, не треба заборавити ни факт да сваки човек највише може страдати од силине различитих утисака, од доживљаја које има због оних људи са којима не да нема баш ничега заједничког, већ је потпуно јасно да међу њима постоји отворено ривалство, међусобна увредљивост, гнев и срџба, огорченост и провалија негативних осећања која паралишу душу, мрве је и пустоше. Стигав' на имање, Фомин и Хлебјатњиков су одмах стали мерити сваки покрет поручникова тела, изазивајући у њему онај ужасан осећај гађења и презира. Међутим, био је свестан чињенице да је све то сада ваљало некако отрпети, барем због опште уљудности и пристојности према породици Сидоров. Свакако, није се више имало куд, побећи се није могло.

Домаћин је у разговору са својим гостима са доста усхићења и нестрпљиво предложио да одмах након ручка неизоставно и сви пођу у вожњу кочијама по дугачкој, снежној стази. Та стаза на многим местима је пролазила кроз брезове шуме које на сваку, па чак и на ону најнеосетљивију душу, остављају нарочито пријатан утисак. Имање породице Сидоров беше велико и једним делом стаза је задирала у њега што ће, сасвим сигурно, Алексеј

Владимирович искористити да покаже ту своју „важност” пред гостима. Наравно, већину је тих имања наследио, јер без велике умешности никако се није могло доћи до толиког капитала, међутим, таква се умешност никако није могла наћи у карактеру Сидорова. Зачуђујуће или не, али није реткост да се у рукама обичних лакрдијаша нађе огроман капитал којим они, уопште узев, не умеју да располажу, али се свакако труде да га пред другима увек покажу наглашавајући му важност, очекујући од других да им се безмало диве, да их величају и поштују управо због тог иметка, без обзира што га они сами нису стекли. Капитал покрива многе недостатке и слабости у карактеру човека и онај ко њиме располаже може другога држати под својом влашћу, узимати му слободу и достојанство. Капитал је идол којем свако мора указати нужно поштовање — ето, тако размишљају ти кржавмозговићи, сматрајући да су пре свега имали среће, јер су, ето, власници великог капитала, а да нису за то уложили баш никаква напора. Међутим, несрећа је у томе што већина њих ту благонаклоност судбе не уме да употреби, не уме разумно да користи тај капитал, као што је то било у случају Алексеја Владимировича. Тај човек не само што није знао да располаже својим иметком и да га, рецимо, најпре умножи, а онда и раздели невољницима, не — он се према том и таквом капиталу односио са толико неодговорности да га је могао изгубити тек тако, у једном дану чак, из чисте лакомислености и незнања. Но, доста о томе. Можда само још да поменемо и то да је Алексеј Владимирович био тако чудновата природа да је веровао, и то без било каква двоумљења, да капитал може бити потпуна замена за све човекове тежње и стремљења, узвишене идеје и радости живота, да се капиталом може купити све, све и без изузетка, и читав човек, његова наклоност, поштовање и што је у свему томе најчудније — чак и његова безусловна љубав! О, каквог ругања личности човека, какве неодговорности, исмевања и понижавања другога! То што је, како смо већ негде поменули, Сидоров био човек без нарочите памети и резона, без расуђивања, не може га ослободити одговорности за оваква уверења, јер сваки је човек одговоран за сваку своју мисао — на мислима се изграђује читав свет, најпре онај у човеку, а онда и ван њега.

На предлог домаћина да крену на имање и из поштовања према њему сви одреда љубазно начинише благи наклон климнувши главом, задовољно се осмехујући, сви уз изузетак у случају Феодора Андрејевича чију натуштеност лица и мрачан карактер још увек ништа није могло смекшати. Сви изузев нашега јунака рачунали су на то да ће им вожња кочијама по оштром и чистом ваздуху мимо сумње бити од користи и да ће им олакшати мисли и прочистити их. Једном речју — код свих њих постојала је вера да ће им ово пријати и да ће их, свакако, ако ништа друго, барем добро продрмати из учмалости у коју су упали, свако на свој начин и из својих разлога. Учмалост, раван свакодневни ток — опасно је стање душе, стање поробљености и мртвила. У случају нашег јунака, његов највећи проблем и камен о који му се глава разбијала небројено пута јесте управо тај недостатак вере, вере у лепо и радосно, вере у могућност да се у људском међусобном општењу може пронаћи пријатност. Такву веру наш јунак није имао, готово у свему подозревајући лошу намеру других, заверу, издају и нечовечност. Онај ко другоме не верује око себе подиже бедеме како би себе од других изопштио, од њих се сакрио; унапред се брани од свих и свакога, неретко потпуно фанатично и умишљајући. Ипак, подозрење Феодора Андрејевича, иако је његова душевна болест постајала све тежа и неподношљивија, имала је своју оправданост. О томе ћемо већ и говорити ускоро, на другом месту.

— Марија! Марија! — поскочи Алексеј Владимирович наједном и због нечега усхићен. Приметићемо овде да људи код којих није нарочито изражена умна делатност, промишљање, лако долазе до стања усхићености и среће, истина сиромашне, непотпуне и тренутне, и све то без било каквог спољашњег надражаја! Одлика је оваквих људи да су редом сви прилично непромишљене природе, врло неопрезне и брзоплете, али и прилично безбрижне и углавном задовољне, радосне.

— Марија! — још једном весело зацвркута домаћин — уредите све да наши уважени гости буду задовољни ручком. Хајде! Хајде, драга моја. Употребите коначно те Ваше дивне руке, руке у које сам се пре више од тридесет година заљубио.

На ове речи Марија Сергејевна поцрвене у лицу од стида, њој би непријатно пред другима и она се на тренутак збуни, напослетку и саже главу. Ипак, ове речи Алексеја Владимировича изазвале су и одређену пријатност у њој — могла је да осети његову, истина скромну, наклоност и љубав. Да, Сидорову као да је било нелагодно да искаже своју љубав према Марији па је шкртарио речима и тек понекад би јој рекао шта пријатно. Дакле, по свему судећи она на овакву обазривост и љубазност, на овакво суптилно обраћање свога мужа није навикла — његов наступ и њу саму је потпуно изненадио и збунио, истовремено је и покорио. Из ког је разлога Алексеј Владимирович у овој прилици био прилично нежан и пажљив према Марији Сергејевној оставићемо читаоцу да сам о томе промишља и расуђује. Ми ћемо му помоћи само утолико што ћемо још једном назначити да је карактер Алексеја Владимировича врло непромишљен и да је то једноставно човек који не разуме тежину изреченог, нарочито уколико то код некога буди одређена осећања — он сматра да у томе нема његове одговорности, без обзира што се таква осећања, у случају Марије Сергејевне, рецимо, јављају због његове тренутне љубазности према њој. Такође, можемо претпоставити и то да је он био љубазан према Марији Сергејевној из разлога како би се на такав начин „светио” Настасји Семјоновној и ако је како могуће у њој изазвао осећај љубоморе, познат готово свакој жени. И једно и друго што смо навели као могући разлог његове љубазности према Марији Сергејевној, одлика је непромишљена и непристојна, у крајњем, и глупава човека. Међутим, ова његова неочекивана и прилично усиљена, неприродна љубазност према својој жени није била његова једина неопрезност због чега је чак и у самој Марији Сергејевној изазвао осећај збуњености и нелагоде, јер већ у следећем тренутку, нехатом или како већ другачије он је још једном унизио и повредио осећања своје крхке, благородне кћери која се готово никада и ни у чему, ни у ком случају, није супротстављала своме оцу.

— Амелија, кћери — са извесном оштрином у гласу окрену се ка девојци — окани се сањарења и буди од какве користи. Хајде, отргни се из свога занесењаштва, из свога маштарења, и помози мајци.

Овакво неопрезно прекоревање од стране оца изазва у нежној Амелијиној душици једнако осећај срџбе колико и стида. Све те осећаје она је потискивала у најдубље џепове своје душе, скривајући их од свих, нарочито од оца. Њему се готово никада није смела успротивити, међутим, и њој самој одавно је било јасно да су ти њени унутрашњи џепови нагомилани свакаквим отровом незадовољства и ужасних, потиснутих осећања, да су већ поприлично отежали и да је само питање тренутка када ће се подерати и када ће се из озлојеђене жене ослободити њено лично спасење тако што ће престати да ћути, да се поробљава хировитом и безосећајном оцу. Није свака трпељивост добра. Без здраве мере ништа није добро, па ни трпљење.

На сву срећу, нико није приметио ову охолост домаћина према кћери, јер су сви одвећ били у врло пријатном и живом разговору. Чак је и наш јунак врло значајно говорио са Лавом Фјодоровичем Ловским о њиховом заједничком ангажовању у погледу *Самосвести* тако да је и код њега ово прошло неопажено. Не може се казати да је Алексеј Владимирович имао намеру да унизи своју кћер у овој прилици, нарочито не из разлога што је у њиховом друштву био и њен будући вереник или, прецизније да се изразимо — човек који је по властитом убеђењу и замисли Сидорова требало то да буде. Напослетку, да закључимо да разлог оваква непромишљена поступка треба тражити једино у његовој безосећајности и хладном карактеру који у себи има тек мало љубави, па и оне према кћери. Да, заиста овај човек јесте врло неопрезна, непромишљена, хладна и прилично глупава природа!

— Пријатељи — коначно се обрати и својим гостима сасвим другачијим, лепршавим гласом — надам се да ћете се осећати пријатно у овом нашем другом дому. Пећка је заложена тако да ће ускоро бити и топло. Самовар! Самовар, најпре! А? Шта мислите? Марија! Марија! Самовар! — као да се чега значајног досети, повика. — Марија, ставите самовар, а ја ћу одмах поћи да припремим кочије.

Након ових речи, не пропуштајући прилику да на своје лице стави израз важна човека (из неког необјашњивог разлога Сидоров је увек од других очекивао да га нарочито уважавају) он хитро изађе из дрвене избе која је у ширину била од неких двадесет лаката, а у дужину можда чак и читавих педесет. Изба је била прилично пространа и мимо сумње превелика за намену којој је служила. Али, неумереност и расипништво је карактерна црта оних људи који немају шта другима понудити изузев онога чему је мера новац, капитал. Кроз нешто више од једног часа сви се окупише испред где их је чекао домаћин са већ припремљеним кочијама, поправљајући и затежући узде на сва четири расна, добро ухрањена и снажна коња.

— Алексеје Владимировичу — изненада и неочекивано, живахним гласом повика Фомин — учините ми то задовољство тако што ћу бити у истим кочијама са Феодором Андрејевичем и Лавом Фјодоровичем. Хлебјатњиков је искусан по питању кочија, тако да... ето сјајне четворке! Ха, шта кажете на то?

Домаћин у знак великог и посебног уважавања управо према овоме своме госту (имао је своју корист и рачун у погледу њега, а на штету своје кћери) благонаклоно дочека ове речи и само потврдно климну главом у знак одобравања.

— Немојте мислити — продужи Иван Никитович — да за овако нешто има посебна разлога. Напротив, ствар је посве једноставна: са Феодором Андрејевичем сам пре неку ноћ имао врло значајан разговор, разговор на одређену тему од важности за обојицу. Као што и сами знате, наш добротвору — ласкао је Фомин Сидорову — ја сам Вам човек отворена, можда чак помало и неопрезна карактера, тако да немам чак нимало непријатности у погледу наставка таквог разговора са Феодором Андрејевичем како бисмо га коначно и довршили, хоћу рећи, неће ми сметати по том питању присуство Лава Фјодоровича и Хлебјатњикова. Уосталом, свакако ће све у једном тренутку бити јавно, а ако је већ тако, рашта и тајити? — Фомин отворено изазва поручника.

Да су ове речи Ивана Никитовича оставиле снажан, нарочит утисак на нашега јунака, могло се судити најпре по томе што се он у тренутку узнемирио, бледећи од некаквог, помало чак и неприродног ужаса. Присетивши се оне ноћи када је избезумљен својом неопрезношћу и лудошћу ставио Настасју Семјоновну и љубав према њој на коцку, надмећући се на такав начин са Фомином у погледу њенога срца, он уздрхта, истина готово неприметно за друге. Знао је и то врло добро да сада у оваквом тренутку не би смео учинити никакав изгред ту пред свима, а када већ њих четворица уђу у кочије, шта год да се том приликом удеси, ма каква непријатност, свакако да то не би имало толиког ефекта нити великих последица по њега у односу на случај да сада плаховито и без задршке одреагује на подмукло изазивање петроградског чиновника. Како се наш јунак уздржавао да не учини какву непромишљеност тешко је са сигурношћу расветлети ако се само узме у обзир чињеница да се налазио у све тежем душевном растројству.

— Ловскога, пак, што се тиче — продужи Фомин уједначеним тоном и без било каква напрезања — рећи ћу само то да и са овим изузетним младим човеком имам отворено говорити о једном могућем заједничком подухвату. Мој је карактер чак и преко сваке разумне мере веома отворен тако да ћу Вам, господине Сидоров, овом приликом открити да је разлог моје жеље да будем и у друштву Лава Фјодоровича управо једно велико подузеће које сам изволео да му предложим и то баш овом приликом, јер не знам да ли би се друга уопште и могла удесити. И сами сигурно знате да се прилике не указују често и да их са захвалношћу треба прихватати, без оклевања. Но, како неко овде не би помислио да је то подузеће под одређеном тајношћу, ево, нека сви знају шта је заправо тај мој наум. Наиме, ја сам намерио да Лаву Фјодоровичу Ловском понудим своје ангажовање и своја познанства која, уопште узев, и нису безначајна како би његов часопис *Самосвести* зашао и у петроградске елитне кругове. За почетак, петроградске. Револуцију унутар руског човека коју је покренуло у свакоме разумном Русу управо перо Лава Фјодоровича, треба да осети сваки слободан Рус и читава Русија, разуме се, а не да остане у вароши, омеђена, ограђена и другима неприступачна. Ослободити свест, ослободити се конзервативизма и предрасуда којих је, сложићете се, много у нашем народу — ето, то би било заједничко поље деловања Лава Фјодоровича и мене, а и свих нас, зашто да не! Јер, ово би заиста био велики успех како за самога Ловскога тако и за све оне који су узели жива учешћа за овакву националну ствар, ствар од велике важности како би се друштвена свест у Руса коначно ослободила тегова и окова којима смо притиснути толико да ће нам жива душа на уста изаћи. Ето, сада вам већ рекох готово све — кратко закључи Фомин.

Оно што ћемо на овоме месту нарочито нагласити јесте чињеница, зачуђујућа, али ипак чињеница, да је управо због ових речи Ивана Никитовича на лицу Лава Фјодоровича просијавало одређено усхићење и задовољство. Оно што је у свему томе било још чудније, барем када је карактер Ловскога у питању, било је његово потпуно поверење у човека којег није познавао, и то само из разлога што је видео могућност да *Самосвест* изађе изван паланачких оквира и ограда — могућност да *Самосвест* досегне и до самог Петрограда стајала му је надохват руке како се њему самом у тим тренуцима чинило.

Наивна, лакомислена и глупа човека лако је завести, идејом или датим обећањем, завести га и преварити, међутим, Ловски не само што није био такав карактер већ је, противно томе, био оштроумни резонер који је захваљујући својој проницљивости готово непогрешиво разоткривао намеру свакога човека. У овом случају, ничега од те његове оштроумности као да није било. Напротив, њега је дражило нешто врло чудновато чим је тек тако, без било каква претходна промишљања, поверовао Фомину и у његова обећања, при том му благонаклоно климнувши главом у знак потпуна одобравања.

То што је Алексеј Владимирович у оваквом наступу Фомина налазио благородност и узвишеност није никакво чудо, јер несмотреност је прилична наивном и глупом човеку, а Сидоров је услед своје лакомислености свакоме и без разлике веровао, не испитујући ништа нити било чије намере, ни у чему не наслућујући никакву опасност нити сплетку, али он, он! Он! Лав Фјодорович Ловски! Зар да се он на овакав начин изравна са Алексејем Владимировичем?! Може бити да је оправдана мисао да глупа и разборита човека везује једино одређени интерес и да се само у случају некакве користи и оштроуман и, насупрот њему, поводљив, лакомислен човек, понашају готово исто, пресликано! Интерес убија здраве идеје, поништава и трује разборитост и узвишена стања духа, интерес намеће своја правила и од свакога тражи покорност, безмало ропство! До чуђења је, стога, необјашњив факт да је управо због интереса, истина не личног већ због интереса читавог руског народа како је то барем изгледало у очима Ловскога, он изгубио достојанство у оном тренутку када је уз осмех благонаклоно климнуо главом Фомину и то само из разлога како би недељник доспео и до Петрограда. Оваква лакомисленост, наивност и неразборитост мудре главе, иако само тренутна, овог младог човека касније ће скупо стајати, но, о томе ћемо већ на своме месту и ускоро.

Домаћин је био приметно врло доброг и веселог расположења читавог тог дана, и нестрпљиво је, донекле и усхићено, пљеснувши рукама најед аред повикао:

— Пођимо, онда! Ништа тако не одузима време као оклевање. Пођимо! А Ви, Хлебјатњикове, пратите ме кочијама и никако не застајкујте. Кхе-кхе-хе! Не сматрам да се можете загубити, али свакако нас пратите. Пођимо! Пођимо сада, неизоставно!

Већ у следећем тренутку Алексеј Владимирович је енергичним покретима отворио врата од кочија и испружио најпре руку ка

Настасји Семјоновној што ни у коме није пробудило чак ни најмање чудљивости — сви су држали да је то само део оне пожељне учтивости и манира озбиљна човека, при томе још и домаћина, тако да је било и очекивано то што баш ничега чудног нико у томе није налазио. Истина беше посве другачија — наклоност према Настји и ту срамну страст коју је осећао према овој младој жени Сидоров је вешто прикривао, наслађујући се ласцивношћу своје уобразиље којој је све било допуштено, уобразиље продубљене страсти према жени коју не може имати па јој се „свети" на такав начин што је у његовим представама Настја готово по правилу била нага. Уобразиља пожудна, страсна човека, продубљује страсност до мере понижавања и поништавања личности жене — пожудник у жени види само циљ своје насладе, своју искривљену жељу, жељу за поседовањем, за својином.

Након што је Настју придржао за руке приликом њеног уласка у кочије, исто учини и у случају своје кћери, а напослетку и Марије Сергејевне која је тога дана из неког разлога била претерано сетна, можда и невесела, одсутна и повучена. Разлози оваквог њеног расположења сигурно су имали своја јака упоришта, али ко то још може знати шта се збива са човеком у само једном тренутку? Ко још може ући у све тајне само једног човека? Ко?

Даме се сместише удобно у кочије, осмехујући се међу собом како би изазвале онај осећај пријатности и поверења. Алексеј Владимирович узевши узде у руке гласно повика тако да два прилично ухрањена и лепа коња одмах кренуше касом пут најудаљенијег имања Сидорових. У кочијама је било пријатно и врло радосно, ако изузмемо чињеницу да је Марију Сергејевну, и то тек с времена на време и накратко, обузимало чамотно стање духа, и што се, а да ни сама не знајући зашто то чини, Амелија Сидоровна баш у тим тренуцима чврсто припијала уз мајку.

У оним другим кочијама све је било потпуно другачије и томе ћемо на овоме месту указати нарочиту пажњу, јер оно што је имало уследити наметнуло је омчу око врата и Феодору Андрејевичу и Лаву Фјодоровичу Ловском — обојици из одређених разлога и са нарочитим рачуном Ивана Никитовича којем је Хлебјатњиков у свему томе био савезник још и пре оне вечери када је у дому Хлебјатњикова заигран преферанс и када је Иља Петрович тајанствено пошао некуда. Подсетићемо читаоца на овоме месту да је тај исти Иља Петрович пошао по задатку, и то не беше први пут, по задатку добијеном од префриганог њушкала, од Хлебјатњикова, дакле. Но, да коначно и до краја расветлимо читаоцу и тај део, тај подмукли план Ивана Никитовича Фомина чијем се испуњењу он приближавао, стрпљиво и потпуно непримећено од пажње других.

XIV

Ушавши у кочије Феодор Андрејевич се узврпољи тражећи место на ком би било могућно сместити се на такав начин како би остао барем у некој мери одвојен од осталих, но, сва неразумност овакве помисли пуче му пред очима већ у следећем тренутку, јер не само да није могао остати изопштен од других, већ крај њега седе управо његов највећи изазивач, опонент и непријатељ — Иван Никитович Фомин. Ужас беспомоћности секао му је нутрину као оштрим жилетом, правећи све дубље резове. Притешњен у читав тај немилосрдни свет (ако изузмемо Лава Фјодоровича), нагњечен лицемерном учтивошћу и љубазношћу Фомина, жмиркањем жутих очију одљуда и старога лисца, Хлебјатњикова, поручник је проклињао себе што се уопште и појавио на имању Сидорових. Јер, заиста — уколико желите некоме непријатност и онај ужасни осећај беспомоћности, тескобе и нелагоде, само га заподените у друштво његових опонената и то на такво место одакле неће имати могућности да оде, да се удаљи. Да, управо је у томе читав пакао. Пакао који се обрушио на главу нашем јунаку, туптећи гласно и димећи се од пустоши и ужаса. Имао је тежак и врло мучан осећај као да му и сам живот неко оспорава, растрзава га и гњечи, и тако у недоглед, понављајући тај болесни ритуал без трунке самилости, без икаквог приговора савести, дакле, потпуно решено и коначно.

Најзад, нашем јунаку засветле мисао којој се намах и у потпуности предаде држећи је за спасоносну, барем на неко време, спасоносну и сигурну — једноставно је, гледаће кроз прозор у очаравајућу лепоту руске зиме, занесено и што је могућно више одсутно како би препустио Лаву Фјодоровичу да започне тај разговор са Фомином, а он ће се потрудити већ да у свему томе нема баш никаква удела. У једном тренутку он се чак и задовољно насмеши и као по заповести окрену главу у страну, загледан у промрзло јутро раскошног, сребрног сјаја.

Са друге стране омаленог прозора све је изгледало посве другачије, живље, разиграније и без и мало суморности. Брезове шуме као оптчене сребром несташно су намигивале тек изашлом Сунцу, радосно му хитајући у загрљај. Ах, то руско пространство, окрњени део од вечног бескраја лепоте, несагледиво и очаравајуће. Ухрањени коњи с времена на време су рзали и то сваки пут када би копитама загазили у све дубљи, недирнути снег. Далеко испред тек понека изба жмиркала је упаљеним светлом у њој, лењо још увек сневајући и у жељи да се потпуно сједини са тим раскошем белог, прочишћеног јутра. Месец се задржао сањив и помало збуњено махао разиграном Сунцу, знајући да је његово време прошло, да му време није. Бледуњав и готово посрамљен, мирно се повлачио засењен јарком светлошћу под којом је све разоткривало своју лепоту као нагиздана, млада девојка. И све је имало своје назначење и разлог зашто је баш ту, све је поскакивало у некаквој необјашњивој, мистичној радости, величајући раскошност и величину Творца. Но, тмуран поглед Феодора Андрејевича никако није могао сустићи сву ову лепоту. Она му је измицала, преплашена и збуњена. Ругоба и тмурност душе је слепа. Мрачна. И не може осетити величанственост тренутка Божјег откровења. Сапета душа спотицала се о саму себе, посустајала и падала ничице пред самом собом, а онда, тако изгребана и ужасно помодрела од шибања, беспомоћно се предавала очају и немару.

Душа је свет. Надсвет. Чак и више од тога. Пред њом и реч стоји недостојно и немоћно. Немо.

Хлебјатњиков је, још једном натукнувши цилиндар дубоко на чело и држећи чврсто узде у рукама, весело подврискивао не би ли га ко из кочија испред чуо. Беше очигледно да је у томе налазио некакву забаву, међутим, може бити и да је он оваквим својим расположењем покушавао да удеси да опхођење између ове четворке буде потпуно отворено и колико је могуће што слободније и наизглед пријатељско. Дакле, врло је вероватно да се читав наум Хлебјатњикова састојао у томе да учини све како би речи Лава Фјодоровича летеле врло слободно у комуникацији која је имала уследити са Фомином, слободно и хитро као стрела, слободно и без било каквих оквира, без омчи, без устезања и премишљања. Не треба сметнути са ума да се у свакој слободи, уколико је та слобода исхитрена и потпуно неопрезна, налази и опасност због онога што је изречено, јер због речи се и на суд изводи! Да, управо! На суд!

Лав Фјодорович Ловски је, ношен полетом и замахом својих жеља и идеја у погледу *Самосвести*, можда и први пут показао своју лакомисленост и непромишљеност, нешто што се до тада није сретало у његовој природи. Ипак, сваки човек уколико изгуби контролу и надмоћ у односу на своје жеље, уколико им подреди баш све и стави им се на располагање, губи од свога карактера и у одређеним случајевима постане и врло непромишљен и као неко чији је разум готово под опсеном, магловит и нејасан. Да је другачије зар би цареви и освајачи губили своја царства, а губили су их управо у оно време када им је карактер остајао начет, подривен и замрљан. Бити господар над својом природом, над својим карактером, безусловно —

није увек могућно. Заиста, ако човек прецени своју жељу, своје достигнуће и циљ, ако наметне себи такву идеју да је она већа од снаге човека, ако изгуби оштроумност и могућност здравог и одмереног сагледавања читаве ствари, постаје лакомислена замлата, будала нарочите врсте иако му је сама природа оштроумна, а он изузетан резонер! Управо је ово сада био случај и са Лавом Фјодоровичем Ловским.

Иван Никитович је као и свако друго враже њушкало одмах приметио занос код Лава Фјодоровича, и то такав занос да је њему сада било могућно да га злоупотреби и да коначно и Ловског и Максимова стави под своју чизму, под свој кључ — под своју вољу! Сместивши се одмах иза Хлебјатњикова, не губивши ни најмање од оне своје господствености у држању, он се окрену ка Лаву Фјодоровичу и, понудивши га дуваном, наизглед пријатељски и врло отворено стаде разговарати са њим. На овоме месту, напоменућемо још и то, и то не из пуког причања, да је Хлебјатњиков с времена на време испуштао узде из десне руке како би је одмах затим затурио у џеп своје бунде од даброва крзна. Ово је поновио неколико пута и то прилично опрезно како не би скренуо пажњу и погледе Ловског и Феодора Андрејевича. Фомин је, то се већ разуме само по себи, врло добро знао зашто је пажња Хлебјатњикова била усмерена на његов џеп. Управо је ова појединост и била кључ подмуклог плана Ивана Никитовича, тачније, сама завршница његовог ниткловлука.

Љубазно се осмехнувши Ловском и без нарочитог напора ставивши на своју прилично ружну физиономију пријатељски израз лица, Фомин лагано и без било каквог устезања, врло директно започе разговор са њим.

— Чини ми се г. Ловски, барем по ономе што сам слушао о Вама, да сте Ви снага руског народа, један нови глас разума и изузетан карактер. И не помишљајте сада да ја имам одређени интерес и да Вам из тог разлога ласкам. Знате, карактерног човека вреди поштовати. А Ви г. Ловски, уз то имате чак и идеју, и то какву идеју, хеј! Васкрснуће читавог руског народа! Револуција против накривог уређења друштва, хеј! За такав подвиг требало би имати снаге. Снаге и једнако упорности. Него, кажите ми како стоје ствари са Вашим недељником? Отворено ћу Вам казати да се ја у последње време живо за то занимам и решен сам да у читавој ствари, ако ми само дозволите, узмем удела.

— Откуда сте Ви уопште и дознали за *Самосвест* тамо у Петрограду? — у усхићењу прихвати Ловски.

— Са Вашом идејом око часописа упознао сам се једном приликом код Алексеја Владимировича иако сам, истини на вољу, код њега тада био због потпуно другачије ствари. Знате, ја сам га у то време заступао у његовом процесу око имања које су му бесправно хтели одузети. Не знам колико сте уопште упућени у те прилике...

— Дакле, Ви сте тај добротвор Алексеја Владимировича? — прекиде га Ловски, одушевљено. — Нисам у потпуности упознат са тим случајем око имања, али знам да је Алексеју Владимировичу донео доста муке.

— Муке, да... Него, вратимо се на саму нашу ствар, ако дозволите, младићу. Видите, приликом те посете Алексеју Владимировичу ја сам се детаљно упознао са Вашим ангажманом и са садржином једног издања *Самосвести*. Удивљен сам идејом коју сам тамо нашао, најпре то да Вам кажем. Нарочит утисак на мене је оставила Ваша храброст са којом иступате тражећи поредак и моралност, уопште узев — све оно што је давно негде затурено у нашем друштву. Знате, онај текст у вези са убиством Н. М. — тек за то Вам указујем поштовање, јер иза тако нечега, иза таквог текста требало је стати! Ви сте то учинили тако што сте веома храбро иступили у јавности тражећи одговорност за убиство и критикујући спорост истраге која, како је већ и наведено у том чланку, није далеко догурала за сада.

А онда, окренувши се ка Феђи, рече:

— Наравно, сама чињеница да сте Ви написали тај генијалан текст са толиком проницљивошћу мене обавезује да и Вама укажем изузетно поштовање.

Поручник је седео трудећи се да изгледа незаинтересовано за оно што је Фомин говорио, тако да баш ништа није одговорио нити речју нити било каквим покретом тела. Држање му остаде прилично мирно, а боја лица иста, непромењена, што је говорило у прилог томе да га, зачудо, обраћање Ивана Никитовича није нимало узбудило. Лав Фјодорович Ловски био је веома отворен и расположен за разговор са Фомином.

— Изражавам Вам захвалност што сте у нашем часопису препознали идеју и борбу за сваког нашег човека, за сваког Руса — рече.

— Г. Ловски, Вашу идеју ће препознати готово сваки Рус, јер не знам колико сте упознати са приликама, али и тамо, у Петрограду... и тамо Вам је потпуно разочарање, бес и срџба руског човека баш као и у Редкину. Нема ту баш никакве разлике. На врат наметнута омча исто стеже, ма где се човек задесио. Видите, младићу, бићу врло директан у опхођењу према Вама — имам Вам предложити једну, рекао бих веома крупну ствар. Наиме, посредовањем мојих прилично утицајних познаника у самом Петрограду *Самосвест* бисмо могли наштампавати у огромним тиражима. Да, уверавам Вас — у огромним тиражима! Знате, ипак је интелектуална елита тамо, у Петрограду, и мало шта можете учинити по питању Ваше цењене идеје уколико она не доспе и у сам центар збивања, у сам Петроград, дакле. На Вашем месту сматрао бих великим поразом уколико би овако племените идеје из часописа остале само у ограниченом кругу људи, јер о каквој идеји, о каквом заокрету друштвених прилика у Русији можемо говорити уколико све остане у варошици! Ха, шта кажете на ово — *Самосвест* у Петрограду!

Лав Фјодорович Ловски је у свом све већем заносу већ осећао мирис свеже наштампаних табака часописа којем је подредио читав свој живот, тако да више није ни скривао своју очараност и задовољство пред Фомином, учтиво му се осмехујући.

— Г. Фомин, био бих Вам врло захвалан на таквом подузећу! Уколико изволите, ја ћу Вам већ следеће издање *Самосвести* доставити, а Ви чините све даље по Вашој племенитој замисли — љубазно прихвати Ловски.

— Него — отегну Иван Никитович — кажите ми, кажите ми и то по могућству нашироко, како Ви гледате на прилике у Русији, на наше државно уређење, на законодавство и, уопште узев, на све оне ствари које се и те како тичу сваког руског човека?

Ловски се на тренутак замисли, а онда са потпуним убеђењем отпоче:

— Уколико је државно уређење потпуно савршена ствар и ако је без било каквог преиспитивања закон несумњиво користан појединцу, ако појединац од таквог уређења има само користи а никако штете, зашто онда управо неки појединци дижу читаве народе на узбуну? Зашто, и из ког то разлога? И није ли то, молићу лепо, противно чак и самој логици? И још једна ствар — уколико пођемо од претпоставке да је државно уређење један, за читаво човечанство врло користан и племенит изум, кажите ми из ког су разлога онда законодавства другачија, зашто се прописују различите казне за подједнаке злочине? Зар не мислите да је друштвено уређење ипак само покушај да се човек стегне, да се угуши све оно племенито што се може наћи у човеку, јер друштвено уређење прописао је управо он, човек, а у природи је свакога од нас и разметање, таштина и сујета, и све је то понекад испред наших благородних жеља за правичношћу, човекољубљем и племенитошћу. Ах, ово нам је веома добро познато, и Вама и мени. Покажите ми само човека који ће радије све своје способности заложити за добробит других људи, читавог човечанства, пре него за личне сујете, острашћености и свакакве гадости и ја ћу поверовати да се прилике међу људима могу трајно уредити на корист свих нас. Али, таквог човека нема! Видите једну ствар — велики освајачи војевали су кроз читаву историју углавном из разлога јер их је њихова природа гонила на то и зарад личне славе, ради свога имена, дакле. Уверавам Вас — ради свога имена, и само је реткима на уму био неки виши, народни интерес! Истина, било је и оних који су себе стављали на жртву зарад других и зарад неке светле идеје, али таквим су имена, признаћете, записана на свега једном табаку историје, док на хиљадама других леже уписана имена завојевача, освајача, реформатора, револуционара, крвника и злочинаца! Да, и крвника и злочинаца који, јасно је само по себи, нису имали ничега сродног са том узвишеном, слатком и светлом идејом већ једино са личним побудама и то мрачним! Разумете шта хоћу да кажем? — заврши Лав Фјодорович Ловски готово свечаним тоном.

Иван Никитович је, барем се тако чинило, стрпљиво и са заинтересовањем слушао Лава Фјодоровича, а онда и сам узе учешћа у ономе што је циљано и свакако са разлогом наметнуо за разговор.

— Јасно ми је то што говорите, г. Ловски. И, дозволите — Ви се изражавате са толиком прецизношћу и увереношћу да свака Ваша реч има одјека. Ако смо већ сагласни у томе да се човек најпре води личним интересом па тек онда оним другим, назовимо га народним, каква су Ваша предвиђања за будућност човека? Нису ли и сувише мрачна и неповерљива? И зашто судити било ком човеку, па чак и решеном злочинцу, јер и он је само човек?! Злочинац са собом носи обележје вечитог проклетства и ако му је већ тешко да се избори са тим делом своје природе, зашто га и додатно кажњавати? Ја се чак водим мишљу да је врло могућно да је управо природа таквог човека готово универзални образац за свакога од нас и по таквом обрасцу једноставно сви ми у одређеним околностима почињемо живети, штетећи најпре себи, а онда и читавом човечанству. У свакоме од нас се крије злочинац, верујте ми на реч! У природи је свакога човека и оно чему је корен неспутано раширен у душевном подземљу личности, а самим тим свима нам је природа једним делом и мрачна! И свако од нас може бити убица! Ако је човек већ душевно заражен и ако пођемо од претпоставке да та зараза долази пре свега из спољашњег извора, овде пре свега мислим на друштвена уређења и на многе друге смицалице измишљене ради човека а, уопште узев, да би човеку откинуле слободу, кажите ми — ако бисте оставили само једног човека у свету, зар мислите да би он био задовољан и срећан? Мислите ли да та унутрашња душевна зараза није опаснија и штетнија од свега онога што нам је споља наметнуто? И, коначно — зар не би било нарочито проклетство уколико би човек био усмерен искључиво на себе, а не и на друге? Будите сасвим сигурни у ово што ћу Вам сада рећи — такву осуду ретко ко би поднео! Многи би скренули памећу, да! Неизоставно. Ко то још може себе да отрпи, сав отров своје нутрине, ха, кажите ми то? Ко? И није ли зато лакше бити ипак међу људима?

Ловски се на тренутак замисли, а онда мирно дочека:

— Г. Фомин, ја не одричем штету коју трпимо од властите нарави. Напротив! У том погледу Ви сте потпуно у праву и ја сам сагласан са Вашим мишљењем. Но, ја само подцртавам један по мени врло битан факат, осветљавам и пред собом и пред Вама једну зачуђујућу истину до које сам дошао. Ево о чему се ту ради. Не само што су неки од нас повереници, дужници те властите пале природе која их понекад ставља у ред потпуних злочинаца, већ се они у том бестрагу и душевној пометњи свесно одлучују да још више искораче у том свом стању недостојном оног светлог човека у нама. Дакле, они заправо све своје снаге усмеравају у једном потпуно погрешном правцу — такви људи све своје преостале, сачуване благородности оне своје друге, боље природе, употребљавају на самооправдавања па тако, ако су само у прилици, ако су од утицаја у друштву, такви ће донети низ потпуно погрешних закона и то само како би скинули мрље са свога карактера. Њихови ће закони бити једино у служби аболирања њиховог преступа док им у нутрини остаје душевни чемер и јад. Такви закони се даље протежу на сваког човека и сви, апсолутно сви, те и такве законе морају поштовати! Дакле, морају — пред човека овде чак није ни остављена могућност избора! Разумете шта хоћу да Вам кажем? Може бити, и ова моја претпоставка има своје јако утврђење и основ, да већина људи у свету, назвaћемо их „смесом” тих главних скулптора, законодаваца, постаје колатерална штета различитих и лудих ексцентрика и њихових закона, јер та смеса је у обавези да поштује закон! И то не било како да га поштује већ апсолутно и без противљења иначе, страдање је неизбежно. Но, видите још и ово — ја од таквог страдања немам страха докле год верујем да служим некој вишој идеји, идеалу, назовите то како год хоћете. И, ево шта Вам још имам рећи. Знате и сами, историја је забележила са каквим је болесним надахнућем владао Нерон, ето, узмимо њега као пример, покоравајући и прогањајући све оне који су се одважили да доведу под сумњу његово величанство, а нарочито оне из редова аристократије, јер добро му је било познато да му управо од аристократије могу доћи најтежи ударци и да би управо због њих изгубио владавину те је суровошћу кажњавао аристократске заверенике и то из ког разлога само, молићу лепо? Једноставно је — да би сачувао своје змијско легло, паклени престо своје владавине! А сада ћу Вам још поставити једно прилично једноставно питање: да ли је Неронов закон поштован? Уколико јесте, из којих то разлога будући да је био веома суров и у потпуности противан хуманизму? Кажите ми то.

— Да. Поштован је. Поштован и то предано — прихвати Фомин.

— Предано! Да, предано. Добро сте то запазили. Сигурно знате и из којих је разлога један такав закон предано поштован од народа?

Иван Никитович се на тренутак замисли, најпре не разумевајући зашто га то уопште Лав Фјодорович пита. Напослетку и још једном врло кратко и одсечно резонова:

— Такав закон поштован је због поражавања воље човека страхом!

— Одлично! Тако је! Одлично! — готово поскочи Ловски у усхићењу. — Због страха! Страх, страх г. Фомин! Страх човека баца на колена, страх чини да човек покорно пуже пред човеком! Страх! Страх, јер тамо где нема ауторитета, достојанствености и љубави, па макар и само оне хуманистичке — ту је страх! Сада Вас имам само још ово упитати и ту ћу ставити тачку на Нерона, да се тако изразим, јер свакако сам томе крвнику дао превише пажње: кажите ми да ли је ико тада, у Нероново време, па чак и сада када је историја дала јасну слику о његовој личности, да ли је ико ставио под истрагу, али озбиљну и делотворну, оно што јесте факат, а то је да је један злочинац и крвник прописао закон за читав један народ?! А какав закон од крвника може бити до црвен, крвав и злочиначки? И зашто злочинозаконодавник није кажњен? Зашто?

— Једноставно је — мирно дочека Фомин.

— Поверавам Вам сву своју пажњу, дакле, слушам Вас.

— Два су разлога зашто Нерон није кажњен на начин како Ви то овде претпостављате. Ви заправо говорите да Нерон није кажњен, а ја Вас уверавам да јесте и укратко ћу Вам изложити своје виђење читаве те ствари. Сурови владар извршио је самоубиство и то управо из страха пред аристократијом! Дакле, исти онај страх којим је он покорио народ вратио се њему на главу и погубио га је! Зар Ви у томе не видите казну? А ако ме питате зашто крвник није раније кажњен, актима цивилизованог човечанства или како год другачије, зашто одмах није линчован због своје суровости и крвожеђи — није, млади мој пријатељу, није управо и опет из истог оног разлога — дакле, није из страха и из још једне чињенице, а то је да у почетку није постојало народно јединство нити интелектуални, витешки, аристократски ред сачињен од изразитих појединаца који су тек касније успели у припремљеној завери. Дакле, да би се сурови владар обесио за ноге, свакако овде фигуративно говорим и Ви то и сами разумете, да би се одбацило једно такво ужасно друштвено уређење, најпре морају бити испуњени одређени услови. Најпре и основно — нестанак страха у народу. Колективног страха. Затим, успостављање потпуног народног јединства. Видите, између овога двога обично стоји ред изванредних појединаца који мотивишу народ на ослобађање од стега страха и на њихово међусобно јединство. Разумете ли сада?

Лав Фјодорович Ловски пљесну још једном у усхићењу, овога пута још израженијем, продрмуса Фомина за рамена у потпуном одушевљењу и повика:

— Какви бриљантни закључци!

— Ствари су овде веома једноставне — мирно прихвати Иван Никитович насупрот оваквој одушевљености па продужи: — Него, хајте да заједнички још мало проширимо читаву ову сложеност међусобних релација између човека и његовог изума, његове творевине, друштвеног уређења, дакле. Ево, рећи ћу Вам шта сам још запазио. Погледајте, молићу лепо, у чему је још једна замка. Човек тешко да може увек самога себе да обузда од чињења злочина и недела, а онда, иако тога дубоко свестан, исти тај човек негодује и протестује, јер му друштвено уређење и закони, ето, стављају омчу око врата, гуше га и откидају му слободу! Видите ли колико је само човек дотрајало и несавршено, биће испуњено противречностима, сам са собом у великој колизији, у расцепу, да. Могућно је да су друштвена уређења само колатерална штета наших појединачних, личних несавршености и слабости, јер човекови мрски нагони се морају ставити под контролу, па макар и вештачки. Човек је иначе, биће конфликта. Ми нисмо способни за живот! Самостално не. Нити за смрт! Можда Вам ове моје прогнозе о човеку изгледају мрачно, али размислите и сами...

Лав Фјодорович Ловски стаде поправљати revere, тек онако, без било каква нарочита разлога. Није реткост да у случајевима када разумемо важност тренутка у општењу са неким, чинимо све оно што је потпуно безначајно, све те рутинске ствари и тек тако, као трговци временом ког желимо купити како би га имали довољно за што мудрији одговор. Ловски је проницљиво гледао час у Ивана Никитовича час у поручника Максимова који је непокретно замишљен и даље зурио у једну тачку, мрзовољан и наборана, тамна чела. Тмурнина на поручниковом лицу постајала је све ужаснија, претила је несрећом, нечим врло озбиљним и веома мучним што је имало уследити. Он је, иако душевно растрешен на ситне комаде, покидан и олупан са свих страна, предосећао и разумео игру коју је Фомин наметао уреднику *Самосвести*, међутим, држао се по страни, не желећи никоме да разбија илузије, па чак ни самом Ловском који у заносу разговора са Иваном Никитовичем ништа од свега тога није примећивао.

— Имате право — након троме и дуже тишине отпоче лагано, али и врло сабрано Лав Фјодорович Ловски. — Чини се да човек не може у потпуности владати собом, барем не у сваком случају. Управо из тог разлога и јесте нужан тај спољашњи намет, да се тако изразим, стега која ће притискати сваки пут када се појединац не може носити сам са собом, са својим демонима и слабостима. Но, таква стега требало би да буде готово па савршена и на корист сваком појединцу како би имала оправдање свога постојања, а то је врло тешко остварити.

— Да ли је онда уопште и могућно тако нешто? — дочека Фомин.

— Могуће је. Кроз револуцију мисли и преко народног јединства, да, могућно је. Тешко, али ипак могућно.

— Аха... Ако сам Вас добро разумео, Ви хоћете да кажете да би свако друштвено уређење требало с времена на време прочистити критичким огњем?

— Управо тако! Стога и имамо револуције кроз историју. Стога је и мој активитет у часопису *Самосвест*. Старе темеље друштвеног уређења у Русији требало би раскопати.

— Дакле, ако сам Вас добро разумео, Ви сте мишљења да би требало постојећи друштвени поредак у Русији најпре урушити, а затим га и сравнити до темеља, разорити га, а онда на место њега изградити посве нови и другачији поредак, онај који би био по мери и вољи народа и који са оним пређашњим нема баш ничег заједничког? — лукаво га стаде искушавати Фомин, међутим, Ловски то уопште није прихватио као изазивање.

Напротив, нимало не сумњајући у намере Фомина потпуно му је веровао тако да је још сигурније и одлучније стао пред њега износити своја убеђења.

— Некада друштвено уређење мора проћи кроз потпуни преображај, а то је једино могуће кроз свеопште противљење народа, кроз револуцију где баш ништа неће остати од тог старог, губавог друштва. Знате, некада је и крв мала жртва ако испред себе имате велике идеје, идеје о свеопштим променама унутар једног друштва. Некада се чак и крв мора пролити. И о томе нам историја говори.

— Говорите врло сигурно и смело — још једном га као жаоком пецну Фомин.

— А рашта и од кога страховати? Уосталом, сви ми овде делимо иста уверења, зар не? — среза Ловски и тражећи потврду од Фомина погледа га равно у очи.

— То свакако! — претворно се сагласи овај. — Него, кажите ми, мислите ли да је сада прави тренутак за општу народну побуну у Русији?

— Несумњиво! Никада прилике нису биле повољније за тако крупну ствар! Сазрело је, г. Фомин. Читава ствар је сазрела и никако не би требало оклевати како не би постала гњила.

— Надам се да бисте и сами у таквој једној значајној ствари узели учешћа?

— Моје учешће је већ познато кроз *Самосвест*. Свакако, руски народ може рачунати на мене — помало надмено и гордо потврди Ловски. — Знате, ја свакој идеји верно служим, нарочито идеји од толике важности као што је ова.

— Примећујем да сте врло одлучни. Иначе, ја свакако не бих улазио у овако значајан подухват са Вама да је другачије. Него, г. Ловски, кажите ми још једном да ли сте сигурни да је сада прави тренутак за коначну побуну? Ха, да ли је? — директно га изазва Фомин врашки севајући својим очима, пожутелим од лукавства.

— Колико данас, г. Фомин! Колико данас! — кратко и одлучно одреза Лав Фјодорович и не слутећи шта се има десити већ у наредном тренутку и да је овим речима управо пресекао танки коноп по ком је корачао клатећи се током овог разговора са петроградским чиновником.

Иван Никитович лукаво жмирну очима и климну главом Хлебјатњикову. Разуме се, он је већ очекивао овај тренутак, мирно и стрпљиво, ничим не скрећући пажњу на себе. Оно што нису запазили нити Феодор Андрејевич нити Лав Фјодорович Ловски, први из разлога своје душевне заморености, а други из лакомислене усхићености, сада им је пукло пред очима у тренутку и истом је обојици све било јасно. Осмехнувши се као и сваки други шерет са зајебљивим изразом лица који се среће код оних људи који знају да имају власт над другим човеком и да га држе у шаци, Хлебјатњиков затури руку у џеп. Пакосно одмеривши најпре поручника, а одмах затим срезавши погледом и Ловског, лаганим покретом из дубока џепа извади омањи диктафон и одмах затим притисну дугме — више није било потребе за снимањем. Докази су били ту — лакомислено пред Фомина изнете намере и замисли Лава Фјодоровича Ловског по питању руског друштва, намере због којих се могло чак и робијати, иако он то очигледно није схватао.

Феодор Андрејевич цикну од ужаса кроз зубе и отпљуну у страну а онда, изгубивши чак и саму могућност да влада собом услед ове врашке подвале Ивана Никитовича и Хлебјатњикова, заурла као рањена звер која се нашла у осињаку.

— Проклети да сте Иване Никитовичу! Хуљо! Одљуду превејани! Гадите ми се! Та, знате ли да ми се гадите?! Да сте ужасан подлац и гад! То сте Ви! Гад!

Црвена, упаљена лица, зурио је крвавим очима час у правцу ове двојице, час у правцу Лава Фјодоровича. Пристигавши, а онда и зграбивши своју сломљену, посрнулу и одбеглу мисао он се окрену ка Ловском и уздрхталим гласом повика још једном:

— А Ви, Ви Лаве Фјодоровичу! Намислили сте да своје врло озбиљне и подједнако опасне идеје делите са оваквим подлацем?! Зар сте могли очекивати шта друго до издају, подвалу? Својом лакомисленошћу призвали сте невољу на нас обојицу. Држао сам Вас за оштроумна човека, а сада... Видите ли да сте у замци, да сте допали унижења и да сте жртва лукаво намештене игре која Вас може стајати слободе? Вас и све Ваше сараднике. Видите ли то?

Лав Фјодорович Ловски седео је непомично бледа лица, као без крви и живота, дрвен и збуњен. Мисли су му, чим би се нека и откинула из разлупане, престрашене и помућене главе, сакате падале једна преко друге. Дебеле усне остале су залепљене једна за другу, а вилица му је од непријатности и изненађења видно подрхтавала као у грозници. Најтеже је прихватити неочекиване исходе, јер човек за њих није припремљен. Ловски услед своје лакомислености није ни помишљао да му Фомин стеже омчу око врата. Прсти су му трнули при крају, код ноката, и ужасно болели, као нагњечени. У погледу Лава Фјодоровича ништа се није могло препознати изузев очаја и страха. Осећао се као неко кога су угурали у омању врећу, а онда је зашили и одбацили у страну. Из те вреће он није имао куд, јер био је толико стегнут да није било могуће направити било какав корак, мислени. Парализа унутрашњег човека, ето то је.

Фомин је седео у своме седишту задовољно се протежући и истуривши груди напред као паун. Тријумфовао је ликујући и бритким речима већ у наредном тренутку резао као жилетом.

— Г. Максимов, Ви сте сада сигурно приметили једну врло важну и значајну ствар — отпоче са иритантном мирноћом у гласу Фомин. — Овај снимак који је код Хлебјатњикова велика је невоља за Вас, а посебно за Вашег пријатеља Лава Фјодоровича Ловског. Зар мислите да Хлебјатњикову и мени нису познате, и то чак у свим појединостима, све Ваше активности у *Самосвести*? Рећи ћу Вам и ово — нарочиту пажњу привукао нам је Ваш неопрезни чланак око оног несрећног убиства Н. М. који је недавно и објављен. Врло смело, г. Максимов! Врло смело! Но, Ви бисте да расветлите такав један случај?! Ви?! То је посао овога човека овде — па главом указа на Хлебјатњикова. — Да, то је његов посао, а не Ваш. Усудили сте се да разгрћете врло сложен и тежак злочин! Самим тим допали сте ужасних неприлика! Време је и да Вам и то појасним. Видите, г. Максимов, време је да Вам откријем и још један веома важан детаљ, Вама свакако непознат, разуме се... Сећате ли се оне ноћи када смо бацили коцку за љубав Настасје Семјоновне? Сећате ли се? Та, тога се засигурно морате сећати, зар не? Мени је познато да сте Ви душевно оболели управо због ње и због тог свог лудачког заноса за који још тврдите да је љубав! Како сте само дрски, г. Максимов! Ви се љубави изругујете! Но, на страну сада то... Ово Вам хоћу рећи — док смо ми те ноћи седели у крчми... знате... Хлебјатњиков је по мом налогу, разуме се, најпре неприметно узео Ваш мундир. Ви сте били омамљени вином и притиснути својом болешћу, том лудом љубављу према Настји тако да тај чин Хлебјатњикова никако нисте ни могли приметити, а онда... Хлебјатњиков је на мундиру оставио трагове... Крви, да! Крви несрећно и под чудним околностима убијеног Н. М. о чему сте се Ви одважили да пишете иако ништа о самом случају нисте знали, и то само како бисте критиковали уређење руског друштва и његову неспособност да се свакоме појединцу омогући сигурност и достојанственост живљења. Ви сте намислили говорити о достојанству? Ви, живчани болесник! Мени остаје једино да верујем да се Ваша душевна болест није развила још увек у том правцу да Вам је у потпуности одузела расудљивост, надам се да још увек можете па макар и делимично исправно разумети ствари па Вам, у том случају, неће бити тешко да судите — да, г. Максимов, под оваквим околностима које сам Вам управо открио Ви сте директно и једини осумњичени за убиство! То Вам је, надам се, јасно и светло. А где је Хлебјатњиков касније однео мундир након свега од оне ноћи, то већ можете и сами претпоставити. Наравно, све је то учинио како бисте управо Ви били предмет даље истраге око убиства и једини осумњичени. Знате, још сутра можете одговарати за злочин иако га нисте починили! Кхе-хе-хе! У сваком случају, многи докази су ту, на једном месту и у мојој шаци. И Ви сте у мојој шаци и под мојом влашћу! Да, под влашћу, добро сте чули! Дакле... Шта имате на ово рећи, поручниче? Ха! Кхе-кхе! Шта кажете? Кхе-кхе!

У погледу нашега јунака слободно можемо рећи да је у њему горела ужасна ватра озлојеђености и горчине, чудноватог и необјашњивог презира према Фомину и тај се пламен уздизао са толиком лакоћом и брзо тако да је претио да ће безмало прождрети његовог неизмирљивог противника. Угашено је светло, свако, и драма у свом петом, седмом, или ком већ чину (ко ће их све побројати), имала се десити у свом пуном интензитету.

Феодор Андрејевич је седео чврсто прикован за седиште кочија, ужасна и мрка погледа. Мишићи лица су му се грчили и тако исцртавали још нездравији и непријатнији изглед који је на све присутне остављао врло снажан утисак. Руке је испружио испред себе и потпуно одсутан исправљао их је у лактовима, стежући шаке, грчевито и болно. Унижен и нападнут, убоден отровном жаоком Фомина и изазван његовим врашким лукавством, већ је био готово и изведен пред јавни суд, пред суд намештен препреденошћу ове двојице који су већ ликовали, јер заиста су га држали у шаци.

Кроз главу су му урлајући и претећи потпуним живчаним нападом пролазили гласови које више није могао ни распознати услед њиховог комешања и множине. Ипак, из свих тих гласова због којих му се тело грчило и губило снагу, издвајао се један врло оштар глас који је остављао утисак одређене одлучности и коначности, глас донекле чак и јасан, иако је излазио из тог потпуног хаоса јаме и мрака, глас потпуно другачији од осталих и надмоћнији од свих других.

„Убиј га! Голим рукама задави хуљу!”, одзвањао је тај глас у све краћим размацима.

Од овог унутрашњег позива крв му стаде лудачки притешњивати одвећ олупану главу која као да од тог силног притискања постаде значајно већа, шиpeћи се све више као надувани балон, до пуцања. А онда, осетивши готово неиздрживу бол, бледим, мршавим прстима снажно притисну слепоочнице толико снажно да је готово у њима направио удубљења величине зрна грашка. Међутим, баш ништа му то није помогло. Бол никако није престајао, напротив, глава му је личила на огромну стену која се незаустављиво стала одроњавати.

— Г. Максимов, Вама је хитно потребна помоћ доктора — цинично и кикотајући се, уста развучених у ужасан и подао осмех, још једном га пецну Фомин. Ово нашега јунака коначно и још више ражести и он болесних и прекинутих живаца наједаред доби толику снагу, поскочи из свог седишта, зграби Ивана Никитовича за гушу и стаде га давити.

— Проклетниче! Проклетниче! — урлао је из свег гласа поручник све више стежући шаке око врата свога противника. — Хуљо, ти болујеш! Не ја! У теби су демони! Развратни подлаче!

Хлебјатњиков баци узде из руку и поскочи као човек којем су за врат сручили жар па хитрим, снажним рукама зграби поручника и спретним покретима обори га на под кочија. Феђа се овоме већ није могао одупрети — тренутна снага коју је добио давећи Фомина намах се издувала као пробушен балон. Запао таквог душевног стања које му је главу и сваку разумну мисао гурало у мутну воду давећи их, од разуздане, вреле крви у лицу, мрк и црвен, раслабљена тела и упалих, ситних очију, зурио је у Хлебјатњикова који му је све чвршће стезао руке иако је и њему самоме било јасно да поручник баш никакав отпор не може пружити, јер је без снаге, без живаца, без ичега.

Ловски је за то време стајао покрај Фомина као паралисан и тако без могућности да уопште, и било како реагује. Има људи, и није их мали број, који у овако тешким ситуацијама једноставно не могу да реагују, јер уплашени и затечени не владају више својом вољом, телом — ничим!

На знак Фомина Хлебјатњиков пусти Феодора Андрејевича који је још неко време након тога лежао згрчен на поду кочија, а онда, одмахујући и трзајући главом у некаквој болесној ритмици, врати се у своје седиште, мрштав и ћутећи.

— И, шта кажете г. Максимов? Ха-ха-ха! Него, имам Вам понудити избављење из ових за Вас врло непријатних и тешких околности. Размислите најпре добро и немојте одмах одбацивати ову моју благородност коју Вам нудим. Кхе-хе-хе! — цинично подврисну Фомин, а онда, са озбиљним изразом лица закључи:

— У супротном, знате већ и сами, допашћете ужасне муке заточеништва. Читава је ствар посве једноставна. Од Вас тражим једино да се у погледу Настасје Семјоновне више не интересујете.

Да, пријатељу, од Вас тражим само то да заборавите на њу и да ми тако оставите могућности у погледу њене наклоности.

Максимов, без могућности да се суздржи услед малициозних каприца Фомина и овог крајње дрског изазивања, на ове речи оштро иступи:

— Подлаче, мислиш ли да се око љубави праве уступци? Мислиш ли да ћу трговати својим осећањима према Настји? Зликовче!

Фомин се избечи на њега својим крупним, потавнелим и мутним очима, изазивајући га поново.

— А Ви онда хајте у затвор! Само... Знате и сами како ће мемљива келија деловати на Ваше одвећ раслабљене живце... Можда да ипак још мало размислите...

— Слушај, хуљо! — поскочивши још једном, али овај пут не насрнувши на Фомина повика Феђа. — Намислио си притвором да ме вежеш! Да ме учениш и да ме обавежеш на нечасну трговину недужном женом! Уосталом, узалуд су Ваше претње, јер право је на страни овог човека овде — па главом указа на Ловског — на његовој страни, свакако, на његовој и мојој.

— Не заносите се заблудама г. Максимов. Ваљда сам ја овде тај који је изучио право и врло добро знам да ли и који све факти Вас могу стрпати иза решетака. Додуше, можда баш и нису факти, али смо Хлебјатњиков и ја све учинили да то буду! Кхе-хе-хе! Ви немате педантерије у речима, а тамо Вам се, мислим на суд, то и те како гледа, то и сами знате.

— Отпадниче, ја Настасју Семјоновну волим, а Ви сте само обичан рачунџија који је спреман да све уништи због својих рачуна па чак и срце младе жене. Разумете ли колико је тај Ваш чин мрзак и подао?! Ви сте адвокат, но, шта с тим? Мислите ли да Вам сама та чињеница даје за право да прекрајате судбе живих људи по свом нахођењу, онако како Вам се прохте користећи закон и његове недостатке у своју личну корист, претећи мени затворениптвом? Стичем утисак да бисте ми Ви одавно лично судили и пресудили?! Имам ли право? Ха, кажите ми то! Будите човек од карактера па кажите: говорим ли право, Иване Никитовичу, или је и ово само моја заблуда, како сте се већ сами изволели изразити? Заблуда, уобразиља, зовите то како год, али знајте да се ја љубави према Настји никада нећу одрећи! Никада! Ваша дрскост Вас храбри још и да ми претите! Па, затворите ме Иване Никитовичу! Затворите ме! Хуљо и развратниче! Ви због Ваше личне несреће поништавате чак и сваку могућност да други буду срећни. Бестидни подлацу! Одљуду искварени преко сваке мере!

— Затворићемо Вас, г. Максимов. Него шта него ћемо Вас затворити, у то немојте имати баш никакве сумње. Подсећам Вас још једном на крв на вашим реверима. Те факте, чиме ћете правдати? — сад већ без ироније и подсмешљивости у гласу, оштро му припрети Фомин.

Зачуђујуће је било то што је наш јунак био и даље прибран, те отпоче најпре равним гласом, без икаква тоналитета:

— Мислите ли да је мени нарочит терет то што ћете ми можда неправедно откинути слободу, учинити ме заточеником? Мислите да ме можете решеткама затворити? Ништа Ви о слободи не знате, Иване Никитовичу! Код Вас је све то магловито и чак се и не назире исправно поимање! Слобода није ствар спољашњег. Слобода је наша, искључиво наша ствар, ствар нутрине! Ви ме и затворите — ја ћу опет остати слободан! Али, Ви то не можете разумети, јер сте помрачени својим лицемерјем и злом! А Ви, Ви Иване Никитовичу, знате ли колико ћете још пута бити слуђени таквом слободом на коју полажете све? У чему је Ваша слобода? У чему, питам Вас? У тлачењу и понижавању других?! Имате ли Ви каквих светлих уверења? Ево, ја ћу Вам на то дати одговор — немате! Немате нити идеја, нити циља! Ништа! Немате, јер сте изгубили и част и достојанство! А ја ако и будем неправедно заточен због ове Ваше сплетке коју сте видим припремали са пажњом потпуног педантера, неће бити мој пораз већ Ваша кривица и још једна од грешака човечанства. Ништа више од тога. Не мислите ли и сами да су понекад они у келијама заточени праведнији од оних што су остали на слободи, физичкој, спољашњој слободи? Такве као што сте Ви кажњава ропство ума и стога никада нећете бити слободни. Никада! И упамтите ово што ћу Вам сада рећи — Ви сте кажњени, нисте слободни! Ах, коме ја причам! И да ли Ви ишта од овога можете разумети? Ја ћу можда и бити у ропству кавеза, у ропству решетака где ће ми кретање бити ограничено, али ако ми и тело ставе у кавез ја ћу бити слободнији од Вас! Упамтите и то! Ја јесам и остаћу слободан! Слободан сам, г. Фомин! Моја мисао, моја унутрашњост — слободни су! А Ви сте један обичан подлац, сумњало и преварант! Ви сте несигурни и поражени собом, Ви сумњате чак и у своје постојање! Ниткове!

— Шта Ви имате од те Ваше унутрашње слободе када сте изнутра кужни, болесни? — не издржа Фомин и повика. — И још бисте у свом безумљу због жене и робијали!

— Робијао, разуме се! А Ви! Шта бисте Ви учинили за жену, развратниче? — дочека га Максимов на нож.

Узнемирен и све више губећи стрпљење Иван Никитович нервозним покретима извуче из џепа ланац о коме је висио повећи медаљон, отвори га и готово га утисну у очи поручнику.

— Погледајте! Сада добро погледајте ово лице! То је једина жена коју поштујем! Једина! То је моја кћи, Марија!

Феодор Андрејевич је загледавши се у слику са медаљона бледео од ужаса! Да, то је била она! Марија, жена због које је напустио Београд и отишао у Редкино. На овоме месту, подсетићемо читаоца на почетак нашега казивања о нашему јунаку и на његов мрачан живот у Београду којем је умногоме допринела она — Марија, сада се испоставило кћи Ивана Никитовича! Поручник је од силине утисака поново изгубио контролу над собом и још једном шчепао Фомина, овај пут за ревере, и хитрим и снажним покретима руку избацио га из кочија, а онда, неспретно се оклизнувши, пао и ударио брадом о точак, крварећи. Хлебјатњиков се одмах затим сјурио за њима. Једино је Ловски стајао и даље непомично, збуњен неприликама.

Кочије Алексеја Владимировича су биле у близини и он видевши да се у кочијама испред нешто чудно догађа, заустави коње и најпре он изађе и потрча ка овој тројици, а онда за њим приђоше и остали.

— Ето Вам сада Ваше елите, г. Алексеје Владимировичу! Ето Вам поручника Максимова! Ето Вам бестидника који само због супротности у размишљањима насрће на свакога ко се са њим не слаже! Овај подлац ме је избацио из кочија у наступу своје живчане болести, без било каква разлога! Ето Вам Хлебјатњикова, нека Вам и он потврди.

Подмукли лисац Хлебјатњиков на себе је одједном навукао израз зачуђена и увређена човека и само је кратко потврдио Фоминове речи:

— Све је тако како је рекао г. Фомин.

Максимов је и даље лежао крај точка кочија и прилично крварио из браде која је од узбуђења, а сад већ још и од хладноће, подрхтавала. Од свега га је највише мучила помисао да он тако беспомоћан, унижен и оклеветан, лежи пред њом! Пред њом! Овај факат га је поразио и он би да је само како било могуће, у земљу пропао само да га она не гледа оваквог, на коленима и без достојанства.

Настасја Семјоновна је окренувши се ка Алексеју Владимировичу одмахивала и главом и рукама. Њене речи које су након тога уследиле имале су толику моћ да су Фећу довеле до потпуног очаја и избезумљености. Те речи потпуно су га сломиле.

— И сама сам помишљала г. Сидоров, да није нарочито мудро што сте на имање позвали и Феодора Андрејевича. Тја, па он је напросто чудак. Но, зашто бих се ја у било ком случају мешала у Ваше изборе, зар не?

Оно што је све нарочито изненадило, а не само нашега јунака, јесте иступ Амелије Сидоровне који је имао уследити, такође у свега неколико речи. Љубав те дивне, прекрасне младе жене, тог милог бића још увек неупрљаног злом, навукла је повез преко уста свима, јер након њених речи нико баш ништа није могао чак ни помислити, а тек не рећи. Љубав тражи дело. Тражи потврду. Подршку и заштиту, а свега тога је било у овоме што је уследило.

— Стидите се, г. Фомин! — на ове речи Алексеј Владимирович је већ кренуо да ућутка своју кћер, али га је она, исправивши се у леђима и истуривши груди напред, чврста става и оштрих речи у томе спречила. — Оче, молим Вас да ме не прекидате. Познато Вам је да истина за мене нема цену. И само да знате, од моје веридбе са овим човеком овде — па јасно и са гађењем указавши на Фомина продужи — од веридбе са овим обичним ласкавцем и намазанком ништа неће бити! Њему се не може веровати на реч ни у ком случају! Та мислите ли да га је, уколико се то заиста и десило, г. Максимов из кочија избацио тек тако?! И хоћемо ли сви сада судити г. Феодору Андрејевичу, а да претходно не утврдимо чињенице? Било би то крајње непоштено према њему и тиме бисмо само показали нашу лаковерност и слабост да унапред судимо! Ја Феодору Андрејевичу судити нећу! Ја... Ја... Ја Феодора Андрејевича волим! — иако по својој самој природи стидљива девојка гласно одреза пред свима не трепнувши. Изузев општте неверице, чуђења и нелагодности, мешкољења тела и избегавања погледа, ничега више није било. Утихнули су сви, као поражени овим речима.

Феодор Андрејевич се најпре придиже на ноге и рукавом обриса крв са браде (ударац о точак кочија био је озбиљан) што на Амелију Сидоровну остави грчевит и језив утисак — она до тог тренутка није ни приметила да Феђа обилно крвари.

— За бога милога, па Ви сте повређени — повика Амелија Сидоровна и истом јој низ лице кренуше вреле, чисте сузе. Она се убрзо прибра и стаде отирати сузе дугим, белим прстићима, а онда енергичним покретима руку раздера своју доњу блузу, начини дугуљасту трачицу од ње и хитрим корацима приђе Феђи и, најпре га узевши за руке, тихо и мирно стаде му говорити, храбрећи га речима:

— Не брините. Зауставићу Вам крварење. Дајте. Дајте. Подигните главу, завићу Вам место које крвари.

Феђине су очи на тренутак стале светлуцати као ноћно небо раскошно по њему расутим звездама и он се потпуно предаде том готово непознатом осећају да се неко о њему коначно брине и да се њиме, душевним болесником, ипак неко занима! Има та урођена потреба човека да крај себе има некога ко из љубави уме о њему бринути, некога ко му познаје сваку муку и патњу, а, опет, некога коме у светле дане може певати и са њим се радовати!

Намучена, љубави жедна поручникова душа, сва изгребана и крвава, у ритама и врло помућена, помрачена невером и очајем, одједном је осетила радост, радост прихватања друге, заиста живе душе, која има снагу да васкрсава онога кога заволи, кога пажњом загрли и не испушта га. У усхићењу, Феђа је заборавио да је на само неколико корака од њега стајала и она, она! Настасја Семјоновна, та чудесна жена коју је нездраво волео и која га је највише од свих намучила. У души је тињао неки врло чудан, до тада непознат осећај, осећај да некоме ипак може припадати и такав, упрљан, блатњав, душевно оболео и закопчан у очај, у таму свога постојања. Да, Амелија Сидоровна га је заволела баш таквог! Прљавог и гадног чак, без повезаних мисли и жеља, готово без било чега достојна племенита и узорна човека. Каква жртва! Каква узвишеност и победа љубави и најблагороднијих осећања!

Иван Никитович је ћутке и мрка погледа зурио у Алексеја Владимировича очекујући да ће он уразумити своју кћер којој су се, по његовом личном мишљењу, осећања опасно разиграла и то према коме? — према човеку којег је он држао за ниткова какав се ретко среће. Међутим, поражен овим „изгредом" своје иначе ћутљиве и повучене кћери, Сидоров је посрамљен и затечен свим оним што се збивало држао поглед чврсто прикован за земљу без могућности да било шта каже и да на ма који начин реагује. Да би се носило са било којом непријатношћу и како би се разумно и трезвено на њу реаговало, требало је имати чврстину воље и карактера, у најкраћем, свега онога чега није било у Алексеја Владимировича па чак ни у траговима.

Једино ко је са пажњом пратио покрете тела двоје младих људи, душевног болесника Феодора Андрејевича и Амелије Сидоровне, жене чије је срце толико било прозрачно и чисто да и таквог човека може заволети, била је управо она — Настасја Семјоновна! У њеном погледу изгарала је неверица помешана са жучом мржње, а затеченост и зачуђеност су се хрвали са бесом и љутњом увређене, поносне жене. Настја никада није допуштала својим осећањима према поручнику да из ње проговоре, јер повређена и унижена од многих мушкараца није имала нити воље нити храбрости да њему, Феђи, било шта о томе призна! Никада! И да сада није било ове сцене пред њеним очима, да Амелија Сидоровна није још увек држала Феђине руке у својим, она би, врло вероватно, остала заувек хладна према њему, намештено равнодушна и чак охола, горда. Некада оно што видимо у некоме није оно што тај неко крије и чува у највећим дубинама свога бића. Страхови на заједничарење, на љубав — стављају катанац. Издаје и увређености, озлеђивање оног најтананијег у души жене — везују њене руке, неспособне да икада и икога могу поново загрлити. Похотљивост мушкарца и тај необуздани бес за поседовањем, за својином, од жене начине зазидани дворац без врата коме више нико не може прићи! Ниоткуда! И никада! Женско је срце највредније благо које мушкарац може имати и само у зависности од тога како тим благом располаже, да ли га чува или га расипа, бездушно, биће или цар или највећи губитник.

Настасја Семјоновна погледавајући на Амелију Сидоровну налазила је претњу њеној незаситој сујети каква се само у лепим и ђавоље привлачним женама може срести. Да, претњу, јер срце ове младе жене толико је грејало у свом благородству да је ту топлину могао осетити чак и он, човек душевно крзав и упропашћен. Он, Феодор Андрејевич. Увидевши нежну чедност Амелије Сидоровне и разумевши да је она смекшала чак и тврдо срце поручника Максимова, киптала је у себи од беса и срџбе трудећи се на све могуће начине да то нико од присутних не примети.

Феодор Андрејевич као да је осетио ово Настјино нерасположење па је најbadаред поскочио када му је Амелија Сидоровна примакла своју нежну белу ручицу ка месту које је крварило, болно вриснувши, али не због бола услед крварења већ због нажуљане, нагњечене душе, и на запрепашћење свих, он стаде трчати као поседнутим бесима, не обазирући се за собом.

— Чудак и хуља! — повика Иван Никитович за њим и отпљуну у страну. — Г. Сидоров, сада Вам је и самоме сигурно јасније каквог сте човека имали у својој близини. Знате ли, он је бо-ле-ста-н!!! Болестан!

Запрепашћен и под врло снажним утиском свега што се догодило Алексеј Владимирович је непомично стајао у месту, широм отворених уста, али без речи, ширећи зенице готово до пуцања како би испратио погледом искривљену сенку од тела Феодора Андрејевича која се губила у даљини међу оснеженим брезама.

Амелија Сидоровна болно цикну као да јој је стрела пробола душу, љутито погледа на Ивана Никитовича кога је очито највише од свих кривила за Фећин удес, а онда још једном љутито среза:

— Стидите се! Зликовче!

Иван Никитович није стигао чак ни да се прибере од ових врло оштрих речи осуде, а она је већ свим силама грабила ка Фећи, убрзавајући све више. Дисала је ужурбано и прорећено услед великог напрезања, зајапурена лица хитајући ка њему, ка човеку који је боловао од ретке болести манијаштва, али и ка човеку кога и поред свега тога она воли!

— Фећа! Фећа! Сачекајте! Феодоре Андрејевичу! За име Бога, станите! Преклињем Вас, станите!

XV

Дежмекаст, црномањаст чиновник, округла лица и упалих жутих очију, врло лепо и са укусом одеван, што ни у ком случају није доприносило побољшању општег спољашњег утиска о том човеку, напротив, све је на њему некако висило као на офингеру и било смешно, стајао је наспрам Феодора Андрејевича, Лава Фјодоровича Ловског и Настасје Семјоновне укрштајући их својим продорним и сугестивним погледом. Мрка и борама изгребана лица, прилично незграпна и трома хода, готово се гегајући, приђе им, а онда, окренувши им широка леђа како би их на такав начин што више унизио, отреситим и дубоким гласом одлучна човека, повика:

— Ко је од вас двојице Феодор Андрејевич?

Феђа, погледавајући на ово двоје и уверено им климнувши главом како би од њих одагнао чак и сваку помисао да се из свега овога може изродити каква непријатност, одлучно иступи напред ка чиновнику и лупнувши чизмом о под као некада у време свога службовања, продорно и јасно потврди да је он човек за кога се распитује.

— Хм... Ти си дакле тај?

— Ја сам.

— А знаш ли зашто си доведен овде?

— Не — кратко одговори Феђа. — И дозволите, чак и не наслућујем разлог мог доласка овамо.

— Значи, тако? — увређено дочека чиновник. — Господин не зна шта му се ставља на терет!

— Није ми познато — мирним гласом дочека Феђа.

— А у коме од вас двојице — продужи чиновник све оштрије, нервозан и ужурбан као и сваки други чиновник коме је решавање случајева преко главе, али је опет и поред свега тога намерио да читаву ствар реши без двоумљења и премишљања — у коме се од вас двојице зачела та незаконита и врло опасна идеја о преуређењу руског друштва? Ко је то смислио, ха?

— Ја сам зачетник идеје коју помињете — још одлучније иступи Феђа, шеретски намигнувши Ловском којем због овога беше нелагодно, јер поручник је узео сву одговорност на себе. Охрабрен некаквим чудноватим пркосом и инанитетом, Лав Фјодорович кратко одсече:

— Дозволите ми... Идеја је заједничка. И, знате, управо та идеја коју сте изволели поменути, управо ће она ослободити руског човека — уверено закључи.

— Руског човека ће ослободити, а све вас овде ће стрпати у заточеништво, кхе-хе-хе... Па како је уопште таква једна неправда могућна? А? Кажите ми то — подсмешљиво и као човек који има власт над читавом овом ствари, дочека дежмекасти.

— У нашем је друштву свака неправда могућна па и та — оте се поручнику.

Чиновник, овим већ изазван, сав зајапурен и црвен у лицу, намах се окрену ка њима и ударивши јако песницом о омањи сто на ком су лежали разбацани папири, заурла:

— Ви ми још о томе говорите?! О неправди у нашем друштву... Ви... Ви који сте човека убили!

Феђа, ошинут овим речима као танком, бодљикавом жицом, гневан и озлојеђен, бесан на чиновника, мрштава чела и сав црн у лицу, дохвати дежмекастог заревере, привуче га ка себи и оштро му запрети:

— Уколико ме и даље будете теретили на овако подао, сраман и дрзак начин и то нечим за шта немате чврста доказа, будите сигурни да ћете због тога имати немале непријатности — а онда, испуштајући из руку чиновникове ревере као да их се наједаред гади, више за себе, додаде: — Неће, ово Вам неће и не може проћи.

Чиновник у чојаном оделу, сав пребледео од ужаса и устрашен и од самог погледа Феодора Андрејевича, окрену се ка записничару и намигну му. Овај је разумео шта то значи и истом журно крену ка вратима, и отворивши их, показа некоме у ходнику руком да приђе. У истом тренутку пред њим се појави њушка инспектора Хлебјатњикова, а одмах затим и њушке два намргођена жандарма.

— Од оваквог се злочинца човек треба припазити — дочека чиновник овим речима инспектора Хлебјатњикова са његовом пратњом.

Хлебјатњиков, тај подли лисац којег има баш свуда, жмирну према поручнику запаливши љути дуван, пређе незаинтересовано погледом и преко Лава Фјодоровича и Настје, а онда, ставивши своју незграпну, голему шаку на раме чиновника, развлачећи уста у пријатељски осмех, мирно дочека:

— Иследниче Мамонов, само Ви радите свој посао. Рекао сам Вам још онда када сам Вам донео мундир од ове хуље — па главом указа на Феђу — рекао сам Вам да је за Вас сигурније да у току истраге увек имате некога од жандарма уз Вас, јер нико од нас не може предвидети поступке овог зликовца — завршивши овим речима, још једном погледа на поручника.

Феодор Андрејевич, поражен и самим присуством Хлебјатњикова, непрестано је пљуцкао у страну, ћутећи. Руке је држао испружене низ тело, а у леђима се све више погињао као под теретом.

Ловски је стајао поред њега такође без речи, међутим, до тада готово у свом држању чак и неприметна Настасја Семјоновна, одлучно испружи неколико корака према иследнику и јетко, са израженим каприцом, још једном потврди поручников закључак:

— Г. Мамонов, никога Ви не можете затворити из предубеђења! Никога, без чврстих доказа, то је свакако и Вама добро познато.

Дежмекасти чиновник се накратко замисли, у некој мери удивљен одлучношћу жене, а онда, превлачећи од дувана жуте прсте кроз своју ретку, али ипак неговану браду, погледавши похотно на Настју и осмехујући се као и сваки други покварењак, цинично се осмехнувши рече:

— А шта ћемо са крвљу несрећно убијеног човека и то баш на реверима Вашег љубавника? Хоћете да кажете да је то случајност?

— Љубавника? — љутито дочека Настја. — Како се само усуђујете? — повика и у бесу руком одгурну чиновника од себе.

— Мир! — повика Хлебјатњиков. — Немојте себе доводити у веће неприлике госпођице, и немојте се жестити због факата. Знате, чак је и нужно да утврдимо природу Вашег удешеног односа са Феодором Андрејевичем, јер он је починио убиство и Ви сигурно за то знате. Уосталом, зар Вам он није љубавник? — заједљиво закључи мотрећи их све испод ока.

Настја и Феђа се згледаше, обоје црни у лицу, свако од своје муке. Иследник Мамонов, уверивши се да нико од њих двоје нема више шта рећи у своју одбрану, одмери Лава Фјодоровича и стаде њега даље испитивати.

— А Ви, г. Ловски, Ви сте наштампавали *Самосвест* у одређеном тиражу, сходно могућностима и приликама, и то нам барем не можете спорити, јер по том питању не може бити баш никакве сумње будући да — па узевши са стола и отворивши један од бројева часописа — будући да сте потписани на месту главног уредника.

— Истина је — помирљиво прихвати Ловски, не опирући се.

— А знате ли — равним тоном продужи Мамонов — знате ли да сте као главни уредник најодговорнији за свако написано слово у тим вашим тричаријама од часописа које ће Вас, будите у то сигурни, скупо стајати?

— Познато ми је и то — зачудо, још мирније прихвати Лав Фјодорович.

— А да ли Вам је познато и то која је казна одмерена по закону за свакога ко јавно урушава темеље на којима се држи руски народ, овде мислим на власт, разумете и сами?

— У тај део већ нисам упућен — опрезно и са извесним страхом дочека Ловски.

— Нисте?

— Кажем Вам, нисам.

— Хм... Чудно. Да ли сте сигурни у то што ми сада говорите? Г. Ловски, стичем утисак да нешто прећуткујете...

— Ја Вам се у закон слабо разумем — муцаво и неубедљиво потврди уредник *Самосвести*.

— Чудновато ми је то. И, кажете, не разумете се у руске законе?

— Готово никако — потврди још једном Ловски.

— Али се зато најбоље од свих нас разумете на који начин треба реформисати руско друштво и власт! — љутито цикну иследник. — Зато сте први у реду који пљује по глави рускога човека, је л' тако? Мислите да на то имате право?!

Лав Фјодорович је ћутао поражен, спустивши поглед као и сваки други изгредник када призна своју кривицу. Страхом поседнут као најљућим демоном, дрхтао је, сада већ и читавим телом.

— Водите га! — повика Мамонов жандармима. — Водите Ловског!

Одједном, свуда око себе Лав Фјодорович је чуо ужасне гласове који су подврискивали:

— Водите га! Водите Ловског! Кхе-хе-хе!

Из тешка и злослутна сна Ловског је тога јутра тргла мува која му је, упорно му досађујући и мучећи га, облетала око носа. Он поскочи из кревета као прогоњен злим дусима. Знојава, од кошмара хладна чела и клецајући у коленима он пође да се умије, а затим, не престајући да се бави тим својим свежим сном који га је и даље мучио и притискао иако сад већ беше будан, стропошта се на дотрајалу, на многим местима поцепану и прилично неудобну софу.

Стан Лава Фјодоровича беше један од оних мрачних, болесно запрљаних и масних, неуредних и неподношљиво загушљивих простора, такорећи кутија, какви се само у провинцији могу затећи и то углавном код људи од узвишених идеја, идеалиста, сањара, тих вечитих илузиониста и маштара, код занесењака том истом, личном идејом на коју полажу много, можда чак и све у животу, код оних који чврсто и упорно верују да се свет може обојити, постати ведрији и са више радости, да је човеку могућно да друге мења и да неки (као што је то и сам Ловски) имају нарочиту улогу у читавом човечанству, а то је да узводе друге ка неком бољем, племенитијем животу. Оваква уверења су велика самим тим што су углавном зачета у чистим душама, међутим, многе од тих душа (случај Лава Фјодоровича) занесе примамљива гордост где се апсолутно све објашњава својим разумом и где је човек искључиво ослоњен на своје снаге. Нажалост, иако мудри, људи попут Лава Фјодоровича Ловског никада не схвате, и то управо због своје таштине и сујете, да је снага човека једна велика илузија и да сам од себе човек не може учинити нити творити велика дела. За чињење великог потребна је величина, а то човек сам, без других, није. Нико. Нити један. Поуздати се искључиво на себе, на свој ум и своје делање, равно је духовном самоубиству, јер све велике ствари одувек су биле у самом човеку, али у том простору човек није сам, у нутрини јесте Он, Он који покреће и који човека издиже изнад самог човека. Да, Он, врховни Креатор.

У случају Лава Фјодоровича поводом најсвежијих околности на имању Сидорових немамо шта нашироко писати, јер његово је стање могућно описати у свега неколико редака. Дакле, напоменућемо најпре то да је Ловски био љут на себе због своје лаковерности и да му је та његова гордост у овом случају засметала — не само што није желео да спусти главу пред Силом коју очигледно није познавао, већ се упорно врпољио у свом зачараном кругу тражећи излаз искључиво својим, личним снагама. Снагама које су имале јачину поветарца. Даље, Лав Фјодорович је, будући да је био човек готово без љубави, био и човек страха тако да га је читава она ствар са имања ужасавала до те мере да он ни на шта друго није ни помишљао до на могућност заточеништва због активности у *Самосвести*. Укратко, његова је позиција била позиција у замку ухваћене птице чија су се крила упетљала у мрежу и ту се више ништа није могло учинити. Остало је једино чекање и неизвесност, а то је оно што свакога човека стотинама пута убија, мрцварећи га до граница подношљивости. И најкраће — Ловски је очекивао да ће му се сваки час на вратима појавити жандарми и да ће га одвести равно у заточеништво, физичко најпре, а одмах затим и душевно.

Размишљао је и питао се због чега заправо и постоје сва та места за мучење људи, затвори и ограде, и зар је њихово постојање оправдано тиме што неко има другачије идеје, што се противи и слободно иступа против нечега што држи за погрешно и криво? Уосталом, затворивши човека између решетака шта се тиме заправо постиже? Зар и само друштво самим тим није на губитку? И одакле било коме право да на тако ужасан начин везује слободну вољу било ког човека, да неко у његово име мисли, одлучује и одређује му све, баш све?! А онда, присетивши се најокрутнијих злочинаца, невољно и са изразом лица пораженог човека, и њему самом постаде јасно да таква места, ипак нужно морају постојати. Несрећна и не баш хумана, али због оних људи који би још сутра могли постати нове жртве крвника и злочинаца, оваква места једноставно имају своју сврху и крајњи, оправдани циљ. Нервозно хукнувши кроз прсте, тумарао је кроз омању собу сударајући се на сваком кораку ни са ким другим до са самим собом. Ишчекивање, друго је име пакла.

У случају нашега јунака, поручника Феодора Андрејевича, ствари су биле далеко сложеније самим тим што је и само његово душевно стање било другачије, а свакако је и његова позиција била далеко неповољнија од позиције Ловскога, јер убиство, (па иако намештено) озбиљна је ствар и последице се чак не могу ни наслутити — читав даљи живот зависи од тог исхода, од пресуде за „убиство”, од нечега што никада није починио, а за шта ће, врло вероватно одговарати. Та позиција жртве толико је сложена да може бити да ће он, уколико само дође до таквог развоја читаве те ствари, напослетку, и сам своју савест охрабрити да му чак и она суди за оно што никада није починио! Да, има и таквих случајева када људи умисле кривицу и онда се због ње кају, можда чак и ватреније него у случају стварне кривице. Наравно, ово су само ретки и гранични случајеви, али случај нашега јунака био је управо такав, јер подсетићемо читаоца још једном на врло важан факат — наш је јунак имао озбиљну душевну болест и то никако не треба сметнути са ума.

Измученост и ту врашку изможденост Феодора Андрејевича тешко је у потпуности и верно описати речима. Његово душевно стање добијало је свој најужаснији облик и форму, своју најтежу коначност — било је толико озбиљно поремећено да се могло довести у поређење са представом у којој је он лутка која виси о зањихано клатно изнад којег су постављена многа оштра сечива и само је питање тренутка када ће једно од њих пресећи тај узнемирени коноп и душа се раставити у парампарчад. Ах, душа људска! Велика тајна и каква само озбиљност!

Наш се јунак наредног јутра никако није могао присетити како је уопште дошао са имања Сидорових у своју тескобну собу нити се уопште и сећао претходне ноћи. Спавао је можда свега два часа, а онда га је пробудила тупа главобоља из ужасног сна. Након тог искрзалог, прекинутог сна, уследила је ништа мање застрашујућа стварност — свуда око себе чуо је звукове за које није знао одакле долазе. У глави му је звонило од те ужасне буке и правило потпуни неред и пометњу. На сву срећу овога дана није имао коме учинити посету, јер још једну обавезујућу пристојност као у случају јучерашње посете Сидоровима, заморну и тешку, не би могао поднети. Једноставно, не би издржао.

Сви покушаји нашега јунака да мисли сабере на једно место, да се присети баш свих појединости са имања Сидорових, остали су безуспешни. Ово је заправо био његов највећи благослов који је сада могао добити, јер рашта се и присећати свих оних мучних сцена и изнова мрвити болесне, већ покидане живце. Ипак, оно основно било му је присутно у свести, а то је да му прети робија и да га је Настја, по његовом властитом убеђењу, по ко зна који пут издала.

Феђа, иако дрхтава тела услед грознице која га је додатно стала мучити тога јутра, више није могао да поднесе ту своју собу и таваницу која се, барем како се то њему чинило, све више спуштала и тако појачавала тај општи утисак тескобе. Устао је из кревета, увукао се у исту ону одећу коју је носио већ неколико дана и одмах кренуо ка масивном, дрвеном ормару. Из њега је извукао капут од врло пријатног и чак лепог штофа — нашао га је међу старим, очевим стварима које, зачудо, није у бесу до сада већ побацао, и журно стрчавши низ степениште, расејан и мрзовољан, кренуо је без икаква циља, било куда, само да како скине са својих леђа те мемљиве зидове собе која је све више заударала на болест и неуредност. Тмурна лица изашао је из куће, овога пута за собом навукавши резу.

Једна је од већих људских заблуда да промена, она спољашња, попут ове да наш јунак изађе из своје собе на улице Редкина, може променити и расположење човека. Расположење и утисци нашега бића, све те патње и муке, радости и усхићења, све је то дубоко у самом човеку и управо из тог разлога једина стварна и коначна промена може се десити баш ту — у човеку! У свакоме од нас, а не изван нас. У тренуцима грчења душе која пита, а одговоре не налази, у тој суморној вечности која се обрушила на читаву човекову личност и не да јој нити да се развија, нити да узлеће даље, дакле, нити корака да начини међу људима нити да се вине међу анђеле, у таквој вечности, иако готово неподношљиво тешкој, човек коначно може пронаћи самога себе и са собом се измирити! Неки, иако искусе овако нешто и стекну прижељкивани мир, немаром поново испусте себе из себе, врате се у душевну вреву многих људи што само угађају својим слабостима, свом личном паду којег нису ни свесни, што само баљезгају о срећи иако је немају већ само посрћу још више — све ово је дрско пљување себе и потпуни промашај. Онда, када човек дође до таквог места у своме животу, да је измирен са собом а да друге поштује и воли, такво место требало би да слави као своју највећу светковину, да на таквом месту одстоји достојанствено читав свој живот и да буде захвалан! Незахвалност рађа многа зла и управо због тога се враћамо својим кривим, неутврђеним, путевима без чврста ослонца.

Постоје одређени дани када је наша најсветија дужност да одбацимо рите и дроњке из завежљаја тог старог живота, тог нашег старог, упропаштеног човека, завежљаја који махнитало вучемо са собом иако нас све више притиска и под чијом тежином клецамо, посустајемо и напослетку падамо! Животу често треба допустити да одтече, иако неким кривим и нама несхватљивим током, али да одтече, не правити му брану и заустављати га из страха да оно ново, оно што долази, може бити и неиздрживије и теже од онога што се има. Живот тражи храброст, а не узмицања. Међутим, наш је јунак сам себе гурао у те криве токове живота и сам са собом био у завади, тако да му, у овом случају, већ нико није могао помоћи.

Феодор Андрејевич је насумично пресецао улице, час ходајући лењивим кораком, час убрзавајући као да га неко гони при том се окрећући иза себе и погледом прелазећи преко свега — његова болест манијаштва му је дошаптавала да га неко уходи. У једном таквом разузданом тренутку, баш када је „угледао“ иза угла лик свога мучитеља, Фомина, наш се јунак судари са девојчицом лепог и промрзлог лишца. Да, била је то Леночка, његова сестрица „дивљакуша“ за шта ју је Феђа држао.

На Леночкином лицу Феодор Андрејевич је овога јутра први пут видео нешто што до тада није сретао код ње — осмех, истина скроман. Била је нарочито мила и готово је скакутала око Феђе што је њега посебно изненадило.

— Знате, Фећице — ово тепање је тек на нашега јунака оставило ванредан утисак — ја сам о свему мало размишљала... Забога, па Ви сте мој брат! Брат! А брат се воли, зар не? Опростићете ми на мојој грубости према Вама? А? Хоћете ли? Опростите ми, Фећице, Христа ради! Ето, ја сам спремна да Вас волим сада најчистијом љубављу! Уверавам Вас! Баш то сам желела да Вам кажем! Да... Баш то! И, знате... Ја сам опет кренула Вама... Писма... Опет имате некаква писма, Фећице. И знајте још и ово — не само моје већ и срце Амелије Сидоровне је врело од силине љубави коју осећа према Вама! Она се ватрено занима за Ваше добро, у то немојте имати ни најмање сумње. Срела сам је када сам пошла к Вама и преносим Вам њене благородне поздраве.

Овај девојчурак препун разумевања и љубави, блиставица коју је живот већ много пута унизио, али и изградио тешкоћама и патњом, стајала је као у љубавном заносу према човеку од којег је безмало бежала — од свога брата! Лишце јој постаде румено, чак готово пламено — мимо сумње све је ово последица чистих, узвишених осећања. Погледавала је на свога брата нежно, не трепћући и можда би се већ у наредном тренутку њене танке, дуге ручице нашле око његовог врата, да он не иступи озбиљна, намучена и мргодна лица пред њу.

— Писма? Опет писма Леночка?! До врага са тим! Само ми доносе неприлике.

— Ви их онда немојте узети.

Фећа је погледа испод ока и тако постојавши неколико тренутака одлучно повика:

— Дајте! Дајте, Леночка! Зар ћемо се и од обичног папира плашити? Зар ћемо и пред писмима узмицати?

— Како Ви изволите... — са доста нежности и тихо, прошапута девојчица.

— Дајте, дајте.

Леночка из повеће, кожне торбе извади и овај пут два писма и својом промрзлом ручицом пружи их Феђи који се том приликом стресе од некакве чудновате нелагодности као да је предосећао да му садржина ових писама неће пријати. А онда, погледавши на Леночку можда чак и први пут са нежношћу, насмешивши се, ухвати је за ручице и као у делиријуму стаде понављати:

— Све ће бити у реду, сестрице... Све ће бити у реду...

— Биће — кратко прихвати девојчица, осмехнувши се топло још једном.

— И, кажеш, Амелија Сидоровна ме воли? Лудице, та откуда ти то можеш са сигурношћу знати?

Након ових речи он се још једном насмеши Леночки и одмах потом, већ у наредном тренутку, изговоривши се нечим и климнувши главом, већ одлазећи, добаци:

— Не брини, Леночка. Само не брини. Све ће бити у реду...

Девојчица је гледала збуњено за братом, али из неког разлога она му је сада већ ватрено веровала. Њено срце је треперило жељом да га што пре поново види и тада ће га загрлити, да, загрлиће свога брата, тада јој он неће умаћи као овога пута.

Феодор Андрејевич је журно узмицао са места где се срео са Леночком, мимо сумње нестрпљив и знатижељан због писама, а онда, зауставивши се у близини трга и још једном се окренувши за собом како би се уверио да у близини нема баш никога њему познатог, отвори једно од она два писма и стаде га читати. Писмо беше од Ивана Никитовича Фомина.

Некадашњи поручниче Максимов,
Ваш изгред ни са чим се не да измерити. Увредили сте достојанство једне врло племените породице својом охолошћу и

безобзирношћу за време боравка на њиховом имању. Захвалите благородству г. Алексеја Владимировича што читава ствар по том питању неће бити изнета у јавност, јер Вас би таква једна околност скупо стајала и Ви бисте остали чак и без дугмета на реверу. Знате и сами да би јавна, варошка осуда за почињени изгред на имању била врло рђава ствар по Вас. Та замислите само какве би се у Редкину све приче изродиле због јучерашњег догађаја. Стога, уколико имате и барем мало обзира г. Сидорова ћете помињати као свог највећег добротвора, а свакако и његову кћи, Амелију Сидоровну која се, по свему судећи, заложила код оца да се о читавој ствари ћути, да се таји и да остане једино у свежем памћењу само код оних који су свему томе били очевици. Амелија Сидоровна Вам, колико видим, из неког разлога верује и чак се успротивила оцу због Вас. Млада женска крв, заљубљива природа, шта ли већ. Уосталом, ваша ствар. Нашла је и коме ће срце дати, Вама, фантасту и опсенару. Но, кажем, то је ваша ствар.

Подсетићу Вас, г. Андрејевичу, још једном на мој предлог дат Вам јуче за време вожње кочијама на имању Сидорових. Добро о томе размислите још данас, толико Вам већ могу дати времена. Пријатељски Вас упозоравам да уколико се у сваком смислу не одрекнете Настасје Семјоновне да ћу Вас предати суду на милост и немилост због трагова крви на реверима Вашег мундира. Уосталом, знате Ви добро о чему овде говорим и какве су ми намере по том питању уколико не испуните оно што од Вас захтевам.

Иван Никитович Фомин.

Поручнику се на лицу појави израз забринута човека, увређена и још једном ухваћена у клопку. Бесно згужва папир у шаци, а онда, бацивши га, стаде га газити чизмама. Након свега тога, отпљуну у страну и сад већ нервозним покретима стаде отварати и оно друго писмо. На његово опште запрепашћење, писмо беше од Настасје Семјоновне!

Драги Феодоре Андрејевичу,

најпре да Вам кажем да са жаљењем гледам на јучерашњи дан и на неприлике на имању Сидорових. Тамо, на имању, није ми било могућно да Вам то одмах кажем, а Ви ћете свакако и сами разумети ту моју јучерашњу, и уопште, уздржаност у погледу Вас. Заправо, надам се да ћете разумети. Претпостављам да сам ја у Вашим очима охола и дивља природа, али верујте ми на реч да ствари некада ни изблиза не изгледају онаквим какве заиста јесу. О својим осећањима према Вама никада нисам говорила и молим Вас да поштујете моју одлуку што ћу о томе ћутати и сада. Стрпите се само још мало и биће Вам све много јасније. Баш све, па чак и онај мој чин када сам Вас полила вином јер сте се надметали са оним одљудом, Фомином. И у погледу њега имам Вам нешто рећи, али... Нека. Нека, Феодоре Андрејевичу. Нека. Не сада и не на овај начин. Замолићу Вас да неизоставно дођете у улицу Пушкинская број тринаест. То је све што тражим од Вас. Врата ће бити откључана и Ви слободно уђите. Очекујем Вас. Важно је да дођете, уколико је то могућно, до дванаест часова. Свему има разлога па и томе што од Вас тражим да дођете до назначеног времена, али... Кажем Вам — нека, нека Феодоре Андрејевичу. Стрпите се још само мало и опростите ми што сам Вас до сада оволико намучила. Обећавам Вам својим животом да то више нећу чинити.

Настасја Семјоновна.

Вештим покретима руке Феђа пажљиво пресави писмо два пута и одложи га у џеп, јер сасвим је извесно да ће га поново читати и то ко зна колико још пута. Она је њему писала! Она! Али, зашто? Из ког разлога? И какве везе чак и са овим има онај нитков, Фомин? Чудно, али сигурно га није тек тако поменула.

Расејан мислима које су се са њим поигравале наслућивао је нешто крупно у ономе што га је Настаcja Семјоновна позвала к себи. Иако пријатна осећања док је читао њено писмо, наш се јунак намах снеveselиo jer, сумњао је да у погледу Настасје Семјоновне може очекивати наклоност, чак му је и свака вера у њихово могуће зближавање била равна глупости. Иако је боловао од манијаштва, наш је јунак био прилично промућуран и оштроуман човек и ова је његова мисао имала чврста упоришта. После свега, зар би требало гајити под недрима змију наде да се Настји ипак може приближити, змију која би га, сасвим извесно, напослетку отровала. Био је располућен у свом бићу, јер један његов део му је изричито тражио да одустане од Настје у сваком погледу, док је онај други дошаптавао и нудио ипак неку скромну наду да није све бесповратно пропало и да ће му се она можда сада и смиловати јер, ето, она је њему писала!

Све у погледу Настасје Семјоновне беше му мутно, необјашњиво и врло замршено, али он јој је ипак хитао у сретање. Подједнако збуњен и радостан. Никако се не може рећи да су осећања нашега јунака према тој изузетној и чудаљивој жени удаvljена у јучерашњем дану на имању Сидорова. Не, то никако, међутим, поручнику је коначно постајало све светлије да у погледу Настје, ипак, једноставно не сме имати било каквих очекивања — од њих се требало припазити. Најсрећнији је онај човек који нема баш никаква очекивања. Човек без очекивања не може бити човек разочарања.

Нашем јунаку никако није полазило за руком да бар сада послoжи све оне утиске од претходног дана, утиске које је она оставила на њега, али је и поред тога, охрабрен овим њеним писмом, хитао ка нечему новом, неизвесном и непознатом, иако су му од тога живци страдали, јер он се чак и плашио Настје! Да, од јучерашњег дана нарочито. Тим признањем себи пекао се као на врућој плотни. Да! Мимо сваке сумње — он је зазирао од Настасје Семјоновне и та неизвесност у погледу ње мучила га је и изједала, разграђивала ионако одвећ проваљену душу.

Корачајући ка њој ужурбано, продужавајући кораке колико је могао, наједном га стаде мрвити питање као под жрвњем — зашто су мудри и људи који газе по оштрој као жилет линији лудила, најусамљенији? И једни и други. И где је у свему томе она, Настја? А онда, тргнувши се притешњен опсеном као исувише кратким каишем, признаде себи да је и он усамљен, да је у себи заточен, и не само то — беше то први пут да се и сам уплашио своје болести манијаштва. Та ужасна болест била је главни разлог његове отуђености, бега од свих и од свега. Затворивши себе у себе услед неповерења, страхова и сумњи, услед недостатка љубави према другоме, осећао је да му некакво клатно додирује душу и да ће се оно коначно замрсити и тако га удавити, угушити. Без љубави, човек заточен у себи, постаје демон или њему служитељ. Тек утврђен вером у љубав и све своје за љубав давши, човек може тиховати у себи, мирно и без опасности да ће било коме нашкодити — нити себи, нити другима. Удаљити се од свих и од свега, затворити себе у себе, а при томе немати љубави и радости, племените вере у себи, већ напротив, немирно се саплитати о своје несавршености и палости бића, значи само једно — закопчати се у своју лудачку кошуљу и тако пропасти. Јер, не може човек поднети самога себе ако у њему све ври од страсти, од промашаја, од порока и наказности! Таквом је човеку заједница једино могуће спасење, а самотовање најужаснија клетва која га тера равно у лудницу! Насупрот овоме, човек који је у себи нашао мир, човек са собом најпре измирен коме је пријатно у ћутању и који мислима грли читав свет за њега се молећи и волећи свакога, па чак и окрутног злочинца, свакога, без изузетка, у самоћи не може имати неприлике нити какве опасности по душевно здравље, јер тиховање је његов природни пут унутрашњег развоја и само у овом случају поуздано можемо рећи да удаљавање човека од других није себичлук нити од умишљености саздан егоизам. Свакако, само по себи се разуме да ово није био случај са нашим јунаком и, стога, са великим поуздањем можемо тврдити да је управо то његово самотовање без љубави, његово отуђење услед гордости, умишљености и таштине, узрок те његове болести манијаштва!

Нисмо сви рођени за исте домете нити смо изливени по истом калупу, стога, свако од нас требало би да зна за место где му је пријатно и да на њему остане, не заносећи се и не прижељкујући за себе оно чему не може бити веран нити му послужити и што, уопште узев, излази из његовог домета. Чему одапињати стрелу преко језера ако се језеро не може пребацити?! Но, човек, гордећи се, преузносећи се, неретко процењује себе и своје могућности па када га живот демантује, остаје очајан и сломљен.

Бити задовољан и захвалан на оном свом, без горчине и жудње за нечим што нам не припада и што би нам, напослетку, јамачно само неприлике донело — највећи је благослов. Чини се као да човек бежи од себе, да сам свој укида мир чинећи све оно што је узалудно, што му није дато јер није његово, а да хвали, да прославља, да захвали и буде радостан и задовољан у том малом, али свом — то ће тек понеки учинити и само такви ће имати мир са собом, а онда и са свима око себе.

Стигавши у улицу *Пушкинская* испред броја тринаест, наш јунак хукну кроз прсте и одмах потом дубоко и тешко уздахну покушавајући да на такав начин барем у некој мери обузда своју нестрпљивост, некакво чудновато осећање и још чуднији предосећај, да како год натера себе на промишљеност и уздржаност како читаву ту ствар око Настасје Семјоновне не би још више погоршао и закомпликовао. Знајући да га тамо, код ње, чека нешто врло важно и крупно, није му било лако да се одлучи и да јој крене одмах те стаде оклевати као сваки човек који се нађе у недоумици. Постоја ту неколико тренутака, а онда, схвативши да би оваквим својим држањем могао изазвати нечију сумњу, суседа или кога год другог, и не желећи себи још и такву непријатност, отвори широку, дрвену капију и крену ка улазу. У њему самом два су се различита и сукобљена света натезала и међусобно гушила. Први је урлао у свој својој жестини и опомињао га да у погледу Настасје Семјоновне може очекивати једино нове неприлике, дакле, свет мрзак и потпуно суров који ништа није обећавао, свет који га је још више затварао и гонио у болест. Други је свет, пак, допуштао нашем јунаку да поверује у могућност Настјине наклоности, свет посве другачији од овог првог, свет који је Феђа одавно затурио негде у себи и све више га притискао и скривао га не допуштајући му да прогледа, јер он није имао довољно вере да се између њега и Настје може удесити нарочит однос љубавника. Тај свет, свет могућих чуда и вере, наједном му је постао једини пријатељ и сам је, управо чудом, васкрсавао у њему и нудио му могућност, истина магловиту и њему нејасну, да све може бити добро и другачије у погледу Настје, да се може властитим снагама изборити за шта светлије, достојније живота човека. Да, Феодор Андрејевич је по први пут поверовао у ово! Но, такав свет, иако наизглед пријатан и охрабрујући, у себи је скривао и једну подмуклост — убеђивао је нашега јунака да он може властитим снагама доћи до нечега тако крупног и значајног као што је љубав једне посве чудноватe, каприциозне жене пред чијим је вратима сада стајао као највећи дужник и странац. Управо је у овоме и била читава превара тог другог света, јер љубав тражи и милост светог неба коју треба заслужити! Нису човекове снаге довољне за велика дела! Без наклоности неба и тврде вере, ништа велико не бива!

Ухвативши се за месингани звекир, њиме покуца три пута заредом о масивна врата, начињена врло једноставно, а онда мало постојавши и напослетку уверен да их нико неће отворити, присети се Настјиних речи из писма да ће врата бити откључана и да слободно уђе. Ушавши, нађе се у широкој и богато осветљеној просторији чиста, свежа ваздуха. Читавим тим простором ширио се некакав чудесан и посве пријатан мирис који је највише подсећао на мирис презрелих јабука и ово унеколико поправи расположење нашега јунака.

Право испред њега, високо постављени прозори на зиду са јужне стране уводили су раскошну светлост која се разлегала посвуда и тако откривала лепоту са укусом осмишљеног простора за живот. Одмах испод њих, уза зид нагурана је масивна, дрвена шкриња тамнозелене боје и месингана окова, резбарена са крајњом педантношћу мајсторске, вичне руке. Са једне стране у односу на тај јужни зид постављена је софа загасите, такође зелене боје; рекло би се да је тек пресвучена новим, квалитетним штофом. Имала је чак и наслоне за руке и то врло широке, такође вештом руком изрезбарене и врло пријатне спољашности. Преко пута ње, уз супротни зид, стајао је огроман штафелај, а на њему тек започето платно врло живих боја и чудаљивих облика који као да су имали налог уметнице да импресионирају посматрача. Одмах уз штафелај, две су широке фотеље са округлим, повећим столом сведочиле о томе да је у овом простору вешто заподенут живот, све је дражило и позивало на покрет и на неку слободну, лепршаву игру. На столу је стајао букет сачињен од белих, црвених и плавичастих ружа и по њиховом мирису могло се готово са сигурношћу тврдити да су недавно убране, можда и јутрос. Испод њих нашла се чаша дополa испуњена црвеним вином, а одмах поред ње и боца, тек начета.

На једној фотељи, иако разбацане, скице и цртежи којима Настасја Семјоновна очигледно није била задовољна, сведочиле су о процесу настајања уметничког дела, али и о губитку надахнућа и заноса, о том стваралачком саплитању и распећу, мучитељима сваког уметника. Било је ту заиста свега и свачега, од врло живих портрета и богатим колоритом представљених коња, заглављених негде у дубоком снегу, па до врло тмурних представа предмета без живота. О, шта све једна душа може изнедрити и какве се само противречности сукобљавају у њој!

Преко свих тих скица видни су били трагови разливених уљаних боја — очигледно је да је Настја, незадовољна, на такав начин поништавала живот тим својим делима сматрајући их готово ништавним. Заиста, распеће у стварању, тај привремени губитак заноса и полета, за сваког је уметника тренутна смрт и стога сваки уметник умире небројено много пута, али и васкрсава! Насупрот судбини тих дела у настајању која је уметница поништила и осудила их на заборав, платна којима је она била задовољна, уоквирена раскошним и са великом пажњом бираним рамовима, била су окачена по зидовима, све једно до другог, што је читавом том простору давало нарочиту лепоту, пријатност и драж. И, коначно, на другој фотељи Феодор је Андрејевич затекао оно највредније — на њој је, удобно смештена и заваљених леђа у широки наслон, седела она, Настасја Семјоновна, држећи некакве папире у бледим, мршавим рукама. Очи су јој биле затворене, а самим тим и њихова је лепота била сакривена као тајна коју треба чувати и поштовати је.

„Спава”, помисли Феђа не скидајући поглед са њеног предивног лишца.

Погледав’ на сат који је са зида опомињао мерећи човекову пролазност и уверивши се да само што није избио први час после поднева, он се присети Настјиних речи из оног писма и њене молбе да, ако је могуће, неизоставно буде код ње до поднева. Љутит на себе због своје неодговорности и расејаности, кључао је изнутра и себи већ оштро пресудио због кашњења јер, ето, она је уморна и после тек мало попијеног вина, заспала. Тако је барем он мислио.

Наш је јунак, сад већ не оклевајући ни часа, пришао сасвим близу Настасји Семјоновној и најпре прстима неколико пута, ритмично и лагано, куцнуо по столу не би ли је на такав начин пробудио. Међутим, уверивши се да ово ипак није било довољно да би је извео из сна, он стаде одлучније и јачим притиском врхова прстију добовати по столу, истовремено погледавајући на њене лепе, али и сувише бледе уснице, на мршаве образе и на једну страну распуштену, дугу косу. И поред тога, читаво је Настјино тело остало мирно и без било каква покрета и мешкољења. Руке опружене уз тело, беле и дугачке, одавале су утисак нарочите лепоте и господствености. Руке жене! Руке! О, шта све могу те руке — да изграде ни из чега читав један свет, али и да га једним замахом сруше. Да милују, али и задаве! Међутим, и поред изражене лепоте, предмет интересовања нашега јунака сада нису биле њене руке већ оно што је било у њима — писмо! Надвирујући се над њим, пође му за руком чак и да прочита прва два-три ретка и да из њих закључи да је и ово писмо било намењено управо њему!

Драги и племенити мој, Феодоре Андрејевичу... стајало је у самом заглављу на шта се наш јунак трже, несвикнут на наклоност и љубазност ове посве чудаљиве, жене у чијој је души дивљала стихија непокорности, било коме и било чему. Феђа се одмаче од ње неколико корака, а онда се дубоко и са напрезањем накашља не би ли коначно на такав начин пробудио њу, њу која спава тврдим сном жене растерећене савести, помисли још једном. Међутим, она се никако није будила и у једном тренутку он познаде у себи осећање које је било слично завист, јер он већ дуго није могао чак ни ноћима спавати, мучећи се, а она је сада била ту пред њим у дубоком сну којег баш ништа није могло прекинути.

Тешко је са потпуном тачношћу расветлити поступак нашега јунака који је имао уследити, јер и поред свих напора, ни у ком случају не можемо са сигурношћу тврдити и писати о разлозима онога што је он већ у следећем тренутку учинио — опрезно и уложивши сву своју довитљивост на ту ствар (иако му је природа била прилично неспретна и смушена), он извуче папире из Настјиних руку и још једном је погледавајући и уверивши се да и даље спава, да се не миче, он коракну на прстима ка вратима нечујно се искрадајући баш као и сваки други лопов. Ако се узме у обзир да је Феђа био у узбуђењу због онога што је затекао дошавши код Настје можда се лакше може разумети овај његов чин, јер узбуђеном је човеку некада сужена могућност да поступа разумно и стога је расположив да учини свакакву глупост и непромишљеност.

Изашавши на мокру улицу он звизну неколико пута и мало затим испред њега се појави кочијаш на својим климавим, омаленим кочијама. Поручник се у тренутку предомисли и мрштећи се само одмахну руком да кочијаш ипак прође, јер нигде му се није журило, а неизбежни разговор са кочијашем у овом тренутку никако не би поднео, што је и потпуно разумљиво ако се узме у обзир чињеница да му се није ни са ким говорило.

Феодору Андрејевичу срце се наједаред узнемири што је само била потврда тога да је постао свестан учињеног рђавога дела, свога нитковлука.

„Али, зар би се сада требало вратити тамо одакле се тихо искрао и тако ризиковати да се за ту гадост његова учињена дела дозна, а дознаће се свакако ако изађе поново пред Настју, додуше, само у случају да се она пробудила. И, зар би само због тог осећаја моралног посрнућа и због непромишљено учињеног дела сада требало отићи тамо и молити је за опроштај? А, не! То никако!", чврсто одлучи наш јунак и загази мокром улицом у правцу крчме како би тамо, у топлом, попио врућ чај и прочитао оно што је, уосталом, и било њему намењено. „Ако је већ тако", стаде даље премишљати, „ако је писмо написано мени, у чему се онда састоји мој преступ?", напослетку и коначно нађе олакшања у овој чињеници која га готово потпуно умири.

Стигав' у гостионицу, исту ону где је оне ноћи бацио коцку са Иваном Никитовичем Фоминым у погледу Настасје Семјоновне, он седе и овај пут за онај исти, сто у самом углу, затражи чај, извади из џепа писмо и баци га на сто, а онда, скинувши онај стари очев капут и пребацивши га преко једне од четири расклимане столице за тим столом, хукнувши услед све јаче неизвесности и узбуђења, седе и одмах се дохвати писма.

На овоме месту важно је да поменемо да су се у нашем јунаку ломила и међусобно потирала два предосећања, два различита очекивања у погледу исте ствари, у погледу Настјиног писма, иако је његова жеља по овом питању била потпуно јасна и лишена било каква двојства и разуђености, али није ли интуитивност испред сваке наше жеље? Јер, шта је јаче — предосећај или жеља?

Прво предосећање ласкало је Феодору Андрејевичу обећавајући му наклоност Настасје Семјоновне, јер зар му она тек тако и пуким случајем пише већ други пут за кратко време? Дакле, она је коначно отпустила кочнице својих осећања, порушила је тај зид који је подигла високо изнад себе и, ето, она сада стоји пред њим потпуно обнажена изнутра, без стида и решена да му повери сваку своју мисао и пламен срца. Али, она га је друга слика мучила, титрала му пред очима и мрвила му живце, свезивала душу толиком силином да је у неким тренуцима помишљао да ће се угушити. Ево и у чему се састојала та друга слика, тај подмукли предосећај, опонирајући свом силином оном првом.

Присетивши се незгоде на имању Сидорових и Настјиног равнодушног држања према њему, Феодор Андрејевич помисли да је овим писмом она заправо изволела да у њему угњечи сваку могућу наду у погледу њене љубави и пажње, дакле, сулуди точак неизвесности и неодређености њиховог међусобног односа у којем су се обоје држали са доста бојажљивости и неповерења, коначно се имао зауставити и на такав начин прекинути сваку, па чак и ону најмању блискост. Шта је заиста стајало у писму Настасје Семјоновне, на овоме месту, без даљег разуђивања и у потпуности преносећи сваку њену реч из садржине обимног писма открићемо читаоцу па нека свак за себе донесе закључак, нека свак о томе засебно промишља, јер немогуће је донети уопштени закључак на оно што је Настја учинила... Уважавајући нестрпљивост читаоца, пред њега износимо душу Настасје Семјоновне и све оно што је у њој остајало скривено у погледу нашега јунака. Врло је могућно да ни она сама није очекивала да ће се напослетку решити на такав чин и коначан поступак, да ће му све признати, али човек је некада самоме себи највеће изненађење. Ево и садржине тога писма:

Драги Феодоре Андрејевичу,

најпре молим Вашу племенитост и љубазност да ми опросте за ону незгоду на имању Сидорових, јер да смо били у истим кочијама то би на Вас сигурно имало одређена ефекта и можда би се и сама неприлика могла избећи, али ту се сада већ ништа не може учинити. Желим да знате да сам ја одувек била упућена у намере онога подлаца, Фомина, и да ми је познато да Вам је заједно са оним лигавцем, погађате да мислим на Хлебјатњикова, ставио омчу око врата. Феодоре Андрејевичу, ја знам за крв на Вашим реверима, али и да сте у читавој тој ствари недужни. Знам и да је у кочијама у којима сте били Хлебјатњиков носио диктафон. Погађате ли откуда и то знам? Лако је одгонетнути. Видите, Иван Никитович је, као што Вам је и самом познато, обична развратна хуља и нитков, али и обичан наивни глупак који ми је у својој занесености открио какве су његове намере у погледу Вас. Све ми је говорио, до детаља. Веровао ми је и покушавао да како год поткупи моју наклоност. Будала. Знајте још и ово — тога сам човека презирала од једног случаја, који ћу Вам нешто касније и поверити, и никада више себи не бих дозволила никакву, па чак ни ону најмању блискост са њим.

Жао ми је што више неће бити прилике да са Вама коначно отворено разговарам о свему, а то што до сада готово да никада нисмо били отворени једно према другом, слободно можете приписати мојој резервисаности по питању сваког мушкарца па и Вас — све Вам је то због моје несрећне историје, уверавам Вас. Тешко је после ужасних удеса поверовати поново некоме, иако, признаћу Вам то сада — Вама се још и могло веровати. Но, оставимо тај део за сада на страну, доћи ће и то на ред и ја ћу Вам коначно и отворено признати чак и моја осећања према

Вама. Доста. Доста сада о томе. Вратимо се на Никитовича и Хлебјатњикова и на њихов злочин према Вама.

Видите, Феђа — ја Вас овим писмом најпре желим ослободити сваког ужаса ишчекивања казне коју свакако да нисте заслужили, јер на Вашој је страни истина и невиност, а од тога нема ничег узвишенијег, признаћете и сами. У погледу Хлебјатњикова рећи ћу Вам само ово — упозната сам са свим појединостима око убиства оног несрећног младог човека о чему сте и сами писали у оном Вашем чланку, само што сте Ви писали углавном под претпоставкама, а мени су познати факти. Убица је управо он, Хлебјатњиков! Шта, чудите се? Сигурно и сами знате да је управо Хлебјатњикову поверена надлежност у вези са тим врло чудним убиством. Али, оно што сигурно не знате јесте факат да је управо из тог разлога њему дуго полазило за руком да прикрије свој злочин. Међутим, тај проклетник није знао да ја имам код себе све доказе у случају убиства Н. М. и да ће га управо они скупо стајати, робије, свакако. Још јуче сам доставила све факте онима који су њему поверили истрагу у вези са тим ужасним случајем и, не знам колико Вам је то познато, Хлебјатњиков је већ заточен и биће изведен пред суд тако да у погледу свега тога можете бити потпуно мирни. Сигурно и сами примећујете да сам предузела све како бих Вас спасила даљих, могућих непријатности, а о разлозима за такво моје подузеће и зашто ми је важно да Вас заштитим, судите сами.

Ивана Никитовича пак што се тиче, ту сте већ боље и сами упознати о каквом се човеку ради, али хоћу Вам рећи још и ово, заслужујете да знате — он је био јутрос код мене, свакако, дошао је на мој позив очекујући од мене наклоност и пажњу. Уместо тога, добио је нешто посве другачије. Знам, учинила сам тако и сама ужасан злочин, још ужаснији од његовог, али ја више нисам имала избора. Тај ме је човек обешчастио мало након оне моје несрећне историје са матором развратником, Захаровом, сећате га се, говорила сам Вам једном приликом и о њему. Можете ли само и замислити каквог сам понижења и очаја допала када сам након своје лакомислености у погледу тог старог сладострасника наишла и код Фомина на исто, а надала сам се да ће управо он васкрснути укаљано, прегажено срце жене? Открићу Вам и ово — након што ме је и он употребио за своје сладострашће ја сам тражила повољну прилику да га убијем! Али, таква се прилика није дала удесити. Хлебјатњиков је убица, али и ја сам починила јутрос један злочин, касније ћу Вам открити и који. Истини на вољу, разлози наших појединачних злочина су веома различити, на мојој страни су многе олакшавајуће околности, неко би можда чак и разумео тај мој ужасни чин, али једно је сигурно — тек у ретким случајевима убица може наћи оправдања, а можда чак ни тад.

Мени је познато да сам дрско узела сав суд у погледу тог човека у своје руке и да можда на то нисам имала право, али након што је он поновио историју као у случају Захарова, шта мислите, шта сам друго могла учинити?! Признаћу Вам и ово — након удеса са Захаровом, а онда и са Фомином, ја се више никада нисам могла вратити нити себи нити своме животу, јер га више и није било, па сада и сами судите да ли сам и коме таква могла поћи. Ако човек нема најпре себе за себе, како ће га тек бити за другога! Разумете сигурно шта Вам овиме желим рећи.

Иван Никитович је, уместо да зацели, само још више продубио ту моју свежу рану поништене, преварене и изигране жене. Тај ме човек никада није поштовао. Напротив, искористио је моју лаковерност бездушно ме унизивши. Не знам да ли сте чули, мада то и није од значаја и важности, Захаров је недавно издахнуо у мукама и несношљивим боловима. Не треба мени сада таква правда! Не треба ми, уверавам Вас, јер шта ја сада имам од тога када сам неповратно упропашћена жена која је чак и саму вест о његовој смрти примила равнодушно, а равнодушност жене њено је најјаче оружје, то сигурно и сами знате. Доста. Доста и овоме. Сада већ можете и слутити каква је судбина нашла Вашег непомирљивог противника. Сигурна сам да не ликујете због тога, јер Ви сте човек у самој својој природи ипак благочестив и врло тананих осећања према свакоме, а то за Ваше живце никако није добро, уверавам Вас. Но, Ви опет како хоћете...

Драги Феодоре Андрејевичу, иако сам дуго избегавала да Вам о томе говорим, више немам куд и коначно је дошло и то време да Вам откријем своја осећања према Вама, иако сте Ви, то Вам већ могу тврдити, помишљали да сам према Вама потпуно равнодушна. Верујте ми на реч да то и није баш тако. Али, помислите и сами — може ли се још љубити нажуљаних усана? А? Кажите ми то! Може ли једном унакажено срце жене васкрснути, поново се за некога родити и загрејати? Ви сигурно и сами мислите да Вас ја уопште и никада нисам волела само из разлога што сам се од Вас са намером удаљавала не допуштајући Вам да ми се приближите? Не! Ћутите сада, преклињем Вас! И сваку мисао о томе да Вас никада нисам волела зауставите! Преклињем Вас, јер те су мисли лажне и оне би пљунуле на моју љубав о којој сам тајила све до сада! Пустите барем да верујем да нисте толико лакомислена и наивна будала која није примећивала да се моје срце и поред свега занимало Вама! Али, зар бисте са мном били срећни? Зар ико може бити срећан уз прогнану и издану жену, преварену, речју — поништену?! Знате ли да је у мени неподношљив каприц, инат, пркос и противљење сваком мушкарцу, а сада Вам је вероватно јасније и због чега?! И будите у ово сигурни — дим тог пакла временом би вам запушио свако осећање! Моје је достојанство упропастило понижење и ја се никада нећу моћи помирљиво односити према својој прошлости!

Све Вам ово говорим како бисте Ви били срећни са Амелијом Сидоровном! Да, са њом! Мене заборавите, преклињем Вас, без обзира што сте сада дознали да Вас волим! Волим Вас, а бежим! Па зар таква љубав није настрана, Феодоре Андрејевичу? Зар страх од блискости и поверења није највећи подсмех љубави?! Кажите ми то! И куда бисте са мном пошли, где бисте стигли, размислите само! А у случају Амелије Сидоровне све је другачије, чистије и охрабрујуће. Не, немојте ми судити што сада сву Вашу пажњу срца претпостављам тој младој жени и што Вам овако говорим. Разумећете и сами све, ускоро. У њој живот надолази док се мој урушава и чак сасвим гаси. Она нема терета прошлости и подељених емоција, а у мени се све некако чудновато измешало. И мржња и љубав, што је још и најопасније! А погледајте само њу. Жеља је сваког разумног мушкарца, а Ви сте, то јемчим, изузетне памети. Шта? Ви се и даље чудите што Вам ја сада на овакав начин препоручујем Вашим емоцијама и Вашој пажњи њу, Амелију Сидоровну? Нисам ја достојна ни њеног шешира на глави којег, опростите ми на овоме, носи врло смешно. Али, она је чедна, а ја бунтовна. Моја је коса због пркоса свима и свему толико скраћена да је приличније да је на глави мушкарца, сукња коју носим изазива бестидност и по последњој је моди док је код ње све то умереније и прихватљивије. Укратко, из свега овога што Вам говорим Ви лако можете закључити да ће Вам она бити послушнија од мене. И опростите ми што ћу Вам ово сада рећи — Ви сами тражите потпуну послушност жене, мада тога могућно да и нисте свесни. Ви сте убеђења да жену начету нихилизмом, жену феминисткињу, не можете држати под својом влашћу и у томе имате потпуно право, а ја сам од таквих жена. И Ви сами гледате на нихилизам са дубоким поштовањем, а у себи дубоко поричете његове идеје, јер Ви сте, Феодоре Андрејевичу, располућена личност! Али, верујте ми на реч — благочешће које сам срела код Вас далеко је испред сваке револуционарне идеје и нихилизма. У Вама је преостало још много живота, знајте то. И будите сигурни да ћете ме запамтити као свога пророка, јер Ви ћете ускоро одбацити своје бунтовништво и прихватити љубав као универзални образац живота! Да, ја ћу Вам бити пророк! Не знам само да ли је кроз историју жена икада пророковала, али оставимо сада тај сићушни детаљ по страни. Кхе-хе-хе! Сигурно сада осећате у овоме сву моју подсмешљивост, али можда је и сама моја природа управо таква — подсмешљива и склона свакој иритантности? Па зар бисте Ви, Феодоре Андрејевичу, својом руком миловали кудраву децу са једном оваквом женом? Размислите само. Увек сам држала да сте Ви један изузетно племенит и разборит човек, додуше, у некој мери, али само у некој, помало и лакомислен, јер може бити да сте чак и поверовали да ћу ја остати довека уз Вас, да ћу Вас усрећити. Али размислите само и о овоме што ћу Вам сада рећи — испред себе сте гледали у жену којој је нарочит подвиг био да, ако је како могуће, не повреди ничија осећања. Уверавам Вас! Јер, ја сам некима са намером и са нарочитим рачуном кидала срце из груди, правила сплетке и интриге... Па погледајте само на несрећну судбу Фомина, тог гада своје врсте! Шарлатан и интригант! Бестидник! И није ми га жао нити се кајем због свог злочина! Али, помислите само, ја сам Вам могла прећи преко душе свом тежином, могла сам је згужвати и унаказити је, само да сам хтела. Али, ја то нисам учинила! Лако је погодити и из ког разлога, јер Ви, Феодоре Андрејевичу, нисте равни нити Ивану Никитовичу нити Захарову! Нисте, јер немате удела у мојој несрећној судби као њих двојица нити Вас имам рашта кривити. Напротив! Ви сте у мени покренули најблагороднија осећања и ја сам чак у једном тренутку помислила да Вам у потпуности поверујем и да Вам кренем душом у сретање, да Вам признам да Вас можда чак и волим, истина можда само скромно. И онда се десио онај инцидент када сте бацили коцку са Иваном Никитовичем Фоминим. Уверавам Вас, од тог случаја ја сам Вас можда и замрзела, истина, не толиком страшћу као у случају Захарова и човека са којим сте ме заједно ставили као улог оне вечери. Знате ли само какви бесови тутње у души једном изневерене и обешчашћене жене која се након неког времена ипак осмели да разбије тај високи, око себе подигнути зид како би кренула у сусрет некоме, поново, и тај неко је изда?! И Ви сте ме, драги Феђа, издали! Наравно, ја Вас нисам осудила и читав тај случај у вези са коцкањем где је улог била жена, ја, дакле, приписала сам Вашој лаковерности и можда чак нервном растројству, јер ја знам да Ви јако патите од живаца. Након тог инцидента око рулета са Фомином ја сам била сигурна да Вам се никада више нећу вратити, а била сам на само корак од Вас! Уверавам Вас! О, немојте сада због тога да допаднете очајна стања! Радујте се, Феодоре Андрејевичу, јер ја сам Вам жена коју би требало читав живот трпети! Знате ли да моји каприци не познају меру? Знате ли то? Нисам ја способна да дајем, да заглрим и да останем. Ветрови се не могу обуздати, то и сами знате.

А знате ли, знате ли, Феодоре Андрејевичу, да ја заиста држим да сте Ви племенит, али и подједнако несрећан човек који страда најпре од себе самога? Знате ли да сам једино у Вама налазила благородност и благочешће? Да ли Вам је то познато? Признаћу Вам још једном — ја сам Вас волела, можда бих Вам рекла да Вас и сада волим, без обзира на онај случај где сте ме ставили на коцку, али тако бих само још више уздрмала и помрачила вашу ионако несрећну позицију, а ја Вам то не желим! Можда ће Вам ово звучати као да себи ласкам, али ја сам оно семе које мора иструнути у земљи да би од њега било каква рода — ово сам јуче чула од једне старице и чини ми се да има нечега у томе, каже да је из Јеванђеља које нисмо читали, нити Ви нити ја, драги мој Феодоре Андрејевичу. И не само то — ми смо заслепљени својом гордошћу препуном умишљености сваке врсте подругљиво исмевали и пљунули Бога! Зар је онда чудо што је свако од нас на свој начин губитник, и већ унапред осуђен на пропаст?! Размишљајући о томе тражила сам начин да се како год искупим и да покушам најпре себе да изведем из тог очајног стања, али узалуд — то ми никако није полазило за руком. Напослетку сам одлучила да барем Вас ослободим колико је могуће те Ваше ужасне патње и позиције где Вам прети неправедно заточеништво. Добитак сам одредила вама, Феодоре Андрејевичу! Вама, јер по мојим мерама, Ви то једино заслужујете! Једино Ви нисте равнодушно прешли преко моје несрећне историје, преко моје судбе. Једино Ви! И помислите само — ако сам била окружена само користољубивим подлацима, зар је какво чудо то што моје срце није могло поново да заволи? Никога, изузев Вас. Али, о томе сам Вам већ говорила...

Знајте да бих ја хтела да Вас било чиме сада умирим, али то просто превазилази моје моћи. Знајте да сам Вас волела! И мрзела! Подједнако. Немојте се сада смејати, Феодоре Андрејевичу! И Ви сте мене волели, у то сам сигурна! Волећи мене, Ви сте волели две Настје које су се међу собом поништавале. Можда је требало да пред Вас излазим у црној или белој хаљини, тек да се не збуњујете превише и да знате са којом Настјом општите. Како се само тога раније нисам досетила, забога, па ја бих Вам тако олакшала. Шта, Феодоре Андрејевичу — уплашили сте се сада моје подвојености? Не кривите и не судите ми што Вам сада ово говорим и верујте ми да говорим истину, јер ја барем умем и имам храбрости да тачно одредим свој положај! И, рећи ћу Вам још и ово — знајте да је мени позната Ваша природа и да бисте Ви Фомина заклали због оног случаја на имању Сидорових! Али, нису Ваше руке за такав злочин, јер Ви сте, то Вам јемчим, само наизглед спремни да голим рукама шчепате тог подлаца и да га тако задавите! Убити, на било који начин, али неизоставно убити — ето у чему се од оног тренутка када сте испали из кочија састојала сва Ваша пажња и Ваше занимање. Али, Ви то нисте тада учинили и не бисте учинили ни касније — мени је и то познато. Не бисте, јер у Вама има благочешћа! Има, Феодоре Андрејевичу! А човек у коме има макар и зрно благородности, тешко се одлучује на злочин! А погледајте само мене. Ја не умем чак ни да волим без штете и пустоши! Тај мој удес постао је и Ваш. Од такве љубави долазио Вам је онај неиздрживи осећај туге, патње и муке. Запитајте се, зар Вам тако нешто треба? Зар је љубав мука?

Чудесан смо ми свет, Феодоре Андрејевичу, то и сами знате. Чудесан и наиван, а ево и зашто. Заинтачили смо да мењамо све око себе, а у себи смо заточени, омеђени од других свак својим бедемом. И нико се од нас изнутра није мењао, а ватрено смо веровали да можемо мењати све око себе! Видите ли барем сада у каквој смо заблуди били и колико нас је ужасна гордост изјела? Нисмо разумели да се све зачиње и траје у нама самима, да баш све можемо наћи у себи, па чак и трајни мир! Да, уверавам Вас у то. Знате ли да човек може бити срећан чак и да се никада није измешао са осталима, да је одувек самотовао? Може, али само у овом случају — ако има довољно љубави у себи, јер се тако није оградио од осталих, иако ни са ким не општи! И ту нема гордости. Верујте ми на реч. Али, далеко смо ми од таквог духовног опита. Најтеже је поднети себе и са собом се измирити! Видите, ми то нисмо могли. Никада. И управо смо из тог разлога дошли до умишљаја да баш ми можемо променити прилике у читавој Русији! Каква бесмислица, судите и сами! Због такве бесмислице ми смо допали тешког стања. Замислите само тај Ваш положај робијаша — робија ставља своје врсте жиг, изопштава Вас од других и тешко је касније, када се казна одслужи, заподенути нови живот, то када постанете слободан човек, погађате и сами. А ово је била могућа судбина и Вас и Ловског, па чак и мене, јер зар мислите да Фомину не би пало на памет да и мене оптужи за учешће у „Самосвести" и то само из повређене сујете, јер ја сам га одбијала. Али, да не бринете по овом питању казаћу Вам да овакво разрешење читаве незгоде нећете гледати. Ево и зашто. Ја сам Фомину сипала цијанид у чај пре него што је отишао од мене. Уосталом, из тог разлога сам га и позвала да дође к мени. Лаковерна будала, помислио је да желим да укажем пажњу њему, хуљи и бестиднику. Глупи подлац, ето то је он. И, не — ни у једном тренутку нисам зажалила што сам га отровала! Другог решења да би се све поравнало и да не би страдали невини, није било. То је мој избор. И моја одговорност. Немојте да Вас ово ужасава — да, ја сам одувек била спремна да га убијем!

Подла сам, Феодоре Андрејевичу, кажите и сами. И није читава моја подлост у томе што сам отровала Фомина, не. Ја сам чак и решена да учиним злочин над собом, дакле, ја знам да је ово што ћу учинити можда још и тежи злочин, јер иза њега нема места покајању — ја ћу пљунути и на себе! Да, то је кукавички чин, али ја сам тако изабрала и сва кривица је на мени. Човек носи своје изборе сам. И увек сам. Но, почекајте још само мало. Имам Вам још нешто казати.

Погледајте само сада, из овог угла — зар Вам није јасно да смо на губитку сви, и Ви, и ја и Лав Фјодорович Ловски?! Опасно је заносити се идејом! Опасно је, али, опет, свако од нас је поносан што смо искоракнули, што се нисмо утопили са свима и што смо свету понудили нешто сасвим другачије и боље, барем по нашем убеђењу боље. Али, тек сада разумем да то што је за нас боље, читава та идеја кроз „Самосвест”, не значи и да је боља за друге. Људи се опиру. Свак би на свој начин да уреди човечанство, а нико себе! У томе и јесте био читав наш промашај, јер у себи се нисмо мењали, а дрзнули смо се да мењамо све око себе! Видите ли сада колико је у томе лудости! Лудости, кажем Вам! А ми себе још убедили да смо понели крст, свако свој, и да смо жртвеници читавог руског народа! О, какве ли само гордости! Па погледајте још и ово — ето, ја Вам и о страдању нашла да говорим, ја, луда?! Каква дрскост! Наш највећи промашај био је у томе што ми знамо за другачије, знамо да може боље, само не знамо како! А каква нам је утеха од тога што знамо да је нешто могућно кад нам је понестало памети па не знамо како?! Пуцали смо из погрешног оружја, драги мој Феђа, и нисмо погодили! Читава наша идеја у „Самосвести”, иако честита, није решење. Ни за кога. Ја је сада сматрам само нашим тренутним надахнућем и ништа више од тога, јер човек који не може најпре себе да промени требало би да заћути. Заувек. Знате, велика је гордост бавити се подузећем да мењаш друге, а сам остајеш исти или још и гори. Расудите и сами — неће ли свака идеја о промени човечанства која није зачета у уверењу (а у нашем случају није) да је остварење такве идеје подређено управо променама сваког његовог појединца, унапред бити осуђена на пропаст?!

Још ово Вам имам казати и нећу Вас мучити више, дајем Вам обећање. Знате и сами да је човеку могућно живети и након ружних искустава, ако само у њему има вере па макар и као зрно, и то оно најмање. Сигурна сам да то знате. Али, за тако нешто потребна је и удружена снага читавог човека, тачније, свега онога што је остало од њега након што су га други прегазили, обешчастили и понизили. У томе и јесте читав мој стрмоглав, јер ја такву веру немам! Ни оно зрно! И, шта мислите — како је онда могућно даље живети? Можда ће сада ужас заледити

Ваше лице након овога што Вам још имам рећи, али верујте ми да ја једноставно не могу даље, иако можда још увек имам избора, јер ето — Ви ме сигурно волите као и ја Вас, зар не, а ја нећу имати више прилике да Вам пишем. У мени се живот гаси. Не судите ми због ове моје слабости и непромишљености, али ја једноставно немам куда поћи са собом овако промашена, изиграна и унижена. Разумите ме, а ја знам да је Вашем благочешћу и то могуће, јер нећете у овоме видети моју себичност већ предају стихијама које су ме измрвиле. Једино што од Вас још тражим јесте да ми опростите. Све и без изузетка. Опростите ми нарочито због овога што ћу Вам сада рећи. Када ово будете читали, ја ћу лежати мртва у својој фотељи. Далеко од погледа других и једино сте ме Ви могли видети уколико сте дошли к мени онако како сам Вас изволела замолити у свом претходном писму. Не, ја нисам желела да Вас намучим тиме што ћете ме гледати непомичну — готово је извесно да ћете помислити да спавам. Уверавам Вас — ја сам Вас искрено волела! А сада, још једном, молим Вас за опроштај. Обећајте ми то иако ми ништа не дугујете, па чак ни тај опроштај за који Вас сада молим. Но, да не дужим више и да не повређујем дубље нити себе нити Вас... Ја ћу, Феодоре Андрејевичу, већ у следећем тренутку попити цијанид, иако знам да ме сам ђаво из њега дозива! Да, сам ђаво. Али, ја више немам снаге. Немам, разумите то! Збогом, сада! Збогом, никада прежаљени Феђа! И запамтите још и ово — не дозволите да Вас моја смрт поколеба, јер пред Вама је живот, уверавам Вас. И сами ћете то разумети ускоро, надам се. Амелија Сидоровна! Упамтите! Упамтите то, јер колико сам Вам ја била проклетство толико ће Вам она бити благослов. Видите, на крају ће ипак свака заповест о љубави бити испуњена. Свака, осим наше. Једино је наша љубав остала заточена у нама. Једино она никада није прогледала, вољени Феодоре Андрејевичу.

Нама није дато, а ако је већ тако, не тугујте и не жалите за тим! Некима је љубав живот, другима је смрт. Никакве правде овде нема, ипак, па чак ни у љубави. А сада, сада одлазим из онога света који ме није волео, разапињући ме и ругајући ми се својим наказним лицем. Из света којег сам презирала. Заточена у себи. Можда и одувек. Збогом! Збогом, Феодоре Андрејевичу! И не помишљајте никада да су моји поступци исправни и да су очи којима сам гледала свет бистре. Напротив, мутне су и све сам чинила погрешно. Све, све изузев тога што сам Вас волела. И у смрти Вама одана,
Настасја Семјоновна.

Прочитавши и онај последњи редак, Феодор Андрејевич Максимов цикну и од бола подера оковратник са кошуље, бледећи све више у лицу од немог ужаса. Тек са великим напором полазило му је за руком да савлада у себи нагоне беса и срџбе, љутње на своју судбу која му се коначно и потпуно бесрамно церила у лице изазивајући га да и он себи науди баш као и Настја, да прекине тај ужасни точак живота који га је, окрећући се тромо, све више мрвио.

„Она није спавала! Она је попила цијанид! Настја се отровала!”, понављао је ове речи у себи, заривајући нокте у дланове и све болније гризући бескрвне усне. Лице му је све више бледело грчећи се док му је читаво тело, намучено ужасном истином и напрезањима удављене душе, подрхтавало као у грозници. Очи помућене неописивим болом зуриле су у празно, немирно поигравајући с времена на време. У Феђиној души дешавало се нешто са чим није знао како да се избори и како да га превазиђе без тежих последица, јер изнутра је био потпуно парализан, окамењен и укочен. Ништа тако не помрачује душу као велики губици. Опет, ништа као они не покрећу човека да се бори и да се избори, да остане и опстане.

Присетивши се оних речи из писма којима му је Настја признала да га воли, истина помало чудновато, он врисну још једном, овога пута још јаче, зграби капут и хитро, као да га неко гони, потрча ка излазу из гостионице. Истрчавши пред њега гостионичар се само невешто прекрсти и одмахну главом у знак неверице. Феђа га нехатом додирну крајем капута којег је у журби само набацио на леђа, погледа га мутно и изненађено као да овоме уопште ту и није било место, као да га није ни очекивао. Црвенећи све више ватром ужаса што је горела на његовом намученом лицу, он за тренутак застаде, збуњено га погледа, а онда истрча напоље као бесовима гоњен.

Изашав' на улицу, Феодор Андрејевич најпре намисли да пође Сидоровима. Разлог овоме не треба тражити, јер баш никаква разлога за овако нешто не беше — једноставно, Феђа више није владао собом и све оно што је чинио, чинио је стихијски и у одсуству било каква промишљања. Међутим, код трга он се ипак изненада одлучи да се врати у своју собу те скрену ка улици *Новая жизнъ* убрзавајући све више продуженим корацима.

Тешко је описати, у потпуности тачно и у свим појединостима, каквим се све мислима занимао поручник Максимов и у каквом је душевном стању пресецао улице Редкина које су му овом приликом изгледале посебно сужене, тесне и чак мрачне иако дан још увек није био на издисају. Углавном, рећи ћемо најпре то да је пред собом „видео" Алексеја Владимировича како нервозно корача по свом пространом гостинском салону, како крши прсте због велике неугодности и нелагоде услед јучерашње сцене на имању и како одмахује главом у запрепашћењу, слутећи. И заиста, у то време Сидорови су седели за трпезом расплетених живаца размишљајући о томе како ће након тог јучерашњег скандала примити у дом Ивана Никитовича Фомина. Укратко, Алексеја Владимировича је обузимао ужас, јер по његовом властитом убеђењу будући ризничар срца његове кћери јуче је на имању доживео непријатност, а за све то управо је он одговоран и кривац — он их је све и окупио на имању. Сидоров је без икаква нарочита разлога поштовао Фомина и то чак до те мере да му је готово био и покоран. Стајао је под чизмом човека којем је предао сву власт над собом и то само из разлога како би удесио удају своје кћери за тог угледног петроградског чиновника, иако га је једино он држао за таквог — Фомин се заиста ни по чему није нарочито истицао, али је, истини на вољу, имао одређених утицаја у друштву. О смрти Ивана Никитовича Фомина Сидорови нису ништа знали и тако су дубили за столом свак своју мисао о њему.

Оно што је кидало душу нашега јунака био је факат да Настасја Семјоновна не спава заваљена у фотељу како је најпре Феђа мислио, већ је свела рачун са својим животом и ту се више ништа није могло учинити. Након смрти нема могућности да се било шта изравна, да се поправи и да се крене даље. Не. Смрт узима и не враћа. Ипак, тај факат да је све пошло к врагу и да је повратак Настје немогућ, Феодор Андрејевич није могао прихватити. У души му је све изгарало немиром и слутњом, претећи да ће он допасти потпуно очајна стања и да ће у наступу своје живчане болести, изгубивши снагу и поражен злодусима, посегнути за самопоништавањем баш као и Настја. Убрзавајући ход све више на тренутке је застајао губећи дах и гушећи се. У ужасном надметању са својом личношћу покушавао је да утекне од себе или да себе поништи, да се једноставно угаси као и она, жена коју је волео. Узалуд беше сваки његов напор да нађе олакшања својој души која се растакала у болу услед овог великог губитка, болу који га је све више притискао без могућности да га заобиђе. А онда, јаукнуо би беспомоћно као неко ко је чудноватим рулетом живота одређен на муку која не престаје, на патњу чији се љути пламен не гаси већ све прождире. О животу наш је јунак мало знао. Такав рулет живота не постоји и нема унапред предодређености готово ни за шта. Живот је борба, а борба тражи борце, а не балетане.

Газећи према улици *Новая жизнь* окретао се за собом сваки пут када је „чуо" гласове и кораке некога ко му се све више приближавао, а онда, „чуо" је много таквих гласова који су се међусобно мешали и потирали правећи буку и језиву пометњу услед чега је наш јунак осећао готово неиздржив бол у пределу слепоочница. Услед умишљаја, услед те врашке уобразиље гласова који су га прогонили, глава му је личила на добош по којем неко силовито удара и који одзвањајући прети коначним лудилом. Феђа је безусловно волео Настасју Семјоновну приносећи јој, као жртву, оно најчистије и најплеменитије што је сачувао у себи. Чинило се као да је њеном смрћу нестајало и оно зрно благородности које је и поред свих животних удеса до тада клијало у њему. Секло га је у пределу груди, а врашки бол испод ребара све више му је успоравао ход. Најтежи су тренуци у вечности. Они трајни у болу. Осећао је како га притиска сав до тада проживљени јад, сва мука и разочарање. Тешко је увек носити са собом тугу и патњу, сав тај чемер о којем нико не зна, а ти га живиш. Као да се читава тежина света и свих његових невоља нашла на плећима нашега јунака, гушећи га својом тежином и хладноћом.

На другом крају вароши Лав Фјодорович Ловски је отварао писмо које му је Леночка управо донела. И ово писмо такође беше од Настасје Семјоновне. Углавном, у том га је писму она обавестила о свим приликама и да не би требало да страхује за своју даљу судбу, јер је она подузела све што је требало да и њега заштити. Обавештавајући га подробно о свему, готово пророчки закључила је овако:

А Ви, драги мој Лаве Фјодоровичу, будите сигурни и, ох, у то немојте имати нимало сумње — знајте да ћете, иако мимо своје кривице, загазити у такво преступничко и зло време где ће се пред Вашим очима дешавати чуда! Да, уверавам Вас! Али, та ће чуда бити посве другачија од оних о којима су нам обично говорили. За сваког племенитог човека, а ја држим да сте Ви један од њих, то ће време бити време ужасних чуда и, дозволите ми, биће то време великих преступа у човечанству. Лепоту ће исмевати и многи ће је сматрати за дрскост, разум ће постати највећи човеков бегунац и готово да га нико неће моћи ухватити, јер мало је оних што ће за разумом поћи. Гушићете се у брлогу глупости која ће бити насилна и преступничка и коју ће проповедати са свих кровова и са свих тргова. Људи ће у потпуном одушевљењу гледати на разврат, на огољену бездушност, и свакаква ће зла искакати пред њих. И, само ретки ће у свему томе видети поништавање човека као личности и праслике. Сви остали ће спуштати главу у такав муљ да ништа пред собом неће видети и само ће је с времена на време подизати како би величали идоле и безмало обожавали бесове, јер кажем Вам, такво ће време доћи. Ви сада, Лаве Фјодоровичу, сигурно мислите да сам ја скренула памећу, али Вас молим да упамтите ове моје речи — долази такво време где ће људи бити слободнији у затворима него изван њих.

Леночка која је оставила ово писмо Лаву Фјодоровичу Ловском у повратку је срела Амелију Сидоровну и, гле чуда, њих две су изашле пред Феодора Андрејевича Максимова! Неки су нам људи благовесници. Кроз неке нам долази спасење. Човек је послат човеку. Увек са разлогом.

Угледавши их, Феђа је готово потрчао ка њима. Да, он је у њима видео своје спасење, барем тренутно. А загрљај... Делотворнији је од многих речи. Леночка је први пут загрлила брата и тај је загрљај дошао као мелем на његову расечену душу. Поћутали су неко време. Сви. И свако од њих троје јасно је предосећао да су се са великим разлогом срели баш на овоме месту и то баш у овако тешком тренутку. Тешко време и мука доноси нови живот. Живот испочетка. Васкрсење. Феодору Андрејевичу је то сада постало јасније него икада. Добро је знао да са овога места воде два пута — један равно у очај и врло могућно самопоништавање, а други у васкрсење читавог човека! Наклоношћу неба или чиме већ другим, он је имао снаге да изабере овај други, пут живота. Погледавао је час на сестрицу, час на Амелију Сидоровну, ћутке и, зачудо, са некаквим миром, иако му се душа до само пре неки тренутак растакала у болу, очајна. Каква промена! Чуду равна!

Може ли се човек како изнова саставити и живце залечити? Може ли се после онако чудновате љубави поново заволети? Зашивених уста и свима ћутећи о свом промашају, о својој патњи, са маском преко лица како би ту патњу прикрио, куда се може поћи?

„Докле год човек налази снаге за осмех, иако страда, такав човек не може пропасти!”, изненада нашему јунаку сину ова помисао и он погледа на Амелију Сидоровну. Осмехнувши се (чак и не памти када се последњи пут насмејао) приђе јој ближе и ухвативши је за танку, белу ручицу, као од свих презрен и одбачен дечак готово молећивим гласом отпоче:

— Још од оне вечери када сам био у Вашем дому знао сам да сте Ви узвишена, душа пуна благородности и најчистијих осећања. Знао, и о свему томе ћутао! Ах, не судите ми! Не судите ми због тога, преклињем Вас! Свему има разлога, па и томе. Вама је могућно да одмах заволите, без рачунице и ватрено. Чини ми се да бисте Ви читавим својим широким срцем могли читав свет загрлити. Да! Уверавам Вас! И знајте, ја Вам не ласкам. Него... Амелија Сидоровна... Кажите ми... Молим Вашу благочестивост, кажите ми, Амелија Сидоровна, кажите ми само једно и, о немојте се само устручавати да ме гађате равно истином — можете ли Ви волети прљавог човека који сада стоји пред Вама, човека који је решен да скине са себе сву каљугу и да се очисти? Може ли то Ваше бескрајно и чедно срце себи допустити? Упозоравам Вашу благородност да се ја још увек нисам у потпуности одрекао свога мрака и својих ужаса, својих страсти, јер ја сам Вам таква природа да су ми промашаји готово неизбежни. Али, уверавам Вас да у мени има жеље за променом и новим рађањем! Требало би ме поново саставити овако раскомаданог, овако ижваканог и горког, па, кажите ми, дивна душице — може ли Ваша љубав поравнати сва моја горка искуства и моје падове наглавачке, речју, можете ли ме силином својих осећања васкрснути? Да, васкрснути! И, шта мислите, у читавом овом свом стрмоглаву могу ли се коначно усправити и гледати на свет из позиције умиреног, из равни срећног човека уређена живота? Кажите ми, кажите ми да ли је такво нешто још увек могућно? Може ли ми Ваша благородност и Ваша љубав помоћи у мом личном васкрсењу, Амелија? Кажите ми, кажите ми то! — овим речима Феђа заврши и широм отворених очију мотраше на њу ишчекујући реч, поглед, било шта.

Низ прелепо, румено лице Амелије Сидоровне склизну врела суза и заустави се на њеним једрим, пуним усницама. Гледала га је милостиво и са жаром ватрене љубави коју познају само ретке душе. Није проговорила ни речи, само му је све чвршће стезала испружене руке и у једном их тренутку стаде љубити.

— Ох, Амелија! — узвикну Феђа у заносу и истрже руке из њених. — Замислите само када би било више овако светлих тренутака! Само када би човек могао пустити радост да слободно у нама дише, да је не гушимо својом туробношћу! И, шта мислите — да ли бисмо могли издржати оволику силину благодати, лепоте и најчистијих осећања ако би се она низала из дана у дан?! Кажите ми и то! Може бити да смо у забораву племенитости и лепоте, тих благородних тренутака, постали врло сумњичави и, дозволите ми, чак и уплашени свом том благодаћу! Хоћу да кажем, можда смо и сами прогнали свету благодат из себе, љубав и пажњу, радост, можда је ипак све наша кривица, наш злочин? Наш, заједнички злочин! Злочин свих људи! — закључи Феђа и заплака.

Амелија Сидоровна му приђе, ћутке, загрливши га и готово неприметно јецајући. Без иједне једине речи. Речи су силне, али пред ватром љубави баш ништа су. Утом нашем јунаку приђе и Леночка и весело поскакујући пљесну рукама и повика:

— Боже, нека ово траје читаву вечност. Ово сигурно мора бити да је то што ви одрасли људи зовете љубављу!

На ове се речи сви радосно насмејаше и стадоше се грлити у заносу и усхићењу.

— А знаш ли ти, знаш ли ти, сестрице — држећи је за ручице отпоче Феђа — знаш ли ти да имаш и сестру у Петрограду? Да, лудице моја. И та наша сестрица има сина, тамо, у Петрограду. А одакле би и могла за то дознати? Него... Биће већ прилике да о свему говоримо. Нашла си брата! Идемо, идемо, Леночка, да нађемо и сестру! Амелија Сидоровна, ја се од Вас више нећу одвајати. Хајдемо, хајдемо сви у Петроград.

Леночка весело цикну у одушевљењу, а Амелији се Сидоровној коначно из груди откиде олакшање, јер је од човека којег је заволела управо чула потврду да он не жели да се икада од ње удаљи. Три прилике радосних срдаца поскакивале су мокрим улицама Редкина и, колико још овога дана, возом ће отпутовати у Петроград, у то више није било никакве сумње. Љубав изнова рађа. Љубав изграђује чуда, јер је и сама чудо. Љубав сваку жалост може васкрснути у радост, јер љубави је баш све могуће.

ТРАГОМ СОПСТВЕНОСТИ, А НА ТРАГУ ДОСТОЈЕВСКОГ

Тајна човечијег бића није у томе да живи, него зашто живи.
Достојевски

Савремена проза почива на темељима књижевности 19. и 20. века, руска и енглеска књижевност су утицале на избор тема и стилску разуђеност, али у кораку са променама у људском друштву мењале су се и теме, а жанрови надограђивали. Данас имамо плурализам жанрова, хибридне творевине и нове правце, а у презасићености свим тим новинама које прате и развој технологије, дешава се да се савремени писци враћају старини и традиционалним вредностима, како би читаоцима пружили један другачији поглед на свет. Руска књижевност посебно је утицала на српске реалистичке писце, а класици попут Достојевског, Толстоја, Горког, Тургењева, Гогоља, Чернишевског, Гончарова и данас су занимљиви нашим писцима, а у прилог томе говори и роман *У себи заточени* аутора Марка Д. Марковића, који је награђен за најбољи роман на књижевном конкурсу *Дрински књижевни сусрети 2022*. Ова награда сведочи о вредности романа, али његову праву вредност спознаће тек читаоци и, верујемо, биће на полицама поред поменутих класика. Аутору је свакако Достојевски узор и тематика религије провучена кроз материјализмом заокупљеног човека, ненаметљиво као и код Достојевског усмерава на слободу тог унутрашњег „ја”, које када је смештено у тескобу, стиснуто страховима, води ка душевним болестима. А може бити да је писац узео и појединости из живота самог Достојевског, ако бисмо кренули аналогијом самог имена: Феодор — Фјодор, потом фигуре оца алкохоличара, завршавање војне академије, сукоб Достојевског са режимом и његова идеологија која је била у служби јачања „самосвести” у руском друштву. Сам лист *Самосвест* за који пише јунак романа Феодор бави се руским друштвом и јачањем самосталности у размишљању руског човека. Ако бисмо и даље проналазили сличности живота Феодора и Фјодора, ту је лик Марије, Марија је била прва супруга Достојевском, а Феодору партнерка. Још је много сличности, случајних или намерних, то је, уистину, познато само аутору Марку Д. Марковићу.

Сам наслов романа *У себи заточени* говори да је посреди прича која се бави унутрашњим светом јунака, који умногоме утиче на онај спољашњи. Радња романа дешава се на релацији Београд-Редкино, а путовање којим започиње роман дешава се возом из Србије ка Русији и симболише путовање јунака не само кроз физичко, већ и кроз духовно пространство. Само путовање удешено је неким (не) случајностима, а једна од њих је сусрет главног јунака Федора Андрејевича Феђе са Иваном Никитовичем Фомином. Судбински сусрет ове двојице имаће свој епилог у последњим главама романа, када ће њихова повезаност добити потпуни смисао и значајност за фабулу романа. Главни јунак Феодор одлази из Београда у Редкино, првенствено због невоља у које је упао својим активностима, а потом и због нерешених породичних односа, где ће у сусрету са прошлошћу затворити једно поглавље, а отворити многа друга. Фигура оца алкохоличара и коцкара и фигура несрећне мајке на Феђу су имале утицај и његови каснији психички проблеми вуку корене из таквих околности. Бежећи од једне жене и једног несрећног односа са њом, Феодор при доласку у Редкино сусреће другу жену коју свим бићем заволи, да би на крају романа схватио да га је њена жртва усмерила на једну нову љубав, младо биће које би могло да га заволи таквог какав јесте, дубоко жалосног, слабих живаца и психичке поболелости. Управо та љубав на крају романа и подсећа на речи *Посланице Коринћанима* апостола Павла: *Љубав дуго трпи, благотворна је* и она је својом трпљивошћу и благотворношћу лек за све боли и несреће. Повезаност Фомина и Феодора кроз роман добија вишедимензионалну проблематику, кроз нетрпељивост, готово до мржње и освете, да би на крају писмо Настасје Семјоновне, које открива све недоумице заувек ставило тачку на сукоб ове двојице, а за расплет готово трагедије управо је она била одговорна. Љубав је жртва, љубав је спасење, а један циник, који је у себи затворио сва врата за истинску нежност спознаје љубав у најчистијем облику. И управо то писмо Настасје Семјоновне открива ту заточеност јунака у себи самима: *Заинтачили смо да мењамо све око себе, а у себи смо заточени, омеђени од других свак својим бедемом.* А љубав је ослобођење, напослетку, љубав жртве, љубав правде и љубав измирења. Љубав у свим облицима, као и последња слика у роману, нестајање на хоризонту три загрљене прилике: будућих супружника и сестре; Амелије, Феодора и Леночке. Загрљај је једино окрепљујуће заточење које се дели са другима.

И на крају, роман *У себи заточени* доласком Феодора у Редкино као да открива сва лица других јунака романа, као и Ујка Вања у истоименој Чеховљевој драми. На крају свако показује своју нутрину, неки блиставо узвишену, а други огрезлу у нискости. Ово је, пре свега, психолошки роман, а потом и социјални, историјски и на крају љубавни, са елементима трилера. Све те особине чине да је вредност овог дела од несумњивог значаја за савремену књижевност.

мср Невена Милосављевић

Марко Д. Марковић рођен је 9. априла 1982. године у Лозници. Завршио је Војну гимназију 2000. године и четири године касније дипломирао на Војној академији на тему *Хришћанство и рат*. Отац је два дечака, Максима Лава и Андреја. Живи и ради у Београду, у Војногеографском институту. Од детињства је опредељен за уметност. Књижевност му је централни део стваралаштва, а упоредо са књижевношћу посвећен је и успешан у иконопису, дуборезу и фотографији. Наклоњен је руским класицима, а Русија му је непресушни извор инспирације за његова дела.

До сада је објавио романе: *Назиреј* (2010. године), *Жртвеник љубави* (2013. године) и *Злочин у клевети* (2016. године).

Члан је књижевног удружења „Словенско слово".

Марко Д. Марковић
У СЕБИ ЗАТОЧЕНИ

Лондон, 2024

Издавач
Globland Books
27 Old Gloucester Street
London, WC1N 3AX
United Kingdom
www.globlandbooks.com
info@globlandbooks.com

Насловна фотографија
shark ovski
(https://unsplash.com/photos/
snowflakes-on-vehicles-window--QvnWpFWKWs)